UN LIEU SÛR

DU MÊME AUTEUR

Anges déchus, Le Seuil, 1995.
On pense si peu à l'amour, Actes Sud, 2002.

Titre original :
The White Bone
Editeur original :
Harper Flamingo Publishers Ltd., Toronto

ISBN 2-7427-3848-7

Illustration de couverture :
D. R.

BARBARA GOWDY

UN LIEU SÛR

roman traduit de l'anglais (Canada)
par Isabelle Reinharez

BABEL

à Chris Kirkwood et Rob Kirkwood

et en souvenir de mon père, Robert Gowdy

Et pourtant il y a, dans cette bête chaude et vive,
la pesanteur et le tourment d'une immense mélancolie.
Car l'animal porte aussi avec soi l'indéfectible sentiment,
qui l'emporte souvent en nous : ce souvenir et ce rappel,
comme si tout, déjà, ce vers quoi nous tendons, avait été
plus proche et fidèle jadis, et sa communion infiniment suave.

RAINER MARIA RILKE, *Elégies de Duino*,
trad. Armel Guerne.

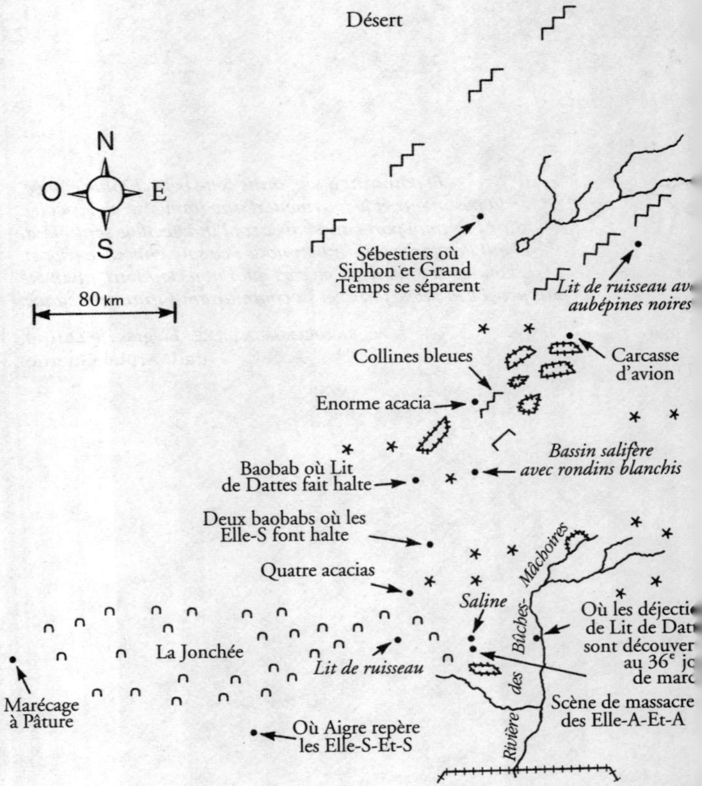
Désert
N
O
E
S
80 km
Sébestiers où
Siphon et Grand
Temps se séparent
Lit de ruisseau av
aubépines noires
Collines bleues
Carcasse
d'avion
Enorme acacia
Bassin salifère
avec rondins blanchis
Baobab où Lit
de Dattes fait halte
Deux baobabs où les
Elle-S font halte
Quatre acacias
Saline
Rivière des Bûches-Mâchoires
Où les déjecti
de Lit de Dat
sont découver
au 36e jo
de mar
La Jonchée
Lit de ruisseau
Marécage
à Pâture
Scène de massacre
des Elle-A-Et-A
Où Aigre repère
les Elle-S-Et-S

Le Domaine
(une partie au nord-ouest)

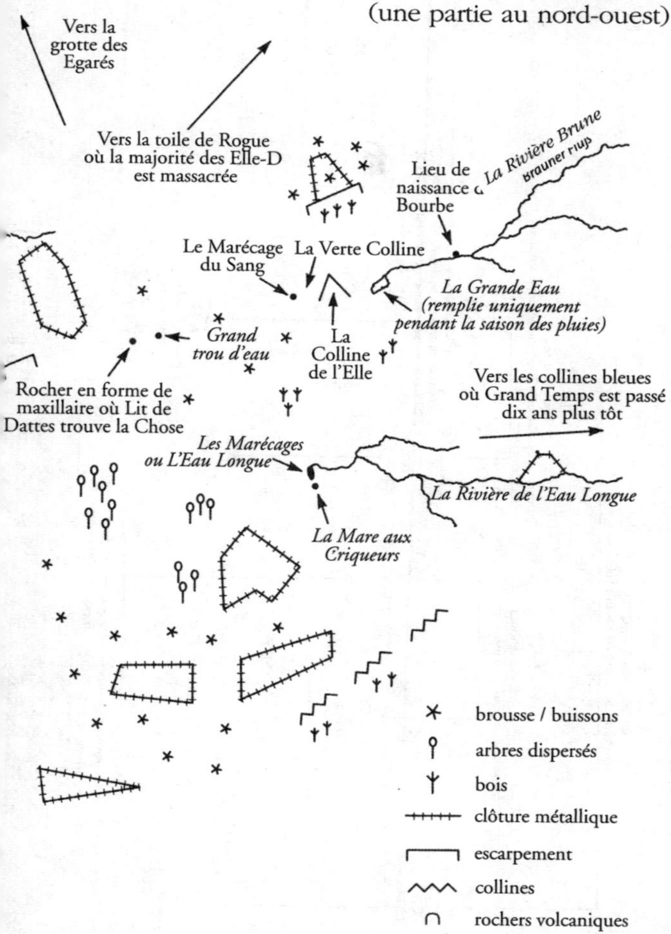

PRINCIPALES FAMILLES D'ÉLÉPHANTS
(Principaux éléphants seulement)

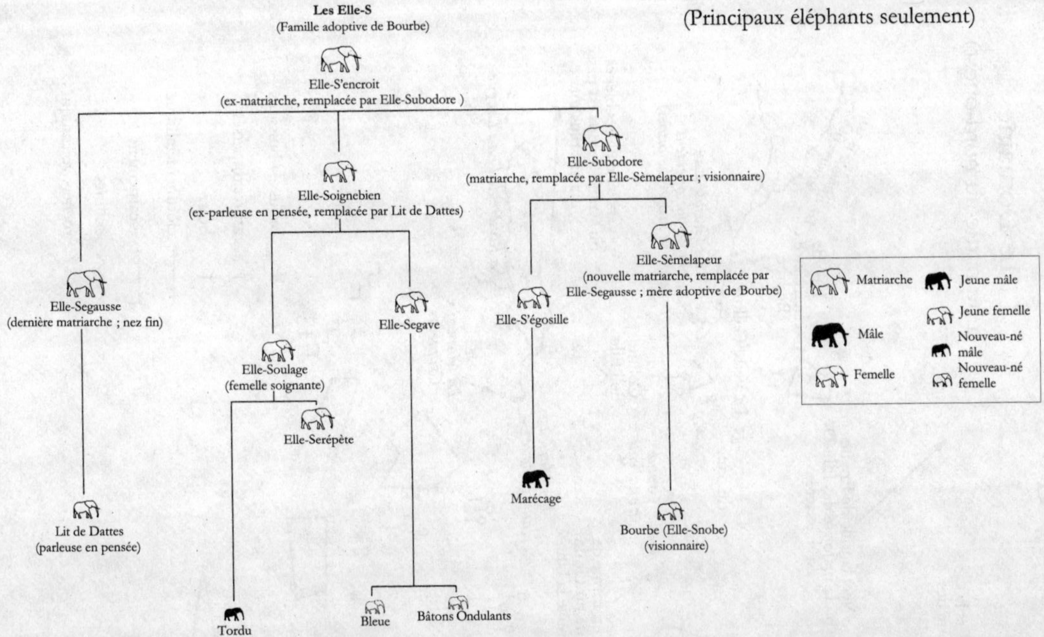

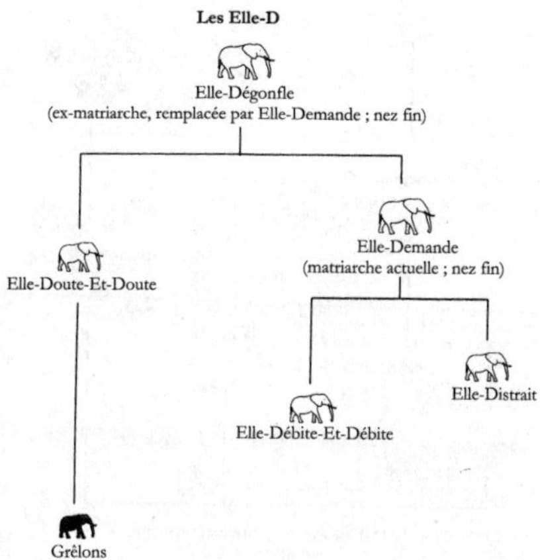
Les Elle-D
Elle-Dégonfle
(ex-matriarche, remplacée par Elle-Demande ; nez fin)
Elle-Doute-Et-Doute
Elle-Demande
(matriarche actuelle ; nez fin)
Elle-Débite-Et-Débite
Elle-Distrait
Grêlons

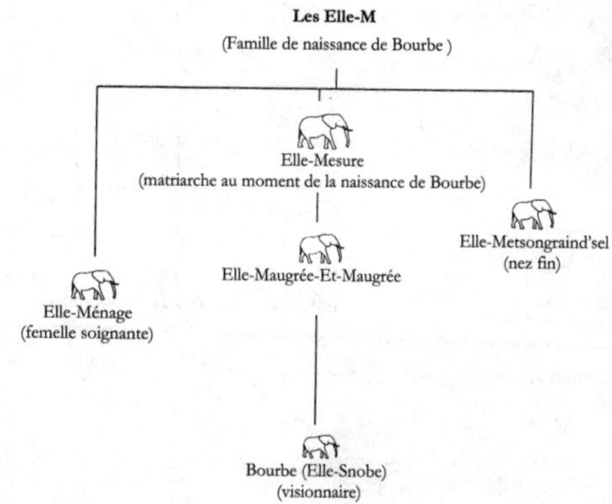
Les Elle-M
(Famille de naissance de Bourbe)
Elle-Mesure
(matriarche au moment de la naissance de Bourbe)
Elle-Ménage
(femelle soignante)
Elle-Maugrée-Et-Maugrée
Elle-Metsongraind'sel
(nez fin)
Bourbe (Elle-Snobe)
(visionnaire)

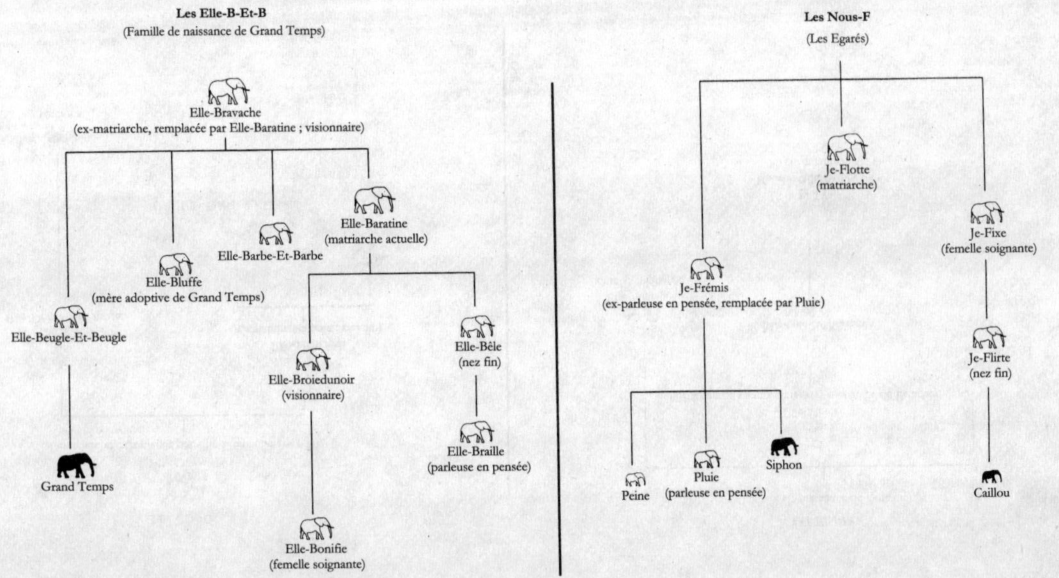

Les Elle-B-Et-B
(Famille de naissance de Grand Temps)
Elle-Bravache
(ex-matriarche, remplacée par Elle-Baratine ; visionnaire)
Elle-Beugle-Et-Beugle
Elle-Bluffe
(mère adoptive de Grand Temps)
Elle-Barbe-Et-Barbe
Elle-Baratine
(matriarche actuelle)
Grand Temps
Elle-Broiedunoir
(visionnaire)
Elle-Bonifie
(femelle soignante)
Elle-Bêle
(nez fin)
Elle-Braille
(parleuse en pensée)
Les Nous-F
(Les Egarés)
Je-Flotte
(matriarche)
Je-Frémis
(ex-parleuse en pensée, remplacée par Pluie)
Peine
Pluie
(parleuse en pensée)
Siphon
Je-Fixe
(femelle soignante)
Je-Flirte
(nez fin)
Caillou

GLOSSAIRE

Affreux : Rhinocéros, noir ou blanc (il a de vilaines pattes courtes et ses "défenses", ou cornes, sont posées l'une sur l'autre plutôt que de chaque côté).
Arbre à festin : *Acacia tortilis* (son écorce, ses bourgeons et ses fleurs sont comestibles et délicieux).
Arbre d'eau : Arbre à fièvre (il pousse sur les rives des rivières et des lacs).
Arbre qui pue : Arbre à saucisses (ses fleurs dégagent une odeur désagréable).
Autre Domaine : Le lieu où vont les esprits de toutes les créatures défuntes, excepté les êtres humains et les éléphants.

Bâton ondulant : Serpent.
Bave de tête : Temporine (cf. ce mot).
Belle-d'eau : Nénuphar.
Bonne défense : La défense préférée (une défense est toujours la préférée, tout comme les gens sont droitiers ou gauchers).
Bosse : Termitière.
Brouteur de peau : Pique-bœuf.
Bûche-mâchoire : Crocodile.

Cacardeuse : Oie.
Caroncule : Sonnaille.
Chant sans fin : Un chant de plus de cinq cents couplets.
Clairière à feu : Un lieu où les humains fument la chair des pièces qu'ils ont tuées.

Corpslong : Guépard.
Côtes : Zèbre (dans une précédente incarnation son squelette recouvrait sa chair).
Cou-trompe : Vautour, la plupart des espèces. (D'après une croyance, les morceaux de la trompe d'un éléphant mort – s'ils sont couvés par un vautour – deviennent les cous à partir desquels est engendré le reste des bébés vautours.)
Criqueur : Criquet.

Délire : Œstrus.
Descente : L'avènement des êtres humains.
Domaine : La planète Terre.

Eau Eternelle Sans Rivage : L'oubli ; le lieu où vont les esprits des mâles défunts, des jeunes et des femelles sans défenses.
Elle-il : Hyène tachetée (les deux sexes semblent dotés d'organes génitaux mâles).
Elles-là : Eléphants des deux sexes (comparable à "l'humanité").

Fausse bave de tête : Les traînées noires sur la face du guépard.
Fissure : Le lieu de perdition sous la Terre où vont les êtres humains décédés.
Fruits : Testicules (vulgaire).
Fruits de sécheresse : La crotte d'autres animaux (vulgaire).

Glisseur : Véhicule, plus précisément camion ou jeep.
Grand Rassemblement des Longues Pluies : Assemblée annuelle d'éléphants.
Grand temps : Aube ou crépuscule (les ombres sont allongées).
Grogne : Phacochère.
Grosse herbe : Bambou.

Grosse mouche : Autruche.
Groupage : Méthode pour calculer rapidement le passage du temps (un groupe équivaut en gros à un mois) inventé par Lit de Dattes.

Herbe à piquants : Ricin (il a des fleurs piquantes).
Herbe queue : Papyrus.
Hurleur : Chacal.

L'Elle : Le premier éléphant et la mère de tous les éléphants.
L'œil-de-l'Elle : Soleil.
Liens : Présages, signes et superstitions.
Le sexe à tête pointue : Femelles, qui de profil ont un front presque triangulaire (le front d'un mâle est plus rond).
Lunatique : Gnou (il est bruyant, confus et enclin à d'imprévisibles accès de bonds et de ruades).

Maître pisteur : Quiconque possède d'exceptionnelles qualités de pisteur.
Mangeur de chair : Carnivore.
Mauvais arbre : *Euphorbia candelabrum* (son latex est toxique).
Mouche : Oiseau.
Mouche-brrr : Sirli mâle (il produit un brrrr, brrrr, brrrr, brrrr aigu pendant sa parade amoureuse).
Mouche qui rue : Secrétaire (il lance ses pattes en arrière quand il marche).
Mouche ronfleuse : Hélicoptère ou avion.
Moucheture : Insecte.
Musth : Une période annuelle d'activité sexuelle et agressive plus intense parmi les mâles, pouvant durer de trois jours à quatre mois (au cours de cette période le pénis devient vert et de l'urine s'en égoutte).

Nez fin : Quiconque possède un flair exceptionnel (habituellement un seul par groupe familial).

Nuit de mémoire : Une nuit particulièrement étoilée.
Nuit de Rogue : Une nuit de pleine lune.

Odeur bluff : Une senteur disposée à se couvrir de toutes les autres senteurs légères et agréables se trouvant dans le voisinage.

Parleuse en pensée : Une femelle ou une jeune femelle télépathe.
Patt'arrière : Etres humains.
Peau : Peinture des véhicules.
Petit temps : Plein midi (les ombres sont courtes).
Petite fumée : Fumée de cigarette.
Piqûre : Balle.
Plante charogne : Une plante parasite à l'odeur nauséabonde poussant sur les racines des acacias.
Plongeur du ciel : Aigle ou faucon.
Premier lait : Le lait sécrété par une femelle juste avant qu'elle mette bas.

Radiance : Les quelques heures pendant l'œstrus où une femelle est la plus féconde.
Rocher d'eau : Hippopotame.
Rogue : Fils de l'Elle ; créateur de tous les êtres vivants sauf les êtres humains et les éléphants.

Sommeil de chaleur : Coup de chaleur.
Sous-senteurs : Les odeurs lourdes et puissantes qu'exhale la terre la nuit.
Souvenir fantôme : Un souvenir imparfait (semblable à un souvenir humain).

Temporine : Une sécrétion visqueuse qui suinte d'une glande derrière l'œil pendant les états d'excitation.
Terrasson : Appel infrasonore.

Timbre protocolaire : Une forme d'expression respectueuse caractérisée par une énonciation exagérée.
Toile de Rogue : Une clôture métallique.
Troisième œil : faculté visionnaire (métaphorique).
Trompe : Expressivité ; profondeur d'esprit.
Trompe-arrière : Pénis (vulgaire).

Vert : Musth.
Vision au loin : La vision d'un endroit lointain au moment présent.
Vision d'après : Une vision de l'avenir.
Visionnaire : Une femelle ou une jeune éléphante capable de voir à la fois l'avenir et le présent lointain.

Zèle : Le babil lascif d'une femelle pendant l'œstrus.

PROLOGUE

S'ils vivent assez longtemps, ils oublient tout.

La plupart d'entre eux ne vivent pas si longtemps. Neuf sur dix sont massacrés dans leur jeune âge, des dizaines d'années avant que leur mémoire commence à s'assécher. Je parle donc de la majorité quand je dis que ce qu'on raconte est vrai : ils n'oublient jamais.

Eux pensent que c'est à cause de leur taille. Certains vont jusqu'à prétendre que sous ce cumulonimbus de chair et cette énorme et ondulante ossature, ils *sont* de la mémoire. Oui, ils renferment la mémoire, mais ce que l'on sait peut-être moins c'est que sans elle ils sont perdus. Quand leur mémoire commence à s'assécher, leur corps va à son déclin, comme par un lent écoulement de sang.

Mais auparavant chaque odeur qu'ils ont aspirée par la trompe, chaque éclat de soleil qu'ils ont éteint de leur ombre formidable est conservé en eux sous forme d'un instant parfait et accessible à tout moment. Ils demandent rarement : Te souviens-tu ? Se souvenir, cela va de soi. Remarquer, c'est différent. As-tu senti cela ? L'as-tu vu ? demandent-ils.

Ils voient mieux que vous ne pouvez l'imaginer. Ne croyez pas ce que l'on raconte, qu'ils sont presque aveugles. Ils contemplent l'horizon, discernent ce qui s'y trouve et, contrairement aux carnivores, ne sont jamais éblouis par une bande de zèbres en mouvement. Si le troupeau est assez proche, ils les distinguent les uns des autres, les reconnaissent à leurs seules rayures après les avoir simplement entrevus des années plus tôt. La teneur exacte du vent qui ce jour-là mugissait dans les acacias, la façon dont le soleil dégringolait à travers le feuillage accompagnent le souvenir, sont revécus, et l'on peut désormais s'appesantir sur ce qui, à l'époque, était passé presque inaperçu.

Supposez que par là-bas de poudreuses vagues de sel s'étaient élevées en un tourbillon. Dans le souvenir ils peuvent tourner les yeux vers les vagues et réfléchir à ce phénomène, le fond d'un lac qui rêve à son lac perdu.

Ce qui peut déclencher leurs larmes. Ils sont sentimentaux au point qu'on pourrait les dire larmoyants. Même les grands mâles. Un deuil, un désir ardent leur brise le cœur.

I

Toute la journée d'aveuglants présages passent inaperçus.

Jamais on n'acceptera cet échec de la perception. Dans chaque heure remémorée avec précision on insérera une connaissance anticipée, des voix hantées, convaincues, disant : "Je l'ai senti venir." Car comment peut-il en être autrement ?

D'accord, elles sont occupées à décider du nom de Bourbe, mais pas toutes, seulement les cinq plus grandes femelles. Et pas entièrement occupées non plus. De temps en temps, elles entrent dans le marécage pour paître et boire, la matriarche somnole même et, tard dans l'après-midi, doit être réveillée d'une légère bourrade quand elles convoquent Bourbe et annoncent en chœur :

— A partir d'aujourd'hui et pour toujours Bourbe sera Elle-Snobe !

— Non, dit Bourbe, affligée.

— Elle-Snobe ! barrissent les femelles. Elle-Snobe !

Bourbe rabat les oreilles contre son encolure.

— Non.

Les femelles se bousculent, se heurtent avec un son mat, enchantées par leur clameur. A coups de trompe elles tranchent les éclairs de soleil tombant entre les arbres à fièvre et mugissent : “Elle-Snobe !” et comme il ne se passe rien – pas de brusque changement de temps, personne qui tombe raide mort – on en conclut que le soleil a donné son accord.

Bourbe se détourne et se dirige vers le marécage. A mi-pente sur la berge, sa patte folle se dérobe comme pour prouver le bien-fondé du nom dont elle a été affublée. Pas celui-là. “Elle-Snobe !” – leurs voix se sont teintées de surprise. Elles la rappellent, pour cette raison ou parce qu'elles s'émerveillent de la façon dont, déjà, elle confirme leur décision. Elle se redresse et longe le pied de la berge. Un babouin court devant elle, attrapant des os au vol. Il y a d'innombrables os ici, gris et brisés pour la plupart, criblés de trous d'insectes. Elle ramasse un fragment de crâne et le presse contre sa gorge. Ça ne vaut pas la peine d'y penser, tous les noms qu'elles auraient pu lui donner. Même Elle-Shoote – le nom qu'elle avait tant redouté – eût mieux valu, au moins eût été juste.

Pourquoi avait-elle laissé Grand Temps la monter ? Elle savait qu'elle finirait par perdre son nom de naissance. Une sorte de déraison l'avait saisie, lui semble-t-il maintenant – la même déraison qui l'avait frappé lui, mais que risquait-il ? Un mâle peut monter une centaine de femelles et avoir le droit de garder pour toujours son nom de naissance.

— C'est parce que les mâles restent éternellement des éléphanteaux, déclara Elle-Segausse, la moqueuse, quand Bourbe se mit à contester l'usage de rebaptiser les femelles. C'était le lendemain, quand Bourbe eut retrouvé ses esprits et Grand Temps fut retourné à sa vie d'ermite.

— Ma chère Bourbe, dit Elle-Subodore, en faisant pivoter vers elle son énorme tête, si un mâle ne change pas de nom c'est parce qu'un mâle ne change pas.

Elle-Subodore est la matriarche de la famille des Elle-S. C'est la plus grande femelle de ce côté-ci de La Grande Eau, mais elle est bien vieille et cela se voit. Au milieu de ses sermons elle se souvient brusquement d'un affront qu'elle a subi autrefois, et le sermon se réduit à des grognements indignés, des demandes d'excuses, des buissons déracinés qu'elle ne peut même pas manger tant ses molaires sont usées. Ses sens sont usés. Tous, jusqu'aux plus jeunes, vont tourner la tête vers un bruit inconnu, et elle, elle humera l'air du mauvais côté. De but en blanc elle barrit : "Qui ça ?" et "Parle !" sans s'adresser à personne. Elle se présente aux membres de sa propre famille. "Je ne crois pas avoir eu le plaisir", dit-elle. Elle assure : "Votre réputation vous précède."

— Un mâle, poursuivit-elle – et pour l'instant elle était lucide et impérieuse –, est simplement celui qui fore. Tu es celle qui est forée. Tu es celle qui est transformée. Et sais-tu *comment* tu es transformée ?

— J'ai un tunnel à éléphanteau en moi.

Ceci murmuré dans le timbre protocolaire* mais avec découragement. Evidemment que Bourbe savait, et "transformée" n'était pas ce qu'elle était. Autrement mutilée que cela.

— Et te voilà... souffla Elle-Subodore.

— Sanctionnée.

— Sanctifiée ! Elle se tourna triomphalement vers les autres grandes femelles comme si Bourbe avait mordu à l'hameçon, et puis soudain

* Une forme d'adresse respectueuse caractérisée par une énonciation exagérée *(toutes les notes sont de l'auteur)*.

redevenue grave, poursuivit : Dans tout Le Domaine il n'y a rien de plus sacré qu'un tunnel à éléphanteau. Elle toisa Bourbe par-dessus ses défenses spectaculaires. Annonce-toi ! ordonna-t-elle.

— Bourbe, dit Bourbe en baissant la tête. Les manifestations de faiblesse d'esprit l'intimidaient. Je m'appelle Bourbe.

II

C'est un cercle parfait entouré de bras d'eau. Dans les chansons et les poèmes anciens il s'appelle Le Lieu, ou L'Ile. Le Domaine, dit-on aujourd'hui et depuis des centaines d'années.

Le premier bras intérieur est salé et fait plusieurs milliers de kilomètres de large. Le second bras est plus large encore, mais cette eau – connue sous le nom de L'Eau Eternelle Sans Rivage – est douce. Là où les deux bras se rejoignent, une marge lumineuse, de la finesse d'un cheveu, empêche les fuites. Au-delà de L'Eau Eternelle Sans Rivage se trouve Le Mystère, qui pourrait être n'importe quoi. Terre, eau ou feu.

Seuls les morts ont la moindre connaissance de L'Eau Eternelle Sans Rivage. Quant au bras d'eau salée, si personne ici de vivant ne l'a jamais vu, quelques vieilles femelles dont la mémoire n'est pas complètement asséchée se souviennent de mâles héroïques revenant blancs de sel et pour toujours diminués par ce qu'ils avaient aperçu. Dans la dernière moitié de ce siècle, aucun des mâles s'étant aventuré à la limite du Domaine n'a réussi à aller aussi loin, à cause, dit-on, de la profusion d'humains et de la nécessité d'éviter leurs habitations par de constants détours. Les grandes femelles secouent la tête. "Il y a toujours eu des patt'arrière*", marmonnent-elles, ou quelque chose dans ce goût-là. Si l'on doit en croire les grandes femelles, pas un mâle d'aujourd'hui (à l'exception possible de Torrent) n'arrive à la cheville du moins digne des mâles d'autrefois.

La famille des Elle-S vit dans la vaste brousse du Nord-Ouest du Domaine. Ici les humains sont assez rares, et la raison en est inconnue. Les graminées y sont hautes aux saisons des pluies, il y a des ruisseaux et des nappes d'eau souterraines. Et une foule de créatures à massacrer. Peut-être la proximité de La Colline de l'Elle a-t-elle un effet dissuasif (elle est haute et sacrée ; les humains sont petits et impies), bien que personne n'y croie, puisque les humains semblent n'avoir peur de rien.

Des habitations humaines parsèment tout de même les abords de la zone, si bien que les familles du Nord-Ouest ont tendance à se cantonner à leurs rayons d'action limités, qui parfois se chevauchent, surtout si les matriarches

* Une exagération. Il y a eu des humains depuis la Descente, qui advint il y a dix mille ans, pendant la première longue sécheresse, quand un mâle et une femelle affamés tuèrent et mangèrent une gazelle et ce faisant violèrent la première et la plus sacrée des lois : "Tu ne mangeras point de créatures, vivantes ou mortes." Avant même que les deux mécréants aient terminé leur repas, ils commencèrent à rapetisser. Tandis que leur corps devenait plus petit et plus fluet, leur trompe diminuait jusqu'à ne plus être qu'un moignon, leurs oreilles rétrécissaient, et une fourrure poussait au sommet de leur tête. Ils se dressèrent sur leurs pattes arrière pour protester mais seul un faible hurlement sortit de leur gorge. Furieux et pleins de défi, ils se déclarèrent carnivores, libres de s'attaquer à n'importe quelle créature ne marchant pas debout (ainsi que, dans leur éternelle colère, ils le faisaient à présent).

sont étroitement liées par l'amitié ou par le sang. Sinon les familles ne se retrouvent que lorsque les fruits suaves attirent tout le monde dans les bois des escarpements, ou quand les pluies font renaître l'herbe de La Verte Colline. Dans une année normale il y a deux saisons des pluies : les courtes pluies, qui durent environ six semaines, et les longues pluies, qui durent jusqu'à trois mois. Pendant les semaines au cœur des longues pluies, dans le paradis qu'est devenu La Verte Colline, a lieu le Grand Rassemblement des Longues Pluies. C'est la grande fête annuelle pour laquelle plus de quarante familles se déplacent afin de festoyer ensemble, d'échanger les nouvelles et de chanter les chants sans fin (ceux qui comptent plus de cinq cents couplets). Dans la mesure où tant de femelles sont en œstrus pendant les Grands Rassemblements des Longues Pluies, c'est aussi l'époque de l'accouplement et de confrontations spectaculaires entre les grands mâles. Il doit s'y passer tellement de choses, en fait, qu'il est d'usage que les femelles arrivant à un rassemblement se saluent en déclarant leur principale intention (à part manger, bien sûr) : "Je viens pour séduire." "Je viens pour faire des cancans." "Je viens pour m'instruire."

Toutes les autres raisons pour lesquelles une matriarche éloignerait sa famille de son territoire sont de tristes raisons. Sécheresse. Feu. Maladie. Humains. C'est cette dernière raison, précisément la rumeur que des humains kidnappaient les éléphanteaux nouveau-nés, qui explique que Bourbe soit née au bord d'une rivière, à L'Eau Longue, à des kilomètres du rayon d'action de sa famille de naissance.

La famille de naissance de Bourbe n'est pas les Elle-S, mais les Elle-M. Et les Elle-M ne l'appelaient pas Bourbe mais Petite. Une femelle qui vient au monde en plein midi, ce qui est insolite – l'heure où toute chose est devenue tellement minuscule qu'elle ne réussit pas à projeter une ombre – est nommée soit Petite soit Moucheture. (Les petits mâles reçoivent le nom à la sonorité à peine plus imposante de Petit Temps.)

A l'époque, la matriarche des Elle-M était encore Elle-Mesure ; elle avait déjà atteint une certaine célébrité, à la fois pour la symétrie de ses défenses et de ses oreilles (chaque oreille portant une profonde entaille exactement au même endroit), et pour sa capacité à calculer la probabilité d'un événement... l'arrivée de la pluie par exemple, ou le succès d'une lionne pourchassant un gnou. La mère de Bourbe, Elle-Maugrée-Et-Maugrée, était la plus jeune sœur de la matriarche. Elle devint quelque peu célèbre de son propre chef, mais seulement après sa mort et la naissance de Bourbe, et du fait de ces événements qui se déroulèrent de façon plus ou moins simultanée. A la fin du travail elle fut mordue par un cobra, pourtant elle réussit à rester en vie assez longtemps pour donner naissance à Bourbe, mais aussi pour la mettre debout et lui donner un nom.

— Petite, chanta-t-elle. Et puis elle commença à donner de la bande.

— Tu vas tomber ! barrit Elle-Mesure.

— Elle s'appellera Petite ! chanta la mère de Bourbe.

— La probabilité que tu tombes sur le nouveau-né est excessivement élevée ! barrit Elle-Mesure.

Elles se tenaient à côté d'un baobab évidé, lequel baobab risquait lui aussi de basculer si la mère de Bourbe venait s'y appuyer. Elle oscillait. Du point de vue de Bourbe, le monde était un ciel bas et gris, et de gris piliers mouvants. Et des grains de terre rouge... Déjà, dans les premières heures de sa vie, sa vue possédait la clarté exceptionnelle de la visionnaire. Elle ne ressentait pas de peur. Quand le ciel s'effondra, ce n'était que l'événement suivant. Par miracle, elle ne fut pas blessée. Ses postérieurs furent coincés sous sa mère, mais nichés dans un creux bourbeux sous le ventre et le torse de celle-ci.

Pendant quelques instants la poussière continua à s'élever, accélérée par la vigueur de la fétidité mortelle qui sous le choc s'était échappée du corps. Il montait à présent des autres femelles un tumulte de barrissements, de grognements, de miction et de défécation, de pleurs en profonds gargouillis, qui secouait le sol*. D'une patte, une femelle poussa Bourbe jusqu'à ce qu'une autre femelle, plus grosse, s'agenouille, enroule sa trompe autour de son encolure et tire.

— Non ! beugla la femelle soignante. Tu vas lui briser l'échine !

Elle-Mesure et une femelle du nom d'Elle-Metsongraind'sel essayèrent de soulever le cadavre. Les autres femelles le giflaient comme si elles pouvaient ainsi lui redonner vie. "Epargne le nouveau-né !" imploraient-elles le soleil. Elles fourraient leur trompe dans la bouche de Bourbe,

* Ils peuvent aussi pleurer en silence et sans larmes. Parfois ils le font volontairement mais plus souvent "pleurer dans son for intérieur" est une réaction involontaire dictée par les circonstances, le besoin de calme, par exemple.

et Bourbe en tétait la pointe dans de violents accès de soif. Des pelotes d'excréments dégringolaient autour d'elle, l'urine pleuvait, formant des flaques. Des flaques qu'elle tétait.

Les heures passaient et la détresse ne diminuait pas tandis qu'Elle-Mesure et Elle-Metsongraind'sel poursuivaient leurs efforts pour soulever le corps. L'une des deux se mettait à genoux, glissait ses défenses sous le torse, soulevait, et l'arrière-train ou la tête quittait le sol de quelques centimètres puis retombait avec un choc sourd. Un peu plus tard, l'autre femelle prenait son tour. Elle-Mesure, qui avait elle-même un petit, sentait le lait, mais dès que Bourbe poussait des cris perçants pour téter, une trompe venait se fourrer dans sa bouche. Derrière elle on continuait à soulever et à grogner. Cela aurait pu durer toute la nuit si la défense gauche d'Elle-Metsongraind'sel ne s'était cassée.

Le claquement, pareil à un coup de fusil, lança les femelles et les petits ventre à terre dans la plaine. Elle-Metsongraind'sel beuglait et courait en tous sens comme un gnou ; l'éléphanteau d'Elle-Mesure tournait en rond en braillant. Bourbe braillait, pensant qu'*elle* était cet éléphanteau, ses oreilles roses, sa frénésie. Un jeune mâle ramassa la défense rompue et la porta devant son œil. Il la fit tourner et l'examina sous tous les angles, puis la laissa tomber près de Bourbe, si près qu'elle put en flairer la racine ensanglantée.

A présent les hurlements d'Elle-Metsongraind'sel n'étaient plus que d'atroces gémissements. “Laissez passer !” barrit Elle-Mesure, et tous ceux qui entouraient Bourbe s'écartèrent. Imitant l'autre femelle, Elle-Mesure s'agenouilla, enroula sa trompe autour des oreilles de Bourbe, et tira.

Bourbe se souviendrait seconde par seconde des premières heures de sa vie, à la fois comme la suite d'événements cohérents que son cerveau plus âgé interpréterait petit à petit en tant que tels, et comme le tohu-bohu d'images, de sons et d'odeurs qu'ils étaient à l'époque, quand tout au-dehors semblait être l'incarnation de ce qu'elle ressentait. La souffrance d'Elle-Mesure lui tirant dessus, et une lance de soleil sortant d'une ruade de derrière les corps des femelles, c'était pareil, une chose précipitant l'autre. La peur avait la forme des pieds des grandes femelles ; la soif avait l'odeur des excréments. Quelquefois, pendant la journée, le tonnerre fit vibrer l'air et c'était la sonorité de son emprisonnement.

"Ton cœur bat deux fois et demie plus vite qu'il ne devrait", remarqua Elle-Mesure. Elle s'installa autrement, Bourbe avança la bouche vers la mamelle et Elle-Mesure devint alors le goût du lait et du crépuscule. L'odeur de l'éléphanteau que Bourbe prenait pour elle était ce qui engendrait les lucioles, qui elles-mêmes étaient de mystérieux picotements d'envie et le pressentiment d'une volupté parfaite existant quelque part.

Les lionnes arrivèrent avant la pluie. Elles dévorèrent en silence la mère de Bourbe. Bourbe qui elle aussi demeurait silencieuse, mise en garde par leurs manières furtives. La nuit roula dans un pressant silence jusqu'à ce qu'Elle-Mesure arrive de la plaine en mugissant.

Tandis que les autres grandes femelles pleuraient, Elle-Mesure examinait les dégâts infligés au cadavre, marmonnant combien il y avait d'estafilades, calculant leur taille en longueur de trompe : une demi-trompe, un tiers de trompe. Toutes jetaient de la terre sur les ruisseaux de sang, et, derrière cette barricade de pattes, Bourbe eut sa première vision*. Elle l'épuisa et l'effraya tant qu'avant d'en émerger tout à fait elle tomba dans un sommeil que l'orage même ne troubla pas.

La nuit était terminée quand elle s'éveilla. Dans la vision, elle avait regardé la famille s'éloigner en chantant, et pourtant tous étaient là, quelque part derrière elle. Devant elle, plantées dans les flaques de pluie et de sang où s'étaient imprimés leurs pas, c'étaient des colonnes de lumière jaune. La puanteur du cadavre, elle l'attribuait aux mouches qu'elle croyait être écloses de l'écorce de l'arbre. Elle croyait que les vautours étaient des branches, même quand ils piquèrent vers le sol en glapissant.

Elle-Mesure fut aussitôt là. Les vautours reculèrent en sautillant, mais pas bien loin. "Il serait plus charitable de te tuer maintenant", murmura Elle-Mesure, balançant un antérieur près de la tête de Bourbe. Elle laissa Bourbe téter puis dit : "Il y a des patt'arrière dans les environs. Nous ne pouvons pas rester." Elle pleurait. Il y avait eu tant de pleurs que Bourbe y était habituée, c'était un réconfort, et elle se rendormit.

Elle se réveilla en entendant Elle-Mesure grogner : "Consigne de deuil", et quand les grandes femelles, tournées cette fois-ci vers l'extérieur, formèrent un autre cercle. "Chantez", grogna

* Les visionnaires ont deux types de visions : les visions de l'avenir (appelées parfois "visions d'après") et la vision de choses plus ou moins en cours mais éloignées dans l'espace ("visions au loin").

Elle-Mesure, et chaque femelle passa un postérieur juste au-dessus du cadavre et chanta en chœur un hymne dont le premier couplet était :

Que ton sang, ici répandu et qui coagule,
Que tes défenses, ta trompe, ton ventre enfin,
S'élèvent pour rejoindre l'Elle. Son majuscule
Amour pour toi a voulu ton destin.

C'était un hymne long, de trois cent quatre-vingt-dix couplets, et à l'avant-dernier couplet Elle-Mesure se détourna et partit dans la plaine ; le reste de la famille suivit, sans un regard pour Bourbe, sans s'attarder. Ayant eu la vision de cette retraite, Bourbe savait que tous disparaîtraient dans un nuage de poussière rouge. Elle hurla, et l'un des plus grands éléphanteaux revint au galop charger les vautours. Au barrissement d'Elle-Mesure, pourtant, il fit volte-face et repartit à toute allure.

Les vautours revinrent s'abattre sur le sol. En sifflant et vociférant, leurs ailes giflant l'arrière du crâne de Bourbe, ils sautèrent sur le cadavre.

Il y eut le bruit sec du gaz, le bruit mou des entrailles qui se répandaient au-dehors. Des caillots de sang gros comme des pierres coulèrent sur la face de Bourbe et dans ses yeux. Elle vomit, et le plus petit des deux oiseaux qui tiraient les intestins sur le sol s'approcha en sautillant, but la flaque, puis se mit à lui picorer la trompe. Prise de panique, Bourbe tambourina des antérieurs, se prenant le talon gauche dans une racine mise à nu par le déluge de la nuit précédente. La pluie avait assoupli la boue qui retenait ses pattes prisonnières, si bien que cette fois, quand elle tenta de se libérer, elle y réussit.

D'une secousse elle se mit debout. Etant donné le nombre d'heures où ses pattes étaient restées sous le cadavre, elle aurait dû s'effondrer une bonne douzaine de fois avant de tenir debout, si même elle y arrivait, mais après deux tentatives elle était sur pied. Chancelante, elle chargea son persécuteur, qui retourna en sautillant sur la carcasse.

Le sang de sa mère lui avait englué la paupière gauche, mais de son œil droit elle distinguait, à un demi-kilomètre, un éclair nacré. La rivière. Elle s'y rendit en titubant. C'était là pour elle une grande migration. Tous les deux ou trois pas elle s'effondrait, et à quelques mètres de sa destination l'hébétude l'envahit. Quand elle ouvrit les yeux, c'était le crépuscule. Elle se remit debout à grand-peine et reprit sa route.

Le bord de la rivière était frais et souple sous les pieds. Bourbe se laissa tomber sur le flanc gauche, le bout de sa trompe dans l'eau, son bon œil surveillant un aigle qui descendait de strates en strates colorées dans le ciel qui s'obscurcissait.

Elle fut réveillée en sursaut par une femelle hippopotame et son petit qui émergeaient de l'eau à moins de deux mètres. Elle se leva et s'approcha des buttes argentées à l'odeur inconnue, sachant simplement qu'elles offraient le profil de la sécurité. Les deux hippopotames descendirent vers l'aval. Elle entreprit de les suivre mais ils accélérèrent. Déconcertée, elle s'arrêta. Ils se replièrent un peu plus dans les bruits de la nuit : la stridulation des criquets, les hululements qui entraînaient toutes les contusions sur ses pattes. De loin en loin, un aboiement lui labourait le corps, et il y avait un rugissement lointain qu'elle imaginait venir du trou bourbeux où elle avait été tenue prisonnière. Elle pointa sa trompe dans cette direction, et respira la fétidité mortelle qui contenait encore des particules de l'odeur vivante de sa mère. Dans les affres du manque, elle fit demi-tour.

Un héron Goliath passa d'un coup d'aile, tout en murmures fantomatiques, et à nouveau terrifiée elle tomba et resta à terre, haletante, tandis qu'un panorama d'aboiements, de grognements, de hululements, de petits cris et de caquètements se déployait autour d'elle. De l'œil droit elle fixait un cercle parfait, la pleine lune. Elle dormit, s'éveillant avant l'aube en sentant son arrière-train qu'on flairait et poussait doucement. Avant qu'elle ait pu se mettre debout, le premier coup de dents l'atteignit sous la queue. Elle rua du postérieur droit et tomba à genoux, mais fut vite debout et pivota pour affronter ce nouveau supplice.

Il avait la moitié de sa taille. Quatre pattes. La peau hérissée comme un cri, le postérieur à l'oblique. La gueule, un croissant attaché au museau, et des yeux brillants, pareils à des trous tirés dans la tête, offrant une brève vision de la rivière. Maintenant qu'elle était debout, il trottinait autour d'elle et marquait un cercle au centre duquel elle tournait sur elle-même.

Une lassitude commença à l'envahir tandis qu'un frémissement du sol attirait son attention vers le bas. Elle pourrait se coucher ici. Elle fit quelques pas titubants de côté et vit le bourgeon qu'avaient créé ses pieds dans le sable mouillé. Chaque point de souffrance soulevait son corps en une blanche envolée.

L'hyène grogna. Bourbe la regarda de son œil gauche englué. La percussion dans le sol augmenta, et l'hyène gronda. A la vue des mamelles qui tremblotaient sous son ventre, Bourbe s'avança d'un pas chancelant pour téter mais se figea net, effarouchée, quand elle gloussa.

L'hyène fixait l'aval de la rivière dans la direction du grondement. Bourbe se tordit le cou pour regarder là-bas de son bon œil.

Elle sut aussitôt ce qu'elle voyait, sauf qu'elle crut au retour de sa famille de naissance. La vue de ces énormes rocs gris, déboulant de la vaporeuse lisière de la nuit, la sortit brusquement de sa langueur, et, braillant avec une telle fureur que sa trompe et sa queue se dressèrent, elle passa devant l'hyène d'un air important, trébucha et tomba la tête la première dans l'eau.

Elle se remit debout, rejoignit la rive, fit encore quelques pas et tomba de nouveau.

Le troupeau l'aperçut, ralentit l'allure. Bourbe se redressa sur ses antérieurs, mais ses postérieurs cédèrent et elle s'écroula dans une flaque de boue.

— Qui est-ce ? demanda la femelle de tête. Elle enroula sa trompe autour du torse de Bourbe et la releva.

— Sens comme elle est nouvelle, dit une seconde femelle d'une voix blanche et insinuante. Elle était si calme que Bourbe la trouva follement séduisante.

— Où est ta mère, mon petit ? demanda la femelle de tête.

Bourbe flaira la patte appartenant à cette voix. L'odeur était familière mais elle ne la connaissait pas.

— Je sens un cadavre, dit la voix séduisante.

Un bafouillage de hoquets, et toutes les trompes se dressèrent.

— L'air est à eux*, lança une voix impétueuse.

La femelle de tête désigna l'endroit.

— Par là, dit-elle. Une elle-il.

Derrière la palissade de pattes, Bourbe vit l'hyène s'éloigner furtivement dans la brume.

— Est-ce un massacre ? demanda une voix aiguë, chevrotante.

La voix séduisante répondit :

— Je ne distingue qu'une seule fétidité mortelle. Ça vient d'une femelle, je crois.

D'autres hoquets, et des pleurs à présent.

— Elle-Segausse, dit la femelle de tête, sens-tu des patt'arrière ?

— Une très vague puanteur, dit la voix séduisante. Il n'y en a plus dans les environs.

— Nous ferions mieux de partir, de toute façon, dit la voix aiguë. Des larmes de la taille d'une noisette gouttaient de sa trompe. Les patt'arrière pourraient bien revenir et nous massacrer tous. Si vous voulez mon avis, et bien sûr personne ne le voudra, selon moi la meilleure chose à faire c'est de laisser ce nouveau-né ici. Cette femelle n'a peut-être aucun lien avec lui, et si sa famille vient à sa recherche, elle ne saura pas où le trouver.

Elle-Segausse laissa échapper un soupir railleur.

— Je ne dis pas que nous ne devrions pas pleurer la femelle, reprit la voix aiguë. Mais nous ne sommes pas obligées de le faire tout de suite. Je suis essoufflée. Où est Marécage ? Marécage !

— Calme-toi, gronda la femelle de tête. Remue les oreilles.

* C'est ce qu'ils disent quand ils sont dans le vent par rapport à une odeur. Quand ils sont sous le vent et peuvent sentir l'odeur ils disent : "L'air est à nous."

— Remuer les oreilles. Oui, d'accord, maman. Marécage, reste à côté de moi, mon fils. J'ai une de mes crises.

— Je voudrais aller jusqu'au cadavre, dit la voix impétueuse.

— Non, Elle-Sèmelapeur, gronda la femelle de tête. C'est dangereux. Elle-S'égosille a raison, les patt'arrière ne sont peut-être pas loin. Pauvre femelle. Je me demande qui c'était.

— Le nouveau-né a une odeur d'Elle-M, dit Elle-Segausse.

Une multitude de trompes descendirent vers Bourbe. Quand l'une d'elles se glissa dans sa bouche, elle en suça le bout bien qu'elle s'attendît à la déception de ne pas en tirer une goutte de lait. Et pourtant elle sentait l'odeur du lait. Où ? Elle tourna en rond, aperçut des mamelles gonflées sous Elle-Segausse et se précipita vers elle. Un tout petit éléphanteau lui barrait la route. Bourbe crut qu'elle était cet éléphanteau, et s'arrêta pour être examinée par sa propre trompe et avaler son propre parfum de lait, jusqu'à ce que, cette odeur lui rappelant où elle allait, elle s'écarte et essaie de se faufiler entre les antérieurs d'Elle-Segausse.

Le pied d'Elle-Segausse la repoussa gentiment.

Bourbe refit une tentative. Le pied la repoussa avec plus de vigueur. Bourbe poussa des cris perçants.

— Silence, gronda la femelle de tête d'une voix profonde qui résonna dans le sol.

— Une des Elle-M ! gémit Elle-S'égosille. J'ai une affection particulière pour cette famille. Mais je continue à penser...

— Silence !

Bourbe prit appui contre une patte, dont la peau plissée était sa lassitude, le genou sa frustration. Toutes les trompes se dressèrent de nouveau et, devant ce mouvement brusque et solidaire, Bourbe supposa que l'aube pointait et que les bruits nocturnes étaient bannis, les deux à la fois.

III

Dans une heure l'œil-de-l'Elle se fermera, et son fils, Rogue, montera la garde*.

Il grimpe déjà au ciel. A un tiers du sommet, Il s'arrêtera et regardera Le Domaine de Sa mère de l'œil grand ouvert qui devrait mettre les carnivores sur leurs gardes, mais qui en ces temps détestables les rendra imprudents. Les lions, les plus aimés d'entre les aimés, n'auront qu'à faire leur choix parmi les zèbres, les gnous et les gazelles de Thomson affamés broutant le chaume au-dessus du Marécage du Sang. Quand les lions seront si gonflés que leur ventre frottera par terre, ils s'effondreront en gémissant des airs d'amour de soi qui, après quelques nuits de plus, lasseront Rogue, et Son œil entamera sa longue fermeture.

A présent, dans l'accalmie d'avant le massacre, Bourbe lève la trompe et sent sa famille adoptive qui se baigne dans les hauts-fonds à côté des hippopotames. La cérémonie du nom est terminée depuis plus d'une heure, mais si elle retourne là-bas les cris vont reprendre – "Elle-Snobe ! Elle-Snobe !" – et ce ne seront pas des cris de bienvenue mais une volée de coups.

* L'Elle est la mère des éléphants. Rogue a créé toutes les autres créatures, à l'exception des êtres humains. Il est indigne de confiance, agressif et souvent malveillant.

Ce que font les grandes femelles (elle le sait du jour où Echo est devenue Elle-Segave) c'est vous harceler avec votre nom de femelle jusqu'à ce que vous l'acceptiez.

Elle baisse la trompe, prend une prise de sable et se la jette sur le dos. De l'autre côté du marécage monte l'appel liquide des tourterelles. Là-bas, la végétation a disparu depuis longtemps, mais de ce côté-ci les papyrus et les carex poussent encore, et au sommet de la berge se dressent huit arbres à fièvre. Au-delà du marécage s'étend une plaine desséchée, sur des centaines de kilomètres et dans toutes les directions. C'est la pire sécheresse dont se souvienne la matriarche ; la pire, donc, en soixante-cinq ans au moins. Juste après le lever du soleil, avant que le vent se mette à soulever la poussière, Bourbe gravira la berge, regardera autour d'elle et sera stupéfaite par l'aspect désolé du paysage : les herbivores disséminés çà et là, leurs formes anguleuses tremblotantes… les rochers et les souches, le bosquet d'acacias foudroyés où sa famille se couche chaque soir.

“Je vais peut-être passer la nuit ici”, se dit-elle à présent avec amertume, tout en regardant des torsades de vapeur s'enflammer à la surface du marécage.

— Bourbe, dit une voix derrière elle d'un ton de doux reproche.

Seule Lit de Dattes peut apparaître de façon tellement soudaine*. Son pas est aussi silencieux

* Lit de Dattes, fille d'Elle-Segausse, est née sur un lit de dattes mûres tombées d'un arbre qu'avait secoué Torrent, qui est probablement son père. (“Père”, ceci dit, n'est ni un concept ni un mot puisque les mâles ne sont pas considérés comme des coconcepteurs de vie. Un mâle fore le tunnel à éléphanteau, un point c'est tout. Il est

que celui d'un maître pisteur, et elle possède cette rareté connue sous le nom d'"odeur bluff", une senteur disposée à se couvrir de toutes les autres senteurs légères et agréables se trouvant à proximité. Lit de Dattes s'appuie contre le flanc de Bourbe et, quand celle-ci se retourne, tend sa courte trompe. Comme Bourbe, elle est dans sa douzième année, mais elle est petite… si petite qu'elle n'a pas encore eu d'œstrus.

"Avais-tu la moindre idée ?" pense Bourbe. (Avec Lit de Dattes elle a pour habitude de penser, plutôt que de parler, le plus gros de sa part de la conversation.)

Lit de Dattes acquiesce d'un hochement de son crâne étroit, un geste que ceux qui ne la connaissent pas prennent pour un tic.

— J'en étais presque sûre, dit-elle, que ça aurait quelque chose à voir avec ton côté distant.

"Je ne suis pas distante !" pense Bourbe, blessée, indignée, désorientée.

— J'ai un peu réfléchi à la façon dont les grandes femelles arrivent à un nom, déclare Lit de Dattes avec sérieux, et il me semble qu'à moins qu'elles ne voient en toi une future femelle soignante, elles choisissent un nom qui va t'indisposer.

— M'indisposer ?

Lit de Dattes bat des paupières.

— T'agacer, dit-elle.

— Je sais ce que ça veut dire, assure Bourbe à haute voix.

parfois nécessaire qu'une femelle soit couverte par plusieurs mâles de suite avant qu'elle ait le sentiment d'avoir été "bel et bien forée", et c'est le mâle qui passe pour lui avoir donné ce sentiment, qui passe aussi pour être celui qui l'a pourvue d'un tunnel assez vaste pour qu'un éléphanteau y croisse.)

— Te provoquer, ajoute quand même Lit de Dattes. Elles espèrent qu'en te provoquant, au bout du compte, tu leur donneras tort. Une stratégie peu judicieuse, à mon avis. Le plus souvent, les femelles abdiquent devant leur nom.

— Et les noms comme Elle-Subodore ? Elle-Mesure ? Ces noms sont flatteurs.

— Oui, reconnaît Lit de Dattes, imperturbable. Il y a certaines exceptions. Quand mon jour viendra, j'espère avoir Elle-Soulage-Et-Soulage, bien que je m'attende à Elle-Scrute.

— Mais *tu* scrutes.

— Tu snobes, dit Lit de Dattes, comme si c'était un fait anodin.

— Non.

— Mais si. Du moins, tu donnes l'impression de snober, ce qui revient au même.

— Je ne te snobe pas. Je n'ai pas snobé Grand Temps.

— Aucune femelle ne reçoit un nom correspondant à la façon dont elle se comporte dans son délire. Si c'était le cas, on appellerait toutes les femelles de notre famille Elle-Séduit.

Bourbe s'étrangle de rire malgré elle.

Lit de Dattes se décontracte.

— Je ne peux pas imaginer t'appeler autrement que Bourbe. Je me demande de qui vient l'idée d'Elle-Snobe. Pas de ta mère, à coup sûr.

"Elle-Sèmelapeur n'est pas ma mère", pense Bourbe avec aigreur. Elle tourne les yeux vers la famille. "Pourquoi ne cherches-tu pas à le savoir ?" pense-t-elle, suggérant par là que Lit de Dattes écoute les pensées des grandes femelles, malgré le vœu de cette dernière de ne jamais le faire un jour de cérémonie du nom. Lit de Dattes ne réagit pas, et Bourbe est vaguement honteuse.

— C'était l'idée d'Elle-S'égosille, grommelle-t-elle. Qui d'autre ? Elle-S'égosille a toujours été contre moi.

— Non, dit Lit de Dattes.

Veut-elle dire, non, Elle-S'égosille n'a pas toujours été contre elle ? Ou non, Elle-S'égosille n'a pas proposé ce nom ? L'un ou l'autre inciterait presque Bourbe à l'indulgence vis-à-vis de la grande femelle, quand Lit de Dattes ajoute :

— Elle aurait suggéré quelque chose de beaucoup plus blessant.

— Ah ! fait Bourbe, effrayant deux calaos terrestres d'Abyssinie, qui montent en battant des ailes sur la berge, où ils se retournent et se mettent à rugir comme des lions. Les oreilles déployées, Lit de Dattes fait un pas vers eux.

Dans toutes les familles, à quelques exceptions près, il y a une parleuse en pensée, rien qu'une seule. C'est soit une femelle soit une toute jeune femelle, jamais un mâle, et quand elle meurt un autre membre de la famille hérite de son don, d'abord en entendant les pensées de ses semblables, puis en découvrant qu'elle comprend le langage de la plupart des autres créatures (excepté les insectes, les humains et les serpents), mais qu'elle peut aussi converser avec elles, moyennant un effort de concentration. Pendant trois ans, la parleuse en pensée des Elle-S fut Elle-Soignebien. A l'agonie, elle avait déclaré qu'elle sentait que Bourbe serait son héritière. Elle se trompait. Les vautours n'avaient pas encore nettoyé sa carcasse que Lit de Dattes entendait déjà des voix. Pourquoi Lit de Dattes ? "Ainsi a parlé l'Elle", voilà pourquoi. Demandez aux grandes femelles la raison de tel ou tel mystère, et elles répondront : "Ainsi a parlé l'Elle."

— Qu'ils sont énervants, dit maintenant Lit de Dattes, en rejoignant Bourbe. Elle parle des calaos, qui ont détourné leur vacarme vers un tronc sur lequel cinq vautours mantelés sont perchés en formation (tous tête-bêche), un présage particulièrement sensationnel. Mais aujourd'hui, tout comme les autres Elle-S, Lit de Dattes et Bourbe ignorent les présages. Après un coup d'œil aux vautours, Lit de Dattes se contente de dire : Bourbe, tu ne trouves pas bizarre que les cous-trompes ne pensent pas à s'entre-dévorer ?

— Il va falloir que tu te mettes à m'appeler Elle-Snobe, lance Bourbe à voix haute – elle pense au plaisir qu'elle a toujours eu à entendre la sonorité de son nom de naissance dans la bouche de Lit de Dattes, avec sa prononciation surannée et respectueuse de mots tels que *bourbe, poussière, rocher*, n'importe lequel des mots associés à la terre qui, il y a des générations, étaient tenus pour sacrés.

— Elle-Snobe, dit Lit de Dattes. Elle-Snobe – légèrement, en essayant de l'avaler d'une lampée. Et puis elle baisse la tête, comme pour reconnaître le caractère déplaisant du nom, et fourre sa trompe au creux d'un tas de pierres à la pulsation rose dans la lumière déclinante.

Bourbe hume l'air en direction de l'eau.

— Je viens dans une minute*, grommelle Lit de Dattes. Elle s'est mise à retourner les pierres

* Ils calculent le passage du temps grâce à une méthode compliquée qui prend en compte les phases de la lune, la position du soleil, les cycles de pluie et de sécheresse et, par-dessus tout, leur régime alimentaire – si l'herbe est verte ou dorée, haute ou rase, s'ils mangent principalement la végétation des marécages ou des arbres, etc. Cette méthode différencie les saisons et des cycles précis de vingt-quatre heures, ainsi que la division de ces cycles en unités plus petites, qui ne sont ni des heures ni des minutes. Mais, pour faire simple, "heure", "minute", "moment" et "seconde" sont utilisés tout au long de ce récit, tout comme "jour" et "année".

et à en ramener certaines devant ses mauvais yeux.

“Elle-Sonde, pense Bourbe. Voilà comment elles devraient t’appeler.”

Depuis des générations, il est de coutume chez les Elle-S de séjourner près du Marécage du Sang du milieu de la longue saison sèche jusqu’aux pluies. Le marécage est à présent rouge sang avec le soleil sur la ligne d’horizon, mais ce n’est pas ce qui lui a valu son nom. C’était le Marécage du Séjour – où vivaient trois autres troupeaux – jusqu’à ce que les humains massacrent ici dix-huit femelles et un petit, à moins de quelques heures de sa naissance. Elle-S’encroit était alors la matriarche des Elle-S, et cinq ans plus tard elle ramena sa famille au marécage parce qu’elle était la seule, parmi les matriarches résidentes, à pressentir que l’endroit était à nouveau sans danger. Depuis vingt ans, bien qu’il n’y ait pas eu de nouveaux massacres dans les environs, il ne vient ici d’autres familles que si l’eau manque ailleurs. Qu’il n’y en ait aucune cette saison est une bonne nouvelle, suppose Bourbe, et pourtant, vu la sécheresse, c’est surprenant.

Soulevant des gerbes d’eau dans les hauts-fonds – ou ce qui était les hauts-fonds quand il y avait encore du fond –, elle trébuche à cause d’une crampe dans sa patte folle. Toutes ces crises en un après-midi sont un présage, un autre puissant présage, et pourtant elle pense simplement que sa patte cède sous le poids de sa déception. Quand l’eau atteint son ventre, elle se retourne et fait face à sa famille, à temps pour voir Elle-Sèmelapeur charger un troupeau d’oies. Sa rancœur diminue un peu. Elle-Sèmelapeur l’a adoptée quand aucune autre femelle allaitante ne la voulait. Vingt jours plus tôt son petit s'était tué en tombant, et jusqu'à l'apparition de Bourbe il n'avait paru n'y avoir aucune explication aux flots de lait qui continuaient à s'échapper d'elle. Dès le début elle s'est montrée férocement protectrice. Pour Bourbe, quand elle était petite, les carnivores étaient des créatures que l'on ne voyait que de dos, quand elles s'enfuyaient chargées par sa mère, et sa défense droite était pareille à la tête d'un serpent, d'autant plus mortelle qu'elle était petite.

La défense gauche d'Elle-Sèmelapeur n'avait jamais poussé. Les femelles qui ne la connaissent pas diront : "Comme c'est triste", quelque chose dans ce genre-là, et Bourbe, quand elle était plus jeune, ne comprenait pas le sens de ces mots. Il n'y a rien de triste chez Elle-Sèmelapeur. "J'ai été épargnée", confie celle-ci, comme si les défenses étaient un fardeau. Quand une inconnue lui dit qu'elle a plus l'air d'une adolescente que d'une femelle adulte, elle se rengorge, et il arrive qu'elle signale qu'elle n'a mis au monde qu'un seul petit (plutôt que les trois ou quatre dont toute autre femelle meurt d'envie) et que cette "bénédiction" explique aussi sa jeunesse d'allure. Porter un petit distend la peau, prétend-elle, assagit les os, et, pire que ça, émousse les perceptions. Or il est vrai qu'elle est exceptionnellement sensible, surtout aux bruits. Les craquements d'un petit dans le ventre, elle les entend des jours et des jours avant que la mère le sente bouger, et, grâce à ces craquements, elle connaît le sexe du nouveau-né.

Elle a entendu le petit de Bourbe quelques heures avant la décrue de son œstrus. Une petite femelle, déclara-t-elle, mais à l'époque Bourbe affirma qu'elle se trompait, qu'il n'y avait pas de petit. Maintenant, apparemment, les craquements sont à vous percer les tympans, les mamelles et le ventre de Bourbe sont gros, et pourtant elle n'a pas le sentiment d'héberger une vie, et ne chérit pas plus ce qui risque d'être en elle qu'elle ne chérit ses intestins. Elle prie pour ne pas avoir été "bel et bien forée", mais tout le monde dit que Grand Temps est un vrai foreur, et Elle-Sèmelapeur dit qu'avec les pluies elle lâchera une petite femelle. Les autres femelles forées, Elle-Segausse et Elle-Serépète, lâcheront des petits mâles. *Elles* sentent leur petit qui roule, et Elle-Serépète entend les rêves du sien.

— Cau-cau-cau-cauchemars, annonce-t-elle à tout le monde avec son habituel affolement. Gros b-b-b-bruits, agita-agitation, et elle a pris l'habitude de surveiller, de protéger Tordu, son petit frère, comme si c'était lui le rêveur*.

Elle le surveille à présent. Un hippopotame essaie d'entrer dans l'eau à côté d'elle, et de la trompe elle implore Elle-Sèmelapeur, qui le charge en barrissant.

Mais c'est le reste des hippopotames qui brusquement s'éloigne. Toute la troupe sort en masse de l'eau et s'avance à pas pesants vers la rive, éclaboussant les oies, dont les coin-coin alternants vrillent l'air devant elles. Au-delà des hippopotames, arrivant de la plaine au petit trot et déclenchant des explosions de poussière, deux girafes apparaissent à la lisière d'un petit

* Tordu est né avec les genoux antérieurs repliés sous son ventre. Les deux premiers jours de sa vie il n'a pas pu se mettre debout, et la seule façon qu'il avait pour atteindre les tétines de sa mère, Elle-Soulage, c'était de s'asseoir sur ses pattes arrière juste sous ses mamelles.

groupe de zèbres et de gnous. Les membres de ce groupe semblent affamés et perturbés. Plongés dans une sorte d'hébétude collective, ils fixent le soleil couchant (et qu'ils soient tous tournés du même côté est un présage de plus qui passe inaperçu).

Par comparaison, les girafes, qui peuvent brouter le feuillage en hauteur – et près du marécage il en reste pas mal –, semblent d'une vigueur insolente. Elles se glissent parmi les animaux qui paissent, mais soudain s'arrêtent à quelques pas de la rive et tournent la tête, si bien qu'elles aussi contemplent le soleil.

Bourbe lève la trompe et la fait pivoter derrière elle. Déploie ses oreilles. Pas d'odeur inconnue de ce côté-là, pas de bruit. Et pourtant les girafes ont toujours le regard fixe, et maintenant les pique-bœufs qui picoraient le dos des hippopotames s'envolent.

Bourbe se retourne.

Au-dessus du soleil, au travers de fuseaux de lumière, un vautour se profile. Bourbe scrute les arbres à fièvre. La forme noire d'un léopard repose sur une des branches du plus grand, mais ne menace personne, pas encore.

A l'endroit où se trouve la famille de Bourbe, la berge est plus basse, offrant une vue dégagée de ce qui a bien pu arrêter les girafes. A l'exception d'Elle-Subodore, tout le monde hume l'air. Elle-Sèmelapeur agite les oreilles et grommelle quelques mots inaudibles en direction de Bourbe.

— Qu'y a-t-il ? crie Bourbe, mais Elle-Sèmelapeur se dirige maintenant vers la rive. Quand elle passe devant Elle-Subodore, elle la pousse gentiment pour qu'elle l'accompagne et, tel un éléphanteau soumis, Elle-Subodore obéit.

— Ça y est, murmure Bourbe, surprise. Bien qu'elle ait toujours su que, étant la seconde en taille et en âge, Elle-Sèmelapeur endosserait un jour l'autorité d'Elle-Subodore, elle est tellement interloquée d'assister de fait à la passation de pouvoir qu'elle patauge vers la rive sans se rendre compte qu'elle est à deux doigts d'avoir une vision. Elle est plongée dedans, son troisième œil grand ouvert, quand elle reprend conscience.

La vision est celle d'un réseau de brindilles argentées. Une "toile de Rogue", sans doute. (Bourbe n'en a jamais vu une seule mais elle connaît leur existence, tout le monde la connaît – elles sont longues et infranchissables, tissées en un motif régulier magique, et ont tendance à former des enclos dans lesquels du bétail affolé se retrouve souvent.) Son troisième œil glisse vers le bas. Elle n'a pas la moindre idée de ce qu'elle va voir, et donc pendant quelques secondes c'est incompréhensible. Une levée, des rochers. Non. Des carcasses.

Par douzaines, par centaines, rien que des gnous et des zèbres. Son troisième œil suit la base de la clôture, et la débâcle continue à l'infini. Et puis son œil se détourne et elle regarde une autre débâcle.

Les restes de sa propre espèce.

Toutes les têtes sont tronçonnées, les trompes jetées de côté, les défenses ont disparu et quelques pieds aussi. Des marabouts arpentent les débris à petits pas délicats, ils semblent s'écarter de son troisième œil tandis qu'il file sur les cadavres. Sur certaines femelles son œil s'attarde, et à la forme de la mâchoire elle reconnaît Elle-Doute-Et-Doute. Ce sont donc les Elle-D. Elle compte vingt-trois cadavres avant que son œil se trouble.

Elle s'avance vers la rive dans de grands éclaboussements. Lit de Dattes l'attend au bord de l'eau, mais Bourbe passe devant elle en quatrième vitesse. Arrivée à mi-pente, sa patte folle s'effondre, elle dérape et Lit de Dattes vient derrière elle et lui pousse l'arrière-train jusqu'à ce qu'elle atteigne le sommet.

A quelques centaines de mètres, dans la plaine, trois femelles spectrales et un éléphanteau se traînent dans la lumière rouge et poussiéreuse. Après chaque pas convulsif, l'éléphanteau jette la tête sur le côté. La plus grande des femelles porte quelque chose entre sa mâchoire inférieure et son épaule. Elle lâche la chose sur le sol, produisant un haut bourgeonnement de poussière. Pendant qu'elle la ramasse avec ses défenses, les autres attendent.

— Qu'est-ce que c'est ? demande Lit de Dattes, en flairant l'air.

— Un nouveau-né, répond Bourbe. Un nouveau-né mort.

La puanteur est celle d'un cadavre d'au moins cinq jours. Elle masque l'odeur de la famille, mais quand elle approche Bourbe la reconnaît.

— Les Elle-D, annonce-t-elle, en se précipitant en avant.

Lit de Dattes se range à côté d'elle.

— Non, dit-elle, incrédule. Les Elle-D étaient une des plus grandes familles.

Bourbe ajoute ces quatre-là aux vingt-trois de sa vision et déclare :

— Il en reste quatre sur vingt-sept.

Sa propre famille a atteint les voyageurs. Elle-S'égosille pousse des cris d'alarme et se fait taper dessus par sa mère, Elle-Subodore, qui barrit :

— Annoncez-vous !

Bourbe lève la bouche vers la vieille oreille découpée d'Elle-Subodore.

— Ce sont les Elle-D, dit-elle. Ce qu'il en reste.

— Oh, misère, fait Elle-Subodore. Sa trompe s'affaisse.

Bourbe s'avance à côté d'Elle-Sèmelapeur et de la femelle soignante, Elle-Soulage.

— C'est affreux, dit doucement Elle-Sèmelapeur.

Elle-Soulage dit, pas aussi doucement mais d'une voix moins tonitruante qu'à l'accoutumée :

— Un mélange d'écorce d'arbre d'eau et de pisse de grogne devrait faire l'affaire. Il faudra des mares de pisse à Elle-Soulage*.

Elle-Soulage et Elle-Sèmelapeur se consultent au sujet d'un cataplasme pour l'éléphanteau. C'est Grêlons, constate Bourbe après un moment de perplexité… Il y a deux ans qu'elle l'a vu, à un Grand Rassemblement, et son odeur est masquée par la puanteur de son pied antérieur droit. En y regardant de plus près, elle voit qu'au-dessus de l'ongle du milieu il y a un trou dans lequel se tortillent des asticots, blafards dans le crépuscule.

— Comment vas-tu la porter ? demande Elle-Sèmelapeur à Elle-Soulage.

— Porter quoi ?

— L'urine.

— Elle-Soulage demandera aux grognes de pisser directement sur l'écorce. Elle-Soulage arrachera un ruban, le mastiquera, puis le crachera à l'endroit même où se trouvent les grognes.

— Fais comme tu pourras, dit Elle-Sèmelapeur. Et pour que les phacochères puissent

* Elle-Soulage aime tant son nom de femelle, depuis le jour où on le lui a donné, qu'elle l'utilise quand elle parle d'elle-même, refusant de le réduire à un pronom.

être interpellés dans leur propre langage, elle ajoute : Prends Lit de Dattes avec toi.

Quand elles sont parties, Elle-Sèmelapeur s'approche de la matriarche Elle-D.

— Elle-Demande, dit-elle, en faisant usage du timbre protocolaire.

Elle-Demande se balance d'un pied sur l'autre.

— Nos chemins ne se sont pas croisés au Grand Rassemblement de l'année dernière, poursuit Elle-Sèmelapeur, et, au moment où elle allonge la trompe, éclate dans l'air le fracas de fusillade d'un sirli qui bat des ailes.

Les Elle-D reculent, terrorisés.

— C'est une mouche-brrr ! barrit Elle-Sèmelapeur. C'est juste une mouche-brrr !

Les Elle-D se calment bientôt, à croire qu'ils sont tellement habitués à la panique que celle-ci n'arrive pas à retenir leur attention. Elle-Demande déplace le paquet malodorant sous son menton et, les yeux brillants de larmes, considère Elle-Sèmelapeur derrière des paupières mi-closes. Les femelles qui l'entourent sont ses deux filles aînées : Elle-Débite-Et-Débite et Elle-Distrait.

— Comment l'as-tu appelée ? s'informe Elle-Sèmelapeur. Elle avance vers le nouveau-né mort une trompe qui ondule comme un serpent, mais Elle-Demande détourne la tête et Elle-Sèmelapeur retire sa trompe et dit : Vous êtes arrivés jusqu'à l'eau. Ici ça ne craint rien.

Un engoulevent a raconté à Lit de Dattes que les étoiles tombent du ciel.

— Arrives-tu à les voir ? murmure Lit de Dattes à Bourbe.

Bourbe tourne un œil vers le ciel. C'est une nuit de Rogue et elle n'aperçoit que la lune, la bouche grande ouverte.

— A-t-il dit combien ?

— Un nombre incalculable.

— Au moins les Elle-D mortes échappent à cette atrocité, songe Bourbe.

— Comment le sais-tu ?

— Dans ma vision toutes les défenses étaient coupées.

— Mais tu ne sais pas quand ça s'est passé.

— C'était une telle désolation autour d'elles.

— Voyons, souffle Lit de Dattes, un massacre…

— Il y avait plus que le massacre. Je ne peux pas décrire ça… un désespoir. Je ne pense pas qu'une seule d'entre elles soit devenue une femelle céleste.

Les femelles célestes sont les femelles mortes montées au ciel pour rejoindre la famille de l'Elle. Une étoile est l'éclat de la défense d'une femelle céleste. Quand les étoiles tombent du ciel, c'est parce que les femelles célestes dégringolent de la famille de l'Elle dans L'Eau Eternelle Sans Rivage, où elles gonfleront et dériveront, insensibles, parmi les éléphanteaux et les mâles défunts qui tous tombent directement de cette vie dans L'Eau Eternelle Sans Rivage, la cruelle vérité étant que même les nouveau-nés n'ont pas droit à un moment de béatitude auprès de l'Elle. Des étoiles qui tombent en grand nombre signifient qu'un humain mort est sorti furtivement de sous le poids écrasant du Domaine* et, comme il est désormais plat et s'envole facilement, qu'il a flotté jusqu'au ciel où il coupe autant de

* Les humains morts sont relégués dans un endroit sous la terre appelé La Fissure.

défenses qu'il peut avant le réveil de l'Elle. Que l'on vous coupe les défenses au paradis ne fait pas mal, il y a cette consolation. Que l'on vous coupe les défenses quand vous êtes sur terre est un supplice physique incomparable, que vous soyez encore en vie ou non (l'idée que la souffrance s'arrête avec la mort n'est pas tenue pour certaine). Cela empêche également les femelles d'entrer dans la famille de l'Elle, car, pour qu'une femelle devienne une femelle céleste, au moins une défense, ou le moignon d'une défense, doit rester fixée à son crâne un jour et une nuit après qu'elle a poussé son dernier soupir. A l'instar des mâles et des petits, les femelles privées de défenses ne connaîtront même pas une seconde de paradis.

"Ecoute", pense Bourbe, en déployant ses oreilles. Le bêlement pathétique d'un gnou passe par-dessus la cohue des bruits nocturnes. Le gnou est blessé. Ni par une lionne ni par un léopard qui tuent en silence dans une étreinte. Par des chacals, ou des chiens sauvages. Ou des hyènes.

— Entends-tu ? demande-t-elle tout haut. Entends-tu ?

— Tu vas inquiéter les Elle-D, murmure Lit de Dattes. Elle tire sur la trompe de Bourbe.

Mais Bourbe a basculé dans un souvenir de l'hyène qui lui tournait autour la nuit de sa naissance, et elle tourne elle aussi dans ses tentatives de garder l'œil sur l'hyène. A la lisière du souvenir, elle sent Lit de Dattes qui la tire, puis petit à petit l'hyène laisse place au rai de lune argenté s'agitant à la surface du marécage et Bourbe se fige sur place. Le rai est le reflet de la robuste défense de l'Elle. C'est censé être un réconfort, mais comment est-ce possible cette nuit ? "Je suis tellement épouvantée", pense Bourbe.

Lit de Dattes est silencieuse.

"Et toi aussi, pense Bourbe. Je sens ton épouvante."

— Je ne peux pas dire si c'est mon épouvante, reconnaît Lit de Dattes, ou si j'ai absorbé l'épouvante de ceux qui m'entourent. Ton épouvante. Elle regarde vers la plaine. La leur.

Un peu plus tôt, elle a raconté à la famille qu'elle a parlé à l'un des gnous mâles – un patriarche exceptionnellement accessible et intelligent – quand elle est partie avec Elle-Soulage chercher de l'urine de phacochères. Il y a soixante jours, dans un troupeau de milliers de gnous et de zèbres, le mâle était arrivé à la clôture de la vision de Bourbe. Il y avait une mare à un bon kilomètre au-delà de cette barrière apparemment sans fin, et le mâle raconta que c'était l'odeur de l'eau qui avait fait aller et venir la harde au grand galop le long de la clôture, jusqu'à l'épuisement. Toutes les femelles moururent de soif, tous les petits périrent. Comment avaient succombé les Elle-D, il n'aurait su le dire. Il ne les avait pas vus, ce que Bourbe trouve logique. D'après sa vision, leur mort est plus récente.

Bourbe regarde les Elle-D. Ce n'est même plus de l'épouvante. Ils se serrent les uns contre les autres, à l'écart de la famille de Bourbe, dont la plupart des membres dorment à présent, les femelles debout, les petits couchés en tas. En temps normal, les Elle-S auraient quitté le marécage au coucher du soleil pour retourner à l'abri à peu près sûr de leur bosquet d'acacias, mais il n'était pas question d'abandonner les Elle-D, ni de les réveiller. Même Grêlons paraît endormi, une oreille drapée sur l'œil et son pied antérieur droit malade posé sur son pied antérieur gauche.

Attaqués par l'urine, les asticots sont tombés de sa blessure. Certains continuaient à se contracter par terre des heures après que le cataplasme eut été posé, mais il y a quelques instants Elle-Demande les a piétinés. Puis elle est retournée veiller le cadavre de son nouveau-né. Il gît entre ses antérieurs. Derrière elle, Elle-Distrait et Elle-Débite-Et-Débite somnolent appuyées l'une contre l'autre. Tous les quatre ont bu, se sont baignés et ont mangé, mais ils n'ont toujours pas parlé. Même leurs pensées sont muettes. A part un morne et caverneux sifflement, Lit de Dattes dit qu'elle n'entend rien.

La nuit glisse sur elle-même. Cette avalanche au pied de la berge, c'est le retour des hippopotames. Arrivés au bord de l'eau, les deux hippopotames de tête s'arrêtent, entrouvrent les mâchoires et une faible lumière découvre leurs canines. Quand Elle-Sèmelapeur les charge, leurs mâchoires se referment d'un coup sec, et toute la troupe fait volte-face et s'en va lourdement à l'autre bout du marécage où les crocodiles se pressent sous une brume vaporeuse.

Les girafes viennent ensuite. En passant devant les deux familles, elles baissent le cou et regardent le petit cadavre. Les girafes, Elle-Sèmelapeur les tolère, enfin presque.

— Elle-Soulage est sèche comme une vieille mamelle, rugit Elle-Soulage.

Elle-Sèmelapeur se retourne brusquement, surprise, semble-t-il, par cet appel au devoir matriarcal, et barrit :

— Buvez ! Mangez ! Baignez-vous !

Ce n'est pas à Elle-Sèmelapeur de diriger les Elle-D, mais eux aussi descendent vers l'eau. Elle-Demande les emmène en aval des Elle-S. Grêlons claudique derrière les femelles, Elle-Soulage lui dit en grommelant :

— Essaie de ne pas trop mouiller ce pied ! Elle-Soulage t'apportera tout ton soûl d'herbe queue !

— Eh, doucement ! crie Elle-S'égosille. Le peu de nourriture qui reste va devoir nous faire jusqu'à on ne sait quand !

— Ça ne t'a pas empêchée de te repaître comme un mâle, grommelle Elle-Segausse.

— Ni toi ! hurle Elle-S'égosille. Elle secoue la trompe.

Elle-S'égosille est une femelle laide. Sa face est boursouflée de verrues, ses défenses sont émoussées et ébréchées, et pourtant elle se conduit avec l'arrogance d'une beauté. Comme Elle-Segausse (une véritable beauté), elle ondule de la croupe et secoue la trompe, sauf que dans son cas l'intention n'est pas toujours claire, surtout pour les inconnus, dont on sait qu'ils reculent, alarmés par la morgue de ses gestes de bienvenue.

— Je dois penser à mes prétendants, dit Elle-Segausse. Elle laisse pendre sa trompe devant Marécage qui – chose étrange pour un jeune mâle de quatorze ans, surtout aussi beau que lui – ne manifeste aucun intérêt pour les femelles. Loin d'essayer de les monter, c'est tout juste s'il les flaire, et c'est cette passivité anormale mais bienvenue qui lui a permis de demeurer dans la famille bien après l'âge de l'expulsion. Oh, ne me repousse pas, dit Elle-Segausse tandis qu'il l'esquive, et bien que feindre de se languir pour lui soit son cruel amusement, auquel il n'a d'ailleurs jamais prêté la moindre attention, il y a aujourd'hui une note de mélancolie dans la voix d'Elle-Segausse, alors il se tourne vers elle et grommelle :

— Je ne te repousse pas. Je t'évite.

— Dépêche-toi, fils, braille Elle-S'égosille. Je sens venir une crise. Elle lui attrape le bout de la queue mais il se dégage d'une saccade et entre dans l'eau tout seul, avec son indolence coutumière.

La plupart des femelles Elle-S se dirigent vers les carex. Elle-Subodore a abandonné ses tentatives de mâcher l'herbe rêche, et reste dans les hauts-fonds à se nourrir d'herbes plus fines et de lianes. L'entourent Elle-Soulage, Elle-Segave (ainsi nommée à cause de son habitude de manger aussi tout ce qui tombe de la bouche des autres) et les trois petits. Les Elle-D restent également dans les hauts-fonds, Elle-Demande levant souvent la trompe vers la dépouille de son éléphanteau, auprès de laquelle Elle-Serépète s'attarde comme si elle voulait surveiller le corps. Finalement Elle-Serépète entre dans l'eau et se contente de surveiller son frère, Tordu, et Elle-Demande paraît alors moins agitée.

Pendant une bonne heure les deux familles se baignent et s'alimentent. Les Elle-D s'appuient les uns contre les autres, se caressent avec leur trompe, mais continuent à observer leur étrange silence, aussi quand Elle-Demande barrit, bien qu'il s'agisse d'un faible bruit de crécelle, les Elle-S sont si effrayées qu'elles se lancent dans un chœur d'"Au secours" et d'"Attention !" avant de savoir quel est le danger.

C'est une hyène tachetée qui, en haut de la berge, va et vient au petit trot au-dessus du cadavre du nouveau-né. Elle-Sèmelapeur patauge jusqu'à la rive. Le temps qu'elle l'atteigne, Elle-Demande a poursuivi l'hyène dans la plaine, mais pour faire bonne mesure Elle-Sèmelapeur la poursuit encore un peu plus loin.

De retour sur la plage, Elle-Demande va vers le cadavre. Elle se retourne et lève un postérieur. Puis elle détourne la tête et abaisse son pied sur le torse.

Le crac du choc porte jusqu'au marécage. Elle lève de nouveau le pied. Crac !

Quatre fois elle piétine son nouveau-né mort. Elle lance du sable sur les restes, s'en va là où le sable est plus sec et en souffle deux pleines trompes sur elle. Ses filles et Grêlons s'approchent tandis que les dernières femelles des Elle-S commencent à sortir du marécage, et Elle-Sèmelapeur – qui observait le spectacle du haut de la berge – glisse sur son derrière jusqu'au bord de l'eau et lance à son tour du sable sur le corps.

— Bourbe, dit Elle-Demande.

Bourbe sort de l'eau à quelques pas derrière sa famille, qui à présent entoure et flaire le cadavre. Etonnée d'être choisie dans le lot, elle se fraie un chemin entre les grandes femelles jusqu'à ce qu'elle se trouve en face de la matriarche des Elle-D. Elle-Demande était autrefois une des femelles les plus sévères, célèbre pour ses sermons spirituels et la largeur considérable de sa tête. Maintenant elle a la tête basse et si dégonflée que Bourbe se demande même comment elle a pu sentir l'hyène. De la temporine coule sur sa face, et avec respect Bourbe touche la sécrétion puis glisse sa trompe dans la bouche de la vieille femelle, mais la retire bien vite à cause de la puanteur du désespoir et des molaires gâtées. Elle-Demande baisse la tête pour la regarder. Dans ces yeux laiteux, derrière l'accroissement des souffrances qui a eu raison de toute expression, Bourbe voit l'éclat d'une femelle rayonnante de visions.

— Mon nouveau-né je l'ai appelé Bourbe. Sa voix est râpeuse et douce, comme si elle avait la gorge abîmée. Eraflure eût mieux convenu ; il n'y avait pas de bourbe dans les environs. Mais j'ai préféré la sonorité de Bourbe, et j'avais rêvé de mares bourbeuses.

Bourbe ne sait comment réagir. A côté d'elle, Elle-Sèmelapeur grommelle :

— Notre Bourbe vient de prendre son nom de femelle. Elle est Elle-Snobe, maintenant.

Elle-Demande semble ne pas avoir entendu. A Bourbe elle dit :

— Tu as le troisième œil.

— Oui.

— Il ne te montrera pas la mort de ta mère ni la mort d'aucun de tes petits. Le savais-tu ?

Bourbe l'ignorait. Qu'il est peu probable qu'*elle* se voie était l'unique interdiction dont elle ait jamais entendu parler. Elle se tourne pour regarder Elle-Subodore, qui elle aussi a le troisième œil, et la vieille femelle la regarde à son tour et marmonne :

— Savoir des choses n'est qu'un rêve de les avoir sues.

De nouveau, Elle-Demande semble ne pas entendre.

— Il se peut que tu pressentes la mort de tes sœurs et de tes tantes, poursuit-elle, de ta mère adoptive. J'ai pressenti toutes ces morts dans ma propre famille. Mais tu ne pressentiras pas la mort de celle qui t'a donné la vie, ni de ceux à qui tu donneras la vie, bien qu'il puisse arriver que te soit accordé un aperçu de ce qui les tuera. Il y a deux cent dix jours, j'ai pressenti la toile de Rogue et les patt'arrière tombant du ventre de la mouche ronfleuse. Je me suis dit : Nous devons éviter les toiles. Mais cette toile-là je ne la connaissais pas. Et, en tout cas, ce n'est pas la toile qui nous a tiré dessus.

— Oh, on vous a tiré dessus, dit Bourbe. Je ne voyais aucune piqûre.

— Tu as eu la vision du massacre ?

— Au moment où vous arriviez ici. J'ai vu les lunatiques et les côtes, des centaines et des centaines de cadavres, et puis… ta famille. J'en ai compté vingt-trois.

— Y êtes-vous retournés ? demande Elle-Sèmelapeur à la matriarche des Elle-D.

Les survivants d'un massacre ne retournent pas tous pleurer leurs morts.

— L'a… près… mi… di… su… i… vant. C'est Elle-Débite-Et-Débite, dont l'étrange habitude d'étirer chaque mot donne l'impression qu'elle appelle de loin. Les dé… fenses… a… vaient… dis… pa… ru, et… cer… tains… pi… eds.

Elle-S'égosille se met à sangloter tout fort, et puis tous les Elle-S, même Elle-Segausse, même Marécage, sanglotent tout fort, urinant, déféquant et ruisselant de temporine. Les Elle-D se mettent à l'écart de toute cette agitation et restent silencieux jusqu'à ce qu'Elle-Sèmelapeur retrouve assez de calme pour demander :

— Comment se fait-il que vous ayez été épargnés ?

— Nous avons couru, répond simplement Elle-Demande.

— Nous avons couru, couru, psalmodie Elle-Distrait.

Ce sont les premières paroles d'Elle-Distrait. Il y a un silence tandis que tout le monde attend au cas où elle aurait autre chose à dire. Mais elle se lance dans une folle petite course sur place, une danse, une parodie de fuite, les oreilles déployées, la queue droite, elle jette ses pattes en l'air.

— Arrête, dit Grêlons. S'il te plaît. Il pose sa trompe en biais sur son arrière-train, et elle baisse la tête et s'immobilise. Matriarche, je crois qu'elle a un coup de chaud, signale-t-il à Elle-Demande, dans le timbre protocolaire.

Sa voix est le grondement musical d'un vieux mâle courtois. Aussi beau, aussi mal approprié. Les Elle-S fixent à présent leur attention sur lui et, malgré la puanteur de sa blessure, Bourbe perçoit son odeur salée d'excréments frais et de fruit fermenté. Il a onze ans. Bien trop jeune pour véritablement monter une femelle, pense-t-elle, et elle regarde son pauvre pied pour justifier la brusque détresse qu'elle ressent.

— Allons nous mettre sous les arbres, dit Elle-Sèmelapeur.

Les deux familles avancent lentement pour ne pas distancer Grêlons et, avec un dévouement et une sollicitude qui ne lui sont pas coutumiers, Marécage le pousse en haut de la berge. Quand ils atteignent les arbres à fièvre, Elle-Sèmelapeur tire sur les plus hautes branches afin que tout le monde puisse brouter l'écorce et les feuilles flétries, et Elle-Demande se tourne à nouveau vers Bourbe et dit :

— Nous avons croisé ta famille de naissance.

— Les Elle-M ? dit Elle-Sèmelapeur, en déployant ses oreilles. Les Elle-M sont devenus le plus cachottier des troupeaux, on les rencontre rarement. Bourbe ne les a pas vus depuis qu'ils l'ont laissée sous le baobab évidé le lendemain de sa naissance. Où ? demande Elle-Sèmelapeur.

— A La Colline de l'Elle, sortant de la grotte à sel. Trois femelles et deux éléphanteaux.

— Où était le reste ?

Elle-Demande arrache une bande d'écorce.

— Massacré, dit-elle.

— Ah ! fait Elle-Sèmelapeur. Elle donne un coup de sa défense minuscule comme pour repousser des humains.

Elle-Demande mastique et l'observe.

— Elle-Mesure a-t-elle été épargnée ? demande Bourbe, anxieuse.

— Elle-Mesure n'est plus la matriarche, répond Elle-Demande. Elle est devenue rêveuse. Et comme pour en faire la démonstration elle ferme les yeux et paraît s'endormir. Deux hérons garde-bœufs se posent sur son dos, et Bourbe est sur le point de parler quand Elle-Demande rouvre les yeux et annonce : Elle a un message pour toi, Bourbe. *Deux* messages. Le premier, c'est de lui pardonner de t'avoir abandonnée à ton triste sort, mais il n'y avait qu'une chance sur quatre cent six que la boue te libère. Ça, c'est le premier message. Le deuxième, c'est de tolérer Moâ-Moâ le corpslong. Il se peut qu'elle sache où se trouve Le Lieu Sûr.

— Quand les as-tu rencontrés ? demande Bourbe, en larmes maintenant.

— Il... y a... cin... quante... jou... ours, répond Elle-Débite-Et-Débite.

Elle-Sèmelapeur dit :

— Nous ne connaissons pas de corpslong.

— Nous non plus, matriarche, dit Grêlons. Une fois de plus il fait usage du timbre protocolaire.

Elle-Sèmelapeur le regarde.

— Il se peut qu'elle sache où se trouve Le Lieu Sûr ? Qu'est-ce que ça peut bien vouloir dire ? Quel lieu sûr ?

Il penche la tête en avant avec déférence, comme peu de jeunes mâles le font à présent lorsqu'ils répondent à une question directe de la matriarche d'une autre famille.

— Le seul et unique Lieu Sûr, dit-il. Il boitille vers Elle-Demande, passe sa trompe sur son flanc et dit : Matriarche, puis-je leur en parler ?

Un avion passe haut dans le ciel, quelque part au sud-est, et Elle-Demande pivote et louche vers le soleil bas sur l'horizon. L'avion est même trop loin pour que Bourbe l'aperçoive, pourtant un air égaré envahit les traits de la matriarche. Elle-Demande a quand même entendu Grêlons et hoche la tête.

— Merci, dit-il. Il se tourne vers les Elle-S. Malgré la puanteur de son pied, elles s'approchent. Cette histoire, dit-il, nous a été racontée par Rance des Elle-D-Et-D*, le cousin de notre matriarche. Il s'agit d'un os magique appelé l'os blanc, que nous appelons le prix blanc parce que chaque fois qu'on prononce son nom il perd une partie de son pouvoir. Rance était si tourmenté que le prix blanc perde tout son pouvoir, qu'il nous a demandé de garder cette histoire pour nous. Mais il me semble que le secret n'est plus de mise.

* Quand une famille devient trop grande, il arrive qu'une des femelles les plus âgées s'en sépare – emmenant ses petits, les petits de ses petits et ses plus jeunes sœurs avec elle – pour donner naissance à une nouvelle branche de la famille. Pour se nommer, cette branche doublera le son de la famille d'origine. La famille qui se sépare d'une famille qui a déjà un double son se nommera (par exemple) les Secondes Elle-D-Et-D. Il arrive que les noms individuels des femelles soient doublés *à l'intérieur* d'une unité familiale, s'il est jugé opportun de donner à une jeune femelle le nom d'une parente plus âgée encore en vie.

— Vous pouvez faire confiance à notre discrétion, dit Elle-Sèmelapeur.

— Rance est très grand et redoutable, dit Elle-Segausse, non ? Elle a l'œil luisant.

— Il est mort, gronde Elle-Demande, qui continue à hocher la tête d'un air terrorisé.

— Ah, fait Elle-Sèmelapeur, en secouant la tête.

— Non, matriarche, dit Grêlons avec un nouveau petit salut dans sa direction, il n'a pas été massacré. Il est mort il y a deux cents jours, d'un cœur fatigué. Nous avions entendu son grondement d'agonie et l'avons trouvé couché dans les herbes queues au bord de la Rivière de l'Eau Longue. Dès qu'il a aperçu notre matriarche, il s'est mis à raconter cette histoire. Il savait sa dernière heure venue et, comme il avait toujours beaucoup aimé notre matriarche, il voulait lui transmettre quelque chose qui puisse peut-être un jour la sauver. Et puis Grêlons fait la grimace et lève son pied malade. Matriarche, dit-il à Elle-Sèmelapeur, avec votre permission j'aimerais me coucher.

— Bien sûr, dit Elle-Sèmelapeur.

— Je vais déblayer un lit, dit Marécage et, en un second et surprenant sursaut d'activité, il repousse du pied quelques cailloux et brindilles.

Grêlons s'installe sur le flanc. Tous forment un cercle autour de lui, il baigne dans l'ombre. Il lève les yeux vers Elle-Sèmelapeur. Faisant usage de la diction protocolaire, il leur raconte ceci :

— L'apparition des humains n'a pas, comme on le suppose généralement, inauguré une époque de ténèbres. Au contraire, dans les premières générations suivant la Descente, Le Domaine était un endroit magnifique, et ceci en partie parce que les humains d'alors n'avaient rien à voir avec la race d'aujourd'hui. Ils mangeaient de la viande, certes, et ils étaient impénitents et coléreux, mais ils ne tuaient que pour manger, et très peu d'entre eux avaient de goût pour les elles-là. Il n'y avait ni massacres ni mutilations. Plénitude et tranquillité régnaient, et entre les elles-là et les autres créatures existait une communion inhabituelle, car (et voilà encore un fait peu connu) tous les elles-là étaient des parleurs en pensée, et les pensées de toutes les créatures étaient intelligibles.

Mais quand les ténèbres finirent par arriver, ce fut particulièrement désastreux. Pas une goutte de pluie ne tomba pendant six cents jours et six cents nuits. Le vent ne cessait de souffler et l'air était chargé d'une épaisse poussière noire. Au fur et à mesure que l'herbe et l'eau disparaissaient, les diverses espèces commencèrent à se méfier les unes des autres, et l'esprit des humains, des serpents et des insectes devint impénétrable. De l'esprit des serpents et des insectes n'émanait plus qu'un vague carillon. De l'esprit des humains émanait un silence si profond et menaçant que beaucoup de ceux qui l'entendaient renoncèrent carrément à parler en pensée.

Qu'est-ce qui avait provoqué ce terrifiant silence ? C'étaient les ténèbres… les ténèbres avaient envahi les humains et corrompaient leur esprit déjà corrompu. Bientôt ils massacraient des familles entières. Après avoir dévoré la chair de leurs proies, ils brûlaient les peaux et pulvérisaient les os et les défenses. Ils paraissaient disposés à les anéantir, et les elles-là survivants s'enfuirent aux confins du Domaine sans même songer à revenir pleurer leurs morts, puisqu'ils croyaient qu'il n'en subsistait aucune trace.

Ils se trompaient. Au centre d'un cercle de rochers demeurait la côte d'un nouveau-né. Aucun des humains qui passaient devant ces rochers ne la remarqua jamais, même si, au fil des ans, elle se décolorait jusqu'à devenir d'une blancheur aveuglante. Pendant ce temps, elle irradiait vers les créatures vivantes une qualité de pardon et d'espoir. Mais le cœur des humains était dur, et refusait de se laisser pénétrer. Pas encore.

Les ténèbres finirent par se dissiper, les massacres diminuèrent, et les elles-là retournèrent à leur ancien habitat. Libérés des souffrances de la poussière noire, quelques humains ressentirent le pouvoir de l'os blanc. Ils se mirent en route pour trouver un lieu de paix et de pâturages éternellement verts et, quand ils le trouvèrent, le déclarèrent un espace sûr pour toute créature du Domaine, y compris les carnivores, même s'ils n'appartenaient plus eux-mêmes à cet ordre-là.

Depuis ce temps, il court parmi toutes les espèces des rumeurs sur ce refuge, mais seules les elles-là peuvent y être conduits. Ce qui les guide c'est l'os blanc, qui lorsque règnent les ténèbres réapparaît en divers endroits du Domaine, toujours dans un cercle de rochers ou de termitières à l'ouest de toute colline se trouvant dans les environs. Il ne cesse de se déplacer. Pendant exactement deux jours et deux nuits (assez longtemps pour qu'un bon pisteur établisse un itinéraire) il reste en possession de la famille ou de l'individu, puis disparaît pour réapparaître au centre d'un autre cercle de rochers ou de termitières. Plus les ténèbres sont profondes, plus il est blanc aux yeux des elles-là. (Aux yeux de toutes les autres créatures il est terne et quelconque.) Tout elle-là ayant assez de chance pour le trouver devrait le lancer en l'air, noter de quelle façon il retombe et se laisser mener par son extrémité pointue. Mais quiconque le lance doit croire en son pouvoir.

Sinon, poursuivit Grêlons, il ne fera que mener le lanceur en rond. Il se met debout.

Les Elle-S les plus proches de lui s'écartent... embarrassées, en clignant des paupières. Elles sont sidérées par ce qu'elles ont entendu.

— Nous n'avons jamais su comment Rance avait connu cette légende, ajoute Grêlons. Il est mort avant que nous puissions le lui demander. Mais nous n'avons pas mis sa parole en doute. Dans son dernier souffle, il nous a annoncé que les courtes pluies ne viendraient pas et que la Rivière de l'Eau Longue migrerait tout entière, et là aussi il avait raison*. De quelle façon il avait pu le savoir est un autre mystère.

— Rance n'a jamais menti, dit Elle-Demande avec une certaine énergie. Elle continue à branler du chef.

— Il était la vérité même, dit Grêlons. Il tend sa trompe vers celle de la vieille matriarche et

* A l'intérieur des terres, des cours d'eau migrent, goutte à goutte, vers des grottes de sommeil au-delà des confins de la planète. Finalement l'eau se réveille et quitte les grottes pour revenir s'amonceler au-dessus de la terre sous forme de nuages orageux. Quand un nuage se trouve près de la dépression dont il s'est élevé, il éclate et se répand en pluie. (L'horizon migre de façon inverse. Pendant la saison sèche, tandis que l'air se charge de plus en plus de poussière et que le lointain s'estompe, l'horizon se rapproche paresseusement. Après les premières pluies, l'horizon revigoré s'en va si vite qu'en deux ou trois jours le lointain est de nouveau visible.)

tire dessus avec douceur jusqu'à ce qu'elle cesse de bouger.

— Bon, grommelle Elle-Sèmelapeur, si Rance a prédit cette sécheresse quand personne d'autre, pas même Grand Temps, ne l'a sentie venir, alors moi, déjà, je crois à cette histoire.

Un grommellement d'approbation s'élève des autres femelles Elle-S.

— Bien qu'il soit difficile d'imaginer une race d'humains pénétrée de bonté, intervient Elle-Segausse.

— Même la plus sombre des crevasses a vu un court instant un rayon de soleil, remarque Marécage… qui fait parfois ce genre de déclarations charmantes mais sans fondement.

IV

Dix minutes plus tard, le même avion qui a troublé Elle-Demande descend très bas sur une zone de palmeraies desséchées où Grand Temps a couru se cacher. Il ne lui vient à l'esprit que lorsque le vrombissement s'est évanoui qu'il se trouve face à l'escarpement et que, à cause de sa bévue, tous les mâles de sa famille tomberont par-dessus bord. Ecœuré de penser qu'il aurait pu négliger une superstition aussi répandue, il grommelle une série d'excuses infrasonores*. Il le fait bien qu'aucun des mâles de sa famille ne soit assez près pour entendre.

Autrement il l'aurait su, il y aurait eu des échanges. Au minimum il y aurait eu une odeur, si passée fût-elle. Mais, en l'espace de cent

* Les grondements infrasonores, ou "terrassons", sont des messages corporels longue distance. Pour atteindre un individu en particulier, l'expéditeur gronde à la fréquence physique unique de cet individu. Le grondement prend naissance dans le ventre plutôt que dans la gorge et descend par les pattes et les pieds jusque dans le sol où il rayonne jusqu'à ce qu'il pénètre dans les pieds et les pattes du destinataire, pourvu qu'il ou elle se trouve dans un rayon de transmission. Les grondements infrasonores ont l'avantage de voyager au loin à grande vitesse, mais sont sujets aux interférences des perturbations terrestres, tels que les débandades d'animaux et les petits séismes.

quatre-vingt-dix jours, il n'a pas rencontré le moindre signe ni eu le moindre mot d'un seul des membres de sa famille de naissance, les Elle-B-Et-B. Il craint pour leur vie comme il craint pour la vie de tous ceux qui lui sont chers. Avec un épouvantable sentiment d'impuissance – et sans raison, puisqu'elle est hors de danger au Marécage du Sang et qu'il sait pertinemment que tous les présages qui la concernent sont favorables – il s'inquiète du sort de Bourbe, l'imaginant telle qu'elle était la première fois qu'il a posé les yeux sur elle, timide et banale, ou encore ralentie par sa patte atrophiée, tentant d'échapper à une meute d'humains.

C'est surtout pour le bien de Bourbe qu'il ne se trouve pas lui-même au Marécage du Sang, mais à quatre-vingts kilomètres plus au nord à la recherche d'un certain os blanc.

Pendant une sécheresse le paysage ne manque pas d'os, mais il y a pire, c'est que l'existence même de l'os blanc est contestée. Et pourtant il a entrepris la quête avec ce que d'aucuns pourraient appeler la ferveur qui le caractérise. Il s'est entendu décrire comme un mâle passionné, enclin à des enthousiasmes et des angoisses immodérés (d'étranges désirs et de ridicules et archaïques tournures de phrases).

Eh bien, comme se plaisait à le répéter sa vieille matriarche, "Qui a de longues pattes, va loin".

Il frappe trois fois du postérieur gauche, décrit un cercle complet vers la gauche, frappe trois fois de l'antérieur gauche, tout en chantant :

Mouches au firmament
Criqueurs dans l'herbe
Le mal, qui approche en rampant,
Mais il ne passera pas,

un chant et une danse qui ont pour effet de protéger les parents lointains. Le chant seul peut venir en aide à une femelle que l'on connaît intimement et qui est en train de mettre bas, bien que Grand Temps doute qu'une seule femelle, où que ce soit, qu'il connaisse intimement ou non, mette bas en ce moment. Les petits ne tombent pas des femelles pendant les sécheresses…

Grand Temps lui-même étant une exception, lui qui est venu au monde vers la fin de la dernière grande sécheresse. Temps Sec aurait-on pu l'appeler, mais il est né peu après le lever du soleil, quand les ombres proclament des géants, et sa mère opta pour le plus imposant des deux noms. Sa mère était la célèbre femelle chantante, Elle-Beugle-Et-Beugle. Même ses cris en travail étaient mélodieux, même ses cris d'agonie. Elle est morte tout juste six heures après la naissance de Grand Temps, au "petit temps", ou en plein midi. Elle est morte sans raison, parce que "Ainsi a parlé l'Elle", a-t-on raconté à Grand Temps. Et il l'a cru jusqu'à ce que, encore petit, il découvre l'obscure superstition selon laquelle si une hyène à trois pattes croise une femelle un jour et une nuit avant qu'elle mette bas, celle-ci mourra à l'aube suivante.

Une hyène à trois pattes avait-elle croisé sa mère ?

— Non, assura Elle-Bluffe, sa mère adoptive.

Mais elle disait souvent non pour oui, et il ne la crut pas. A genoux, il la supplia de lui révéler la vérité.

— A trois pattes ? dit-elle alors. Il se trouve qu'il y avait bien un être à trois pattes qui rôdait ce jour-là.

Il lui parla de la superstition.

— Personne ne la connaissait donc ? demanda-t-il.

— Bien sûr que si.

— Vous la *connaissiez* ? Il se mit à pleurer à la seule éventualité que personne n'avait mis sa mère à l'abri du danger.

— Que veux-tu dire exactement par "connaître" ? esquiva-t-elle.

Ce lui fut un réconfort de découvrir que sa mère de naissance était morte à cause d'un événement particulier – qu'avec un peu de vigilance de telles morts pourraient être évitées. Il se lança dans l'étude des signes, présages et superstitions, ou des "liens", comme on les appelle plutôt. Les liens courants – Raconte des salades, rends une "côte" malade ; un "brouteur de peau" sur la défense gauche porte bonheur –, il les connaissait, bien sûr. C'étaient les méconnus qu'il se souciait d'apprendre. Il cuisina les femelles de sa famille de naissance. Aux Grands Rassemblements, il restait debout à côté d'une très vieille matriarche pendant les longues heures qu'il lui fallait pour réciter chaque lien jamais entré dans son corps qui ne se soit pas encore irrémédiablement asséché*. Il devint ainsi un spécialiste de l'étrange, quelqu'un de célèbre quand il quitta sa famille à l'âge précoce de dix ans.

Normalement, un mâle s'en va quand il a douze ou treize ans, mais il le fait rarement, comme Grand Temps, de son plein gré. N'importe quel mâle reconnaîtra qu'il serait resté pour toujours avec sa famille si les grandes femelles ne l'avaient chassé. C'est une triste histoire, l'expulsion, et Grand Temps a connu de jeunes mâles

* La plupart des premières fuites, au début des quelques années d'assèchement, sont récupérables dans la mesure où elles subsistent assez près du corps pour être réabsorbées.

qui ont traîné près de leur famille pendant des années, croyant avec un optimisme tragique qu'on leur pardonnerait leurs jeux sexuels, leurs jeux belliqueux – ce qui a bien pu tourner les femelles contre eux. Même ces jusqu'au-boutistes finissent pourtant par s'éloigner, et ils errent seuls ou essaient (presque toujours sans succès) de s'insinuer dans les bonnes grâces de quelque autre famille. Au bout du compte, ils se lient habituellement avec un petit troupeau de célibataires dont le membre le plus âgé est une sorte de chef, s'il n'est pas décati.

C'est une possibilité, la plus privilégiée. L'autre est de devenir ermite... de rechercher les femelles quand l'envie de s'accoupler vous submerge, mais de rester sur son quant-à-soi. D'être son propre patriarche.

Grand Temps se voit comme un ermite, malgré un amour profond et sentimental pour la famille et les amis, et bien que, dès le début, il soit rarement resté longtemps tout seul. Des familles de femelles, des mâles solitaires, et souvent des bandes de célibataires (qui ont tendance à se pousser les uns les autres à l'inquiétude) lui rendaient visite dès qu'un bouleversement dans leur vie ne trouvait pas d'explication. Pourquoi mon lait s'est-il tari ? Pourquoi ai-je des tics ? Bien que Grand Temps regrettât amèrement toute incursion dans sa vie privée, il se réjouissait de résoudre ces mystères, s'il le pouvait. Il était flatté qu'on le consulte, et il trouvait là des occasions de confirmer ou de discréditer le pouvoir de certaines superstitions, et de ce fait d'affiner son inventaire des facteurs déterminants.

Au bout de quinze ans, il connaissait tous les liens existants, mais être devenu une célébrité l'oppressait. Il prit la tangente. Il détruisait son odeur en urinant et déféquant dans l'eau. Il camouflait l'empreinte de ses pas en marchant à reculons, ou, dès que c'était possible, sur des cailloux. Il chantait tout bas. Nombre de poèmes porte-bonheur sont plus puissants s'ils sont chantés, et chantés avec entrain, et il adorait chanter, il avait le trémolo de sa mère de naissance et suffisamment de coffre pour précipiter les gnous dans une fuite éperdue. Mais quand il chantait un air à pleins poumons il risquait d'attirer des auditoires admiratifs de sa propre espèce, il se mit donc à chanter tout bas ou dans sa tête, sauf aux Grands Rassemblements, où il se laissait amadouer à vociférer un couplet de *Souvenirs*.

Aucune de ces précautions n'aurait été astreignante s'il n'avait également été à la merci d'un millier de superstitions. Déféquer dans une rivière est mal vu mais ne risque pas de vous nuire. Il en va de même si l'on défèque dans un marécage à la nuit tombée ou sous un ciel couvert. Mais : "Fais dans un marais sous l'œil-de-l'Elle et de l'aine au genou te viendra une gale cruelle." Et marcher dans les traces d'un mâle en musth, c'est chercher le mal au ventre. Etc. Pourtant, il réussissait à s'arranger de la plupart des recommandations formelles et, quand il lui convenait, à éviter ses semblables – sauf Torrent, un maître pisteur qui débarquait quand il lui plaisait et qui, de toute façon, était une source de nouvelles bienvenue.

Ce fut par Torrent que Grand Temps entendit parler, dans la brève saison sèche de sa vingt-septième année, d'un autre éléphanteau, une femelle, dont la mère était morte quelques heures après sa naissance, et qui – une histoire plus navrante encore que la sienne – fut abandonnée par sa famille alors qu'elle était prisonnière sous le corps de sa mère. A deux doigts de la mort, elle fut sauvée par les Elle-S.

Son sort l'émut, il ressemblait tellement au sien, et il était curieux de découvrir ce qui avait hâté la malchance de la mère. Mais c'était autre chose, une déconcertante impulsion qu'il ne pouvait expliquer, qui le poussa à rechercher les Elle-S (dont il avait essayé autrefois, sans succès, de monter la matriarche). De façon compréhensible, à son approche elles étaient sur leurs gardes. Alors qu'il était encore très loin, Elle-Subodore le repéra et lança un avertissement infrasonore pour qu'il avance sous le vent, et même après qu'il se fut expliqué, seule Elle-Segausse l'accueillit avec chaleur. Elle marcha quelques pas devant lui en ondulant de l'arrière-train, si bien que la petite femelle qui trottinait sous son ventre fut forcée de faire un écart. Comme l'éléphanteau paraissait avoir l'âge correspondant – presque deux ans – il en déduisit que c'était Bourbe.

— Qu'est-ce que tu racontes ? grommela Elle-Segausse de sa voix bien particulière, qui était d'une certaine façon à la fois méprisante, sardonique et extraordinairement lascive. Elle sourit par-dessus son épaule et d'un petit mouvement rapide ramena une brindille dans sa trompe.

— Que tu es très belle, répondit-il. Elle l'était, et il le pensait, mais il ne le lui dit que parce qu'il trouvait que sa soif d'éloges était pareille à un obstacle qui grandit et devient plus infranchissable avec chaque seconde qui passe et où l'on refuse de la reconnaître.

— Et qui plus est, je porte bonheur.

— Vraiment ? Elle avait capté son attention.

Elle laissa tomber la brindille et se retourna pour lui faire face. A petits pas comptés, l'éléphanteau se retourna aussi. Grand Temps remarqua combien sa tête était étroite, et pensa qu'il voyait là ce que le poids d'une femelle pouvait faire au crâne d'un nouveau-né.

— Tout mâle qui me monte a la garantie d'une saison en excellente santé, dit Elle-Segausse.

Grand Temps parcourut sa mémoire pour y trouver pareille superstition. Il ne trouva rien.

— En es-tu tout à fait certaine ?

— Grimpe. Elle se trémoussa, lui présentant son postérieur. Vérifie par toi-même.

Il lui flaira la vulve. Elle n'allait pas entrer en œstrus, il secoua donc la tête.

— Mais merci quand même, dit-il, dérouté par son inutile proposition.

— Ha ! Elle projeta sa trompe en l'air.

Il la regarda d'en haut, comme du sommet d'une falaise. Il était extrêmement grand pour son âge, “comme son nom l'indique”, selon l'expression consacrée. Il était trop maigre pour être beau, mais ses défenses étaient de belle taille, et la longueur de ses pattes semblait avoir un effet grisant sur les femelles véritablement en œstrus. Pourtant être si loin du sol n'avait pas que des avantages, avait-il découvert. Il y avait des occasions, telles que celle-ci, où il avait l'impression que ce qui était évident pour tous les autres n'arrivait pas jusqu'à lui à cette altitude, comme s'il était un tout autre animal. Une girafe. Un oiseau.

— Je vous trouve vraiment drôles, dit Elle-Segausse, en se grattant contre une termitière. Vous autres jeunes célibataires bien élevés.

Oh. Il comprenait à présent. Il se faisait taquiner. Or il n'en avait pas envie après avoir enduré les tromperies et les ruses d'Elle-Bluffe, sa mère adoptive. Il sentit la temporine rouler le long de ses joues et agita les oreilles pour se calmer. Au même moment, l'éléphanteau sortit de sous Elle-Segausse, Grand Temps arrondit alors le bout de sa trompe sous la toute petite trompe et demanda :

— C'est Bourbe, non ?

La petite secoua la tête rien qu'une fois d'un air catégorique.

— Non, je suis Lit de Dattes, dit-elle dans le timbre protocolaire, la fille d'Elle-Segausse. Je sais qui tu es. Tu es Grand Temps le Mâle Lien. Je suis ravie de te rencontrer.

Il fut si décontenancé par son sérieux, son éloquence d'autrefois… et sa courtoisie – comment cette petite pouvait-elle être la fille d'Elle-Segausse ? – qu'il se mit à rire (à présent c'était lui qui riait), ce qui eut pour effet de calmer Elle-Segausse, qui s'éloigna d'un pas nonchalant, et d'encourager les autres grandes femelles, qui se précipitèrent vers lui et se mirent à parler toutes ensemble :

— J'ai mal à la trompe, est-ce parce que j'ai marché sur un bâton ondulant ?

— Il y a deux nuits, dans mon oreille droite, j'ai entendu de l'eau.

Par-dessus les autres voix chevrotait celle d'Elle-S'égosille :

— Je n'ai mis au monde qu'un seul petit ! Comment est-ce possible ? Qu'est-ce qui ne va pas, qu'est-ce que j'ai fait de mal ?

S'adressant à toutes, il dit :

— Mangez des crottes de nouveau-né, parce que d'habitude ça faisait tourner la chance, puis il écarta les oreilles et leva la trompe pour se donner corpulence et autorité, et mugit : Où est la petite qu'on appelle Bourbe ?

Excepté Elle-S'égosille, qui continua à se lamenter, les autres femelles se turent. Tout bien élevé et jeune qu'il pût être, il était quand même un mâle adulte, plus fort qu'elles toutes.

— Bourbe est ici, lança une voix. Grave, féroce, derrière lui. Elle-Sèmelapeur.

Il se retourna, baissa les yeux vers l'éléphanteau au flanc de la femelle, et la terre s'inclina, le soleil étincela, son odorat se hérissa, l'assaillant de mille odeurs étranges. Il ne savait plus où il était. Il savait pourtant ce qui était en train de lui arriver. Six jours plus tôt, au confluent de la Rivière Brune, il était tombé sur deux carcasses de koudous mâles dont les cornes entremêlées indiquaient qu'ils étaient morts en combattant, et la coïncidence de ces cornes à cet endroit était un signe qu'il devait lui-même se préparer à faire une rencontre exceptionnelle.

Bourbe paraissait étrangement impassible. Elle recula, trébucha et fut relevée par Elle-Sèmelapeur, il vit alors sa patte atrophiée et pensa : "Elle est plutôt robuste mais ce n'est pas une beauté." Sous l'œil d'Elle-Sèmelapeur, les oreilles dressées, il lui flaira la tête.

D'abord il ne respira que son odeur douce d'éléphanteau. Puis il perçut une lichette de son odeur naissante de femelle et son pénis jaillit sous son ventre. Bourbe poussa un cri perçant et alla se réfugier sous Elle-Sèmelapeur.

Elle-S'égosille cessa ses pleurnicheries. Elle-Soulage, soignante bravache, renifla la bouche de Grand Temps. Le silence s'établit, rompu enfin par Elle-Subodore qui dit :

— Mais tu es d'une longueur remarquable. Dommage, vraiment, qu'aucune de nous ne soit en délire.

— Mais merci quand même, cria Elle-Segausse.

Elle-Soulage demanda s'il avait mangé de l'écorce d'ébénier.

— Encore de cette saleté, rugit-elle, et ta trompe-arrière lancera des ruades comme la patte d'une grosse mouche !

— C'est Bourbe, dit-il. Je suis excité par Bourbe.

— C'est ridicule ! barrit Elle-Subodore.

— Inouï, matriarche.

Il tendit la trompe vers Bourbe, recroquevillée sous Elle-Sèmelapeur. Il mourait déjà d'envie d'un nouvel effluve de son odeur. Mais Bourbe recula, titubante, hors de sa portée.

— Quand elle aura son premier délire, je serai celui qui forera son tunnel à éléphanteau, déclara-t-il. Parole d'honneur.

Il huma l'air et chercha autour de lui un signe favorable pour sceller son vœu. Il n'y avait rien, sinon des éclats de ciel tombés sous forme de fleurs bleues, dont le pouvoir s'exerçait davantage sur les problèmes de vitalité et de digestion. Il secoua la trompe. En vérité il n'avait pas besoin d'un signe, il avait sa volonté. Bien qu'il trouvât curieux d'avoir une volonté qui ne fût pas dictée par un lien quelconque, à moins que le lien qui avait voulu qu'il fût séduit par une petite estropiée ne fût encore en train d'agir, lui donnant l'impression de le vouloir.

— Tu auras de la concurrence, gronda Elle-Sèmelapeur.

— Ce sera moi.

Il s'en alla, son pénis ballottant sous son ventre, jusqu'à ce que le troupeau tout entier ne pût plus l'entendre ni le sentir, c'est alors qu'il lui vint à l'esprit qu'il n'avait pas interrogé Bourbe sur sa mère de naissance. Il ne lui avait pas parlé du tout.

Il entend un nouvel avion et se dirige vers le fourré d'aubépines, qui heureusement se dresse à l'opposé de l'escarpement.

Que l'escarpement ne soit plus visible ne change absolument rien. Il ne faut pas se trouver face à lui quand un avion passe dans le ciel. Même à des centaines de kilomètres, il ne faut pas se trouver face à lui.

Il lève la tête vers le ciel, et l'ombre de l'avion glisse sur lui. Il y a deux races d'avions : la race petite et rebondie, qui n'a qu'une seule aile tourbillonnante sur le crâne, et celle-ci, avec ses ailes raides qui ne battent ni ne se replient jamais, et sa peau lisse et sans plume.

Dans les entrailles des deux, il y a des humains. Des tueurs – une nouvelle génération d'une voracité stupéfiante. Ce sont les défenses qu'ils veulent, parfois les pieds. Ils abandonnent presque toujours le torse, mais il leur arrive de temps à autre de fumer la chair dans des clairières à feu, puis de l'emporter ailleurs, en éparpillant les os. D'après le crâne, Grand Temps peut dire s'il est tombé sur une connaissance. Au cours des deux cents derniers jours, il a découvert douze connaissances, l'une d'elles étant sa gentille et insipide tante, Elle-Barbe-Et-Barbe, la femelle qui sans le savoir l'a poussé à apprendre l'art de dormir les yeux ouverts et les oreilles déployées, comme s'il était toujours en train d'écouter.

Aux clairières à feu, les humains abandonnent les squelettes rugueux, semblables à du bois, sur lesquels ils ont drapé la chair et la peau de l'animal qu'ils viennent tout juste d'arracher à son squelette parfait. Grand Temps piétine ces squelettes factices et les réduit en miettes. Il rassemble les os et passe un postérieur quelques centimètres au-dessus d'eux pour libérer l'esprit et l'envoyer dans l'oubli de L'Eau Eternelle Sans Rivage. Puis il les emporte loin de la clairière, les couvre de feuilles et de terre et chante un hymne. Le crâne d'Elle-Barbe-Et-Barbe, il a pris le temps de le pulvériser, et quand les morceaux ont été assez petits il en a soufflé une pleine trompe vers le soleil. Un avion passait aussi à ce moment-là, coupant entre le soleil et cette envolée d'os.

Cet avion-ci s'incline, disparaît de sa vue.

Grand Temps s'envoie de la terre sur le dos, embarrassé par son affolement. Un guépard mâle perché sur une termitière et tourné vers l'est garantit votre sécurité jusqu'au coucher du soleil du lendemain, et ce matin il en a vu deux. Il est en sécurité. Tout l'après-midi il a été en sécurité. Pourquoi a-t-il même pris la peine de courir se mettre à l'abri ?

Parce qu'il perd sa confiance dans les liens.

Non. Non, c'est faux. Il lève les yeux vers le soleil. "C'est faux", jure-t-il. Si rien n'a prédit cette sécheresse meurtrière, et encore moins que les humains inaugureraient une ère de massacres sans précédent, c'est parce que, comme l'en a prévenu Torrent, "les liens pourraient bien être infinis".

Mais Grand Temps n'est pas plus à l'aise avec cette déclaration. Quand Torrent la prononça pour la première fois, Grand Temps crut que le vieux mâle essayait de l'aiguillonner ou était en proie à une hallucination due au musth. Il répondit, et il y croyait dur comme fer :

— Je connais chaque lien qui existe.

C'était il y a plus d'un an, au Grand Rassemblement des Longues Pluies. C'était la dernière fois que les deux mâles avaient posé les yeux l'un sur l'autre, et leur rencontre, quoique brève, fut de mauvais augure (s'avère-t-il) parce que Torrent lui confia aussi un grand secret, bien qu'il fût largement en musth, en “vert”, et plus belliqueux et fou qu'il n'était d'habitude pendant cette période, à cause d'Elle-Segausse qui était entrée en œstrus.

Des quantités de femelles étaient en œstrus à l'époque. A la différence de maintenant, c'était une saison magnifique. L'herbe nouvelle assez haute pour vous battre le ventre, et toutes les mares, tous les marécages revenus, la boue ressuscitée. On pouvait humer des kilomètres de ciel sans attirer un seul grain de poussière.

Comme de coutume, le Grand Rassemblement se déroula à La Verte Colline, et parce que l'herbe y était si exceptionnellement luxuriante, des familles qui ne s'étaient pas montrées depuis des décennies arrivèrent, certaines ayant parcouru jusqu'à deux cent cinquante kilomètres. Grand Temps évalua la foule à plus de quatre cents, mais Elle-Chiffre compta exactement trois cent quatre-vingt-six. Peu odorante et d'un caractère dédaigneux, Elle-Chiffre n'était pas et de loin la femelle en œstrus la plus attrayante. Elle était facilement la moins flirteuse de toutes. Pendant que Grand Temps la montait, elle n'en comptait pas moins les pique-bœufs, en leur braillant (à *eux*, présuma-t-il), “On ne bouge pas !”. Mais Grand Temps n'était pas difficile. Il avait désespérément besoin de s'accoupler, et pourtant il était obligé d'abandonner les meilleures femelles aux mâles en musth plus âgés et plus costauds que lui, au nombre d'une demi-douzaine dans cette multitude.

Le plus costaud, le plus vieux et le plus renommé étant Torrent, ou le Mâle Trompe comme beaucoup l'appelaient, reconnaissant ainsi sa valeur et sa profondeur d'esprit, et parce qu'il était le dernier de ce splendide troupeau de célibataires qui, dans leur jeunesse, parcouraient le pays à la recherche des éléphanteaux kidnappés. A cette époque, dans les parties du monde où les populations d'humains blancs étaient le plus denses, les éléphanteaux étaient réduits en esclavage et dressés pour se tenir sur leurs pattes arrière et lancer et rattraper des bulles colossales. Sans tuer un seul humain ni même se blesser, les mâles sauvèrent dix-huit éléphanteaux en se faufilant dans les dortoirs en plein air et en déchirant ou simplement en soulevant les murs de peau trop fine des abris où les petits étaient emprisonnés. Sans bruit, les mâles passèrent entre les abris et mâchonnèrent ou brisèrent les entraves.

Torrent se déplace toujours sans bruit, même sur des galets ou des feuilles mortes, et il est toujours doté de cette trompe sensible qui autrefois sentait les éléphanteaux à trente kilomètres. Seules Elle-Demande et Elle-Segausse (qu'il a si souvent montées qu'elles ont adopté certaines de ses facultés) peuvent rivaliser avec son flair.

A chaque Rassemblement des Longues Pluies, Torrent est en musth, et tous les autres mâles en musth l'évitent. En musth, un mâle n'a que faire d'un autre mâle, quel qu'il soit, mais un mâle qui se trouve être lui aussi en musth est particulièrement malvenu. Peu importe l'affection que deux mâles peuvent se porter dans d'autres circonstances, le mâle le plus gros n'aura de cesse qu'il charge le plus petit et le traite de défense-brindille, de trompe-brindille, de femelle-mâle. Les mâles en musth de même taille et de même âge s'affrontent. Ces combats sont un genre de démence. Ils durent des heures, et presque tout du long les adversaires ne font rien de plus que de se jauger l'un l'autre. Les odorantes femelles en œstrus sont toujours là, au-delà de l'horizon de leur ensorcellement. Les buissons et les souches d'arbres sont là, menaçants. Furieux, il arrive que l'un des mâles *les* attaque pendant un moment. Finalement il reviendra en tournoyant sur son ennemi, mais il se peut alors que du coin de l'œil il repère d'autres buissons, et il les déracinera. Pendant ce temps-là l'autre mâle fait de même, chacun continuant de la sorte jusqu'à ce que l'un des deux meure davantage de faim que d'envie d'une femelle, et s'éloigne.

En temps normal, la période de musth de Grand Temps démarre trente jours avant le Grand Rassemblement et tourne court au beau milieu de celui-ci. A ce dernier rassemblement il était en musth jusqu'aux derniers jours, il avait enduré (et concédé) deux combats, et tous les clans se séparaient et reformaient les groupes familiaux. Les éléphanteaux qui avaient fait les fous se reposaient maintenant contre les pattes de leurs mères, et leurs mères – qui elles-mêmes avaient un peu fait les folles – avaient retrouvé leur nature calme et attentive. En lisière de la multitude qui se dispersait, se postaient des mâles solitaires, s'étonnant d'une passion qui seulement quelques jours plus tôt les avait poussés à monter des femelles du type d'Elle-S'égosille ou d'Elle-Fane.

Grand Temps, quand il était “non vert”, sortait de l'ordinaire par sa façon de toujours traîner autour des Elle-S. Pourtant, voler un effluve de Bourbe n'était jamais facile. Elle avait tendance à rester à l'écart de tous sauf de Lit de Dattes.

Quand elle se mêlait à sa famille, il avait toujours l'impression qu'elle se tenait à l'abri d'une grande femelle. Quant à sa réputation et son autorité, elles la laissaient froide. Exceptionnel chez une femelle, unique en fait, elle n'avait aucune curiosité pour les liens.

— J'exige de te sentir ! finissait-il par mugir.

Soit elle se rapprochait d'Elle-Sèmelapeur, qui le menaçait alors de sa terrible petite défense, soit elle s'enfuyait à sa façon maladroite, sa patte folle ballant sur le côté, et il prenait pitié et se contentait de l'observer de loin tout en la flairant dans son souvenir. Parfois, quand Elle-Sèmelapeur se tenait entre eux deux, elle lui disait de s'en aller. Il riait de son audace. Il était charmé.

Fidèle à son vœu, il avait foré son tunnel à éléphanteau inaugural le matin même (il y avait maintenant plus d'un an et demi) où elle avait eu son premier œstrus. Sa première hypothèse était qu'à partir de là elle comprendrait l'affection qu'il lui portait, et s'y abandonnerait de temps en temps. Mais, dès son œstrus terminé, elle recommença à l'éviter, et chaque fois qu'il rencontrait les Elle-S il en prenait davantage ombrage. Il y avait quelque chose de si étrange dans le sentiment qu'il avait pour elle qu'il en était venu à croire qu'il devait être divin, et que, par ailleurs, le décrire équivalait à le violer. Au cours de ce dernier Grand Rassemblement, il fut poussé à essayer. Par-delà des contreforts de croupes d'Elle-S, il lui cria :

— Nous sommes pareils !

— Nous ne nous sommes accouplés qu'une seule fois, cria-t-elle sans se retourner.

— Tu n'es pas en train de *devenir* comme moi, dit-il. J'essaie de t'expliquer que je pense à toi de la même manière que je pense à moi.

Orphelin et indépendant. Mais plus petite… et femelle, cela va sans dire…

De dessous le jeune mâle qui la montait, Elle-Segausse s'esclaffa, et Grand Temps s'arrêta, se sentant ridicule. Il brouta des fleurs blanches pendant un moment, puis se ressaisit et dit avec une certaine émotion :

— C'était écrit. C'était écrit que je ressentirais une affection anormale pour toi, du jour de notre première rencontre jusqu'au jour de ta mort. Il se tut, troublé. Ce qui ne veut pas dire que tu mourras avant moi.

Bourbe le regarda furtivement de derrière Elle-Sèmelapeur.

— Ce sera quel jour ? dit-elle. Ses yeux étaient du vert des visionnaires, et quand ils brillaient, comme à l'instant, on en voyait l'éclat à cinquante mètres.

— Ce sera quel jour ? dit-il, ravi.

— Le jour de ma mort.

— Je dois dire que je n'en ai aucune idée. Tu m'as mal compris.

Elle baissa la trompe.

— Laisse-moi te sentir.

— Non.

— Et pourquoi pas ?

Lit de Dattes leva sa petite tête maigre.

— Elle n'est pas du tout comme toi, fit-elle timidement, dans le timbre protocolaire.

Il s'éloigna, en passant sa trompe sur le sol pour y trouver un effluve d'urine de Bourbe. Il se sentait piteux, écœuré… et inquiet, plus qu'il ne semblait nécessaire, comme si d'une seconde à l'autre il allait entrer en collision avec une meute d'humains.

Ce fut avec Torrent qu'il entra en collision.

— Femelle-mâle ! rugit Torrent.

Grand Temps fit un bond sur le côté.

— Pardon, dit-il dans le timbre protocolaire.

— Brindille-aux-pieds-plats, marmonna Torrent.

Grand Temps rabattit les oreilles contre son cou.

— Tout à fait, dit-il.

Ce n'était pas une politesse exagérée, c'était de la terreur. En musth, on avait vu Torrent éventrer des mâles assez imprudents pour croiser son regard, sans parler de se cogner à lui, et Torrent était encore en plein musth, les glandes à temporine enflées, la temporine elle-même ruisselant sur sa face, et, tombant de son énorme pénis vert, des gouttes de la taille d'un œuf qui fumaient en atteignant le chaume et dégageaient une odeur si violente que Grand Temps ne comprenait absolument pas comment le grand mâle l'avait pris par surprise.

— Quelle maladresse de ma part, murmura-t-il. Entièrement ma faute.

Il se détourna mais Torrent beugla :

— Je voulais te parler !

Grand Temps regarda par-dessus son épaule. Le grand mâle rabattit ses oreilles, gronda quelque chose de menaçant, puis projeta vers le haut sa grosse tête dans laquelle les yeux jaillissaient, enragés et meurtriers. Grand Temps s'enfuit.

— Stop ! rugit Torrent.

Grand Temps ralentit et regarda de nouveau par-dessus son épaule, par-delà des femelles agitées s'éloignant au petit trot dans toutes les directions, et un vol de gangas pareil à une gerbe de boue.

Torrent se balançait d'un pied sur l'autre. Il faisait de toute évidence un gros effort pour se calmer.

— Reviens ici, dit-il, espèce de petit… famélique petit… Reviens ici… fils.

— Je n'ai pas parlé à Elle-Segausse, jura Grand Temps.

En œstrus, Elle-Segausse était toujours poursuivie par une armée de jeunes, le mâle qui la montait à ce moment-là étant seulement le plus puissant des plus petits. Mais elle devait encore entrer dans sa "radiance", ces quelques heures pendant lesquelles l'odeur d'une femelle est la plus délectable et pour laquelle Torrent se réservait.

— Je sais, gronda Torrent.

— C'était avec la petite Bourbe que je parlais.

— Oui, oui, oui. Viens par ici.

A la course, Grand Temps aurait très probablement distancé Torrent, mais maintenant il était curieux de ce qui pouvait bien forcer ce dernier à réfréner son humeur de musth. Plus encore, il avait pitié du vieux mâle. Il savait ce que c'était de se retrouver persécutant un mâle plus petit, qu'un mince filet de raison proclamait être un ami.

— Je dois te dire quelque chose, gronda Torrent. Plusieurs choses. Vitales… des choses vitales. La première, ne t'imagine pas que ta compréhension des liens est infaillible. Il y a des liens dont tu n'as même pas idée.

— De quels liens s'agit-il ? dit Grand Temps, offensé. Il avait inconsciemment abandonné le timbre protocolaire.

Torrent tourna brusquement la tête vers les Elle-S. La trompe en l'air, il huma l'air longuement.

— Des quantités, grogna-t-il.

— Vraiment ? dit Grand Temps, avec impertinence.

Torrent se retourna vers lui.

— Je ne me suis que récemment rendu compte, par suite d'une rencontre marquante, que les liens pourraient bien être infinis.

— Je connais chaque lien qui existe.

Torrent lui lança un regard mauvais pardessus le bord de l'une de ses magnifiques défenses. De nouveau paniqué, Grand Temps recula à petits pas.

— Si ça pouvait être vrai, dit Torrent.

Grand Temps hésita, frappé par une note sombre dans le ton de Torrent. Celui-ci agita ses oreilles déchirées et arracha de l'herbe. Soudain, il tourna vivement la tête. Il ferma les yeux, une indication que d'une minute à l'autre maintenant Elle-Segausse entrerait dans sa radiance. L'odorat de Torrent étant ce qu'il était, il percevait l'odeur révélatrice avant même le mâle qui était en train de la monter. Ce mâle avait intérêt à être un rapide, songea Grand Temps.

— Je n'imagine pas que ça t'intéresse d'apprendre *qui* j'ai rencontré, dit Torrent, toujours en humant l'air.

— Au contraire, dit Grand Temps, je suis extrêmement intéressé.

Torrent le regarda, l'expression dans ses yeux injectés de sang à la fois perspicace et dérangée. Il enroula sa trompe autour d'une touffe d'herbe, coupa la touffe de son antérieur, mais au lieu de la manger se la jeta sur le dos, un geste gratuit et puéril.

— Les Egarés, dit-il.

— Les Egarés, dit Grand Temps, abasourdi.

— Tu m'as entendu.

Grand Temps ne connaissait personne qui eût jamais entrevu ou senti les Egarés, ni perçu leurs grondements – ne parlons pas d'avoir discuté avec eux. Les Egarés ou les Habitants de la Forêt, comme on les appelait parfois. C'était toujours une lointaine connaissance d'une lointaine connaissance qui, disait la rumeur, avait eu des rapports avec eux. Ce qui n'empêchait pas les descriptions de ne jamais varier. Les défenses anormalement longues, les petites oreilles, la peau lisse et brillante, les yeux verts lumineux. Une race vigoureuse, quoique toute petite, belle malgré sa taille. Et douée. Tous visionnaires, tous agiles et capables de flairer des déjections vieilles de sept jours à trente kilomètres de là. C'étaient de splendides chanteurs, qui plus est. Avançant en file indienne à travers la forêt, la trompe de l'un accrochée à la queue de l'autre, ils mugissaient tels des ouragans, mais en de mélodieuses harmonies et des rythmes complexes. "Tu as du sang d'Egaré", dit-on de quiconque chante souvent et de façon agréable, comme le fait Grand Temps, mais dans son idée ça n'a toujours été qu'une façon de parler. "Oreilles d'Egaré", pour des oreilles minuscules, "Pied d'Egaré" pour le pied sûr, "Yeux verts d'Egaré" – toutes des façons de parler, à moins de croire, et c'était le cas de beaucoup, que les Egarés existaient.

Torrent le croyait. Il n'était jamais tombé sur le moindre signe d'eux (jusqu'à, s'il disait vrai, récemment) mais il y avait toujours cru. Il prétendait même être lié à eux par le sang. C'était Torrent qui, à l'origine, avait raconté à Grand Temps comment les Egarés n'étaient en rien différents des autres elles-là avant d'être emmenés par des humains dans une forêt immense où tous disparurent pendant des siècles. L'Elle en personne déclara qu'ils s'étaient volatilisés alors que, sous l'épais dais qui les privait de la vigilance et de la chaleur de Son œil, ils continuaient à la vénérer. Quand enfin ils furent découverts (par une matriarche Elle-V ou Elle-G, les membres des deux familles débattent encore aujourd'hui de ce point), l'Elle fut si émue par leur inébranlable dévotion à son endroit qu'Elle leur accorda à chacun, et à tous leurs descendants des deux sexes, le troisième œil. Quant à leurs mouvements furtifs et à la subtilité de leur trompe, on les attribue à l'eau claire de la forêt. Leurs voix merveilleuses ne s'expliquent pas aussi facilement, bien que Torrent penche pour la théorie qu'ils mangent les œufs des oiseaux chanteurs. Ils sont capables, il l'admet, de comportements cruels. Ils tuent leurs anciens à l'esprit dérangé, par exemple.

— Tu les as rencontrés ? demanda maintenant Grand Temps.

— Oui, dit Torrent. Son ton était indécis, comme s'il remettait lui-même l'événement en question.

— Quand ?

— Au début de la sécheresse, ces premiers jours torrides. J'avais le sentiment que les courtes pluies n'arriveraient pas, et je cherchais de nouvelles sources d'eau. A l'endroit de la grande brûlure, plus à l'ouest, je suis tombé sur une toile de Rogue et j'ai dû faire un détour par le nord, dévier de ma route de quatre-vingts kilomètres. J'ai continué à marcher nord-nord-ouest, entrant et sortant de deux lits de rivières. Puis vint un groupe de nids de patt'arrière, et puis un désert, c'était une marche de quatre jours. Au bout, il n'y avait que des collines. A l'est, à l'ouest et au nord, chaîne après chaîne, et au pied de ces collines il y avait des forêts. Sa voix monta avec une sorte d'indignation. D'énormes arbres à festin. Aux feuilles encore vertes ! J'ai mangé jusqu'à ce que mon ventre en gronde. Nom de l'Elle, ah ça oui !

— Sans doute, gronda Grand Temps.

— Nom de l'Elle ! beugla Torrent. Il goûta de nouveau l'air. Ferma les yeux. Mais il demeura où il était.

— Je m'étonne que tu ne sois pas resté, dit Grand Temps.

— Vraiment, fils ? Une lueur démente dans ses yeux.

— Avec toute cette luxuriante nourriture…

— Le septième jour, rugit Torrent, j'ai entendu le chant des Egarés ! Et sais-tu ce qu'ils chantaient ?

Grand Temps secoua prudemment la tête.

— Ce n'était pas un chant joyeux, dit Torrent, exaspéré, sarcastique. Ce n'était pas un chant de bienvenue.

Et de sa basse discordante il tonna :

Nous autres, survivants de la tuerie,
Pleurant sœur, fille et fils,
Recommandons à tout Egaré,
Cache-toi bien vite ou finit en chair à pâté.

De cruels patt'arrière cherchent des défenses,
des pieds et des queues ; puis de ta chair ils font bombance.
Crois-nous, Egaré, et de ton propre gré
Cache-toi bien vite ou finit en chair à pâté.

— En chair à pâté ! s'exclama Grand Temps, épouvanté par le carnage, évidemment, mais aussi qu'un chant contienne des paroles aussi grossières.

— Tu ne me crois pas ? barrit Torrent.

— Si, si, absolument !

Ce qui n'était pas tout à fait sincère. Et pourtant, même avec la chair à pâté, il n'y avait rien de fumeux ni de suspect dans cette histoire, et Grand Temps commençait à admettre l'idée renversante que Torrent avait bel et bien rencontré les Egarés.

— Je les ai trouvés dans un bosquet de grosse herbe, dit Torrent. Une famille de huit, ce qui est beaucoup pour eux, mais ils n'étaient pas loin de deux fois ce nombre avant que des patt'arrière massacrent sept d'entre eux dans une fosse. Une façon affreuse de partir, un massacre dans une fosse. Affreuse. En as-tu déjà vu un ?

— On m'a raconté…

— Pas pareil. Des femelles qui disparaissent de ta vue devant toi. Elles trottent sur le sentier et puis elles ne sont plus là, tu crois qu'elles ont basculé aux confins du Domaine. Tu t'arrêtes juste à temps, juste au bord, tu es à deux doigts de tomber toi aussi, tu ne vois personne parce que… parce que… Il s'interrompit, en émoi.

— Les patt'arrière camouflent leurs fosses avec des branches et des feuilles, lui souffla Grand Temps.

— Vous êtes tous en train de courir, ta mère en tête. Elle tombe dedans la première. Son nouveau-né, ta petite sœur, lui tombe dessus. Ta mère hurle. Tu vois qu'un des bâtons lui a transpercé le cou. Ces bâtons qu'ils plantent au fond de la fosse, le bout effilé pointé vers le haut. Tu es au courant ?

Grand Temps hocha la tête.

Torrent hocha la tête.

— Elle est toujours vivante, dit-il rempli d'étonnement. Ta mère. Transpercée de part en part mais toujours vivante. Elle hurle. Ta sœur – il se mit à pleurer – hurle. Le sang gicle. Tu dois les sauver. Comment ? Personne ne sait quoi faire. Ta mère est la matriarche, c'est elle qui sait quoi faire mais elle est au fond de la fosse, et les patt'arrière, tu les entends, ils sont juste derrière toi.

Grand Temps pleurait maintenant, toute son incertitude sur le fait que Torrent ait rencontré les Egarés transformée en colère et en chagrin que sept d'entre eux aient péri de la même façon que la mère de celui-ci.

— Je ne savais pas que tu avais une sœur, sanglotait-il.

Torrent battit des paupières.

— Est-elle morte elle aussi ? sanglota Grand Temps.

— Cesse de pleurer à chaudes larmes ! brailla Torrent. Il secouait la tête, et Grand Temps eut un mouvement de recul – voici venir le coup de défenses – mais Torrent rejeta sa trompe en arrière et s'immobilisa. Il ferma les yeux, inspira avec une concentration extasiée. Son pénis projeta de l'urine qui, dans cette lumière de fin d'après-midi, scintilla, orange, et puis sa trompe revint d'un coup vers l'avant et fut prise d'une douce ondulation pendant qu'il considérait Grand Temps avec un regard délirant plein d'amical intérêt. C'est vrai ce qu'on t'a raconté, dit-il sur le ton de la conversation. Les Egarés *sont* comme des éléphanteaux, à part la longueur de leurs défenses. Un mâle de ton âge aurait des défenses deux fois plus longues que les tiennes, sans exagérer. Pas tout à fait aussi épaisses, pourtant. Et ils ont tous les yeux verts mais cent fois plus brillants que ceux de nos visionnaires. Comme des petits soleils verts, qui dardent la lumière.

— Extraordinaire.

— Absolument. Absolument. Ils se nomment les Nous, comme tu l'as certainement entendu dire. Les Nous-B, les Nous-S. Les individus mettent “Je” en préfixe à leur nom.

Ça, il ne l’avait pas entendu dire.

— Pourquoi ?

— Eh bien, d’abord les petites éléphantes choisissent leur nom de femelle. Parmi un certain nombre de noms proposés par les grandes femelles.

— C’est une effrayante responsabilité à imposer à un jeune esprit.

— Ça flatte l’orgueil de l’éléphanteau. Ils ont une très haute opinion d’eux-mêmes, ces Egarés, tous autant qu’ils sont, même les nouveau-nés. La famille dont je parle, les Nous-F, est peut-être exceptionnelle, mais j’ai eu le sentiment que la suffisance est un trait commun à toute la race. Ça a mis ma patience à l’épreuve, comme tu peux le supposer, toutes ces caresses et ces paroles bêtifiantes. Comme si j’étais un éléphanteau qui tète encore sa mère ! Mais la matriarche, Je-Flotte, était assez cordiale, malgré son chagrin de me voir tellement gigantesque, comparé à eux surtout, et puis j’étais un mâle, arrivé subrepticement parmi eux dans un endroit désertique, le premier de notre espèce qu’ils aient jamais rencontré. Naturellement, l’un d’eux avait eu une vision de moi. Pas facile de les surprendre. Son expression devint celle d’un souvenir amusé. J’ai dit à Je-Flotte : “Avec un nom pareil je n’ai pas grand espoir que vous trouviez ce que vous cherchez, pas du premier coup, en tout cas.” Mais elle ne manque pas de talents.

Comme si lui revenait le souvenir d’Elle-Segausse, il leva la trompe dans sa direction, son pénis s’allongea et projeta de l’urine partout, puis il recula dans une termitière où il se gratta méchamment la croupe.

— Que cherchaient-ils ? demanda Grand Temps.

— L'os blanc, dit Torrent agréablement.

— L'os blanc de qui ?

— Permets-moi de te poser cette question. As-tu jamais entendu parler d'une race d'elles-là blancs ? Et par là je veux dire *tout* blancs.

— Non. Jamais.

— Jusque-là moi non plus. Mais, d'après les Nous-F, une semblable race vivait dans Le Domaine il y a encore vingt générations de cela.

— Ah bon ? murmura Grand Temps, retrouvant son incrédulité.

— On les appelait les Blancs, dit Torrent.

Grand Temps attendit.

— De toute façon, poursuivit le vieux mâle, ils ont disparu depuis longtemps. Depuis longtemps. Il soupira. Il aurait pu être en train de pleurer. Leurs os également, dit-il. Leurs os sont poussière. Sauf…

Le silence dura jusqu'à ce que Grand Temps se rende compte qu'il était censé parler.

— Sauf quoi ?

— Sauf un os. L'os blanc magique.

— Il a résisté, hasarda Grand Temps.

— Parfaitement intact, sans une marque dessus après tout ce temps, sans un trou. Et il ne s'est jamais terni. Au contraire, il n'arrête pas de blanchir. Tu ne devrais jamais rien avoir vu de plus blanc. C'est ainsi que tu le reconnaîtras. Il n'est pas gros, remarque. Ce n'est qu'une côte, et celle d'un nouveau-né, par-dessus le marché.

— Les Nous-F l'ont-ils vu ?

— Non, pas eux. Leurs ancêtres.

Il entortilla sa trompe autour d'une touffe d'herbe et tira dessus par ses racines boueuses. Distraitement, d'un air mélancolique, il cogna la touffe contre sa patte.

— Quand tu dis magique… lui souffla Grand Temps.

Torrent lui jeta un regard oblique.

— Le Mâle Lien dresse l'oreille quand on parle de magie, fit-il. Le Mâle Lien est avide de magie.

Grand Temps rassembla ses forces.

— Le Mâle Lien ! rugit Torrent. Il s'arrêta. Secoua la tête comme frappé par une idée extraordinaire. Il tournait en rond, grondant de façon incohérente. Flairait le sol, l'air, déracina un buisson toxique de trompettes des anges et le lança par-dessus sa tête, il allait et venait en faisant tournoyer sa trompe, et enfin se ressaisit et d'une voix mesurée dit : L'os blanc détient le pouvoir de te diriger vers Le Lieu Sûr. Le Lieu Sûr est un paradis. Pas de sécheresse là-bas, jamais. Pas de dangers. Pour être précis, c'est Le Second Lieu Sûr, mais comme je n'ai jamais connu de Premier Lieu Sûr, je le considère comme *Le* Lieu Sûr. En tout cas, on jette l'os blanc, et quand il retombe il te met dans la bonne direction. Pendant deux nuits et deux jours, le temps qu'a vécu le nouveau-né, il reste en ta possession. Ensuite il disparaît, ramassé par un plongeur du ciel ou un cou-trompe qui l'emporte ailleurs et le laisse tomber afin d'en mener d'autres vers Le Lieu Sûr. Alors tu as intérêt à avoir prévu ton itinéraire pendant ces deux jours et ces deux nuits. Il souffla d'un air méprisant. Nom de l'Elle, brailla-t-il, si alors tu ne suis pas le bon chemin, pour commencer tu ne mérites pas de trouver Le Lieu Sûr !

— Sans doute, gronda Grand Temps. Il était de nouveau gagné par la conviction de Torrent.

La mine renfrognée, le vieux mâle tapa du pied par terre.

— C'est cet os-là qui sauva les Egarés des patt'arrière il y a des générations. Ce n'est pas par hasard si les Egarés disparurent. Ils furent menés dans cette forêt, Le Premier Lieu Sûr, comme on l'appelle, ce qui explique toute cette histoire de premier et de second. Dès qu'ils arrivèrent là-bas l'os blanc disparut, mais ils ne furent pas trop affligés, pas à l'époque, parce qu'ils pensaient qu'il n'y avait pas de patt'arrière dans leur nouveau territoire. Et il n'y en eut pas pendant des siècles, pas avant cent quatre-vingts jours de cela.

— Quel bout de l'os blanc pointe…

— Le bout de l'os blanc qui pointe… ! Chaque mot telle une explosion exagérément articulée. Qui pointe dans la bonne direction, poursuivit-il avec calme, est, naturellement, le bout pointu. Mais, sans l'os blanc, il n'est question ni de lancer ni de pointer. La quête est donc partout, tous les Egarés – pas seulement les Nous-F, tous – cherchent. Moi-même je cherche, ou je cherchais avant cette… avant cette – il battit de la trompe vers sa temporine, vers son pénis flagellant – folie, dit-il, pitoyable.

— Mais pourquoi cherches-tu ?

— Les patt'arrière ont repris les massacres ! rugit Torrent.

— Dans les collines où tu dis que se trouvent les Egarés, oui, je comprends, mais pas ici.

— Es-tu donc visionnaire ? As-tu des prémonitions ?

— Bien sûr que non, murmura Grand Temps.

— Alors cesse de m'interrompre et écoute. Je-Flotte a dit d'aller dans les collines et les endroits les plus arides et de chercher un arbre à festin extrêmement grand. L'os blanc est invariablement lâché près d'un arbre à festin extrêmement grand. Alors voici mon plan : moi je vais dans les collines, toi dans les endroits les plus arides.

— Moi ?

— Pourquoi supposes-tu que je prends ce risque ? rugit Torrent.

A quelques centimètres de la face de Grand Temps se tordait la trompe monstrueuse de Torrent.

— Quel risque ? finit par demander Grand Temps.

La trompe de Torrent s'affaissa.

— Chaque fois qu'on parle ouvertement de l'os blanc, il perd un peu de son pouvoir. Il était revenu au ton de la conversation. Voilà pourquoi Je-Flotte dit qu'il vaut mieux l'appeler l'os-comme-ça.

Il semblait mal à l'aise, comme s'il aurait dû y penser plus tôt.

— L'os-comme-ça, dit Grand Temps.

— N'en parle à personne, dit Torrent. Pas encore, en tout cas. Si une femelle se met à raconter ça à l'oreille d'une autre femelle, le pouvoir du truc aura disparu avant qu'on s'en aperçoive. Quant à moi, je n'en ai parlé qu'à trois autres mâles. Des maîtres pisteurs.

— Qui ?

— Quelle importance ? barrit Torrent. Et toi, dit-il d'un ton bourru, tu n'as rien d'un maître pisteur mais tu t'en vas loin et d'habitude tu es discret. Si nous ne réussissons pas à trouver l'os-comme-ça avant la fin de l'année prochaine, alors nous serons obligés d'en parler aux autres. Elargis la recherche. N'oublie pas qu'il y a toujours la possibilité que l'un de nous tombe par hasard sur Le Lieu Sûr lui-même, avec ou sans l'os-comme-ça.

— N'y a-t-il pas de patt'arrière là-bas ?

— Il y en a, mais ils sont d'une tout autre espèce. Pacifiques. Ravis.

— Ils ne convoitent pas nos défenses ?

— Ils ne convoitent ni nos défenses, ni nos pieds ni notre chair. Sur sa face s'épanouit un extravagant sourire.

— Je n'arrive pas à y croire, dit Grand Temps sans y penser.

— *Tu* n'arrives pas à y croire ! barrit Torrent, mais bientôt sa trompe s'affaissa, ses yeux se voilèrent. C'*est* difficile à croire, marmonna-t-il. Moi-même j'y crois à peine, en fait. Et pourtant toute cette histoire m'est familière. Comme si je l'avais rêvée. Les patt'arrière ravis. Il considéra Grand Temps. Sais-tu ce qu'ils font à longueur de journée ? Ils regardent les elles-là, bouche bée. A longueur de journée. Certains sont assis sur de puissants glisseurs, pourtant ça ne change rien, ils ne bougent pas plus que des pierres.

— Et pour quoi faire ?

— Eh bien, Je-Flotte croit qu'ils ont retrouvé leur mémoire d'avant la Descente, qu'ils se sont brusquement souvenus qu'ils étaient des elles-là. Et ils se sont fourré dans leur petite tête poilue que s'ils nous regardent assez fixement ils enfleront et retrouveront leur taille d'avant. Que leurs oreilles pousseront et tout ça.

— Qui a dit aux Nous-F que ce Second Lieu Sûr existait ?

— Il a été *pré*dit, marmonna Torrent.

— Par un lien ?

— Sans aucun doute.

— Ce sont les Egarés qui ont dit que les liens pourraient être infinis ?

Mais la trompe de Torrent était levée et humait l'air. Il lança la tête vers le soleil sur l'horizon et gronda : “L’obscurité descend”, puis il s’enfonça d’un pas lourd dans une rangée de buissons odorants desquels jaillirent des lapins bruns qui s’enfuirent en zigzaguant dans les ombres, l’un d’eux s’élevant au-dessus du dos d’un phacochère, le plus gros d’une tribu entière s’égaillant la queue en l’air devant Torrent, et le ciel lui-même fut soudain un dansant couloir pourpre de sauterelles dont le faible crépitement sonnait comme le contrecoup du passage cataclysmique du grand mâle, comme la destruction de toute chose fragile. Mais en quelques secondes le couloir s’était enflé dans le ciel et le crépitement était un vacarme ininterrompu.

Grand Temps avait une conscience aiguë de l’accueil que l’Elle-S faisait à Torrent, de leurs braillements enchantés et frénétiques trouant le vacarme. Il avait conscience de la terre souple, des rigoles d’eau et des racines rebondies sous ses pieds.

Supposons qu’il existe un endroit où les humains vous laissaient tranquilles. Pourquoi le chercher maintenant, quand pas un signe ne prédisait la sécheresse ni les massacres ? Même les sauterelles, qui volaient très haut vers le nord-est pour s’en aller ailleurs, n’étaient pas une menace. Le paradis c’était ici. Pourquoi l’abandonner pour aller parcourir les lieux les plus arides en quête d’un os ? Si jamais cet os existait. Comment Torrent pouvait-il en avoir la certitude ?

Il avait su pour les sauterelles. Ou du moins Grand Temps le supposait.

Plus d'une année avait passé depuis ce jour-là, et Grand Temps n'avait songé que récemment que, lorsque Torrent avait déclaré : "L'obscurité descend", il n'avait pas voulu dire qu'une nuée de sauterelles allait passer dans le ciel et provoquer un brusque crépuscule.

Il avait voulu dire ceci. Ce paysage de cadavres et de poussière au-dessus duquel se déverse le vrombissement des avions depuis un néant sans limites.

Il avait voulu dire ces acacias qui s'étiolaient… Grand Temps les effleure de sa trompe. "Rien qui reste en vie", se surprend-il à penser comme si c'était un présage.

Un autre avion passe haut dans le ciel. Tandis que le bruit de l'engin vibre dans le crâne de Grand Temps, son besoin effréné d'un lieu sûr éclate en une certitude qu'il existe bien un Lieu Sûr. Et donc un os blanc. Il se pose la question : Qui est-il pour mettre en doute les légendes d'une race assez clairvoyante pour avoir prévu la dévastation que pas un seul de son espèce avait même soupçonnée ? Que les Egarés aient confié à Torrent le secret de l'os blanc et que Torrent, à son tour, le lui ait confié… rien que cela, pense-t-il, est une raison suffisante pour y croire.

Il décide de partir au sud vers un désert sans arbres envahi de clôtures métalliques. C'est une région que, jusqu'à présent, il n'a pas eu le cœur d'explorer.

V

A la suite de l'histoire de Grêlons il y a un autre temps de silence, finalement rompu par Grêlons lui-même annonçant que dans trois jours il espère être assez solide pour reprendre la quête de l'os blanc avec les Elle-D. Il dit que malgré l'eau et l'herbe Elle-Demande ne se sent pas tranquille ici.

— S'agit-il d'une odeur ? demande Elle-Sèmelapeur, parce que les nez fins sont parfois capables de sentir le danger plusieurs jours avant tous les autres.

— Pas une odeur, dit Grêlons, répondant pour sa matriarche. Pas une prémonition non plus.

— C'est une sen… sa… tion der… rière ses yeux, dit Elle-Débite-Et-Débite.

A quoi Elle-Segausse, l'autre nez fin du groupe, dit :

— Je connais cette sensation. Il m'arrive de la ressentir.

Elle-Sèmelapeur pivote vers elle.

— La ressens-tu maintenant ?

— Je ne crois pas, mais je vais m'en assurer. Elle bat des cils, de ses longs cils. Non, elle n'est pas là.

— Quand même, gronde Elle-Sèmelapeur, si Elle-Demande ne se sent pas tranquille… Elle remue la trompe et lance des coups de sa petite défense. Un vol d'ibis tourne autour du Marécage du Sang et atterrit dans un silence inquiétant avant qu'Elle-Sèmelapeur se retourne vers Grêlons. On part avec vous ! barrit-elle, et tous les Elle-S (à l'exception d'Elle-S'égosille, qui gémit que sa constitution est trop fragile pour entreprendre un voyage) braillent : "On part avec vous !"

C'est déjà le milieu de la matinée, et quand l'agitation s'est apaisée, les deux familles commencent à sortir de sous les arbres à fièvre pour descendre la berge vers le marécage. Cette fois-ci, les femelles Elle-D s'avancent plus profondément dans l'eau, jusqu'au ventre. Grêlons s'attarde sur la rive et tient son pied blessé au-dessus de l'eau jusqu'à ce que Marécage revienne au petit trot dans les hauts-fonds et dise de son ton indolent : "Apparemment, on t'a abandonné", alors Grêlons se jette à l'eau, non pas vers Marécage mais en direction des Elle-D.

Elle-Soulage observe la difficile progression de Grêlons et ne dit rien. Hors de l'eau il risque le "sommeil de chaleur", ce qui pourrait le tuer, frêle comme il est. Elle lève la trompe vers la plaine, et Bourbe devine qu'elle flaire les phacochères et se demande s'ils se laisseraient persuader une seconde fois de faire don de leur urine pour un nouveau cataplasme. Ou, maintenant que les asticots sont tombés de la blessure, qui sait si elle n'a pas en tête un autre genre d'emplâtre, à base de déjections de vautour ou d'entrailles de zèbre. Bourbe n'en serait pas surprise. Elle-Soulage est une bonne femelle soignante, zélée et dévouée sinon astucieuse, mais, de l'avis de Bourbe, elle aime trop les remèdes vulgaires.

— Les déjections de cous-trompes soignent les intestins relâchés, que tu le croies ou non, dit Lit de Dattes, qui mange à ses côtés.

“Je préfère encore des intestins relâchés”, pense Bourbe, puis elle jette un coup d’œil à Elle-S’égosille, mais la grande femelle est tournée de l’autre côté.

Ces jours-ci, Elle-S’égosille a grondé Bourbe de penser, plutôt que de prononcer à haute voix, sa part de la conversation avec Lit de Dattes.

— Je sais ce que tu fais ! cria-t-elle d’une voix perçante deux jours plus tôt, quand Bourbe répondait en silence à l’explication de Lit de Dattes sur la façon dont elle classe les plantes (comestibles et non comestibles, les comestibles divisées en succulentes et tolérables, chacune de ces catégories divisée en disponibilité locale et saisonnière, puis en texture et masticabilité). Tu dis du mal de nous !

— Du mal ? fit Bourbe.

— Verruqueuse et malodorante, dit Elle-S’égosille, parodiant les inflexions vieillottes de Lit de Dattes. Elle lança un regard fou furieux par-delà les autres femelles et cria d’une voix perçante : A qui peuvent bien appartenir ces oreilles-là, je me le demande.

— Nous parlions de la plante charogne, dit Bourbe.

— Je sens l’entourloupe ! hurla Elle-S’égosille.

— La petite n’est pas une menteuse, dit Elle-Sèmelapeur d’un ton sévère.

— Une pensée qui vaut d’être pensée vaut d’être prononcée à haute voix ! hurla Elle-S’égosille. C’est l’autorité de la langue ! Une pensée qui vaut d’être pensée !

Tout en revivant cet échange, Bourbe s’enfonce à présent dans l’eau et s’éloigne des grandes femelles en foulant le fond parsemé d’ossements du marécage. Lit de Dattes la suit. Toutes les deux mangent pendant un moment puis Bourbe pense : “Je me demande s’il nous a parlé du prix blanc par gratitude ou parce qu’il sait que ta mère est un nez fin.”

— Les deux, je suppose. Les Elle-D en profiteront autant que nous si nous le trouvons.

— Ils n’en profiteront que si les deux familles restent ensemble.

— Nous resterons ensemble. La matriarche vient à l’instant d’en faire serment.

Bourbe jette un coup d’œil à Elle-Sèmelapeur.

— Que pense-t-elle ?

Lit de Dattes cligne des yeux. Il est interdit à une parleuse en pensée d’une famille d’écouter les pensées de la matriarche.

— Vas-y, la presse Bourbe.

Tournée vers Elle-Sèmelapeur mais les yeux plissés, feignant de s’intéresser aux petits qui jouent dans les hauts-fonds, Lit de Dattes déploie ses petites oreilles. Puis elle vient s’appuyer contre Bourbe et grommelle d’une voix étonnée :

— Elle a moins envie de partir qu’il y a quelques instants. Elle est peu disposée à abandonner une source sûre d’eau et de verdure.

“Elle a tort”, pense Bourbe.

— Tu ne veux pas être séparée de Grêlons, dit Lit de Dattes.

Bourbe a un rire étranglé, puis se demande quand même s’il n’y aurait pas un peu de vrai là-dedans. Elle fait pivoter sa trompe vers Grêlons et capte son odeur merveilleuse, quelque chose en elle semble s’entrouvrir et respirer, elle a même une petite idée de ce que ressent Grand Temps quand il la hume, mais elle secoue la tête.

— Il n’y a rien de déplacé à vouloir rester avec lui, dit Lit de Dattes d’un petit air sage. Ce n’est qu’un éléphanteau.

— Je le sais bien.

— Si on me tuait, avec qui parlerais-tu ?

— Si on te tuait ?

— Ça peut m'arriver un jour. Ce n'est pas impossible.

"Je veux que nous partions avec les Elle-D parce que j'ai peur, pense Bourbe en colère. Je ne sais pas pourquoi, mais j'ai peur. Et toi aussi. Tout comme Elle-Demande." Elle agite sa trompe dans l'eau, sa patte folle ploie et elle tombe et s'enfonce sous la surface. Quand elle réapparaît, elle pense : "J'aimerais qu'on puisse partir tout de suite."

— Ce que j'aimerais, dit Lit de Dattes, c'est que Grand Temps soit là.

"Pourquoi ?" pense Bourbe, agacée. Son attention descend vers son ventre gonflé, le petit qui s'y trouve.

— Ça nous aiderait qu'il traduise le paysage. Elle plisse les yeux pour regarder la rive opposée. Il pourrait y avoir des liens partout, nous recommandant de rester ici jusqu'à ce que le marécage disparaisse. Elle hume l'air délicatement. Tu peux comprendre que la matriarche y réfléchisse à deux fois.

"Hier, ma patte n'arrêtait pas de s'ankyloser", pense Bourbe. Elle a brusquement compris quel mauvais présage cela représente.

— C'est comme ça, dit tranquillement Lit de Dattes, en se retournant pour la regarder.

"Si ça ne signifiait pas me séparer de toi, pense Bourbe, je partirais de mon côté."

— Bourbe ! s'écrie Lit de Dattes, et Elle-Sèmelapeur et Elle-S'égosille lèvent la tête.

— Lit de Dattes ! barrit Elle-S'égosille. Lit de Dattes, tu ferais mieux de te mettre à l'appeler Elle-Snobe ! Tu m'entends ?

— Partir sans ta famille, gronde Lit de Dattes, scandalisée.

Bourbe pense : “Les mâles partent bien.”

— As-tu jamais entendu parler d’une femelle qui soit partie ?

Bourbe n’a pas d’exemple.

— Et les… dit Lit de Dattes, et Bourbe devine qu’elle pense aux hyènes mais qu’elle a peur de lui en parler au cas où le souvenir de sa naissance revienne la terroriser.

Bourbe la regarde longuement.

Lit de Dattes la regarde à son tour, en battant des paupières. Elle ferme enfin les yeux, lève la trompe et flaire un endroit entre les yeux de Bourbe.

Bourbe ne l’interroge pas sur son étrange attitude. Il lui vient à l’esprit que Lit de Dattes essaie peut-être d’écouter au-delà de ce qu’elle, Bourbe, est en train de penser. D’écouter la source des visions, peut-être, le pouls ou le caillot qui lui permet de voir dans le lointain. Elle se surprend à repenser à une déclaration de Torrent, il y a des années, disant que rien ne requiert de substance jusqu’à ce que ce soit imaginé – “Quand c’est imaginé, avait-il dit, ça doit forcément se faire” – et elle se demande si, parce qu’elle regarde fixement Lit de Dattes et qu’elle se voit quittant le Marécage du Sang avec elle, elle lui impose la substance, organisant sa vie d’une façon qui abolisse d’autres avenirs possibles. Elle y pense, en sachant que Lit de Dattes l’entend. En sachant que Lit de Dattes l’entend, elle pense qu’elle ne quittera pas sans elle le Marécage du Sang, et pourtant elle a la sensation qu’elles sont toutes les deux déjà séparées. Elle a la nostalgie de Lit de Dattes, la nostalgie à l’instant même. Elle se sent vaguement observée, ce qui signifie presque certainement qu'elle est en train de vivre un instant vu par une autre visionnaire (et ce moment n'est pas anodin), mais c'est peut-être elle qui observe cet instant. Elle est peut-être une vieille, très vieille femelle revenant à cet instant-là dans son esprit, et elle y est peut-être déjà revenue tant de fois qu'il se ride au souvenir de ces précédentes visites.

Et sur ses frontières, visite après visite, il y a le problème des hyènes. Même réfugiée dans le sanctuaire de l'instant, à leur seule pensée elle se met à trembler comme une feuille.

— Je partirais quand même, dit-elle tout fort.

Lit de Dattes ouvre les yeux.

— Voilà à quel point j'ai peur.

En fin de matinée, Bourbe remarque qu'Elle-Demande a laissé Grêlons et ses filles et qu'elle patauge vers les femelles Elle-S. Dans l'eau, Elle-Demande se meut avec la grâce d'un hippopotame, son énorme tête desséchée dansant à peine à la surface. Pourquoi sa famille ne la suit-elle pas ? s'étonne Bourbe, et puis quand Elle-Demande dépasse les Elle-S, Bourbe se rend compte que c'est elle que la grande femelle doit venir voir.

"Elle-Demande", la salue Bourbe, et dans le timbre protocolaire Lit de Dattes dit : "Matriarche." Toutes deux tendent la trompe vers la grande femelle, qui se détourne et se met à manger.

Lit de Dattes lance un coup d'œil à Bourbe, l'invitant à réagir en silence, mais Bourbe soupçonne qu'Elle-Demande est devenue la parleuse en pensée des Elle-D, et essaie donc de dissimuler sa perplexité. Elle se remet à manger, et Lit de Dattes aussi. Le soleil est à son zénith avant qu'Elle-Demande parle.

— *Chaque* moment est un souvenir, dit-elle.

Bourbe et Lit de Dattes se dévisagent, ébahies. La grande femelle répond aux pensées de Bourbe d'il y a plusieurs heures, elle est donc devenue la parleuse en pensée des Elle-D, mais elle a aussi entendu les pensées de Bourbe à cinquante mètres.

— Tout a été décrété par l'Elle, poursuit-elle de sa voix douce et cassée. Donc tout doit déjà avoir été imaginé par l'Elle. Nous vivons uniquement parce que nous vivons dans Son imagination. Ta vie, telle que tu la connais, c'est l'Elle qui se remémore ce qu'Elle a déjà imaginé. Nous *sommes* de la mémoire. Nous sommes de la mémoire vivante. Ses yeux brillants tombent sur Bourbe. Comprends-tu ?

— Oui, dit Bourbe, bien qu'elle ne comprenne pas, pas tout. Il semble tellement réconcilié, si durement gagné, le sermon d'une matriarche qui a perdu vingt-trois membres de sa famille.

— Qu'est-ce que c'est ? gronde soudain Elle-Demande. Elle relève sa trompe.

Bourbe et Lit de Dattes l'imitent.

Toutes trois déploient leurs oreilles. L'absence de cris d'oiseau est mauvais signe. La patte folle de Bourbe se met à trembler, elle regarde sur sa droite et voit qu'Elle-Segausse hume l'air elle aussi. Et maintenant Elle-Sèmelapeur, prenant exemple sur Elle-Segausse, lève la trompe. Et voilà que se dressent les trompes des autres grandes femelles, les trompes de Grêlons, d'Elle-Distrait et d'Elle-Débite-Et-Débite s'élevant quelques secondes plus tard.

Venue de la rive, l'odeur d'angoisse passe en vagues concentrées. Les zèbres lancent leurs naseaux dans la brise. Les girafes contemplent la plaine, leurs petites têtes haut perchées et immobiles. Deux singes pleureurs grimpent tant bien que mal au tronc du plus grand arbre à fièvre. Les petits éléphanteaux secouent nerveusement la trompe et se pressent autour d'Elle-Soulage et d'Elle-Segave, qui de toutes les grandes femelles se trouvent le plus près de la source de l'odeur inquiétante. Pour l'instant, seules Elle-Demande et Elle-Segausse semblent l'avoir située. Elle-Subodore continue à manger, ne se rendant apparemment compte de rien. Ne se rendant pas compte de quoi ? Bourbe se le demande mais ne pose pas la question. Personne ne le fait, personne ne parle, même les jeunes éléphanteaux qui se gardent bien d'interrompre les efforts de pistage. Bourbe parcourt la berge du regard, lève la tête et scrute le ciel. Elle reporte les yeux sur sa famille et voit que les oreilles de sa mère adoptive sont ramenées vers l'avant : Elle-Sèmelapeur a entendu quelque chose. Bourbe déplace sa trompe de quelques centimètres vers la droite, et maintenant elle la sent.

La puanteur d'un véhicule.

En l'espace de quelques secondes tout le monde s'est immobilisé, tout le monde a perçu le son ou l'odeur. Des trompes pivotent vers Elle-Sèmelapeur et Elle-Demande, dont l'une ou l'autre donnera le signal de la prochaine manœuvre. Il y a de bonnes chances pour que le véhicule ne vienne pas droit par ici – les véhicules ne boivent pas aux points d'eau et en vingt-cinq ans on n'en a jamais vu au Marécage du Sang. A cet instant précis, ce serait de la folie de s'élancer dans la plaine et de se montrer à l'ennemi, qui n'est d'ailleurs pas les véhicules mais les humains voyageant dans leur ventre. Tout seuls, les véhicules préfèrent dormir, mais dès qu'un humain s'y creuse un terrier ils s'emballent, rugissent et dégagent une odeur nauséabonde.

Cette odeur, même le plus lointain effluve, brûle l'intérieur de la trompe de Bourbe. Elle fait son possible pour se tenir tranquille, avec sa trompe brûlante et sa patte flageolante. Sa vision est étrangement nette. Elle regarde les hippopotames bouffis sortir de l'eau, les crocodiles s'y glisser.

Seules les girafes ne bougent pas, or ce sont elles qui peuvent apercevoir le véhicule, s'il est visible. Son rugissement est à présent si proche. Le pépiement d'un oiseau démarre, la puanteur s'intensifie, et finalement les girafes s'éloignent en bondissant.

— Maintenant, gronde Elle-Demande, en se dirigeant vers la rive.

Quand elles atteignent les hauts-fonds, la formation en V a déjà commencé, avec les deux matriarches à sa pointe, face à la rive, flanquées des deux plus grandes femelles après elles, qui sont Elle-Segausse et Elle-Segave, et puis, à côté et légèrement en arrière de chacune d'elles, les deux plus grandes femelles suivantes, Elle-S'égosille et Elle-Distrait, et ainsi de suite jusqu'à Bourbe et Lit de Dattes, Bourbe à un bout du V derrière Grêlons, et Lit de Dattes à l'autre bout derrière Elle-Subodore, qui hier encore se serait trouvée à la pointe. Entre les jambes du V, les trois jeunes éléphanteaux se blottissent près de Marécage. Il devrait faire partie de la formation mais personne ne le lui dit, pas à l'instant, tous ont le regard fixé sur la rive, et à part Elle-Subodore qui marmonne, "Qui ça ? Qui ça ?" et un gémissement chevrotant d'Elle-S'égosille, c'est le silence. Même maintenant, il se peut que le véhicule change de direction.

Mais non. Il mugit par-dessus la berge dans un crescendo de poussière comme si, bien qu'il soit contre le vent, il les avait senties depuis la plaine. Avant qu'il s'arrête tout à fait, les humains en sortent d'un bond. Elle-Sèmelapeur lance un épouvantable rugissement. Elle-S'égosille et les éléphanteaux se mettent à crier. Il y a le crépitement d'une fusillade et Elle-Sèmelapeur tombe sur Elle-Demande. Avec des hurlements d'hyènes, les humains entrent au galop dans le marécage, les genoux cabriolant au-dessus de l'eau, les fusils faisant feu. Elle-Segave pivote et coule. La formation en V se désagrège.

Bousculant les grandes femelles, Bourbe arrive près de sa mère adoptive. Du sang rose écume à la gorge d'Elle-Sèmelapeur, du sang rouge gicle d'un trou dans sa trompe. Bourbe essaie de boucher le trou avec son pied mais la tête d'Elle-Sèmelapeur a un sursaut, et Bourbe, sans le vouloir, lui donne un coup de pied dans la mâchoire. Une boucle de sang jaillit dans les airs. Horrifiée, Bourbe tombe à genoux, glisse ses défenses sous le torse d'Elle-Sèmelapeur et pousse vers le haut. En vain. Bourbe est trop petite, ses défenses sont trop courtes. Elle se relève. En face d'elle, Elle-Distrait essaie de soulever Elle-Demande, qui tant bien que mal s'est sortie de sous Elle-Sèmelapeur mais ne semble pas pouvoir tenir debout.

Les éléphanteaux poussent des cris perçants et s'accroupissent sous les grandes femelles, qui elles-mêmes répugnent à abandonner les matriarches tombées. D'autres coups de feu. La tête d'Elle-Distrait part brusquement en arrière, revient en avant, un trou bouillonnant entre les yeux.

A la façon de quelqu'un qui voudrait y regarder de plus près, elle se penche vers Bourbe, puis tombe la tête la première sur sa mère en train de barrir.

Une autre fusillade. Elle-Sèmelapeur est touchée à nouveau, au-dessus de la tempe gauche, et meurt sur le coup. Affolée, Bourbe regarde autour d'elle. Elle-Demande a été touchée au torse, elle est morte. Tous les autres, tous ceux qui sont encore vivants, sont hors de l'eau, ou bien en sortent à présent, s'écartant en éventail des deux humains. Tordu, le plus jeune des éléphanteaux, essaie de gravir la berge. Elle-Soulage a déjà atteint le sommet et lui rugit de faire vite. Quand les genoux de Tordu ploient, elle tend la trompe, attrape celle de Tordu et le hisse comme s'il ne pesait rien. "Elle-Serépète", rugit-elle, appelant maintenant sa fille qui court en bordure du marécage. Derrière Elle-Serépète trottent les nouveau-nés d'Elle-Segave, Bleue et Bâtons Ondulants. Bleue trébuche, Elle-Serépète se retourne brusquement et prend un coup de fusil dans le ventre. La violence de la décharge la soulève d'abord sur les orteils, puis elle retombe lourdement sur le côté, le bruit de l'impact semblable à l'aboiement d'un lion.

Bleue se relève. Elle se précipite sur Elle-Serépète et dans son épouvante presse sa gorge contre le flanc de la femelle, comme si elle contemplait, émerveillée, le brouillard rouge sortant des impacts de balles les plus hauts. L'humain qui a abattu Elle-Serépète lance une corde au-dessus de la tête de Bleue. Là où son fusil est suspendu en travers de son dos, il y a un éclat aveuglant. Il tire d'un coup sec sur la corde, et Bleue se débat et hurle. Sa sœur jumelle, Bâtons Ondulants, revient vers elle ventre à terre.

L'humain saute à califourchon sur Bleue, et lui donne de tels coups de pied que ses antérieurs fléchissent. Il continue à la bourrer de coups jusqu'à ce qu'elle bondisse en avant. Ses petits cris d'oiseau alternent avec les hurlements chevrotants de sa sœur, et l'humain qui la chevauche lance des coups de pied, des cris de joie, et lève une main très haut. L'autre humain braille. A côté de Bleue et de l'humain à califourchon, Bâtons Ondulants garde le rythme, tournant par ici et par là comme sa sœur. Quand Bleue ralentit, l'humain passe la main derrière son dos, attrape son fusil, vise Bâtons Ondulants et tire. L'éléphanteau fait un vol plané sur le côté et atterrit sur le dos, ses pattes raidies pointées vers le ciel.

Bleue s'arrête. L'humain lui donne des coups de pied. Il la frappe entre les yeux de la crosse de son fusil. Finalement elle titube, effarée, vers sa sœur morte. Elle enroule sa trompe autour d'une des pattes dressées, et Bâtons Ondulants tombe sur le flanc. L'humain se laisse glisser à bas de Bleue. Il s'éloigne. Tout en marchant, il se retourne et lève son fusil. Pointe le fusil sur Bleue. Tire.

Une horrible plainte s'élève. Bourbe n'a encore jamais vu ni entendu une tronçonneuse, mais elle sait que c'en est une. L'humain qui la tient au creux de son bras court à toutes jambes vers elle.

Sa patte folle n'arrive plus à soutenir son poids, et elle court le long de la rive à une allure d'une lenteur suicidaire. Mais l'humain ne la poursuit pas. Elle s'arrête et regarde autour d'elle. La plainte de la tronçonneuse hausse le ton. Guidée par l'humain, la scie découpe l'avant de la tête d'Elle-Demande dans le temps qu'il faudrait à Bourbe pour mordre dans un bâton, et pourtant tout semble avoir ralenti et le découpage se prolonge donc avec malveillance.

“Monstre !” barrit Bourbe, car c’est là la véritable atrocité. Sans au moins une défense fixée à son crâne, même la grande Elle-Demande ne peut monter se joindre au troupeau céleste de l’Elle. “Monstre !” continue-t-elle à barrir, incapable de s’en empêcher. A ses oreilles, ce cri semble aussi lointain et étiré que s’il sortait de la trompe d’Elle-Débite-Et-Débite.

L’humain qui a abattu les éléphanteaux jumeaux est maintenant à une centaine de pas en aval, il se dirige vers Elle-Subodore. Il se retourne, pointe son fusil, et après un incalculable temps d’arrêt vient le bégaiement des explosions. Bourbe sent de multiples et menues flèches de vent lui labourer le flanc droit. Une éternité plus tard, elle entend les balles tinter sur les rochers, ou les fracasser, ou pénétrer avec des glouglous assourdis dans la terre de la berge.

Sa vue est une fois de plus extraordinairement nette, et tout en courant elle jette un coup d’œil aux hauts-fonds rougis où l’humain à la tronçonneuse est à présent penché sur Elle-Segave. Il se redresse, une défense mince à la main. Il la lance vers la rive et elle tourbillonne avec grâce, un bout après l’autre – bout pointu, bout ensanglanté, bout pointu –, s’arrêtant deux fois en l’air, ou du moins Bourbe en a-t-elle l’impression, avant d’atterrir sur le tas que forment les jumelles nouveau-nées tombées à terre. L’humain pousse un cri de joie et s’avance en titubant vers Elle-Sèmelapeur, au moment où une volée de coups de fusil explose plus bas sur la rive.

Bourbe s’arrête. Elle-Subodore a été touchée. Sur son torse aux crevasses profondes cinq trous décrivent un cercle. Des bouffées de vapeur s'échappent des trous, il n'y a pas de sang, et la vieille femelle reste debout. L'humain avance d'un pas nonchalant et lève de nouveau son fusil. "Je ne crois pas avoir déjà eu le plaisir !" barrit Elle-Subodore, en tendant la trompe en signe de bienvenue. Quand l'humain est suffisamment près, elle enroule sa trompe autour du canon. L'humain fait feu, puis d'un bond en arrière s'écarte de la pluie rouge. Elle-Subodore ne tombe toujours pas. L'humain à la tronçonneuse crie, et Bourbe tourne la tête vers les hauts-fonds. L'humain à la tronçonneuse tient la toute petite défense d'Elle-Sèmelapeur entre ses jambes. Il remue les hanches d'avant en arrière. Encore des coups de fusil en aval, et puis une énorme secousse sous les pieds au moment où Elle-Subodore s'effondre.

Il vient vaguement à l'idée de Bourbe qu'elle devrait rejoindre la berge. La voilà qui part entre des torrents de coups de feu, passe devant le cadavre d'Elle-Débite-Et-Débite dont la tête tout entière a été coupée… du sang sort encore en bouillonnant des tendons rougeoyants de son cou. Elle piétine du sang fumant, des cartouches vides et des rognures de peau, et quand elle atteint la berge celle-ci est si grasse de sang que l'ascension se fait comme dans un rêve. Elle glisse vers le bas, gagne le bord, glisse encore.

Petit à petit la terre se détache sous ses antérieurs qui s'agrippent au sol jusqu'à ce que se forme une petite gorge, hors de laquelle elle parvient à se hisser. Elle tangue à quelques centimètres du bord, avec le vague sentiment qu'elle est une cible facile pour les humains, et se passe en revue. Sa patte tremblotante, sa vision surnaturellement perçante. Le fait qu'elle soit intacte, comme si elle vivait un souvenir, même pas un des siens, dans lequel elle a désespérément basculé. Derrière elle la tronçonneuse braille. A l'est, à peine visible, se dessine la bosse de La Colline de l'Elle.

Elle ira à La Colline de l'Elle, pense-t-elle avec une détermination hypnotique. Elle se met à marcher. Les buissons et les arbres rabougris se coulent hors de la poussière, apparition fantomatique. Tout en marchant elle envoie des alertes infrasonores à chaque membre de sa famille qui pourrait être encore vivant, mais n'obtient pas de réponse. S'il y a des signes ici de ceux de son espèce, elle n'arrive pas à les repérer. Son odorat n'est pas assez fin pour s'infiltrer dans le massacre et la poussière, et elle ne veut pas dévier du droit chemin qu'elle s'est fixé, même si elle se retrouve marchant entre les bandes chantournées que sont les traces du véhicule.

VI

Le paysage que Bourbe traverse à présent, elle le connaît, mais à l'image d'une oasis de la saison des pluies, pas comme ce lieu appauvri. Rien n'est vert ici, il n'y a pas une fleur et tout est desséché. Chaque arbre ou presque est noir de vautours, la terre est un tohu-bohu d'os pointant de sous des amoncellements de poussière rouge, ou encore, là où le sol a été brûlé, de sous des cendres noires.

Les squelettes sont ceux des herbivores, mais ce sont les zèbres, les gnous et les gazelles toujours debout qui paraissent plus morts que vifs, moins chanceux que leurs parents tombés à terre. Les vivants n'ont aucun jeune parmi eux, et même les carnivores semblent avoir du mal à le croire. Les chacals trottant parmi les gazelles de Thomson lèvent le museau, et paraissent chercher par-dessus leur épaule quelque chose de plus fringant et de plus délectable que les malheureuses bêtes aux pattes tremblantes au travers desquelles ils regardent.

Avec l'herbe coupée à ras, et malgré la poussière qui vole, Bourbe peut distinguer les troupes de lions suffisamment tôt pour les éviter. Et pourtant elle ne fait pas de détours, et eux, dans leur stupeur rassasiée, ne lèvent même pas la tête à son approche. Elle passe non loin du couple bizarre formé par un guépard et un vautour à fanons occupés à tailler en pièces un zèbre, qui se débat encore et dont l'œil tombe sur elle un instant avant que le vautour l'arrache. Plus loin, près d'un sébestier, une guenon pleureuse secoue son bébé mort par un pied. Quand Bourbe n'est plus qu'à quelques mètres, la guenon se met à bondir, à jacasser, à taper le bébé par terre, et puis elle le lance et il atterrit aux pieds de Bourbe dans une gerbe de poussière.

Elle s'arrête. La poussière s'évase, ce qu'elle prend pour une manifestation de l'esprit s'envolant vers ce lieu mystérieux et encombré (L'Autre Domaine) où vont finir toutes les créatures défuntes, à part sa propre espèce et les humains. Tant de mouches déjà recouvrent le cadavre qu'il semble de nouveau vivant. Une petite horreur bourdonnante, frémissante et couverte de duvet. Bourbe souffle sur les mouches, et l'odeur du nouveau-né, décelable sous la fétidité mortelle, l'incite à projeter de la terre sur la pitoyable créature avant de s'éloigner.

Cela fait maintenant des heures qu'elle marche. Son ombre forme une flaque devant elle, du sable obstrue sa trompe, durcit aux coins de sa bouche, de ses yeux, et elle a soif. Tout à coup, elle a désespérément soif.

Elle lève la trompe et une foule de souvenirs lui reviennent, chacun étant un épanouissement singulier de cet endroit, chacun chargé de son atmosphère et de ses sensations particulières. Ce qui demeure invariable, d'un souvenir à l'autre, c'est l'odeur de l'eau derrière l'affleurement de rochers. Elle quitte sa trajectoire en ligne droite, mais non sans appréhension. Dévier, c'est aller chercher davantage de malchance, c'est l'impression qu'elle a, et pourtant elle contourne à toute vitesse l'affleurement jusqu'au creux où l'eau sourd aux saisons fécondes, mais qui à présent ne sent pas autre chose que la crotte poudreuse d'impala qui y est nichée.

Elle creuse la dépression de son antérieur droit. Le sol est pétrifié et ses doigts lui font bientôt mal, à cause de la puissance des coups qu'il faut donner pour fendre la terre. Sous sa couche de poussière, son pied est noirci par le sang séché des victimes du massacre, et il lui semble tristement approprié de ne pas saigner mais de porter le sang de sa famille adoptive, comme si c'était la marque de son lien avec ses membres : la distance incontestable, l'inévitable affection. Elle aurait dû quitter le marécage à l'instant où Grêlons avait dit qu'Elle-Demande ne se sentait pas tranquille, ils auraient tous dû s'en aller, mais elle au moins aurait dû partir et convaincre Lit de Dattes de l'accompagner. A cette pensée, ses coups de pied deviennent féroces. Des mottes basculent dans le trou qu'elle creuse, elle les sort avec sa trompe et les jette de toutes ses forces vers l'affleurement, quelque chose d'humainement barbare fermente en elle.

Enfin, trop épuisée pour continuer, elle laisse pendre sa trompe au fond du trou. Là, en bas, la terre fraîche exhale une odeur merveilleuse, que dans son état d'hébétude elle met un temps à reconnaître. Elle est si proche de la nappe aquifère qu'elle peut gratter la dernière couche de terre d'un ultime coup de pied.

L'eau est limoneuse et froide. Bourbe creuse plus profond jusqu'à ce qu'un suintement clair monte dans un gargouillis. Elle boit, se douche et se couvre de poussière, puis se tient là debout, étrangement réconfortée par le tremblement de sa patte folle, un élément connu et fiable au moins.

“Lit de Dattes”, barrit-elle, bien que barrir soit inutile si personne n’a entendu ses appels infrasonores. Elle écoute quand même, les yeux baissés, les oreilles déployées, attendant sous ses pieds la vibration qui annonce un grondement lointain. Ce qui finit par lui arriver ce sont les cris des éléphanteaux, et quand enfin elle comprend que les cris viennent du souvenir, elle est en train de revivre le massacre.

Elle barrit et court en rond. Arrivée au moment où elle grimpait et dérapait au pied de la berge, elle grimpe et dérape au bas des rochers, et s’écorche assez méchamment la patte pour être ramenée à l’instant présent.

Elle se retrouve à genoux au fond de l’affleurement de rochers. Du ciel arrive le vrombissement d’un avion, elle se renverse sur le flanc droit et pleure, pendant combien de temps elle n’en sait rien, mais quand elle retrouve une respiration régulière, l’ombre de l’affleurement de rochers se penche sur elle et un impala boit dans le trou qu’elle a creusé. A quelques centimètres de ses yeux, tenant comme par magie en équilibre sur une extrémité, une pierre d’un bleu mat impose sa couleur sur fond de lumière déclinante. La pierre lui remet en tête une des chansons-liens de Grand Temps :

Sauf dans le cas des baies et des taches menues
Le bleu protège les petits et le sexe au crâne pointu
Mangez une pierre bleue et deux jours et deux nuits
Ceux qui vous feraient du mal en sont pour leurs ennuis.

Alors elle avale la pierre, rassemble ses membres et repart par là où elle est venue.

Son esprit est brusquement clair, libéré de sa servitude. Elle sait maintenant que le but de son pèlerinage n'était pas de se rendre à La Colline de l'Elle, mais de tomber par hasard sur la pierre bleue. Protégée par la pierre, elle peut retourner au Marécage du Sang et pleurer les membres massacrés de sa famille, telle qu'en est son obligation. Le véhicule et ses humains se seront retirés, et (ceci ne lui était pas venu à l'idée jusqu'à maintenant) les survivants Elle-S seront déjà au marécage ou y arriveront avant le matin. Lit de Dattes sera là-bas, si elle est encore en vie. “Faites qu'elle soit en vie”, prie Bourbe à voix haute. Elle est sûre d'avoir vu les cadavres de tous ceux qui sont morts dans le marécage, à la fois pendant le massacre et pendant qu'elle le revivait, mais elle n'a pas vu qui a été blessé, au cas où il y a eu des blessés, et elle n'a pas vu si les survivants ont tous fui dans la même direction une fois remontés dans la plaine. Si elle avait été dans son état normal, elle aurait aussitôt cherché des excréments et des gouttes de sang, et serait allée là où ils la menaient, mais si elle avait été dans son état normal elle n'aurait pas reçu la protection de la pierre bleue.

Ce sont ses propres traces qu'elle suit à présent, en mettant ses pas dans chaque creux qui n'a pas été effacé par la poussière. La poussière est tombée quand le vent est tombé, et bien que sa patte folle chancelle, elle avance vite et arrive bientôt en vue du triste petit fouillis de peau, d'os et de fientes de vautour qui était le singe nouveau-né. Elle continue à marcher, au faîte des ombres plongeantes et en ligne droite sur toute leur longueur. Comme c'est toujours le cas après la mort d'une matriarche – et si l'on compte Elle-Subodore trois matriarches sont mortes aujourd'hui –, le coucher de soleil est ensanglanté. Bourbe ne peut pas le regarder,

regarder ses flots rouges extasiés. Elle fixe le sol, où de temps en temps elle sort d'un coup de défense un rhizome à manger. Elle compte ses pas, ce qu'elle est capable de faire pendant que ses pensées sont ailleurs, et chaque fois qu'elle arrive à deux cents elle lance des grondements infrasonores. Par deux fois, elle se croit à tort sur le point d'avoir une vision. Sa mauvaise patte lui fait mal. Sa peau, qui sent l'exhalaison des ombres*, se contracte, inquiète. Pour autant qu'elle soit protégée par la pierre bleue des périls qui l'entourent, elle n'est pas protégée de ses propres pensées, et de temps en temps il lui faut secouer la tête, à la fois pour s'empêcher de revivre en bloc la boucherie et pour se convaincre de sa réalité. Quand elle passe devant les restes du zèbre qui l'a regardée avant qu'on lui arrache l'œil, elle se demande jusqu'où, dans le gosier du vautour, le globe oculaire du zèbre a conservé son image.

Elle n'a pas rencontré d'autres excréments d'elles-là que les siens, qu'elle a semés en venant, et n'a pas entendu un seul grondement. Mais cela ne signifie rien, ni en bien ni en mal. Si sa famille s'est repliée dans une autre direction, ce que de toute évidence elle a fait, ses excréments seront ailleurs, et, si elle n'appelle pas, il se peut bien qu'elle soit déjà plongée dans un deuil silencieux. Elle-même a cessé depuis des heures d'envoyer des appels, par peur, irraisonnée, d'attirer les hyènes. Ce n'est que lorsqu'elle voit

* C'est ainsi que l'obscurité s'étend.

les hyènes rôder sur la berge du marécage qu'elle sait qu'elle ne peut être la première sur les lieux. Si tant d'hyènes errent dans la plaine quand des cadavres jonchent la rive, c'est qu'au moins deux grandes femelles doivent être là en bas.

Elle s'arrête. Elle pourrait barrir pour appeler à l'aide, mais sa peur l'humilie. Elle l'agace même, agace une nouvelle part d'elle-même qui se sent impitoyable, et elle se remet en marche avec la pensée qu'elle passera entre les rangs d'hyènes comme elle est passée entre les balles et les humains, tel un invincible visiteur dans le souvenir de quelqu'un d'autre.

La brise monte du marécage et apporte l'odeur douce de la pourriture. Quand enfin les hyènes jettent un coup d'œil par-dessus leur épaule, elle n'en est plus très loin. Une palpitation bat dans sa gorge. "Ceux qui vous feraient du mal en sont pour leurs ennuis", gronde-t-elle rien que pour elle, et les hyènes s'éloignent d'un pas furtif.

Elle s'avance sur la berge et regarde en bas. Ils sont là, dispersés parmi les tas fumants que forment les morts. Aussi silencieux que les morts. Une lourde allégresse s'éveille dans son ventre, mais plutôt que de se précipiter pour les saluer, elle reste où elle est pour déterminer, au clair de lune, qui est qui.

Grêlons – c'est Grêlons dans les hauts-fonds devant la carcasse d'Elle-Demande. Et Marécage est à côté de lui. A quelques pas des deux jeunes mâles, là où Elle-Sèmelapeur est tombée, c'est… qui ? Elle-S'égosille ? Non, Elle-Segausse. Et l'éléphanteau sur la rive doit être Tordu, le seul éléphanteau survivant. Donc la femelle à côté de lui doit être Elle-Soulage. Oui, ça se tient, parce qu'ils sont là devant le cadavre d'Elle-Serépète. Derrière eux, passant un postérieur au-dessus de la tête d'Elle-Subodore, c'est Elle-S'égosille.

C'est tout. Vraiment ? Grêlons, Marécage, Elle-Segausse, Elle-Soulage, Tordu, Elle-S'égosille. Elle avance le long de la berge et, de plus en plus affolée, scrute l'obscurité. Sa patte folle se dérobe sous elle, et elle commence à glisser vers la rive.

Elle-Soulage arrive près d'elle la première et, barrissant de façon incohérente, la hisse sur ses pattes. Bourbe touche la coulure de temporine poisseuse sous l'œil gauche de son aînée, l'œil qui a disparu, son orbite bourrée d'une matière qui dégage une odeur de sang et de crotte d'hyène. "Ton œil", dit-elle, mais sa voix se perd dans la clameur. Elle-Segausse mugit : "Bourbe !" (et non "Elle-Snobe", comme Bourbe s'en rendra compte plus tard) et "Jubilation !". Entre les antérieurs de Bourbe, Tordu se traîne sur les genoux et agite sa trompe. Elle-S'égosille secoue la tête. Au clair de lune, le blanc de ses yeux lui donne un regard de démente.

Et puis d'un seul coup tout le monde se tait, comme s'il y avait une fusillade. Mais ce n'est pas ça, ce n'est rien d'extérieur. C'est une pensée qui leur vient à tous. La conscience des morts.

Personne ne parle ni ne bouge, mais quand les vautours commencent à grommeler, une voix magnifique lance :

— Elles sont tombées dans L'Eau Eternelle sans Rivage.

C'est Grêlons qui – Bourbe ne s'en rend compte que maintenant – n'a pas quitté le marécage. Elle se rend compte aussi qu'il est le dernier des Elle-D. Et qu'il a raison : la descente des défuntes est exactement ce qu'elle a ressenti. Leur vertige, et l'éclaboussement.

— Ta famille est à présent réunie, dit Elle-Segausse d'un ton plein de bonté que Bourbe ne lui a encore jamais entendue employer, et Bourbe voit qu'elle est la plus grande des trois grandes femelles. Qu'elle est donc la nouvelle matriarche. La nonchalante, l'irrévérencieuse et lascive Elle-Segausse – brusquement la matriarche !

Elle-Segausse reporte son attention sur Bourbe. Et comme elle reste silencieuse, Bourbe dit :

— J'espérais qu'elle serait avec toi.

— Comment savais-tu ce à quoi je pensais ? dit Elle-Segausse, et Bourbe comprend qu'elle demande : Bourbe a-t-elle entendu ses pensées ? Parce que dans ce cas – si qui que ce soit, d'ailleurs, entend les pensées de qui que ce soit d'autre – alors Lit de Dattes, la parleuse en pensée de la famille, est morte.

La gorge de Bourbe se serre sur ce qui lui paraît être du gravier.

— Matriarche, je ne savais pas.

— Oh, c'est vraiment insupportable ! s'écrie Elle-S'égosille. Après tout ce que nous avons enduré, penser maintenant que Lit de Dattes gît peut-être quelque part…

— Pisse là-dessus, rugit Elle-Soulage. Lit de Dattes sera ici avant le jour.

Elle regarde autour d'elle avec sa jovialité habituelle. C'est une femelle bien charpentée, avec d'épaisses défenses de mâle et un effroyable ressort. Quand son premier éléphanteau est mort peu après sa naissance, elle jeta quelques branchages sur le corps et beugla à tous les autres de cesser de brailler. "Ce qui est fait est fait ! barrit-elle. Elle-Soulage veut paître !" Et maintenant, il y a seulement quelques heures sa fille, Elle-Serépète, a été massacrée, elle-même a perdu son œil gauche, et pourtant elle tape du pied et rugit :

— Pourquoi imaginer le pire ? Et comme personne ne répond, elle beugle : Lit de Dattes n'est pas idiote !

D'habitude, elle arrive à rallier au moins l'un d'eux à ses vues optimistes. Pas cette nuit. Lit de Dattes est loin d'être idiote, mais elle est si petite.

Là-haut sur la plaine les hyènes ricanent. Les vautours volent en spirale, le battement intermittent et doux de leurs ailes ressemble tant au battement des oreilles d'elles-là. Bourbe et Elle-Segausse continuent de se dévisager, et c'est tant mieux si les pensées de Bourbe ne peuvent être entendues, car voilà ce qu'elle pense : "Je suis celle qui l'aime. Aucun de vous ne l'aime autant que moi", et l'inutilité de son amour la porte à un tel point d'angoisse qu'elle songe à repartir seule dans la plaine à la recherche de Lit de Dattes. Ce qui est de la folie, elle le sait. Elle entre dans l'eau à reculons, maladroitement, en soulevant une grande gerbe d'eau, et quand elle heurte le cadavre d'Elle-Sèmelapeur elle passe un postérieur au-dessus de son crâne comme pour libérer l'esprit et l'envoyer dans l'oubli, où il se trouve déjà. Mais Bourbe n'est pas encore prête à voir sa mère adoptive – avec un trou à la place de la tête.

VII

Une balle de la même salve qui tua Elle-Distrait toucha Lit de Dattes au-dessus de l'œil droit. Au lieu de la sensation perçante à laquelle elle se préparait, ce fut un claquement brutal. Une pierre l'avait frappée, pensa-t-elle. Elle toucha la blessure et prit le trou pour une bosse. Elle franchit la rive à toute vitesse et remonta la berge, où, battant des paupières sous le flot de sang, elle confondit les nuages de poussière qui se retiraient avec les membres de sa famille en fuite. Elle les poursuivit pendant des kilomètres, pendant des heures, en barrissant leurs noms et en les suppliant de ralentir. Ils répondaient, ou du moins en eut-elle l'hallucination, et pourtant refusaient de l'attendre. Tous couraient extraordinairement vite et prenaient en chœur des virages aigus, comme une volée d'oiseaux. La poussière enfouissait leurs traces, engloutissait leur odeur. Quand enfin elle tomba à genoux sur les sables blancs éblouissants d'un lac desséché, son ombre ruisselait derrière elle.

Elle se réveille à l'aube, affamée et altérée. Une douleur atroce palpite dans le côté droit de son crâne. De l'œil gauche elle voit les silhouettes floues des vautours tournoyant au-dessus d'elle. Elle se propulse sur ses pieds, et la douleur dans sa tête roule comme un rocher. La peau de son dos et de son flanc gauche est brûlée par le soleil. Elle touche sa blessure, sent maintenant que le trou est un trou, et renifle l'odeur de la poudre. Elle sent l'odeur de son sang, le sang frais et humide dans le trou, et la croûte de sang acide sur sa face.

Une brume basse fume au-dessus du bassin. Du côté du soleil et à l'écart l'une de l'autre, elle aperçoit deux masses sombres qu'elle soupçonne être deux gnous mâles solitaires gardant leur territoire jusqu'au retour des femelles. Mais ce pourraient être aussi des hyènes qui, parce que les temps ne sont plus ce qu'ils étaient, sont sorties pour chasser en plein jour. Ou ce pourrait être rien du tout, des endroits où la brume s'est amassée. De quelle façon pitoyable elle dépend de la vue perçante de Bourbe, elle ne s'en était jamais rendu compte jusqu'à maintenant.

Elle avance jusqu'au bord du bassin et pose un antérieur sur une table de pierre au ras du sol. Depuis le début de la sécheresse, elle a mené des expériences sur les grondements infrasonores et en a tiré deux théories. La première est que se tenir sur des rochers améliore la qualité de la transmission. La seconde, que pendant de grandes sécheresses la terre se dessèche à tel point que les grondements se retrouvent bloqués derrière des murs d'une terre impénétrable.

D'une façon ou d'une autre, elle n'a pas le choix, si ce n'est d'essayer de communiquer. Elle appelle Bourbe et sa mère. N'obtenant pas de réponse, elle appelle tour à tour chacune des

Elle-S. Toujours pas de réponse. Soit les grondements ne passent pas, soit…

Soit tout le monde est mort. Auquel cas elle a passé toutes ces heures hier à poursuivre un mirage.

Elle se souvient d'avoir vu Elle-Sèmelapeur et Elle-Segave tomber, personne d'autre. Qui sait combien d'autres ont survécu ? Peut-être tous, se dit-elle en pleurant les deux morts certaines (en pleurant sans larmes parce qu'elle ne doit pas gaspiller ses fluides). Tous les autres ont peut-être survécu.

Mais où sont-ils ? Où est-*elle* ? Rien ici ne lui est familier, pas d'associations d'odeurs ni de sons. Elle ne sent pas d'eau. Même dans le creux au centre du bassin où elle a dormi, elle ne l'a pas sentie. Il va falloir qu'elle demande de l'aide à quelqu'un. Pas aux vautours, ces menteurs sadiques. Elle se met à marcher vers la forme sombre la plus proche, en flairant pas à pas le sol décapé. Si c'est une hyène, celle-ci ne lui donnera pas de conseils mais ne l'attaquera pas non plus, maintenant que le soleil est monté dans le ciel et qu'elle s'en approche hardiment.

Alors qu'elle n'est encore que miroitante obscurité, la forme se met debout et souffle, se découvrant ainsi, et Lit de Dattes s'arrête là où elle est, à distance respectueuse, et pense : "Bonjour, mâle idéal*."

Pas de réponse.

"Veuillez m'excuser de vous déranger, pense-t-elle, en s'approchant encore, mais je me

* Quand elle s'adresse à une espèce autre que la sienne, une parleuse en pensée emploie le titre respectueux de "mâle" ou "femelle" (comparable à monsieur ou madame) suivi du nom de cet animal pour sa propre espèce.

demandais si vous pourriez me dire où nous sommes par rapport à La Colline de l'Elle."

Il lève le museau.

"La Colline *Idéale*", rectifie-t-elle.

Silence.

Elle décide de faire appel à sa compassion, s'il en est capable. "J'ai très soif, pense-t-elle. Pourriez-vous m'indiquer la source d'eau la plus proche ?"

Il secoue la tête, ce qu'elle prend plus pour un avertissement que pour un refus, quoiqu'il soit possible qu'il n'ait aucune idée d'où il y a de l'eau, puisque les gnous peuvent tenir des centaines de jours sans boire.

"Je suis blessée", pense-t-elle. Son odeur l'aura laissé entendre, mais elle veut qu'il comprenne qu'elle n'a pas la moindre intention de lui disputer son coin de broussailles. "J'ai été séparée de ma famille", pense-t-elle. Elle s'apitoie sur son sort et sa gorge se serre.

Il secoue ses courtes cornes. Et puis il la charge de cette démarche raide et maladroite qui les caractérise.

Elle fait face. Il n'est pas de taille à lutter contre elle. Quand il est assez près pour qu'elle sente le souffle de son haleine croupissante, il s'arrête, la considère de la tête aux pieds, et elle sait qu'il évalue sa vanité. Les gnous ont le sentiment que chaque espèce définit sa propre taille relative. La grosseur comparée à d'autres créatures est, à leur idée, de la suffisance. Tandis que la petitesse est humilité exagérée, et donc pas moins arrogante. La taille parfaite, la taille "idéale", est la taille du gnou.

"Grosse et moche", conclut-il. Tel le lunatique qu'il est, il se met à bondir sur place, en secouant la tête, des filets de bave à la bouche. "Moche, grogne-t-il. Moche, moche..."

Sa blessure la lance. A demi aveuglée par la douleur, elle fait volte-face et s'éloigne. Elle prend garde à ne pas piétiner les excréments du gnou et laisse échapper un rire désespéré, car elle sait qu'être méticuleuse est de la folie dans ces circonstances. Folle elle l'est peut-être, mais lui et toute son espèce sont cinglés. La plupart des espèces déchues le sont, d'après elle. Les humains, qui sont des elles-là déchus. Les serpents, qui sont des mangoustes déchues. Les gnous sont des phacochères déchus, d'où leur tête plate et rectangulaire et leur obsession de la taille.

Au travers de la brume nacrée, les pierres et les os scintillent d'une fausse blancheur. Elle pense à l'os blanc, quel drame ce serait si l'un de ces innombrables miroitements était son salut et qu'elle l'ignorât. Bien que ce soit peu probable. Grêlons a dit que l'os blanc était presque toujours lâché dans un cercle de rochers ou de termitières, à l'ouest des collines qui se trouveraient alentour, or il n'y a ici ni collines ni rochers, du moins qu'elle puisse voir. Et les os qu'elle ramasse ne sont pas très blancs. De près, ils sont ternes. Et frais… la journée n'est pas aussi torride que pourrait le suggérer son dos brûlé.

D'un coup de pied, elle projette de la terre dans le bout de sa trompe et se l'envoie sur le dos et entre les pattes. C'est la plus longue sécheresse en soixante-cinq ans au moins. "Nous sommes punis, pense-t-elle. Ou bien nous sommes mis à l'épreuve." Et puis, se rappelant le dernier sermon d'Elle-Demande, elle pense : "Nous sommes rappelés à la mémoire", et cette perspective la frappe comme étant plus effrayante que les deux autres parce qu'elle est irréfutable, et elle dit à haute voix (lançant un appel à l'Elle, qui sait qu'elle va le dire, qui se remémore – peut-être avec regret – ce que dans un état d'esprit léger ou barbare Elle a autrefois imaginé), "Il faut que je trouve de l'eau".

Mais la matinée est déjà à moitié passée avant qu'elle trouve une autre créature. Un secrétaire, dirait-on à l'odeur. Malgré leur réputation de solennité et de froideur, les deux secrétaires auxquels elle a jamais parlé s'étaient montrés cordiaux, bien que difficiles à faire sortir de leur réserve, il est vrai.

Elle se précipite vers lui. Elle est encore trop loin pour sentir de quel sexe est l'oiseau, quand elle discerne qu'il se tourne pour la regarder.

"Bonjour, majestueux", pense-t-elle.

L'oiseau tourne en rond en levant haut les pattes.

"Je me demandais si vous m'aideriez", pense-t-elle.

Si l'oiseau pense quelque chose en guise de réponse, elle ne l'entend pas. Un animal qui ne parle pas doit regarder en gros dans sa direction pour qu'elle entende ses pensées. Elle continue à marcher, lentement à présent, jusqu'à ce qu'elle soit assez près pour pouvoir toucher, si elle le voulait, ses singulièrement longues plumes de queue. C'est un mâle.

"Bonjour, mâle majestueux", pense-t-elle.

Il est posté sur un tas de cailloux. Elle s'abstient de flairer le tas mais croit sentir des excréments de rongeurs. Elle souffre atrocement, et sa gorge est si sèche qu'elle lui paraît incrustée d'épines, pourtant le plaisir bondit en elle parce qu'elle ne s'est encore jamais trouvée aussi près d'un secrétaire. "Il *est* majestueux, pense-t-elle (pense-t-elle assez fort pour qu'il l'entende). Comme son nom l'indique." Pour sa part, elle n'aurait pas appelé de telles créatures des "mouches qui ruent" (ça, elle le pense en privé). Pour l'espèce de Lit de Dattes, il va de soi que la ruade est une manière de se pavaner, un mouvement dédaigneux, alors qu'elle soupçonne que c'est une façon de gratter le sol pour y trouver des insectes.

La serre droite de l'oiseau s'abat et remonte en serrant un serpent brun, qu'il commence à cogner contre une pierre. Après une bonne dizaine de coups le serpent cesse enfin de gigoter, et l'oiseau incline la tête si bien qu'il regarde Lit de Dattes de haut. "J'ai failli rater mon coup, grâce à vous", pense-t-il.

"Je vous demande pardon", pense Lit de Dattes. Le serpent est de la même race de vipère heurtante qui, au fil des ans, a tué deux éléphanteaux Elle-S. "Sauriez-vous, pense-t-elle, où il y a de l'eau dans les environs ?"

"Oui." Il étire son cou d'un air impérieux.

"Où ?"

"Où est quoi ?"

"L'eau."

"L'eau est où elle est."

"Je ne connais pas cette région."

"Fait qui ne change en rien l'emplacement de l'eau." Il ouvre les ailes et court en zigzag, en traînant la vipère dans la terre et en produisant un sinueux tube de poussière brune dont Lit de Dattes ne manque pas de noter la ressemblance avec la vipère.

Elle part dans la direction opposée. Balayant le sol de sa trompe, elle inhale les odeurs décourageantes de vieux excréments, de vieille urine, de vieux os et de chair morte. Le vent s'est levé. Chaque fois qu'elle s'asperge de poussière, la plupart s'envole avant de toucher sa peau, et bientôt la chaleur sera intolérable. Déjà les aigrettes qui viennent se poser sur son dos semblent des langues de feu. Où ira-t-elle s'abriter ? Pour la première fois de sa vie, sa mémoire l'a trahie. D'une façon ou d'une autre elle s'est rendue ici, et d'habitude elle n'aurait eu qu'à visualiser ce voyage dans son imagination et à revenir sur ses pas, mais hier est un brouillard, aussi dégradé que sa vue.

Elle marche sans but, puisque aucune odeur ne la guide. Les excréments sont ceux des autruches, des hyènes, des léopards, des phacochères, des girafes, des chacals dorés. Des vautours, naturellement. Ses propres déjections, quand elle les rencontre, ne mènent nulle part. Au lieu de marquer une piste, ils décrivent des méandres, comme si elle avait déféqué en donnant de la bande. Les excréments des autres créatures ne sont pas tous vieux, et parfois elle capte des bouffées de vie – des hyènes et des gnous surtout – parmi les carcasses. Dès qu'elle arrive en terrain rocheux, elle envoie des appels infrasonores à Bourbe et à sa mère, et là où il y a des ruisseaux asséchés, elle creuse pour trouver de l'eau. Pendant un de ces forages, elle découvre une bouchée de tubercules dont la pulpe juteuse apaise le désespoir de sa soif. C'est la journée la plus chaude dont elle se souvienne. Elle n'a pas la force de s'empêcher de revivre toutes les journées les plus torrides de sa vie, alors elle imagine de l'ombre où il n'y en a pas, et tente de s'abreuver à des flaques qui n'existent pas. En contournant le sol enflammé d'un souvenir, elle manque tout juste de marcher sur de vraies flammes qui, là où subsiste encore assez d'herbe sèche pour les alimenter, ondulent sous des tourbillons de fumée. Des milans noirs planent au-dessus de la fumée et feignent de ne pas entendre ses appels à l'aide. A un moment, elle aperçoit ce qu'elle croit être une chaîne de collines basses. Mais en réalité ce sont des nuages de poussière soulevés par un troupeau de pintades-vautours, qui penchent leur tête minuscule selon des angles divers et caquètent "Fiche le camp !", et elle se trouve bêtement apeurée.

Son crâne l'élance sans relâche maintenant, et elle doit se rendre à l'évidence qu'il faudra qu'elle soigne sa blessure ou risque l'infection. Un cataplasme est nécessaire, composé d'urine de phacochère et d'écorce d'arbre à fièvre (pareil à celui qu'Elle-Soulage a appliqué sur le pied de Grêlons), ou d'excrément d'hyène et d'écorce d'arbre à fièvre. Il n'existe que ces deux remèdes pour les blessures par balles, comme le sait toute femelle soignante.

Comme le sait Lit de Dattes. Pour elle les grands moments, aux Rassemblements des Longues Pluies, interviennent quand quelqu'un tombe malade ou est blessé et que les femelles soignantes de chaque famille – Elle-Soulage, Elle-Guérit-Et-Guérit, Elle-Rétablit, Elle-Traite et toutes les autres – s'assemblent autour du patient et discutent de la façon de procéder. Avant qu'elle apprenne à s'en abstenir, elle demandait aux femelles pourquoi un traitement était choisi plutôt qu'un autre, pourquoi les ingrédients différaient du mélange ordinaire, et la réponse était toujours une variation de "C'est ce qui marche", et Lit de Dattes, malgré son jeune âge, l'entendait comme une variation d'"Ainsi a parlé l'Elle". A sa grande frustration, personne, même pas l'éminente Elle-Purge, ne s'intéressait à la logique sous-tendant le remède.

Lit de Dattes y porte un intérêt suprême. Dès son deuxième Grand Rassemblement, elle suggérait des explications possibles : les excréments étouffent le pus ; les petites branches creuses avalent la fièvre. Les femelles soignantes l'écoutaient avec un intérêt apparent mais jamais leur regard ne s'éclairait, et finalement Lit de Dattes commença à comprendre qu'elles avaient peur. On ne s'interroge pas sur les traitements, on n'y regarde pas de trop près. Le faire c'est altérer leur pouvoir et offenser l'Elle. L'offenser, de quelle façon ? Lit de Dattes n'a jamais posé la question, consciente que la crainte de la femelle soignante est déjà un manque de foi auquel pas une seule n'aimerait penser, et ne voudrait encore moins admettre.

En tout cas, elle sait ce qui lui faut pour sa blessure. Mais où, sur ce territoire abandonné, trouvera-t-elle un arbre à fièvre ?

Elle hume l'air et tourne en rond. Pour que ses yeux larmoient et éclaircissent sa vue, elle se retient de ciller. (Elle aimerait qu'il existe un remède contre la mauvaise vue. Un liquide qui, contrairement aux larmes, ne s'en irait pas. Une gelée transparente ou un mucus qu'on étalerait sur les globes oculaires.)

Il n'y a pas un endroit pour sauver l'autre. Brousse, pierres, feu.

Feu.

L'urine de phacochère ou les excréments d'hyène échaudent la blessure, c'est là leur fonction thérapeutique. Pourquoi brûler aide-t-il à quelque chose, Lit de Dattes n'en sait rien, à moins que, comme elle le suggérait aux femelles soignantes, cela ne "consume le mal". Un bâton enflammé ou une pierre chaude n'en feraient-ils donc pas autant ?

Elle s'élance vers le torrent de fumée noire et de courtes flammes. Il n'y a pas de bâtons, pas un seul qu'elle puisse voir. Toutes sortes de pierres et de cailloux sont éparpillés, mais comment en ramasser un sans se roussir la trompe ? S'il y avait une feuille verte, une branche de palmier, elle aurait un tampon.

Lorgnant, flairant, elle inspecte le terrain. Une palpitation lui martèle le crâne et ses pensées refusent de se mettre en ordre. "De l'eau", pense-t-elle dans le vide, et une bande de vautours tombe du ciel et sautille derrière elle en criaillant : "De l'eau ! De l'eau !" Quand elle se retourne vers eux ils ouvrent leurs ailes et s'élèvent avec une improbable grâce.

Des tornades tourbillonnent devant ses yeux. Elle fait quelques pas chancelants et s'effondre à genoux à la lisière des flammes crépitantes. Elle reste ainsi, combien de temps ? Une minute ? Une heure ? Le temps passé n'existe que par les crampes dans ses articulations. Quand son cerveau s'éclaircit suffisamment pour qu'elle cesse de confondre la fumée à l'intérieur de sa tête avec celle du dehors, elle roule sa trompe sous son menton, plaque ses oreilles contre son crâne et place sa face au-dessus d'une flamme festonnée.

Peut-être parce que la douleur est attendue, ce n'est pas aussi horrible que prévu. C'est, enfin, cette balle qui la transperce – ce que cette balle aurait dû lui faire – et puis c'est froid et presque supportable. Elle ne relève pas la tête avant de se sentir brûler. Elle se met debout et s'éloigne, et près d'un endroit où il n'y a ni cailloux ni os elle s'étend de nouveau sur le sol.

La brûlure réunit en elle tous ses autres inconforts, même sa soif, et les anéantit par le feu, et bien qu'elle ne puisse se résoudre à se lever, elle se sent rétablie.

Elle murmure un chant d'action de grâces :

Oh, pour une foi qui ne diminue pas,
Quoique harcelée par la soif et la peur,
Qui voyant venir la mort ne tremble pas,
Bien que la vie nous tienne à cœur.

Qui confiera chaque souci et chaque peine,
Chaque blessure et chaque appel incrédule
A l'Elle, la Femelle d'entre toutes les Femelles,
Dont la trompe autour de nous tous s'enchaîne.

Et puis elle perd conscience.

Quand elle se réveille, elle remarque, à quelques centimètres de ses yeux, un tas de ses propres déjections dont l'odeur douce et familière est si appétissante qu'elle les mangerait si elle avait la volonté de bouger. Sa vision de près est formidable, et elle observe les mouches qui grimpent sur les pelotes d'excréments. Des ailes semblables à des tranches de lumière bleue. Des yeux verts et globuleux. Comme elles sont agitées ! Elles semblent ne plus savoir que faire, affolées par la perte d'une quelconque nécessité qu'elles espèrent trouver dans ses déjections, et bien qu'elles paraissent ne pas prêter attention les unes aux autres, elles produisent un bourdonnement unifié qui évoque un unique animal excédé, aux yeux et aux ailes innombrables.

Quel nom cet animal se donne-t-il ? Les parleuses en pensée et les insectes ne communiquent pas, il est donc inutile de poser la question. Mais elle demande quand même… elle pense : "De quelle espèce de mouchetures êtes-vous ?" et le bourdonnement semble se configurer en un son qui dit : "Vital."

“Vital”, pense-t-elle, amusée que tous les animaux s’affublent de noms si prétentieux, et parce que (puisqu’il est impossible que les mouches lui aient répondu) ce nom elle a dû l’inventer. Elle décide que l’animal est féminin. “Bonjour, femelle vitale”, pense-t-elle.

Toutes les mouches s’envolent et reviennent se poser sur la crotte la plus proche de son œil droit. Elle a alors l’impression que son intégralité est démesurée pour qu’elles la saisissent, et qu’elles supposent que son œil est un animal à lui seul qu’elles appellent l’Eclat. Ce qui est étrange, c’est qu’alors que c’est son esprit qui compose ce récit, le bourdonnement est nécessaire à son inspiration. Elle n’entend pas de mots. Elle entend une oscillation qui semble pénétrer par le trou dans sa tête et, à l’intérieur de cette cavité, lui devient intelligible. “A quel égard êtes-vous vitale ?”

“Je couvre Le Domaine.”

“Couvre Le Domaine”, répète-t-elle, perplexe, puis elle commence à se représenter la chose. Une mouche bourdonne à une autre, qui bourdonne à une autre, qui bourdonne à une autre, et ainsi de suite, chaque bourdonnement étant un fil d’un fin réseau, et finalement le réseau forme un vrombissement chatoyant aussi long et large que le monde. “Quelle merveille”, pense-t-elle, oubliant qu’il se peut bien qu’elle parle toute seule.

“Je couvre Le Domaine”, répète le bourdonnement.

“Oui, je comprends.”

“Je domine le panorama.”

“Du Domaine tout entier”, suggère-t-elle.

Là les mouches négligent de répondre, et elle est de nouveau consciente de son épouvantable soif. “Où pourrais-je trouver de l’eau ?” pense-t-elle.

“Par là.”

Elle lève la tête. “Par où ?”

“Par là.”

Les mouches regardent chacune dans une direction différente.

Vaincue, elle baisse la tête et tombe dans une rêverie où elle vole. Le paysage est magnifiquement détaillé mais sans couleur. Des collines rondes pareilles à des œufs colossaux la frôlent à droite et à gauche, et pour une quelconque raison elle peut voir en même temps à droite et à gauche. Tout est si gros et si net. Sous elle, un animal ressemblant à un insecte géant passe au galop, elle comprend alors qu’elle voit avec les yeux d’une mouche pour pouvoir être menée vers une source d’eau.

Elle a intérêt à être attentive. Et à faire la part des choses. Ce qui risque d’être une grande distance pour une mouche ne sera rien pour elle. Elle remarque, grâce aux ombres, qu’elle s’éloigne du soleil en partant un peu vers la gauche. Elle dépasse en trombe une chaîne de ces collines rondes, qui doivent être des cailloux, puis survole une traînée de disques sombres et tachetés grands comme des mares. Des excréments de bestiaux ? A sa gauche un escarpement grossit à vue d’œil… non, c’est un os, un fémur. Un peu plus loin gisent une cage thoracique et un crâne. De quoi ? De jeune zèbre ? Il est difficile d’identifier des choses dont la taille s’est dilatée mille fois.

Des fissures dans la terre s’enfoncent telles des gorges, des foules d’insectes bossus rôdent tels des buffles. Une muraille de troncs d’arbres enchevêtrés est un buisson ou une boule d'arbustes entremêlés. Elle dépasse des termitières aussi énormes que des montagnes, puis c'est la terre nue pendant un moment, chaque grain de terre un caillou séparé et tremblant. Le sol s'abaisse et elle flotte au-dessus de rochers mauves en nid-d'abeilles au bout desquels s'étire une aube de sable blanc.

Le rêve s'arrête là.

Elle se met debout et reste là à prendre connaissance de ses douleurs qui se sont réveillées. Maintenant qu'elle a quitté le niveau du sol et qu'elle ne peut même plus apercevoir les mouches, son échange avec elles lui paraît inconcevable. Pourtant elle se met en route suivant les instructions du rêve et, au bout de quelques minutes, tombe sur le fémur, le crâne et la cage thoracique d'un jeune zèbre. A partir de là, elle se met à courir. Passe devant des termitières, escalade un talus de pierres mauves et arrive dans le lit d'une rivière asséchée où, délirante d'impatience, elle creuse.

VIII

Il n'est pas prudent de s'attarder au marécage. On sait que les humains reviennent à l'endroit des massacres chercher les pieds ou les queues qu'ils risquent d'avoir oubliés, ou simplement pour y traîner en jubilant. Parfois ils découpent le cadavre en morceaux qu'ils emportent, vraisemblablement dans l'intention de les manger ailleurs, mais plus souvent ils font un feu sur les lieux mêmes et leurs bruyants festins peuvent durer des jours et des jours.

Les défenses, ils les emportent toujours aussitôt après un massacre. Où vont finir ces défenses et ce que veulent en faire les humains (ou des pieds et des queues, d'ailleurs), personne ne le sait avec certitude. Torrent dit qu'il est tombé un jour sur deux cadavres humains dont le cou et les antérieurs étaient cerclés d'étroits rubans d'ivoire, et il se demande si ces rubans ne prouvent pas la nostalgie pour le temps où les humains étaient des elles-là. Il pense, comme à peu près tout le monde, que les humains pulvérisent aussi les défenses et respirent la poudre d'ivoire pour renforcer leur piètre odorat.

Les humains qui perpétrèrent le massacre au marécage emportèrent jusqu'au dernier petit morceau d'ivoire, même celui des éléphanteaux, mais laissèrent les queues et les pieds. Une atrocité de moins, une cause supplémentaire d'inquiétude. Même si ces humains-là ne reviennent pas, des membres de leur famille pourraient le faire. Elle-Segausse, pourtant, refuse de s'en aller.

— Va-t'en, si tu veux, gronde-t-elle avec indifférence à Elle-S'égosille, ce premier matin. Moi, j'attends ma fille.

— Si elle devait venir, elle serait déjà ici, proteste Elle-S'égosille, non sans raison. Elle ne viendra pas, pas Lit de Dattes, elle est trop sage. Elle ne pensera pas un instant que *nous sommes* encore ici. Elle jette des regards anxieux à Marécage. Je suis convaincue qu'Elle-Sèmelapeur n'aurait pas voulu que nous risquions notre peau de la sorte. Et ma pauvre mère ne l'aurait pas voulu non plus, je peux te l'assurer.

De ses postérieurs, Elle-Segausse continue à projeter du sable sur le corps décapité d'Elle-Débite-Et-Débite. Les coups de pied font onduler sa croupe d'une façon si manifestement charnelle que le jeune Tordu tente de monter sa cuisse. Elle l'envoie balader.

— Ta pauvre mère n'est plus des nôtres, dit-elle. Elle-Sèmelapeur n'est plus des nôtres. Je suis ta matriarche, et en tant que matriarche je te conseille – elle tourne en se dandinant jusqu'à ce qu'elle soit en face d'Elle-S'égosille – de faire ce qui te chante.

— Oh, ça alors ! mugit Elle-Soulage, sidérée. Les deux autres grandes femelles l'ignorent.

— Est-ce que tu me bannis ? s'écrie Elle-S'égosille.

— Je te dis que tu es libre de t'en aller.

Mais, évidemment, Elle-S'égosille n'est pas libre, et c'est un scandale qu'Elle-Segausse suggère une chose pareille. "Le chagrin lui fait perdre la tête", pense Bourbe en guise d'explication. Et pourtant elle pense aussi qu'Elle-Segausse et Elle-S'égosille sont tante et nièce, et non pas sœurs, et qu'il arrive à des tantes et à des nièces de se séparer, chacune emmenant ses propres petits et parfois ses plus jeunes sœurs pour démarrer une nouvelle famille. Sauf que cette famille-ci est déjà tellement réduite, et si Elle-S'égosille s'en allait il n'y aurait que Marécage pour l'accompagner, car qui d'autre, ayant le choix, choisirait Elle-S'égosille ? Et même Marécage – Bourbe le regarde, là où il se trouve dans les hauts-fonds boueux colorés de sang, avec Grêlons qu'il n'a pas quitté depuis hier soir –, même lui, pourrait bien abandonner sa mère.

Pour la première fois de mémoire de Bourbe, Elle-S'égosille reste sans voix. Elle agite sa vilaine tête, le claquement de ses oreilles rappelant de façon inquiétante l'approche d'un hélicoptère.

Elle-Segausse s'éloigne à pas lents.

— Tu es une gloutonne ! finit par brailler Elle-Segausse.

Elle-Segausse ne s'arrête pas.

— Si j'étais la gloutonne que tu es, hurle Elle-S'égosille, *je* serais la plus grande femelle ! Elle virevolte et s'en va d'un air important dans la direction opposée. Toutes deux ondulent des hanches, Elle-Segausse donnant une impression d'exquise nonchalance, Elle-S'égosille d'ennuis gastriques.

La journée s'étire. Le soleil, comme il le fait dès qu'il s'agit d'endurer une période d'angoisse ou d'attente, entre dans un état de vigilance redoublée et avance dans le ciel plus lentement, si bien que ce qui devrait être le crépuscule n'est que le début de l'après-midi et que Bourbe se sent épuisée à force de chanter des cantiques et de pleurer, de verser du sable sur les victimes du massacre, épuisée par la tâche vaine et exaspérante qui consiste à chasser les vautours. Elle se tient dans l'ombre d'Elle-S'égosille, qui s'appuie en haletant contre la berge. Tout au long de la matinée, Elle-S'égosille s'est plainte d'avoir le souffle court, bien qu'elle n'ait pas paru plus essoufflée que les autres. "J'ai une crise !" a-t-elle passé son temps à crier d'une voix stridente à Marécage. A présent elle a vraiment l'air d'être souffrante, mais, comme pour prouver à Elle-Segausse qu'elle est la plus héroïque, elle n'entre pas dans l'eau avant qu'Elle-Soulage rugisse qu'elle risque le sommeil de chaleur. Il fait si chaud qu'on peut voir la puanteur s'élever des cadavres en flots rouges et vacillants. Chaque estafilade, chaque flaque de sang est noire de ces mouches qui piquent, incarnations de la cendre, ce qui veut dire soit que les humains cuisent de la viande quelque part, hors de portée d'odorat, soit que la brousse est en flammes plus loin dans la plaine.

Malgré la puanteur et le danger, le marécage ne leur est pas entièrement réservé. Gnous, gazelles, buffles, hippopotames, zèbres et bandes de babouins grouillent au bord de l'eau et se cognent aux crocodiles, qui bondissent pour attraper chevilles, têtes et oiseaux qui descendent en piqué. Seuls les elles-là et les hippopotames ne craignent rien de ces attaques, et les hippopotames démontrent leur immunité en rongeant l'échine dentelée des crocodiles. Les crocodiles filent sous l'eau. Il n'y a pas de signe qu'ils font un festin de carcasses, si ce n'est un léger balancement des pattes qui pointent hors de l'eau telles des souches d'arbre. Des vautours s'y perchent, d'autres sont juchés dans les cavités de la tête comme dans un nid. Plus bas dans les ventres, les vautours enfoncent leurs crânes couleur sang et émergent en tirant des lanières ensanglantées qu'ils détachent d'une torsion du bec.

Tournant le dos à cette vision insupportable, au beau milieu du marécage, Bourbe et Elle-Segausse paissent de chaque côté d'une touffe de carex. Elles sont dotées des voix les plus profondes, alors toutes les deux ou trois heures l'une d'elles patauge vers la terre et envoie un grondement infrasonore, d'abord à Lit de Dattes, puis à Torrent, ensuite à Grand Temps, et enfin aux trois matriarches dont on sait qu'elles menaient leurs familles au marécage. Après chaque appel tout le monde s'arrête de manger et attend la réponse. Il n'en vient pas.

La famille est anormalement dispersée. Elle-Soulage et Tordu restent dans les hauts-fonds, et dès qu'un vautour se pose sur les cadavres des jeunes éléphanteaux, dans un grand éclaboussement Elle-Soulage s'élance vers la rive pour les chasser. Elle-S'égosille mange seule à l'extrémité sud du marécage, et de là-bas se plaint à Marécage. Elle essaie à un moment de le tirer dans l'eau plus profonde, mais il se dégage avec violence, en barrissant : "Je ne suis pas un nouveau-né !" ce qui lui ressemble si peu – la vivacité, sans parler de la colère – qu'elle recule en gémissant.

Marécage est fasciné par Grêlons, qui est fasciné par la carcasse de sa tante, Elle-Demande. Grêlons ne harcèle pas outre mesure les vautours et les crocodiles, il ne se consacre pas à garder les restes. Il boit, se douche, et tolère que Marécage lui caresse la peau et chasse les mouches de sa face, mais dès qu'on le pousse à manger il répond qu'il n'a pas faim. Par deux fois Bourbe lui apporte une portion d'herbe et le voit la donner aussitôt à Marécage, qui dit : "Si tu y tiens vraiment", et mange à sa façon résignée. La seconde fois qu'elle fait son offrande, vers la fin de l'après-midi, elle se hasarde à dire :

— Il doit y avoir un motif pour qu'on t'ait épargné.

Grêlons la regarde. Entre eux des ombres s'étirent sur le marécage.

— Tu dois avoir raison, dit-il poliment. Et pourtant je n'arrive pas à deviner pourquoi.

— Pas encore. Mais ça viendra.

Elle a beau y croire, elle se trouve bien peu convaincante.

Marécage soupire.

— Il n'y a que dans les moments de bonheur, dit-il, qu'il nous apparaît pourquoi des choses atroces arrivent.

Une autre de ses déclarations sans fondement, et Bourbe, à son tour, soupire.

Grêlons regarde vers la rive. Tous les autres y sont à présent, debout parmi les morts. Bourbe observe attentivement la jeune face creuse de Grêlons, et ce qu'elle ressent c'est la possibilité de la pitié, qu'elle finira par le prendre en pitié. Mais tout ce qu'elle ressent doit être préservé et utilisé pour garder Lit de Dattes saine et sauve. Pour Grêlons elle ne peut qu'invoquer quelque chose d'insaisissable, une sorte de pensée à demi ébauchée. "Si jamais j'étais tuée, avait dit Lit de Dattes, à qui parlerais-tu ?" "A lui", pense Bourbe, mais elle n'arrive pas à se l'imaginer. Grêlons n'est pas Lit de Dattes, tout comme Elle-Sèmelapeur n'était pas la mère de naissance de Bourbe, et Bourbe n'était pas le nouveau-né mort d'Elle-Sèmelapeur.

Elles ne voyagent pas à la queue leu leu, la matriarche en tête et la deuxième plus grande femelle fermant la marche. Elle-Segausse mène, mais seuls Elle-Soulage et Tordu la suivent. Elle-S'égosille, quand bien même serait-elle la femelle de queue, reste de front avec Elle-Segausse, à une vingtaine de mètres à sa gauche, comme si elle voulait donner l'impression qu'elle aussi est responsable, ou que ce n'est que par hasard qu'elle va dans la même direction. De temps à autre, elle se retourne pour flairer Marécage et Grêlons. Les deux jeunes mâles traînent derrière, et dès qu'ils sont trop loin pour qu'elle les voie ou les sente, Elle-S'égosille hurle : "Stop !" Alors Elle-Segausse s'arrête, mais uniquement pour le bien de Grêlons (qui est d'une maigreur pitoyable et dont la blessure continue à suppurer). C'est ainsi qu'est définie l'allure, tout comme la fréquence des grondements infrasonores, parce qu'à chaque fois qu'il y a une halte Elle-Segausse ou Bourbe appellent Lit de Dattes. S'il y a quoi que ce soit de comestible aux alentours, l'arrêt permet aussi de s'alimenter à la hâte.

Bourbe marche à côté d'Elle-Soulage et de Tordu, aussi loin sur leur droite qu'Elle-S'égosille se trouve sur leur gauche, ce qui est à peu près deux fois plus loin par rapport à sa position normale. La famille a recommencé à l'appeler par son nom de femelle, Elle-Snobe, et elle a beau comprendre que c'est inévitable, elle se sent abolie chaque fois qu'on s'adresse à elle.

Les trois grandes femelles sont une piètre compagnie, de toute façon. L'enthousiasme fanfaron d'Elle-Soulage – si réconfortant quand tout va bien – semble dément ici. Elle a fini par dégoûter Bourbe, la puanteur de son pansement oculaire (un mélange d'écorce d'arbre à fièvre mastiquée et de crotte d'hyène bourré dans l'orbite) n'étant pas le pire. La femelle soignante mange les excréments des autres herbivores, elle appelle ça des "fruits de sécheresse", et incite tout le monde à l'imiter, et quand quelqu'un a grand besoin de sel, elle relance sa campagne pour boire de l'urine : ils pourraient carrément renoncer aux terrains à sel s'ils buvaient les déchets liquides les uns des autres. En mugissant "Regarde Elle-Soulage !", elle arrondit la trompe sous le ventre de Tordu et le jeune éléphanteau vacille sur ses pattes fragiles et montre le blanc de ses yeux.

Elle-Segausse et Elle-S'égosille, quand elles se mettent à se disputer, ne sont pas moins agaçantes. Surtout Elle-S'égosille. Mais Elle-Segausse ne devrait-elle pas avoir un peu plus de bon sens ? Bourbe a beau ne pas accepter Elle-S'égosille, qui elle ne l'a jamais acceptée, elle ne se réjouit pas pour autant quand Elle-Segausse raille ou même offense cette femelle ridicule. Si Bourbe jouissait de la moindre autorité, elle demanderait à Elle-Segausse de *faire semblant* de céder à Elle-S'égosille, comme le faisait Elle-Subodore.

Bourbe est abasourdie par le nombre de compétences matriarcales qui manquent à Elle-Segausse. "Fais ce qui te chante" est l'ordre qu'elle donne le plus souvent, et Grêlons mis à part elle ne passe pas trop de temps à leur parler. A Grêlons, elle fait du boniment. Au Marécage du Sang, elle le bonimenta jusqu'à ce qu'il abandonne sa veillée funèbre auprès du cadavre d'Elle-Demande. C'était alors le cinquième matin après le massacre. Le quatorzième matin, quand elle eut enfin reconnu que Lit de Dattes ne reviendrait pas, elle lui fit du boniment pour qu'il se joigne aux recherches, dans la mesure où elle craignait que, laissé seul, il ne se laissât mourir de faim. Maintenant, à la fin de chaque journée, pendant qu'Elle-Soulage change son cataplasme, elle le félicite d'avoir suivi l'étape et lui raconte des histoires sur ses parents morts, des histoires qui les glorifient. On dirait une mère qui console son petit et un mâle qui séduit une femelle nerveuse en œstrus, les deux à la fois, ce qui en soi est bizarre, mais la flatterie, émanant de la plus vaniteuse des femelles, est encore plus curieuse. La flatterie se porte *vers* Elle-Segausse, c'est son principe même. L'entendre couler dans l'autre sens, c'est voir l'eau remonter la pente. Finalement tout le monde se tait, à l'écoute. Quant à Grêlons, il grommelle : "Merci, matriarche", ou "C'est un honneur pour moi, matriarche", un modeste remerciement de sa voix splendide et dans le timbre protocolaire.

Vient alors un moment de paix, une sorte de sens, en chacun, de la grandeur de leur deuil récent et du mystère de leur intégrité préservée, ou du moins c'est ce qu'il semble à Bourbe, car c'est ce qu'elle éprouve. Elle est aussi en ces moments – quand l'air a fraîchi et que la plaine n'est plus un spectacle de tourbillons de poussière – presque joyeusement certaine que Lit de Dattes est vivante et qu'elles la trouveront. Avec Elle-Segausse en tête, elles la trouveront. Qui aurait soupçonné que l'égocentrique Elle-Segausse était si dévouée à sa fille ? Bourbe n'est pas certaine que Lit de Dattes elle-même s'en soit jamais doutée. Et qui aurait soupçonné qu'elle pût être si tenace ? Depuis six jours que le petit groupe a quitté le marécage, Elle-Segausse a flairé la trace de Lit de Dattes cinq fois, ce qui est phénoménal quand on sait à quel point l'odeur de Lit de Dattes est légère et facilement altérée, sans parler du vent qui absorbe l'âcreté de toute chose. Un jour, Elle-Segausse trouva une jolie boule de fibres de palme indigestes que Lit de Dattes avait crachée. Par deux fois elle repéra les excréments de Lit de Dattes, et deux fois elle flaira une unique goutte de sang. A la première découverte de sang, sur le nœud d'un rondin, Elle-Segausse dit : "Elle est blessée", Elle-Soulage beugla : "Presque pas !" et leurs voix, l'une effrayée, l'autre encourageante, décrivirent les limites précises et réduites de ce que l'on pouvait raisonnablement ressentir. Pas de quoi désespérer, pas encore. Pas non plus de quoi être soulagée.

Dans l'idée de Bourbe, les défauts de la matriarche sont pardonnables face à l'acuité de sa trompe. Elle-Segausse représente leur espoir de trouver Lit de Dattes, mais aussi de l'eau claire. Elle-S'égosille s'avance d'un air important vers un point dans le lit asséché d'une rivière, où, vingt ou trente jours plus tôt, la famille a foré un trou pour y boire, et tout en creusant elle émet des petits bruits satisfaits, puis grogne, exaspérée, et enfin hurle à Marécage qu'elle est hors d'haleine, sur quoi il s'approche d'elle d'un pas nonchalant, en soupirant, éjecte d'un coup de patte quelques mottes de terre, sa trompe continuant à se balancer en direction de Grêlons, et quelque chose finit parfois par suinter – une boue rance ou de la vase, une gadoue qu'Elle-S'égosille feint d'apprécier follement et qu'elle se jette sur le dos comme si depuis le début elle n'avait pensé qu'à prendre un bain de boue. "Venez donc !" roucoule-t-elle. Et pourquoi donc ?

Chacune a déjà creusé un puits là où Elle-Segausse les a menées. Finalement Elle-S'égosille introduit sa trompe couverte de verrues et pleine de vase dans un de ces puits et boit, puis, honteuse et de mauvaise humeur, flanque des claques à Marécage, au petit Tordu ou même à Grêlons, et ensuite fait mille démonstrations d'affection à celui qu'elle a maltraité, effusions que Marécage et Grêlons supportent mais que Tordu fuit en jetant des cris stridents.

Si la famille ne reprend pas aussitôt sa route, Elle-S'égosille souffre alors, comme à l'accoutumée, d'une de ses crises, et se réfugie ensuite dans un état d'apitoiement fourbu. Tout en ignorant de façon extravagante Elle-Segausse (en train de paître ou d'envoyer des grondements infrasonores... et en train de flairer, toujours en train de flairer), Elle-S'égosille la critique comme si elle n'était pas là. Une dispute est maintenant inévitable. Elle est inévitable à la tombée du jour. Tristement et toujours, Elle-S'égosille est celle qui fait voler en éclats cet instant de paix collectif. Elle se met à agiter la trompe. Elle se tapote la face. Elle lance, finalement, une réflexion du genre : "Ma pauvre mère n'aurait jamais..." "Evidemment, personne ne se soucie de ce que je pense..."

C'est la fin de l'après-midi du seizième jour. Tous sont découragés, sauf Grêlons, mais il est si poli et si impénétrable, qui peut dire ce qu'il ressent ? Ils n'ont toujours pas croisé d'autre famille d'elles-là. Ou plutôt, chaque jour, ces sept derniers jours, ils ont trouvé une carcasse d'elle-là. Tôt ce matin, ils sont arrivés sur la scène d'un massacre : cinq carcasses de femelles amputées appartenant aux Secondes Elle-S-Et-S, qui sont – ou étaient – de proches parentes.

En milieu de matinée, ils reprirent leur marche. Ils étaient déjà épuisés d'avoir enterré et pleuré les morts, épuisés par les larmes. Ils ne s'étaient pas beaucoup éloignés quand Elle-Segausse fit demi-tour et les força à rebrousser chemin. Des kilomètres et des kilomètres plus loin, elle changea d'avis et revint à son premier itinéraire. "Tu as perdu ton chemin !" cria Elle-S'égosille, et à partir de là elle gémit dans sa barbe mais pas tout à fait dans sa barbe, sa voix grincheuse pareille à des fissures crevant la chaleur dure comme de la pierre pour libérer la ration quotidienne de tourments.

La journée n'apporta pas de chance, pas de délivrance. Juste avant midi, ils arrivèrent devant une clôture métallique et durent la longer vers le sud jusqu'à ce qu'ils découvrent une brèche dans les mailles. Reprenant vers le nord, ils passèrent devant un gnou mâle, borgne et désagréable, et, comme s'il se doutait que sa détresse était de mauvais augure, il les accompagna au petit trot en grognant : "Moches, moches", jusqu'à ce qu'Elle-Soulage le chasse. Quelques instants plus tard un avion passa dans le ciel, à basse altitude, et les obligea à se ruer vers un affleurement de rochers où Tordu faillit marcher sur un cobra. Malgré le vent et les bourrasques de poussière, les taons s'accrochaient à leur peau en plaques aussi épaisses que de la mousse. La patte folle de Bourbe la faisait souffrir. Le pied de Grêlons se boursouflait. Quand Elle-Soulage perça l'enflure à l'aide d'une épine, celle-ci laissa échapper une boue verte et nauséabonde que la femelle soignante, malgré toutes ses fanfaronnades, n'avait encore de toute évidence jamais vue. Tordu s'affaissait sur ses pauvres genoux bancals, et pour qu'il continue à avancer Elle-Soulage devait passer sa trompe entre ses postérieurs pour le soulever et le pousser à demi.

Ajouté à tout cela, il y eut l'épisode de l'os blanc.

Le jour où ils quittèrent le marécage, Elle-Soulage demanda s'il convenait d'ouvrir l'œil pour trouver le "prix blanc". Elle-Segausse répondit négligemment : "Comme vous voudrez", et tous crurent alors qu'*elle* ne chercherait pas. Erreur. Elle montre la même ardeur qu'eux tous à chercher un éclat de blancheur dès qu'ils arrivent près d'un cercle de rochers ou de termitières, et c'est elle qui a souligné que leur étrange formation est un avantage dans cette quête parce que, déployés comme ils le sont, ils couvrent un plus large territoire. De temps en temps, quelqu'un file dans une autre direction, et tous les autres attendent jusqu'à ce que revienne le signal... Non.

Si Elle-S'égosille n'est pas celle qui pense avoir repéré quelque chose, si elle se trouve parmi les observateurs, au lieu de laisser tomber sa trompe, déçue, elle s'écrie : "Ah !" Tandis que si c'est elle qui s'est trompée, elle met ça sur le compte de la lumière, de la poussière. Il lui est arrivé un jour de prétendre que si elle avait filé ainsi ce n'était pas parce qu'elle avait cru voir l'os blanc, mais parce qu'elle était convaincue d'avoir flairé Lit de Dattes. Elle eut le culot de raconter ça.

Ce jour-là, au milieu de l'après-midi, elle part brusquement en se dandinant vers un affleurement de rochers. Arrivée à mi-chemin, elle s'arrête et ramasse quelque chose.

— Je l'ai trouvé ! barrit-elle. Le prix blanc !

Les rochers ne forment pas un cercle et il n'y a pas de collines à l'est, mais le petit os qu'elle brandit *est* très blanc. Tout le monde se précipite vers elle. Sanglotante, ruisselante de temporine, elle agite la côte au-dessus des têtes et hurle :

— Je l'ai vu ! C'est moi qui l'ai vu !

— Montre-le-moi, dit Elle-Segausse.

— Attention ! gémit Elle-S'égosille, et, quand elle baisse la trompe, Bourbe voit que ce n'est pas du tout une côte d'elle-là, mais de rhinocéros.

Elle-Segausse l'a déjà senti. Elle rétracte sa trompe et, dégoûtée, s'adressant à Elle-Soulage, grommelle :

— Mais qu'est-ce qui lui prend ?

— Quoi ? crie Elle-S'égosille.

Grêlons et Marécage viennent d'arriver.

— Maman, soupire Marécage : ça se voit, c'est à un affreux.

— Mais non ! pleurniche Elle-S'égosille.

— Une erreur tout à fait compréhensible, murmure Grêlons.

Elle-S'égosille porte la côte devant son œil embué. Elle le renifle tout du long. L'idée mortifiante que c'est, après tout, un os de rhinocéros, provoque un tic nerveux sur sa face. Pourtant elle le fourre sous son menton et déclare avec un air digne si injustifié qu'il en est presque grandiose :

— Aucun de vous ne veut croire que je l'ai trouvé. Vous me méprisez tous.

— C'est le manque de sel qui parle ! rugit Elle-Soulage. Quelques gorgées de pisse et tu te sentiras forte comme un roc !

— Tu es grotesque ! hurle Elle-S'égosille.

Elle-Segausse, qui humait l'air, commence à s'éloigner.

— Dites, ce n'était pas excitant ? barrit joyeusement Elle-Soulage, qui hisse Tordu sur ses pieds et, de son œil valide, regarde les autres d'un air radieux. Vous venez ?

Personne ne réagit. Marécage a déterré un bouquet de racines qu'il offre à Grêlons. Grêlons observe Elle-S'égosille, et sa mine – compatissante, pensive – donne à Bourbe l'impression qu'elle lui rappelle une autre pitoyable femelle. Que ce doit être affreux pour lui, pense Bourbe, d'être ainsi coincé avec la lie de cette famille-ci, contraint d'accepter les attentions bizarres d'un éléphanteau gâteux, et de partir en boitant sur un pied infecté à la recherche d'un autre qu'il connaissait à peine. Tout ceci en portant, dans un silence déchirant, le deuil de toute sa famille. Il nous quittera dès qu'il en aura la force, pense-t-elle, et elle sent une bouffée d'euphorie l'envahir, comme si c'était elle qui allait partir. Mais elle regarde alors le torse maigre de Grêlons, son pied, cette évasion paraît inconcevable, et elle se désespère et se console en même temps... Ce sentiment abject est là.

Elle se lance de la terre sur le dos et s'apprête à se mettre en route quand quelque chose de blanc s'élève à la limite de sa vision. Elle virevolte et voit un nuage de poussière s'enfler derrière l'affleurement de rochers.

Elle-S'égosille s'y précipite.

— Il pointe dans ce sens-là ! barrit-elle, en montrant derrière elle. Le Lieu Sûr est là-bas !

Elle-Segausse s'arrête mais sans se retourner. Elle-Soulage fait lentement demi-tour. Tordu tombe à genoux. Elle-S'égosille ramasse la côte et la lève bien haut afin que tous puissent voir comment elle a atterri.

— Je la lance encore ?

A quoi peut-elle bien penser ? “Oh, oui !” s’écrie-t-elle, extasiée. Telle une alcoolique*, elle tourne maladroitement en rond, en criant : “J’y crois ! J’y crois !” et puis elle lance l’os. Il arrive droit sur la matriarche et la frappe au ventre.

Elle-S’égosille laisse échapper un cri ravi. Bourbe est suffoquée, et Elle-S’égosille lui jette un regard furieux qui tourne à l’épouvante, puis elle aussi est suffoquée.

Du sang gouttant de sa blessure, Elle-Segausse se retourne pour faire face à Elle-S’égosille.

— Je porte un nouveau-né, gronde-t-elle.

— Mais oui, dit Elle-S’égosille. Elle se met à pleurer. Je… je ne sais pas… c’est si dur pour moi… Elle sanglote, la bouche ouverte, à la façon d’un éléphanteau. Marécage ! gémit-elle, battant l’air dans sa direction.

Marécage s’esquive hors de portée.

— Juste une coupure superficielle ! barrit Elle-Soulage après un rapide examen de la blessure.

La matriarche secoue les oreilles. Chez elle, qui ne se fâche presque jamais, c’est un signe menaçant. Tordu se précipite sous le ventre d’Elle-Soulage. Elle-S’égosille se tait. En ondulant de la croupe, à la façon érotique d’une femelle en œstrus qui se présente à un mâle, Elle-Segausse tourne le dos à la côte. Elle lève un postérieur et l’abat sur le sol avec force. Bourbe repense à Elle-Demande écrasant le cadavre de son nouveau-né, et laisse échapper un cri bouleversé, qui lui vaut de la part d’Elle-S’égosille un regard de mépris mais aussi plein d’attente, disant : “Ce n’était qu’une côte d’affreux,

* Certains fruits (comme celui du doum) fermentent dans l’estomac et, mangés en grande quantité, peuvent provoquer l’ébriété.

espèce d'idiote", et "Etait-ce *bien* l'os blanc ? Etait-ce *bien* lui ?"

Tout le reste de l'après-midi, le ventre de Bourbe gronde et se contracte, et elle ne peut échapper à l'idée qu'il y a vraiment une vie là-dedans. Les nœuds de tendresse qui se défont à cette pensée l'horrifient. Elle a l'impression que si elle aime ne fût-ce que l'idée de son nouveau-né elle est condamnée à mettre bas, et si elle met bas et que l'éléphanteau vit, elle devra rester éternellement au sein de cette famille. Deux femelles seules (elle s'imagine avec Lit de Dattes) ont une bonne chance de survivre, a-t-elle fini par se convaincre. Un éléphanteau avec seulement deux jeunes femelles pour le protéger n'a aucune chance. Elle ne veut pas que l'éléphanteau meure, ce qu'elle veut c'est qu'il ne naisse pas.

Elle se garde de parler de ses crampes à Elle-Soulage, car elle soupçonne que le traitement requiert l'ingestion de quelque matière répugnante, et dès qu'Elle-Segausse donne le signal de la fin de la journée, elle s'allonge au pied du fourré de crotons dont elles mangeront les branches peu appétissantes pendant la nuit. Leur routine habituelle – manger sans interruption d'avant l'aube jusqu'à une heure avancée de la nuit, puis dormir environ cinq heures – ne peut être respectée pendant une marche. Elles mangent en marchant, boivent quand elles le peuvent. Par une chaleur aussi torride, voyager de nuit serait beaucoup plus facile et plus sûr, mais Elle-Segausse ne veut pas risquer de manquer la moindre trace de Lit de Dattes, or pendant la nuit le sol fait remonter les odeurs perturbantes de la vie enfouie : poissons-chats et reptiles, et aussi le musc dégagé par la régénération des racines desséchées*. Quand le soleil arrive sur l'horizon tout le monde est affamé, broute une bonne partie de la nuit et dort peu, sauf Tordu qui, de jour comme de nuit, tombe dans de courts moments de léthargie.

Elle-Segausse repère de l'eau dans une dépression sablonneuse sous une grille de branches d'aubépines tombées, et Bourbe se réveille pour boire puis se rallonge, en disant que sa patte folle a besoin de se reposer un peu, ce qu'elle fait. Ce n'est pas qu'on l'écoute. Elle-Soulage examine le pied de Grêlons. Sur son autre flanc, Elle-Segausse déterre des racines d'herbe à coups de pied tout en susurrant ses flatteries : "Tu es certainement le jeune mâle le plus patient de tout Le Domaine. Tout autre jeune mâle dans ton état serait déjà devenu une brute enragée..." Juste derrière lui, tourné dans l'autre sens, Marécage frappe lui aussi le sol du pied, quoique avec de fréquents soupirs et moins de vigueur. De l'endroit où Bourbe est allongée, les deux mâles paraissent être réunis queue à queue – Marécage plus grand et plus corpulent, telle l'ombre dilatée de Grêlons.

Avant la sécheresse Bourbe avait demandé à Marécage :

— La perspective de quitter la famille t'angoisse-t-elle ? – et il l'avait regardée, si longtemps qu'elle pensa que la question l'avait vexé, mais il finit par dire :

— Au contraire, elle me fascine.

— Alors pourquoi ne pars-tu pas, dans ce cas ? s'enquit-elle.

* Connues sous le nom de sous-senteurs, ces odeurs voltigent au-dessus des odeurs flottantes des excréments, des feuilles, des animaux vivants et même des massacres.

Un autre regard vide. Elle devina qu'il hésitait à mettre ça sur le compte de sa mère, parce que Elle-S'égosille lui répétait, à lui et à qui voulait l'entendre, qu'il était trop confiant et trop rêveur pour être déjà tout seul.

Bourbe se trompait encore.

— J'attends le bon moment, dit-il. Puis il ajouta : Le bon moment se voit aussi bien que le soleil qui se lève.

Maintenant, au clair de lune, Bourbe observe ses coups de pied sans entrain et se demande si ce bon moment n'est pas l'arrivée de Grêlons. Peut-être Marécage a-t-il appris, d'une visionnaire ou par le biais d'un rêve, qu'un jeune mâle viendrait un jour le fasciner. A tout moment il flaire derrière lui, comme si l'odeur écœurante qui s'échappe du pied de Grêlons était pour lui irrésistible.

Une fois, sa trompe est stoppée dans sa course par Elle-S'égosille, qui en introduit l'extrémité dans sa bouche. Il l'en extrait. Ignorant cette offense, elle lance d'une voix forte :

— Je suis si fière de toi. Qui reste auprès de Grêlons, qui court ce risque.

Elle-Segausse se tait.

Dans le vide, Elle-S'égosille prend de l'amplitude.

— Il n'y a pas de jeune mâle plus généreux que toi. Pas de jeune mâle plus gracieux, non plus. Ni plus poli. Tout le monde le dit.

Marécage soupire.

Elle-S'égosille lui caresse la tête.

— Tout ce que j'ai toujours voulu c'est que tu sois en sécurité. Nous aurions pu être en route vers Le Lieu Sûr aujourd'hui même…

A ces mots, Elle-Segausse se gausse. Elle-S'égosille hésite – elle sait qu'elle a dépassé les bornes – et pourtant là voilà qui continue, comme si elle pouvait convaincre leurs mémoires inaltérables que sa sottise était en fait un acte d'héroïsme perdu.

— Voilà, grommelle-t-elle, fini l'os blanc.

Un autre ricanement étouffé d'Elle-Segausse mais, étrangement, rien de plus. Elle-S'égosille y va de quelques bougonnements chichiteux. "Elle va se taire maintenant, pense Bourbe. C'est certain." Et ça en a bien l'air – elle casse une branche d'aubépine, et l'obscurité elle-même semble se détendre... et puis Elle-S'égosille lance à Marécage :

— C'est *toi* qui es patient.

Bourbe gémit.

Elle-S'égosille pivote brusquement vers elle.

— Qu'est-ce que tu en sais ? hurle-t-elle. Toujours à partir de ton côté, à snober tout le monde, que sais-tu de cette famille ? Elle se tourne vers Grêlons. Chevrotante, d'une politesse radieuse, elle dit : Ce n'est pas pour t'offenser, Grêlons, mais ce n'est pas par choix que tu traînes ainsi derrière nous autres. Marécage a le choix, lui, et il choisit de veiller sur toi, même si ta blessure attire les carnivores. Pour ton bien, il se met spontanément en danger.

— Je lui en suis très reconnaissant, dit avec calme Grêlons. Je vous en suis à tous reconnaissant.

— Maman, gémit Marécage.

Elle-S'égosille le gifle.

— Qui va te défendre si tu ne le fais pas ? barrit-elle.

Il y a un monticule de rochers à l'est, et une note aiguë de sa voix y résonne à la façon d'une parcelle de raison qu'il vaut la peine d'écouter. Quand la note s'éteint, Elle-Segausse grommelle, l'air de rien :

— Marécage est un lâche.

— Quelle honte ! hurle Elle-S'égosille.

Elle-Segausse regarde Marécage.

— C'est vrai, dit-elle, comme si ça lui était complètement égal.

— Quelle honte !

S'adressant toujours à Marécage, à qui elle n'a jamais fait de reproches, pas pour de bon, Elle-Segausse dit :

— Tu ne t'es pas joint à la formation en V avant le massacre. Tu t'es réfugié au milieu avec les nouveau-nés.

— J'étais en proie à une terreur paralysante, fait-il d'un air suffisant.

— Oh, c'est intolérable ! barrit Elle-S'égosille. Elle se retourne contre Elle-Segausse. Tu calomnies mon petit, et moi qui suis presque une infirme, ma peau est crevassée, j'ai une peau terriblement délicate, je ne devrais pas m'exposer au soleil autant que ça, et d'ailleurs – elle lance sa trompe en direction d'Elle-Soulage – j'ai besoin d'un emplâtre pour mes tibias. Pourtant je fais mon devoir. J'erre dans ce désert pour trouver *ta* petite – retour face à Elle-Segausse – même si elle est…

— Elle est quoi ? dit Bourbe.

— Morte, marmonne Elle-S'égosille. Nous savons tous qu'elle est morte.

— Non ! barrit Elle-Soulage.

— Comment a-t-elle bien pu survivre ici toute seule ? dit Elle-S'égosille. Et blessée, qui plus est ?

— Quelques gouttes de sang, ce n'est rien ! rugit Elle-Soulage. Lit de Dattes va bien ! Tu as vu ses tas de merde ! Elle-Soulage va te dire comment elle survit. Grâce à ses méninges !

Bourbe avance la trompe vers Elle-S'égosille.

— Est-ce que… ? gronde-t-elle. Son cœur lui tape les côtes. Est-ce que tu entends les pensées des unes ou des autres ?

— Non, non. Agacée. Rien de pareil.

Ce soir les sous-senteurs sont particulièrement puissantes, et tandis que Bourbe les inhale, son ventre s'apaise. Soit son nouveau-né s'est ratatiné, soit maintenant il dort, soit, et c'est plus probable, les sous-senteurs l'ont bercé. Comme tous les autres, Bourbe attend la réaction d'Elle-Segausse. La matriarche respire à longues goulées avides pendant qu'Elle-S'égosille s'agite, soupire, et finit par gronder :

— J'aimerais beaucoup avoir tort. Vous savez tous combien Lit de Dattes m'est chère.

Elle-Segausse continue à humer l'air. La lumière des étoiles glisse le long de sa trompe en mouvement, et s'accumule sur la pente de sa grosse défense dont la forme et l'éclat sont exactement ceux de la nouvelle lune. Le ciel est envahi d'étoiles. C'est une "nuit de mémoire" où le ciel se recueille, chaque femelle qui a habité là-bas, chaque éclat, récupéré et illuminé dans un formidable rêve. Ici-bas, des lièvres sont apparus. Leurs yeux bondissent pareils à des étincelles. Les yeux de Bourbe se brouillent, elle sent entre eux une brûlure et sait que son troisième œil est sur le point de s'ouvrir.

La vision est celle d'un endroit qui ressemble à celui-ci, mais ce n'est pas ici. La poussière tournoie, et aussi l'amarante, d'est en ouest. Le troisième œil de Bourbe commence à se mouvoir dans la direction opposée, sur un terrain pierreux, du chaume, puis du sable où une femelle impala squelettique s'avance vers un arbre à fièvre en levant haut ses pattes agitées d'un mouvement convulsif. A une branche de l'arbre est suspendu un babouin mâle, qui se laisse tomber puis se rue vers une bande d'individus de son espèce. Ils sont au moins une vingtaine, maigres et pitoyables, égaillés sur la berge, et dans le sable aux pieds d'un très grand mâle il y a un trou d'eau. Une mère babouin avec un petit pendu à son ventre s'approche de l'un des trous, et le mâle qui le garde montre les dents. La mère s'assoit. Au trou d'à côté, un mâle énorme ronge la tête d'un jeune impala mort, qu'il tient par le cou et fait baller tout en mastiquant, et les membres du faon fouettent l'air comme des lianes. Le mâle lorgne une mare de boue. Au centre, un crocodile tournoie. Quand le tournoiement cesse, le crocodile ouvre les mâchoires et il en sort une flopée de crocodiles à peine éclos. Ils rejoignent en frétillant l'autre bord de la mare, où le premier d'entre eux est ramassé par une autre paire de mâchoires, appartenant celles-là à un lézard. Avant que le lézard remette en place le petit crocodile afin de pouvoir l'avaler la tête la première, les mâchoires miniatures du petit se referment sur une mouche.

Le troisième œil de Bourbe avance toujours, dépasse une autruche qui court, longe le pied d'une colline, entre dans un fatras d'acacias abattus. Un peu au-delà des rondins, couchée, il y a une femelle.

Elle-S'égosille. Son crâne est défoncé, son torse boursouflé. Ses défenses et ses pieds sont toujours là, bien qu'elle semble morte depuis un bon bout de temps. Une hyène apparaît, lui déchire la croupe à belles dents, et un flot d'asticots jaillit de sous un lambeau de peau. L'hyène les dévore. Lorsqu'un vautour caronculé se pose sur la trompe, l'œil de Bourbe commence à se fermer. La dernière chose qu'elle voit, c'est le vautour pillant le crâne de son sang.

IX

Grand Temps est préoccupé. L'irritation persistante dans son oreille gauche, l'oryx arrivant au terrain à sel, le squelette anonyme d'elle-là, le cercle de nids "d'humains" abandonnés – tout annonçait que la journée serait mauvaise. Pas catastrophique, les liens étaient plus neutres que cela, leur message collectif se résumant à : Fais-en aussi peu que possible. Ou, comme le disait sa défunte tante Elle-Balance : "Qui n'entreprend rien, ne perd rien."

Depuis qu'il a quitté les environs de l'escarpement, il y a vingt et un jours, il n'a bu que des suintements de vase, même si les liens ces jours-là étaient généralement favorables. Pourquoi, alors, un jour où les liens ne *sont* pas favorables, tombe-t-il sur un point d'eau gigantesque là où auparavant il n'y avait jamais eu d'eau ? Il contourna les aubépines et aperçut, sous le vent, un miroitement circulaire. Une gazelle de Grant se tenait au bord, la tête penchée mais sans boire. Hypnotisée par son reflet, pensa Grand Temps. Ou par l'eau, son étrange et soudaine apparition.

Quand elle perçut l'odeur de Grand Temps, elle s'éloigna en clopinant et en soufflant et il s'approcha prudemment du point d'eau. Les plumes et les rinçures des précédents buveurs flottant à la surface lui révélèrent que celui-ci avait au moins un passé. Les humains l'avaient creusé, devina-t-il, à en juger par la taille. Et pourtant dans ces environs il n'y avait pas d'odeur d'humains. Et pourquoi le point d'eau ne grouillait-il pas d'autres créatures ?

Il but et se doucha, s'aspergea de terre, mangea toutes les savoureuses racines d'herbe entourant le point d'eau, se gratta contre une souche, prit une deuxième douche et un bain de poussière (sans jamais se presser, ralenti par l'étonnement et les soupçons) puis commença à brouter les aubépines.

En fin d'après-midi il mange toujours, toujours sur ses gardes, mais se permettant d'entrer et de sortir d'un souvenir de la journée précédente afin d'y chercher le lien puissant qu'il croit avoir omis. Il ne réussit pas à le trouver. Ou peut-être est-ce qu'il ne réussit pas à l'identifier ? Supposons que Torrent ait eu raison au sujet des liens et de leur infinité ? Supposons que tout soit un lien ? Haut dans le ciel, il entend le grincement des ailes d'un grand oiseau, il pense : “Ce pourrait être un lien”, et il chancelle dans l'hypothèse que tout existe dans le but de désigner autre chose.

Dans sa quête de l'os blanc il a parcouru de longues distances sans atteindre l'horizon, et en lui a grandi la crainte que, même s'il était possible de maintenir une trajectoire parfaitement rectiligne, on pourrait marcher cent ans et ne jamais arriver à la lisière du monde. “Domaine sans fin”, se surprend-il souvent à penser, et on croirait un poème lyrique, une antique vérité, mais c'est blasphématoire. Maintenant, en y repensant, il s'inquiète à l'idée qu'il se maudit lui-même, et fait tournoyer sa trompe trois fois vers la gauche, trois fois vers la droite, tombe à genoux et mugit :

Le pouls content et le gosier béant,
A genoux je tombe
Pour remercier l'Elle, sachant
Qu'Elle a créé les liens, petits et grands.

Des ombres de la nuit Elle tire la lumière
Et l'herbe de la terre.
De partout jaillissent Ses bienfaits
Que nos louanges vénèrent.

Sous Ses yeux, humbles nous nous tenons
Par sa vigoureuse défense secourus,
Car Elle dont la miséricorde guide ce royaume
Le cours de nos pas a élu.

Dans son exaltation, il n'a pas conscience de l'arrivée contre le vent des Elle-B-Et-B. Ils sont juste derrière lui quand la nouvelle matriarche, Elle-Baratine, barrit : "Je t'avais *bien* dit qu'il ne nous entendrait pas !"

Les salutations sont beaucoup plus ferventes que de coutume entre un mâle et sa famille. Grand Temps n'est pas tombé sur un seul membre de sa famille de naissance depuis le dernier Grand Rassemblement des Longues Pluies, et n'en a pas eu de nouvelles depuis le tout début de la sécheresse. Il leur raconte qu'il a trouvé par hasard la carcasse d'Elle-Barbe-Et-Barbe, et elles lui apprennent en pleurant que c'est un seul humain avec un tout petit fusil qui l'a tuée. Il chante *Où vont les défenses ?* et, comme la dernière phrase est assez optimiste ("Et là-bas elles flottent sereines, sans souci, sur L'Eau Eternelle Sans Rivage"), les salutations reprennent de plus belle, et aussi les évacuations d'excréments. "Vous n'avez pas changé", exulte-t-il. Ce n'est pas vrai, il le voit bien. Jusqu'à la dernière, elles sont osseuses, et autour des jeunes flotte une odeur de maladie. Ce qu'il veut dire, c'est qu'ils ne sont pas morts.

Quand les salutations prennent fin, Elle-Baratine gronde : "Allons boire en bon ordre." Les grandes femelles passent en premier pendant que les plus jeunes empêchent les éléphanteaux – les trois qui sont assez petits pour risquer de tomber au fond du trou d'eau – de s'approcher du périmètre. Puis les adolescents boivent pendant que les grandes femelles gardent les éléphanteaux, et quand les adolescents ont eu leur tour, les grandes femelles remplissent de nouveau leur trompe et versent de l'eau dans la gorge des petits et sur leur dos. Grand Temps se remet à brouter les aubépines. Il attend que la famille le rejoigne avant de demander à sa mère adoptive, Elle-Bluffe, dans l'œil rusé et étincelant de laquelle il perçoit un appel, qu'elle lui accorde son attention :

— Qu'est-ce qui vous amène ici ?

— Et *toi* ? dit-elle prudemment.

— Le grand trou d'eau, lui répond Elle-Baratine. Naturellement.

Le tronc du gros arbre qu'il bousculait se brise et l'arbre tombe, projetant en l'air une gerbe de poussière.

— Vous êtes déjà venues ici, dit-il.

— Absolument pas, assure Elle-Baratine. Elle casse une des branches de l'arbre.

— Et comment saviez-vous que le trou était ici ?

La matriarche remue les oreilles. Toutes les autres occasions où elle s'est rengorgée de la sorte voltigent dans la tête de Grand Temps, et il s'attend à une réponse où elle chante ses propres louanges, mais elle dit simplement :

— On nous l'a signalé.

— Qui ?

— Moâ-Moâ.

— Moâ-Moâ ?

— Moâ-Moâ le corpslong, dit-elle, en l'observant avec attention, en a parlé à Elle-Braille.

Elle-Braille est la parleuse en pensée de la famille et la camarade de jeux de son enfance. Elle n'a qu'une défense et fut donc timide et quasiment silencieuse jusqu'au premier jour de son œstrus inaugural. Le matin de ce jour-là, son petit cri s'enfla en un mugissement si puissant qu'il finit par causer dans les oreilles de toutes les Elle-B-Et-B un tintement incessant. Grand Temps se tourne vers elle et la voit qui le regarde.

— TU N'AS JAMAIS RENCONTRÉ UN CORPSLONG QUI S'APPELLE MOÂ-MOÂ ? tonne-t-elle.

— Non.

— IL DIT LA VÉRITÉ, signale-t-elle à Elle-Baratine.

— Moâ-Moâ est une menteuse notoire, déclare Elle-Baratine. Je l'ai su à l'instant où j'ai senti son odeur.

— ELLE NE NOUS A PAS TROMPÉES AU SUJET DE CE TROU D'EAU.

— Sur le fait qu'il se trouve là où elle l'avait dit, marmonne Elle-Broiedunoir. Mais est-il sans danger ? Pourquoi sommes-nous les seules créatures ici ?

— Si c'était un piège de patt'arrière, dit Elle-Bonifie, la jeune et sévère femelle soignante, il y aurait des os et des carcasses dans tous les coins.

— On sait que les patt'arrière enlèvent les traces, dit d'un air sombre Elle-Broiedunoir.

La voix flûtée d'Elle-Bêle, qui a l'odorat très fin, lance :

— Il n'y a pas de puanteur de patt'arrière dans les environs. Et pas non plus de signes alarmants, sinon le Mâle Lien ne serait pas ici. Elle entre dans la ligne de vision de Grand Temps et le fixe de ses yeux suppliants. Non ?

— Non, gronde-t-il, mais il a l'impression d'être un imposteur et se tourne vers Elle-Braille. Ce corpslong. Qu'est-ce qui te fait penser que je l'ai rencontré ?

— ELLE L'A DIT. ELLE A DIT QUE VOUS VOUS ÉTIEZ CROISÉS QUAND TU ÉTAIS PARMI LES ELLE-R, ET QUE TU AVAIS DISCUTÉ AVEC ELLE PAR L'ENTREMISE DE LEUR PARLEUSE EN PENSÉE.

— Je n'ai jamais été parmi les Elle-R.

— Je l'avais bien dit, non ? grogne Elle-Baratine. Elle en appelle à l'ancienne matriarche, Elle-Bravache. Mère, n'avais-je pas dit que notre Grand Temps ne se mêlerait jamais à ces horribles Elle-R ?

— Eh bien, euh… crachote la vieille femelle, des morceaux d'écorce tombant de sa bouche. Tu peux… je ne… euh… tu…

— De quoi est-ce que cette Moâ-Moâ a-t-elle dit que nous avions discuté ? demande Grand Temps à Elle-Braille.

Elle-Braille dégage à présent un fumet d'angoisse. Sans croiser son regard, elle tonne :

— ELLE A DIT QUE TU LUI AS PROMIS NOS NOUVEAU-NÉS. ELLE A DIT QUE VOUS ÉTIEZ TOUS LES DEUX PARVENUS A UN ACCORD. QU'IL VALAIT LA PEINE DE SACRIFIER LA VIE DES NOUVEAU-NÉS EN ÉCHANGE DE…

Elle s'arrête quand s'abat sur sa croupe une claque d'Elle-Baratine.

— Lui promettre les nouveau-nés ! Grand Temps est atterré.

— Naturellement, je ne l'ai pas crue, assure Elle-Baratine. J'ai dit : "Ce n'est pas possible !"

— Qui suis-je pour promettre la vie des nouveau-nés à qui que ce soit ? Il regarde bouche bée le plus petit des trois minuscules éléphanteaux, sa maigre croupe, son humble présence vacillante. La vie d'innocents ! barrit-il. Il se retourne brusquement vers Elle-Braille. En échange de quoi ?

— Du calme, dit Elle-Bonifie, comme si elle parlait à un éléphanteau. Tu fais peur aux petits.

Et c'est vrai. La toute petite se recroqueville maintenant entre les postérieurs de sa mère, et Grand Temps repense à la première fois où il a vu Bourbe. Portant son regard au-delà de la mère et de son bébé, il voit que deux autruches sont arrivées au trou d'eau. Mais elles ne boivent pas et il est saisi d'une inquiétude obscure, comme si les mauvais présages étaient ici tellement envahissants qu'ils en passaient inaperçus.

— Ne vous attardez pas ici, dit-il.

— Je crois savoir ce qui convient le mieux, rétorque Elle-Baratine. Il se trouve, d'ailleurs, ajoute-t-elle sur un ton plus aimable, que nous n'avons *pas* l'intention de nous attarder. Nous avons entendu parler de verts pâturages au nord.

— Par qui ?

— Les rumeurs vont bon train, dit Elle-Bluffe avec espièglerie.

— Le corpslong ! barrit Grand Temps. Il regarde la matriarche, qui regarde Elle-Broiedunoir.

— Un secret partagé n'est pas un secret, marmonne Elle-Broiedunoir. Ainsi a parlé l'Elle.

— A qui voulez-vous qu'il aille raconter ça ? dit Elle-Baratine. Se tournant vers lui elle dit : Moâ-Moâ sait où se trouve Le Lieu Sûr.

— Plaît-il ?

— Quelque part dans Le Domaine existe un endroit qui s'appelle Le Lieu Sûr.

— Je suis au courant.

Elle-Baratine hoche la tête.

— Je m'en doutais, dit-elle. Sans nouvelles de toi, je me suis dit, il cherche.

— L'os blanc ! lance un petit mâle avec ravissement.

Grand Temps touche le flanc du jeune.

— Appelle-le l'os-comme-ça. Il perd de son pouvoir quand on en parle ouvertement. A Elle-Baratine il dit : Est-ce que cette Moâ-Moâ connaît aussi l'existence de l'os-comme-ça ?

— Je suis sûre que non. Elle n'en a jamais parlé à Elle-Braille. Nous-mêmes l'avons appris par Elle-Plaisante des Elle-P-Et-P. Quant à la façon dont Moâ-Moâ a appris l'existence du Lieu Sûr... eh bien, elle connaît presque tout. Où l'on trouve de quoi brouter, où l'on trouve de l'eau...

— Mais, matriarche, elle ment ! barrit Grand Temps, offensé que l'on accorde la moindre parcelle de crédibilité à cette diffamatrice.

— Je suis étonnée, dit Elle-Baratine, que tu n'aies jamais entendu parler de Moâ-Moâ. Non – elle devance ses protestations –, je suis convaincue que c'est vrai. C'est juste qu'elle est tristement connue pour traîner derrière je ne sais combien de familles, depuis la fin du dernier Grand Rassemblement des Longues Pluies.

— Comme c'est étrange, dit-il.

— Oh, elle est très étrange. D'abord elle ne respecte pas les limites territoriales, et puis elle a un goût maladif pour la chair des nouveau-nés d'elles-là. Elle ne peut pas attraper un nouveau-né toute seule, elle est incapable de prouesses physiques exceptionnelles. Alors elle dit à la parleuse en pensée : “Ton nouveau-né, et en échange je t'apprends où l'on trouve de quoi brouter, où se trouve Le Lieu Sûr.” Elle réclame les mâles. Elle semble croire que nous ne tenons pas autant aux nouveau-nés mâles qu'aux nouveau-nés femelles.

— Mais vous ne lui avez pas donné de nouveau-né, dit Grand Temps.

Elle-Bluffe lui sourit.

— Et, dit-elle, nous n'avons pas juré non plus que nous ne le ferions jamais.

— C'est abominable !

Elle-Bluffe fourre un paquet de brindilles dans sa bouche.

— C'est de la stratégie, mon cher.

Grand Temps sent la trompe rugueuse d'Elle-Bravache passer sur son dos. Il pivote brusquement, elle approche sa face de la sienne, ses yeux, très vieux et injectés de sang, poussent de véritables hurlements.

— Non, ne, gronde-t-elle. Je… nous… tous ces…

— ELLE ESSAIE DE DIRE, mugit Elle-Braille, QUE LES TEMPS SONT DURS ET QUE NOUS FAISONS CE QUE NOUS POUVONS POUR SURVIVRE, ÉVIDEMMENT NOUS NE DONNERIONS JAMAIS AUCUN DE NOS NOUVEAU-NÉS A MOÂ-MOÂ. MAIS NOUS LUI AVONS LAISSÉ CROIRE QUE NOUS POURRIONS LE FAIRE SI ELLE SE MONTRAIT NOTRE ALLIÉE.

— C'est dans son intérêt, dit Elle-Bonifie, de nous mener vers de tendres pâturages où les nouveau-nés pourront manger et rester ainsi en bonne santé.

— C'est dans son intérêt, dit Elle-Broiedunoir, morose, de nous dire où aller, pour savoir où nous trouver.

— NOTRE ESPOIR, poursuit Elle-Braille, C'EST DE TOMBER SUR L'O... L'OS-COMME-ÇA, ET DE POUVOIR REJOINDRE LE LIEU SÛR TOUTES SEULES SANS PLUS AVOIR AFFAIRE A ELLE. Elle déploie ses oreilles. SAIS-TU OÙ NOUS DEVRIONS CHERCHER ?

— Torrent a dit d'aller dans les endroits les plus désertiques et dans les collines, et de chercher un arbre à festin d'une taille exceptionnelle. Que vous a-t-on dit ?

— RIEN DE TOUT ÇA. LES ELLE-P-ET-P ONT DIT QU'ON LE TROUVERAIT PRÈS DU LIT SINUEUX D'UNE RIVIÈRE AU NORD-OUEST D'UNE CHAÎNE DE COLLINES.

Grand Temps est décontenancé. Au bout d'un moment, il dit :

— Torrent tenait ses informations directement des Egarés.

Ceci déclenche un grand tumulte, une foule de questions et de suppositions, au bout desquelles Elle-Broiedunoir marmonne :

— Nous ferions mieux d'élargir nos recherches.

— Je le trouverai, dit Elle-Baratine.

— Nous as-tu vraiment dit tout ce que tu sais ? demande Elle-Bluffe à Grand Temps.

— Mais maman arrête, lance-t-il. L'éternel et joyeux refus d'Elle-Bluffe de le prendre au mot est la raison (comprend-il soudain) pour laquelle il s'autorise à perdre le contact de façon si totale avec toute la famille. Pourquoi voudrais-je vous tromper ? Si j'en savais davantage, vous seriez les premières femelles à l'apprendre. Et si je trouve Le Lieu Sûr, vous serez les premières femelles que j'y emmènerai.

— LES DEUXIÈMES, dit Elle-Braille, apparemment sans le vouloir, car elle sursaute puis semble gênée d'avoir divulgué les pensées de Grand Temps, qui étaient, il est vrai, qu'il irait d'abord chercher Bourbe. Se ressaisissant bien vite, elle demande : QUELLE BOURBE ? DE QUELLE FAMILLE ?

La question agace Grand Temps. Elle-Braille prend trop de libertés avec sa faculté d'écouter les pensées, et alors qu'il est inquiet de savoir si elles ont des nouvelles des Elle-S, il ne veut pas que sa famille – sa mère adoptive – sache quelle Bourbe est chère à son cœur. Ni même qu'il *existe* une créature en dehors de sa famille de naissance qui est si chère à son cœur, bien qu'il soit probablement trop tard pour le cacher.

— Je vous mènerai là-bas, gronde-t-il. C'est juré.

— Il est plus probable, grommelle Elle-Baratine, que *je t'*y mènerai.

Grand Temps la regarde, en se demandant s'il peut se résoudre à poser l'inconcevable question.

— Alors ? demande-t-elle.

Il pousse un long soupir.

— Y a-t-il une famille qui ait donné un nouveau-né au corpslong ?

Elle-Baratine tourne le dos et répond aussitôt :

— Moâ-Moâ prétend que les Elle-R lui en ont donné un qui était blessé. En échange d'une île regorgeant d'herbe verte.

— Non !

— C'est un troupeau de bas étage. Ça ne m'étonnerait pas plus que ça.

— Mais il n'existe pas d'île de ce genre.

— N'en sois pas si convaincu. Moâ-Moâ en sait autant que moi sur Le Domaine.

Il ne la supporte pas, cette admiration dans sa voix.

— Comment peux-tu lui faire confiance ? barrit-il.

— Elle ne peut pas me berner, grommelle Elle-Bluffe.

— Où et quand l'avez-vous vue pour la dernière fois ? demande-t-il.

— Il y a quatre jours, dit Elle-Baratine, en secouant la terre accrochée aux racines du buisson qu'elle vient de déterrer. A la grande toile de Rogue, au sud-est d'ici.

Il regarde le trou d'eau. Les autruches sont parties, et une volée de gangas des sables sautillent au bord de façon indécise. Il se félicite que Bourbe soit au Marécage du Sang, où l'eau ne migre jamais entièrement et où, depuis maintenant plus de vingt ans, les signes ont été favorables. Il serait là-bas lui aussi s'il ne cherchait pas l'os blanc. Et désormais il tentera aussi de flairer la trace de cet ignoble guépard. Il essaie de s'imaginer la vieille et gâteuse Elle-Subodore (il pense qu'elle est toujours la matriarche) luttant contre Moâ-Moâ. Vu comme les Elle-S sont bien nourris, Moâ-Moâ ne manquera pas de s'y joindre tôt ou tard. Il regarde Elle-Braille – il s'apprête à lui demander quelles familles le guépard a poursuivies de ses assiduités – et la surprend en train de le regarder bouche bée, il est alors submergé par l'impression indissociée qu'il se regarde lui-même, et comprend qu'il vit un instant auquel a déjà assisté, il y a plusieurs jours ou plusieurs heures, une femelle visionnaire. Il sait que le moment est de mauvais augure. Plus tard il imaginera même qu'il savait ce qu'Elle-Braille dirait. Qui est : "OH, MON CHER GRAND TEMPS ! LES ELLE-S SONT MORTS !"

Cinq heures ont passé, Grand Temps est à mi-chemin du Marécage du Sang. Ayant simplement dit à sa famille : "J'ai un impératif", il a refusé de s'attarder avec elle jusqu'au lendemain et s'est mis en route.

C'est la pleine lune. Dans sa lumière blafarde des oiseaux descendent en piqué comme ils le font au coucher du soleil, et des ombres s'étirent évoquant les premières heures de l'après-midi. Pour Grand Temps, ces "nuits de Rogue" ont toujours été inquiétantes. Il sait maintenant qu'elles sont insensées. Sacrilèges. Buissons rabattus par le vent, termitières, os, carcasses, éclairés et ne lui révélant rien. Sa foi dans les liens est brusquement et totalement évanouie. Trente ans à régler chacun de ses mouvements sur ce qu'il croyait être un monde vibrant de révélation mystique... qu'est-ce qui a bien pu soutenir une si gigantesque illusion ? Il ne le sait plus. Il est abasourdi de penser qu'il y a seulement quelques heures il croyait. Mais s'il peut arriver qu'en l'espace de quelques secondes un troupeau entier de femelles soit anéanti par une fusillade, il suppose qu'il ne devrait pas être surprenant qu'une foi tout entière (qui, se rappelle-t-il, vacillait déjà) ait été anéantie par quatre mots.

Tous ? demanda-t-il, et Elle-Braille répondit oui, d'après les Elle-P-Et-P tous les Elle-S avaient péri dans le massacre, avec tous les Elle-D. D'après Moâ-Moâ, pourtant, quelques Elle-S s'étaient enfuis, et Grand Temps est porté à croire à cette version car, manifestement, le monde est entré dans une époque où l'on doit croire les menteurs et douter des êtres dignes de confiance.

Abandonner sa foi dans les signes et les superstitions, c'est abandonner sa foi dans l'Elle qui les a créés. Pourtant Grand Temps prie, au cas où l'absurdité d'une prière incrédule serait exactement ce qu'exige le temps présent. "Faites que Bourbe soit vivante, implore-t-il. Faites qu'elle soit vivante."

Il interrompt sa prière uniquement pour envoyer des appels infrasonores aux Elle-S – l'un après l'autre, puisqu'il ne sait pas qui a pu survivre – et finalement le son de sa propre voix prend la tournure d'une incantation nécessaire pour l'entraîner dans la clameur de la nuit. Il accepte comme une autre incompréhensible péripétie que son odorat se soit affiné. Au-delà de la putréfaction des carcasses jonchant la plaine, il peut sentir, il en jurerait, la débâcle au Marécage du Sang. Si Bourbe est vivante et à une journée de marche de lui, il percevra son odeur.

Elle a trois odeurs, comme toutes les femelles. Une odeur normale d'elle-là, une odeur de "délire" et une odeur de "radiance". Parce qu'elle n'est entrée en œstrus qu'une seule fois, il n'a qu'un unique souvenir de ses odeurs de délire et de radiance, mais il les a rappelées toutes deux si souvent à sa mémoire qu'il se demande si elles n'ont pas été altérées par de trop nombreuses évocations. Ce soir, il en repousse la moindre pensée. Elles le forcent à revivre l'accouplement, et même s'il avait le cœur à ça il n'en a pas le temps.

Les odeurs arrivent quand même. Etrangement, elles ne le débordent pas. Elles traînent derrière les véritables odeurs de la nuit, et plus loin encore – derrière les souvenirs que ces odeurs engendrent –, si bien que le souvenir de leur accouplement ne parvient même pas à empiéter sur ses prières, il est trop édulcoré, plutôt comme le récit que ferait quelqu'un d'autre de cette journée où la première palpitation du chant de délire de Bourbe l'a libéré du postérieur de la détestable Elle-Cajole, que pris d'une embarrassante toquade il avait essayé de couvrir.

Le chant s'était élevé du sud-ouest. Montait de la Mare aux Criqueurs, s'assura-t-il bientôt. Entre lui et la mare s'étendait un terrain boueux. Venu le milieu des courtes pluies, il deviendrait L'Eau Longue. Il tombait ce jour-là une pluie drue, qui cinglait la boue, la transformant en un réjouissant champ d'éruptions. Dans sa hâte, son pénis engorgé frappait le sol dans de grands éclaboussements, et, croyant faire l'expérience d'une sensation proche de l'infortune de Bourbe – traîner derrière soi un membre idiot et indiscipliné –, il était profondément ému. Il s'imaginait Bourbe fuyant à sa manière pitoyable, par ruades, les mâles excités qui risquaient d'être déjà là-bas. Ceci le mettait dans une telle rage qu'il en grommela des menaces infrasonores sur tout le reste du trajet. Tant et si bien qu'arrivé à la mare il trouva Bourbe debout toute seule, à bonne distance des trois mâles qui aussitôt s'éloignèrent d'elle encore un peu plus.

— Défenses-brindilles ! mugit-il, extrêmement soulagé de découvrir qu'il était le plus grand mâle présent.

Pendant ce temps, les grandes femelles Elle-S se pressaient autour de lui en barrissant en un chœur déchaîné : “Mâle Foreur ! Vrai Foreur !” ce que font les femelles quand un mâle qu'elles jugent d'un diamètre suffisant fait enfin son apparition. Une parcelle de raison lui rappela les convenances : il devait s'arrêter et laisser chaque grande femelle flairer ses glandes temporales et son pénis. Ce qu'il fit, et quand elles furent contentées jusqu'à la dernière, toutes chantèrent :

Prêt et mûr ? Oui ! Oui !
Ruisselant d'une odeur forte ? Oui ! Oui !
Va maintenant et perce le tunnel où
Un nouveau-né demeurera ! Oui ! Oui !

Bourbe le regardait maintenant par-dessus son épaule. Il s'approcha d'elle avec prudence. Il ne voulait pas qu'elle le fuie, même par coquetterie.

— Je suis le plus gros mâle, murmura-t-il. Elle ne bougea pas. Tu rayonnes, dit-il. Tu es grosse comme un rocher d'eau. Tu es la brume bleue qui cerne le soleil à l'aube.

Il fut enfin assez près pour tendre la trompe et lui tapoter la vulve. Il la caressa jusqu'à ce qu'elle urine, et avant même qu'il porte son liquide jusqu'à sa bouche il savait que, à l'instant même, à l'instant où il l'avait touchée, elle était entrée dans sa radiance.

Si elle s'était sauvée, il l'aurait laissée partir et aurait attendu qu'elle se sente prête, mais elle était immobile et anormalement silencieuse (la plupart des femelles, une fois dans leur radiance, bredouillent des encouragements lascifs, le "zèle"), alors il posa sa tête sur son dos, se hissa sur ses postérieurs et se mit à forer.

Cette partie du souvenir est assez vive pour que ses pattes en tremblent, alors il s'arrête net et pense, inquiet, que ce doit être un souvenir fantôme*.

* Plutôt que des reconstitutions virtuelles, les souvenirs fantômes, semblables en cela à la plupart des souvenirs humains, ne mettent en lumière que les aspects les plus saisissants.

Si l'on vit assez longtemps, la mémoire s'écoule hors de vous. Avant cela, il y a dix à quinze ans pendant lesquels vos vieux souvenirs sont presque toujours des souvenirs fantômes. Torrent lui expliqua un jour que c'était une période bénie parce qu'elle vous permettait de revoir votre vie avec impartialité.

— Ce qui n'est pas possible, dit-il, si à chaque fois que tu bascules dans un souvenir tu te trouves en plein cœur de chacune de ses bienheureuses secondes. Tu n'as pas d'espoir de te tenir à côté de toi, pour ainsi dire.

— Qu'est-ce que ça change ? demanda Grand Temps. Tôt ou tard, de toute façon, on oublie tout.

— Pas qui l'on est, dit Torrent. C'est la seule chose que l'on ne peut oublier. C'est tout ce que l'on peut emporter dans l'au-delà, et si on ne l'a pas on finit par s'effriter et devenir le limon au fond de L'Eau Eternelle Sans Rivage, voilà ce que je crois.

Et de sa voix de basse fausse il chanta :

Flottant dix mille ans au cœur
D'une pensée, la seule
Qui mette l'esprit et les os
A l'unisson.

Il n'est pas sans précédent chez les elles-là d'avoir quelques souvenirs fantômes avant l'âge de cinquante ans, et, en fait, ceux à qui cela arrive sont tenus pour précoces et favorisés par la chance. Mais qui sait encore ce que la chance favorise ? Ne le demandez pas à Grand Temps. Avoir un souvenir fantôme à son âge semble plus un symptôme du chaos dans lequel les traits bien marqués, qui, autrefois, différenciaient une chose d'une autre, s'avèrent être eux-mêmes des fantômes. Même *lui* concourt à ce chaos. Car regardez-le ! Rendu fou par le sort d'une femelle infirme qui n'est ni sa mère de naissance ni sa matriarche.

Si Bourbe le voulait, il en ferait sa compagne pour la vie, à la manière des chacals. Il l'emmènerait loin de sa famille, et tous deux et le nouveau-né formeraient leur propre petit troupeau. Que fallait-il en penser ? Jusqu'à aujourd'hui il croyait qu'un penchant aussi bizarre devait avoir la bénédiction de l'Elle, et il se laissait aller à d'enivrantes explications, celle qu'il chérissait entre toutes étant que le tunnel à éléphanteau de Bourbe abritait la fille de l'Elle en personne, "le nouveau-né beau comme la lumière" qui, prophétisent les hymnes, "fera taire les cris de la nuit et s'enfuir les cruels patt'arrière", et c'est ce nouveau-né divin qu'il est censé protéger. Oh, il tressaille quand il y pense maintenant. Non pas qu'il en aime moins Bourbe parce qu'il ne sait plus *pourquoi* il l'aime. La vérité est que son amour pour elle est l'une des certitudes encore dénuées de remords qui lui restent.

Tandis qu'il approche du Marécage du Sang, les bêlements, les hennissements et les aboiements des créatures qui s'y trouvent commencent à lui parvenir. C'est l'aube. Un énorme mâle apparaît sur la berge et s'avance en hâte vers lui. En silhouette contre le trou rouge et enfumé du soleil, le mâle ressemble à un avertissement originel, un réfugié carbonisé d'un carnage plus vieux encore que le souvenir.

C'est Torrent.

— Je t'ai senti arriver ! gronde-t-il, hors d'haleine.

Au temps pour l'odorat aiguisé de Grand Temps. Depuis au moins une heure, sa trompe n'a rien perçu d'autre que la puanteur du massacre.

Ils enlacent leur trompe et cognent leurs défenses, après quoi Grand Temps glisse respectueusement sa trompe dans la bouche de Torrent et goûte à ses molaires pourrissantes. Les salutations s'arrêtent là, quand Torrent lève brutalement son énorme tête et déclare :

— Je te préviens, les faces ont été taillées à coups de hache.

— S'agit-il de toute la famille ?

— Quelle famille ?

— Les Elle-S, dit Grand Temps, perplexe. Et puis il comprend et dit, honteux de les avoir complètement oubliés : Je connaissais à peine les Elle-D.

— Les Elle-D. Oui. Trois sont tombées, les trois dernières. Elles ont survécu au massacre de la toile de Rogue, simplement pour être attrapées ici.

— Quel massacre ? Quelle toile de Rogue ?

— Ah... dit douloureusement Torrent. Il fait aller sa trompe du nord-est au sud-ouest. A six jours de marche d'ici, il y a une toile. Des cadavres tout du long, surtout des lunatiques, quelques côtes. Des cadavres aussi loin que la trompe peut sentir, tous morts de soif. Mais les Elle-D, les patt'arrière les ont eus, la famille tout entière excepté le petit groupe qui avait fui vers cet endroit maudit.

Son souffle est rauque.

— Et les Elle-S ? demande Grand Temps. Y en a-t-il qui aient survécu ? Y en a-t-il encore ici ?

— Non, non. Ils sont partis il y a huit jours, à en juger par les excréments. Je les ai ratés de quatre jours.

— Qui ? Qui a survécu ?

— Elle-Segausse. Ceci dit avec un accent d'admiration.

— Qui d'autre ?

— Attends que je réfléchisse.

Il touche du bout de sa trompe la temporine qui roule sur sa tempe droite, tout le long d'une ride profonde, et Grand Temps regarde au loin la courbe de l'horizon et sent qu'à cette courbe est suspendue une formidable révélation.

— Les temps sont durs, marmonne Torrent. Toutes les vieilles matriarches massacrées ou dérangées, et les nouvelles matriarches trop ignorantes pour savoir où l'on peut boire sans danger.

— Qui d'autre en a réchappé ? demande de nouveau Grand Temps.

— Qui en a réchappé ? Cette brailleuse, Elle-S'égosille. Pas trace de ses os ici. Et la femelle soignante, Elle-Soulage. Elle est grande, je connais sa carrure. Et son nouveau-né. Quel est le nom de cet éléphanteau ?

— Tordu, dit Grand Temps.

Avec une sorte de tristesse glacée, il pense : “Le vieux patriarche perd la mémoire.”

— Tordu, dit Torrent. C'est ça. Il s'en est sorti.

— Bourbe en a-t-elle réchappé ?

— Bourbe ?

— La jeune femelle avec le postérieur atrophié.

Torrent regarde l'horizon du coin de l'œil. Il semble brusquement épuisé et très vieux.

— Bourbe, dit-il.

— Descendons au bord de l'eau, propose Grand Temps.

— Ça fait de la peine, grommelle Torrent. Quand on a monté les femelles Elle-S aussi souvent que moi, et qu'on connaît l'intérieur de chacune aussi bien que sa propre bouche…

Malgré lui, Grand Temps fouille le sol du regard pour y trouver des signes qui aient pu être annonciateurs du désastre, ou qui annonceraient à présent un nouveau danger. Il n'y a que les conséquences : les buissons aplatis et, creusées dans la berge, les traces parallèles d'un véhicule. Sur l'écorce d'un arbre à fièvre s'ouvre une balafre d'un vert éclatant. Grand Temps a un mouvement de recul devant sa couleur si peu naturelle et à la pensée que la peau des véhicules s'érafle ainsi. Il file vers le bord de la berge puis s'arrête, ahuri par la vision de tant de créatures – hippopotames, gnous, zèbres, gazelles, buffles, babouins, innombrables volées d'oiseaux et, au beau milieu du marécage, deux petites familles d'elles-là dont l'odeur lui échappe. Il se tourne vers Torrent.

— Qui est-ce ?

Torrent est en train de tirer sur une branche d'arbre à fièvre. Il la tord et elle casse avec un craquement caverneux semblable à celui d'un éclair.

— C'est… dit-il. Il arrache les feuilles mortes dévorées par les fourmis et se sert de la branche nue pour se gratter l'intérieur de l'oreille. Les Elle-T ! Et les Elle-T-Et-T !

En l'entendant rugir, toutes les femelles lèvent la trompe. Une femelle au flair aiguisé (Grand Temps suppose qu'il s'agit d'Elle-Tarabuste) gronde :

— Ne t'approche pas, Grand Temps ! Aucune de nous ici n'est en délire !

— Je pense bien que non, grommelle Grand Temps, vaguement offensé qu'elle puisse penser qu'il n'aurait pas senti l'œstrus. En outre, qui entre en œstrus – ou même en musth – pendant une sécheresse ? Il scrute la rive surpeuplée à la recherche des cadavres. Pourquoi es-tu encore ici ? demande-t-il à Torrent.

Il ne lui est pas venu plus tôt à l'idée qu'il est étrange que le vieux mâle s'attarde auprès de ce marécage funeste alors qu'il doit connaître des quantités d'endroits où boire. Des endroits dans les collines, par exemple, où il devrait se trouver, de toute façon, à chercher l'os blanc.

— C'est à cause de mes molaires, avoue Torrent. Quand je pense à quitter l'herbe tendre, je me dis, encore une journée. Il abat gentiment la branche sur la croupe de Grand Temps. Viens, fils. Je t'emmène faire le tour de la tragédie.

Tandis qu'ils descendent au pied de la berge, en bas commence la débandade. Torrent a dû terroriser ces pauvres créatures, pense Grand Temps, mais il s'en félicite parce qu'une fois la rive dégagée les restes des victimes du massacre se voient bien. D'un coup d'œil, il identifie Elle-Subodore. Son corps a été recouvert de branchages et certains de ses os ont été détachés par les carnivores. Ces ossements récents sont d'une blancheur éclatante et dégagent une odeur cruellement douce (Grand Temps flaire son fémur) qui ressemble à s'y méprendre au parfum des lis qui se fanent.

— Voyons, gronde Torrent, ici c'est… euh… celle qui surveillait tout le temps les nouveau-nés. Avec douceur, d'un antérieur il repousse le crâne. Une odeur merveilleuse… laiteuse…

— Elle-Serépète, dit Grand Temps. Il pleure.

— Elle-Serépète, c'est ça. La voix du vieux mâle s'éraille. Oui. Fille d'Elle-Soulage. Du torse, il sort un os aussi fin qu'une épine. Elle avait un petit qui grandissait en elle. C'est moi qui ai foré le tunnel, je crois.

Il approche l'os de l'œil de Grand Temps puis le replace avec soin là où il était. Il ramasse l'omoplate d'une des grandes femelles et la berce au creux de sa trompe. Il la repose et flaire sa trompe amputée.

Il semble qu'il est prêt à caresser et à examiner tous les restes, comme il a déjà dû le faire une fois au moins, et comme sans aucun doute il suppose que Grand Temps veut le faire, mais Grand Temps est impatient de connaître le sort de Bourbe. Il le signale à Torrent, qui lui lance un regard pénétrant et grommelle :

— Eh bien, vas-y.

C'est vite fait. Quand il a examiné tous les restes sur la rive, en s'attardant pour pleurer sur les toutes jeunes jumelles, il s'avance dans l'eau et tâte avec les pieds les os et les peaux au fond du marécage. Puis il revient en pataugeant vers Torrent, qui mange des lianes.

— Elle en a réchappé, dit Torrent.

Grand Temps ne répond pas. Son soulagement est étourdissant mais son chagrin aussi, et aucune réaction ne semble convenable, sinon celle de rester vacillant entre ces deux émotions.

— Bois d'abord, lui recommande Torrent. Mange.

"D'abord" veut dire avant de retourner sur la rive pour pleurer les morts comme il faut. Grand Temps tire sur le cordon visqueux de racines enchevêtrées, et, quand il se le fourre dans la bouche, il est saisi par l'impression d'être entré dans le souvenir de quelqu'un ayant mangé ici dans les heures précédant le massacre – la chaleur écrasante, la surface de l'eau scintillante que l'on piétine.

— Elles se débrouilleront, dit Torrent.

Grand Temps est brutalement ramené dans le présent.

— Sais-tu où elles sont allées ?

Torrent secoue la tête.

— Elles ne sont nulle part aux alentours, je peux te l'assurer. Mais je ne m'inquiéterais pas. Elle-Segausse flairera les trous d'eau.

— Elle-Segausse ?

— Ce sera la matriarche, après la disparition d'Elle-Subodore et d'Elle-Sèmelapeur.

— Ça alors ! s'exclame Grand Temps, qui comprend soudain.

Une femelle aussi désinvolte et indifférente qu'Elle-Segausse à la tête du troupeau. Ses craintes pour Bourbe se ravivent.

Torrent l'observe. D'un ton amical, il dit :

— Bourbe est encore un éléphanteau, non ?

— Non, elle a eu son délire inaugural. Je l'ai montée.

— Mais elle ne pourrait pas être en délire maintenant.

— Bien sûr que non.

— Et tu veux quand même partir à sa recherche.

— Oui.

Il regarde le vieux mâle avec optimisme. Ne partagent-ils pas cela ? Ce qu'il ressent pour Bourbe n'est-ce pas en plus fort ce que Torrent ressent pour Elle-Segausse ?

— Tu as peut-être bien l'esprit dérangé, dit Torrent. C'est contagieux, ces temps-ci.

— Mais tu aimes Elle-Segausse…

— Je l'aime ! Il lui lance un regard furieux pardessus ses défenses. Pour qui me prends-tu ? Un éléphanteau à la mamelle ?

— Pardonne-moi, murmure Grand Temps.

— Pourquoi ne cherches-tu pas l'os blanc ?

— Je l'ai cherché ! Tout le temps de cette sécheresse. Je te garantis, Torrent, que je n'ai pas chômé. Et je ne chômerai pas quand j'aurai quitté ces lieux. Je suis tout à fait capable de chercher les survivants des Elle-S *et* de garder l'odorat en alerte pour trouver l'os-comme-ça, ainsi que tu m'as dit toi-même de l'appeler. De toute façon, un effort n'annule pas l'autre. D'ailleurs, note que j'ai l'intention de mener les deux à bien. Et je devrais aussi te signaler que je viens tout juste de quitter ma famille de naissance, qui a appris des Elle-P-Et-P qu'on trouvera l'os-comme-ça près du lit sinueux d'une rivière, au nord-ouest d'une chaîne de collines.

— Ah bon ?

— Je ne fais que rapporter ce que j'ai entendu.

Le regard noir met du temps à quitter la face de Torrent, mais finalement celui-ci arrache un écheveau de racines et grommelle :

— L'hypothèse étant qu'il existe bien un os-comme-ça.

— Comment ça ?

— Je n'ai pas chômé non plus, mon gars. Il fourre les racines dans sa bouche et ne les tasse pas beaucoup avant d'avaler. On aurait pu penser qu'une rumeur, une trace quelconque, se soit manifestée. Il jette un coup d'œil au ciel. L'obscurité est là, tu sais. Elle est descendue.

Si grand soit-il, Grand Temps n'arrive pas à l'épaule de Torrent, et pourtant il se sent monstrueusement étiré, flottant dans le bleu du ciel.

— Que te disent les liens ? demande Torrent.

Une question surprenante de la part du mâle qui lui a conseillé de ne pas se fier aux liens.

— J'ai perdu toute foi en eux, avoue Grand Temps. Sur les colonnes élancées de ses pattes, il vacille. C'est pour lui une révélation que l'os blanc soit lui-même un lien. C'en est un de toute évidence (c'est à la fois un bon présage et un signe puissant), mais avant que Torrent ait jeté le doute sur son existence Grand Temps n'a jamais pensé qu'il était occulte. Quand il a renoncé à tout autre lien, il n'a pas renoncé à l'os blanc. Il trouvait tout naturel qu'il soit aussi incontestable qu'un chemin. On le trouve par hasard et, bon gré mal gré, on est guidé.

— Perdu la foi ? dit Torrent. Il semble perplexe.

— Ils nous ont tous abandonnés. Pas un lien n'a averti des massacres ! Pas un lien n'a averti de la sécheresse ! Bon sang, Torrent, à quoi servent les liens s'ils ne nous avertissent pas de pareilles tragédies ?

— Pas un lien que *tu* connaisses n'a averti de pareilles tragédies, dit Torrent.

Grand Temps tire sur un bouquet de carex. Blessé, indigné, là-haut dans un recoin sans air des espaces célestes, il secoue les oreilles.

Torrent ferme les yeux. Il paraît dormir un court instant. En ouvrant les yeux, il dit :

— Renoncer aux liens parce que la connaissance que tu en as est insuffisante est au mieux de la lâcheté, au pire de la bêtise. On ne jette pas le fruit avec la coquille.

— Mais comment… dit Grand Temps. Dans sa frustration, il est tout près de pleurer. Comment peut-on connaître quoi que ce soit à fond ?

— On ne peut pas.

— Comment peut-on avoir la foi ?

— La foi n'est pas la confiance en ce qui est connu.

Il y a du chahut dans les hauts-fonds. Un zèbre, que Grand Temps a reconnu plus tôt pour l'avoir entrevu à l'époque où il était encore un poulain virevoltant à la lisière du Grand Rassemblement des Longues Pluies, virevolte à nouveau et lance de méchantes ruades.

— Rendu fou par la sécheresse, remarque Torrent.

— C'est peut-être mon cas, suggère Grand Temps, par déférence et pour rentrer dans les bonnes grâces de Torrent. Evidemment, ce n'est pas le cas – son amour pour Bourbe précède la sécheresse d'une dizaine d'années – mais la longévité et la gravité de cette folie, s'il est fou, n'obtiendront jamais la bienveillance du vieux mâle, encore moins sa bénédiction, c'est à présent tout à fait clair.

Torrent pousse un grognement évasif et pointe la trompe en direction des Elle-T. Grand Temps pointe la trompe dans la même direction bien que, contrairement à Torrent, il ne puisse pas sentir contre le vent.

Au bout d'un certain temps, dans cette atmosphère d'amical désespoir, Grand Temps perd la sensation d'être d'une taille surnaturelle. Il dit :

— Si l'os-comme-ça n'existe pas, quel espoir y a-t-il pour aucun d'entre nous ?

— Il se peut bien qu'il existe.

— Mais tu as dit…

— Ne me répète pas ce que j'ai dit. La voix de Torrent est douce. Je sais ce que j'ai dit.

Il laisse retomber sa trompe. Elle frappe l'eau avec un claquement sonore et Grand Temps sent derrière eux, sur la rive, une centaine de têtes qui pivotent d'un coup.

X

C'est la matriarche qui tient le compte des jours – combien depuis la dernière pluie, combien depuis que les prunes noires sont mûres, combien depuis qu'un mâle était en musth ou une femelle en œstrus, et ainsi de suite. La méthode est mystérieuse, même pour elle. N'importe qui peut finalement trouver le chiffre exact, en repartant en arrière ou en avant et en comptant jour après jour. Pour la matriarche, le calcul est immédiat. Ce n'est pas un savoir qu'elle apprend. Elle assume la direction de la famille et, quelques heures plus tard, si quelqu'un mentionne, par exemple, le soir où tel éléphanteau est mort, elle se surprend à penser : "Il y a quatre ans et quarante-sept jours."

De tous les talents que Lit de Dattes ne possède pas, cette façon précise et instantanée de mesurer le passage du temps en est un qu'elle a envié le plus. Petite, elle essayait de s'entraîner à compter les jours à la vitesse d'une matriarche, et quand elle finit par admettre que c'était impossible, elle inventa un raccourci (elle appelle ça "groupage") pour parvenir à une approximation proche de la vérité. Au lieu de tenir compte des jours, grouper tient compte des pleines lunes, qui reviennent tous les trente jours, à un jour près. Deux pleines lunes, ou deux groupes de trente jours, font soixante jours. Trois groupes font quatre-vingt-dix jours. Il suffit de faire l'addition une fois pour savoir ensuite, et pour toujours, combien il y a de jours ou d'années dans cinq groupes, ou dans trente-cinq, ou dans soixante-treize et demi.

Chaque matin, quand elle taille une nouvelle encoche dans sa défense gauche, elle se demande si les jours qui lui restent à vivre totaliseront les trois groupes et demi qui amèneraient son âge à treize ans pile. Elle n'a pas grand espoir. La blessure au-dessus de son œil droit a cicatrisé, mais derrière la croûte demeure une sensation de bourdonnement qui ne se dissipe un tout petit peu qu'en mangeant de l'écorce de cycas. Quand elle se lève un accès de vertige la fait tituber, et plusieurs fois par jour elle est victime d'hallucinations – délicieusement étranges et aussi nettement visibles que si elle voyait par les yeux de Bourbe, mais inquiétantes. (Elle marche dans une immense caverne où il fait jour comme en plein midi, et de part et d'autre, en rangées extraordinairement d'aplomb, des piles de fruits inconnus – à l'odeur douce et aux couleurs vives [rouge, orange, jaune] – défilent lentement ; elle se tient sur une hauteur et tout autour d'elle de minuscules bourgeons blancs tombent d'un ciel glacé, lui piquent la peau et se posent sur la terre comme du sable.)

Aucune de ces affections n'est nécessairement mortelle et elles ne l'effraient pas. Ce qui l'effraie c'est que sa mémoire se perd. Il y a six matins, un lézard bleu a grimpé devant sa face. Elle n'a pas réussi à l'identifier, bien qu'elle sût qu'elle avait étudié cette espèce et l'avait ajoutée à son inventaire des lézards. Depuis, la moitié de ses souvenirs ont été des souvenirs fantômes : parfaits dans certaines parties, fanés dans d'autres, ou tout à fait évanouis.

Elle prie, alors qu'elle a peu de foi en la prière et qu'elle ne la comprend pas. Comment les circonstances d'une vie réglée d'avance peuvent-elles être modifiées en suppliant ? Ses prières, par conséquent, sont modestes. Quand elle prie pour que le restant de sa famille soit sain et sauf, elle pense en particulier à Bourbe et à sa mère, mais ne se permet pas de mettre qui que ce soit en avant. Pour elle, elle demande de ne pas souffrir plus qu'elle ne peut le supporter, et que si son destin est de survivre, de ne pas contrarier ce destin par bêtise ou par manque d'attention. Il lui arrive d'ajouter qu'elle *espère* que les fuites de sa mémoire s'arrêteront toutes seules, comme c'est le cas parfois pour les hémorragies, ou qu'elle croisera une famille dont la femelle soignante connaît un remède. "Je serais si contente de revoir ma propre famille", signale-t-elle. Plutôt que d'implorer de trouver l'os blanc, elle se décrit, en termes voisins de la prière, divers aspects du Lieu Sûr : "… car en ce royaume béni il y a des marais, où une herbe douce et tendre…"

C'est à l'aube, juste après s'être levée, qu'elle prie. Son ambivalence est telle qu'elle ne peut se résoudre à prier l'Elle que lorsque le vertige la fait vaciller et qu'elle n'est pas tout à fait elle-même ; ainsi l'Elle pourrait pardonner son impertinence. Quand le vertige cesse, elle trouve une pierre pointue et taille une nouvelle encoche dans sa défense. Une encoche par jour depuis le massacre. Ce n'est pas encore une nécessité, c'est une précaution. Elle ne sait pas à quelle vitesse sa mémoire fuit, mais elle a rencontré de vieilles femelles qui ne pouvaient pas dire si ça faisait une heure ou un an qu'elles lui avaient parlé pour la dernière fois, et elle doit se préparer à devenir aussi fumeuse. Elle voit les entailles comme un genre de toile. Le sens du temps qui passe peut tomber de son corps, mais il sera ici, rattrapé sur sa défense.

Le matin du vingt-sixième jour, elle ne réussit pas à trouver une pierre pointue. Toutes celles qu'elle ramasse lui paraissent aussi lisses qu'un œuf. Elle est dans un fourré de crotons, à côté d'un énorme rocher en forme de maxillaire, et vient tout juste de se rendre compte que la paroi du rocher est anormalement usée. Il lui vient alors à l'idée que ce doit être un lieu sacré. Il lui a d'abord livré la Chose ahurissante, et maintenant voilà cet étrange rocher usé et ces pierres sphériques, presque aussi lisses que la Chose. Elle a été attirée ici, pense-t-elle. Hier, en milieu d'après-midi, elle s'était arrêtée du côté est du rocher, avec l'intention de se restaurer et de se reposer rapidement avant de continuer vers le trou d'eau géant qui était sa destination. Mais pendant qu'elle était allongée, une genette effrontée vint se prélasser au creux de sa trompe et lui signala qu'il y avait de l'eau sous la rigole de l'autre côté du rocher, elle s'en était alors débarrassée et s'était mise debout. Elle avait creusé huit trous et conclu que la genette l'avait trompée, quand un filet boueux se mit à suinter. A ce moment-là, la nuit était tombée et Lit de Dattes était si altérée qu'elle s'était agenouillée et avait bu, comme un éléphanteau, par la bouche.

Une hallucination la prit pendant qu'elle buvait. Il lui sembla qu'elle était à genoux au bord d'une falaise. Dessous, lumineux dans l'obscurité environnante, il y avait un méandre à la surface duquel passaient deux rangs d'animaux aux yeux étincelants. Dans un rang tous les yeux étaient rouges, dans l'autre ils étaient blancs, et les deux rangs filaient côte à côte mais en sens inverse. L'odeur âcre des lionnes flottait, ce qui l'effraya assez pour qu'elle se hisse sur ses pattes, et l'hallucination s'éteignit dans le tourbillon d'un vertige vers la fin duquel elle se rendit compte que les lionnes n'étaient pas dans l'hallucination mais sur le rocher.

Elle virevolta, leva la trompe. A la diversité et à la densité de l'odeur, elle devina qu'il y en avait quatre. La lune était presque pleine, elle distinguait un ton de nuit plus sombre là où elles se tenaient, et le miroitement d'un œil.

"Que voulez-vous ?" pensa-t-elle.

Elles voulaient la manger, cela allait sans dire, mais pourquoi imaginaient-elles que c'était possible ? Le deuxième jour après le massacre, elle avait fait fuir une bande d'hyènes en leur racontant que son sang était venimeux, même au toucher. La carcasse d'un lion se trouvait par là et elle avait désigné la blessure par balle au-dessus de son œil et pensé : "Dès qu'il a fait couler mon sang, il est tombé." Les hyènes échangèrent des regards et des rires nerveux. Elle leur demanda comment, à leur avis, elle avait survécu toute seule alors qu'elle était si petite. Et parce qu'elle était là, seule et petite, la bande partit en bondissant et avait dû faire passer le mot. Trois jours plus tard, elle fut abordée par une délégation de gazelles respectueuses qui avait entendu dire qu'elle était une vengeresse envoyée par le dieu de son espèce pour punir tout lion, hyène ou chien sauvage qui oserait l'attaquer. Etait-ce vrai ? Elle leur dit que oui.

— Et si l'une de nous vous touchait ? demanda la plus grande des gazelles.

— Je ne suis venimeuse que pour les animaux qui me feraient du mal, répondit-elle, en s'émerveillant de sa facilité à mentir, et avec quel entrain.

Ensuite elle commença à se sentir invulnérable, au moins face aux lions, aux hyènes et aux chiens sauvages. Et puis, la nuit précédente, les quatre lionnes l'avaient attaquée. Elles n'avaient jamais entendu la légende de la vengeresse, et ne tombèrent pas non plus dans le panneau. Elles rirent avec indulgence, comme on le ferait face aux histoires abracadabrantes d'un petit.

Lit de Dattes fut envahie par un sentiment d'apathie. Elle pensa : "On va me tuer."

— Exact, dit la lionne en chef.

— Ça ne fait pas mal, dit une autre.

La meneuse dit :

— Ne te défends pas.

Mais elle se défendit. La suggestion de ne pas le faire était si pernicieuse qu'elle fut réveillée en sursaut. Elle tourna les talons et se mit à courir. Les lionnes sautèrent à bas du rocher. Elles lui donnèrent des coups de patte dans les postérieurs et elle tournoya, en barrissant. Son pied droit s'abattit sur une pierre. Elle la saisit. Même dans sa terreur elle sentit combien elle était extraordinairement froide et lisse. Elle la lança et un pâle rayon de lumière vola au-dessus du sol. Le rayon fit reculer les lionnes. Elle lança de nouveau la pierre et la lumière glissa sur leurs faces.

— Allons-nous-en, gronda la meneuse. Et tandis que Lit de Dattes continuait à barrir et à brandir la pierre, ses assaillantes disparurent.

Dès qu'elle ne les sentit plus, elle examina son arme. Ce n'était pas une pierre. C'était trop froid et trop symétrique : plat d'un côté, arrondi de l'autre, à peu près de la taille d'un œuf d'autruche mais en plus lourd et plus allongé ; on aurait dit un œuf allongé coupé en deux. Le côté arrondi brillait comme de la bave. Le côté plat brillait comme de l'eau, et de l'eau dans laquelle elle pouvait se voir… pourvu qu'elle penche l'objet d'une certaine façon, avec la lumière de la lune dans l'œil. Elle obtint ainsi une image si limpide qu'elle en eut le souffle coupé. Elle fit pivoter la Chose et l'agita vers l'endroit où s'étaient tenues les lionnes. Le rayon apparut. Elle essaya d'agiter la Chose, dans plusieurs directions et selon différents angles, jusqu'à ce qu'elle comprenne que le rayon était la lumière de la lune qui passait au travers et ressortait. Ce n'est qu'alors qu'elle distingua la faible puanteur de véhicule. Elle pensa que le véhicule qui avait porté la Chose avait dû la perdre, car qui aurait volontairement abandonné un tel trésor ? Elle la retourna et l'éleva pour s'y regarder de nouveau.

— L'Elle est bonne, dit-elle. L'Elle est grande.

Elle dormit couchée dessus et dans ses rêves l'oublia. Elle l'oublia quand elle se réveilla jusqu'à ce que, pendant son accès de vertige, elle se fasse mal au pied sur le bord entre son côté plat et son côté rond. Epouvantée de penser que sa réalité eût pu s'échapper de son corps ne fût-ce qu'un seul instant, elle la ramassa. Dans la lumière matinale, elle vit que son côté arrondi était du bleu artificiel de la peau d'un véhicule, et se rendit compte que la Chose avait dû être un équipement du véhicule lui-même – un genre d'excoriation, peut-être, ou d'extrusion osseuse –, elle eut alors un mouvement de dégoût mais ne la lâcha pas pour autant. Elle la fit aller d'arrière en avant, et un éclat d'une étonnante intensité vint frapper le rocher. Elle dirigea par hasard l'éclat sur un phacochère, qui s'enfuit en poussant des cris stridents. Elle souffla sur la poussière qui recouvrait le côté plat de la Chose et le porta à sa face. De nouveau, elle eut le souffle coupé de voir son reflet. Regarde-moi ça – une tique courant le long d'un pli sous son œil ! Elle ne sentait ni le contact ni l'odeur de la tique, mais elle était bien là. Elle examina ses cils, les veines de ses oreilles, le paysage plissé de sa blessure cicatrisée. Dans aucune étendue d'eau, si tranquille fût-elle, elle ne s'était vue avec tant de netteté. "Es-tu ma jumelle spirituelle ?" demanda-t-elle à son reflet. Avec beaucoup de précautions, elle posa la Chose sur une termitière et se mit en quête d'une pierre pointue.

Elle n'arrive pas à en trouver une, bien qu'elle aille chercher loin. Elle revient vers la Chose et la ramasse. Elle est à présent presque trop chaude pour qu'on la tienne. Elle la coince alors au creux de sa trompe et se regarde. "Il n'y a pas une seule pierre pointue par ici", dit-elle. Son œil cille. Le cercle noir au centre se contracte pour ne plus être qu'un point. Lit de Dattes a l'impression qu'il se contracte pour que l'œil puisse aller chercher une idée à l'intérieur de lui-même. Et là voilà, l'idée, sautant de l'image de son œil dans son œil réel, et, de là, dans sa tête où elle entend : "Sers-toi de la Chose."

Evidemment. Sers-toi de la Chose, son bord tranchant qui lui a fait mal au pied. Elle tourne la Chose pour pouvoir en passer le bord sur sa défense. En arrière, en avant. En deux coups, elle a son encoche. Vingt-sixième jour.

Elle élève la Chose vers son œil. Le cercle sombre rétrécit et tire de son abîme une autre idée. "Oh !" souffle-t-elle. L'idée est tellement brillante que son cœur se met à battre. Elle hoche la tête et répète ce qu'elle entend. Sans s'en rendre compte, elle parle dans le timbre protocolaire.

Autant qu'elle le sache, son espèce n'a jamais douté que ce qu'on voit quand on se voit dans l'eau *c'est* soi-même. Les singes n'en doutent pas non plus, pas plus que les félins. Parmi les autres créatures qui sont capables de se voir (elles sont nombreuses à en être incapables ; les gnous, les buffles, les phacochères, les rhinocéros, les hippopotames et les zèbres regardent dans une mare sans ride et ne voient que de l'eau), la plupart pensent qu'elles entrevoient l'esprit de quelqu'un qui s'est noyé ou a été tué en cet endroit précis. Quant aux oiseaux, il est difficile de savoir ce qu'ils pensent. Certains des gros oiseaux – les calaos, les spatules, les cigognes – rient ou se vexent, raconte-t-on, si l'on dit : "C'est toi." Ils jurent que c'est un poisson, ou une ombre. Les plus petits oiseaux en volée c'est à peine si on peut leur parler, ils sont si nerveux et écervelés. Les planeurs solitaires – les aigles, les faucons – ont la réputation d'être sérieux et perspicaces mais ils sont distants. Depuis trois ans que Lit de Dattes est parleuse en pensée, elle n'a dialogué qu'avec deux faucons et un seul aigle martial, ou “éminence” comme cette espèce se nomme elle-même. Celui-là était malade et incapable de voler, et quand Lit de Dattes lui demanda s'il y avait quelque chose qu'elle pourrait faire pour lui, sa surprenante réponse fut qu'elle pouvait lui tenir compagnie.

Peut-être était-il anormalement communicatif du fait qu'il était condamné. Il l'informa que si sa race mangeait de la viande, limitait son appétit et battait des oreilles, elle aurait une chance de pouvoir voler. Puis il lui parla des gardiens, ou des jumeaux spirituels.

A l'éclosion de chaque aigle martial a lieu l'éclosion d'un jumeau spirituel, dont le sort détermine le sort de l'aigle. Le jumeau vit sous l'eau et se nourrit de poissons et de carcasses, mais autrement les événements de sa vie sont identiques à ceux de l'aigle. Quand le jumeau est souffrant, l'aigle est souffrant. Quand le jumeau s'accouple, l'aigle s'accouple, et ainsi de suite. Quand le jumeau meurt, l'aigle meurt. On peut entendre le jumeau spirituel hurler par grand vent ou par temps d'orage, et on peut le voir dans des centaines d'étendues d'eau, car il va de lac en rivière et de rivière en mare en passant par les nappes aquifères souterraines. Voir souvent le jumeau spirituel est essentiel. Sans ces contacts, le jumeau perd confiance en sa propre existence, commence à décliner et à agir avec négligence, et au cas où sa santé se délabre, il en ira de même de l'aigle. Plus la vision est nette, plus le jumeau est rassuré, plus il est vigoureux, et vice versa. Voilà pourquoi par grand vent, quand les eaux sont agitées, ou pendant la saison sèche, quand l'eau n'est pas là, la vie de l'aigle est mise en danger. “Je n’ai pas vu mon gardien depuis quatre jours”, c’est ainsi que l’aigle que rencontra Lit de Dattes expliquait son état.

Il ne vint jamais à l’idée de Lit de Dattes de lui suggérer que son reflet n’était autre que lui-même. Cela eût été indélicat et pontifiant et, en outre, elle était loin d’être sûre que son reflet *n’était pas* un gardien. Après sa discussion avec lui, il lui arriva de se regarder attentivement dans le Marécage du Sang, au cas où. A dire vrai, il lui est venu en tête que si elle a survécu, en tout cas dans une certaine mesure, c’est parce que quelques heures à peine avant le massacre elle s’est examinée dans l’eau unie, au cœur des touffes de carex.

Et maintenant qu’elle a la Chose pour se voir dedans, elle doit admettre qu’elle se sent… non pas rétablie, loin de là, mais plus courageuse.

Elle se regarde de nouveau, contemple son œil liquide qui la prévient de sa soif, et elle pose la Chose par terre et s’agenouille devant le trou qu’elle a creusé la veille. De ses défenses, elle fouille le fond jusqu’à ce que l’eau suinte. Elle boit, se relève, a un accès de vertige, se lance de la terre sur le dos, puis broute le fourré et les touffes d’herbe sèche entre les buissons. Elle préférerait continuer à manger et puis, un peu plus tard, dormir, pour toujours manger et dormir pendant la journée et voyager la nuit, évitant ainsi le soleil. Mais depuis le massacre elle est terrorisée par la nuit, chaque forme vague se transforme en humain, et elle ne quitte jamais un endroit sûr après la nuit tombée. Aujourd’hui, avant de se mettre en route elle grimpe sur le rocher et envoie ses grondements infrasonores. Il n’y a pas de réponse, il n’y a jamais de réponse. Elle serre la Chose au creux de sa trompe et gronde : “L’Elle est proche*”, et se met en marche.

La brillante idée dépend de sa réussite à attirer l’attention d’un aigle martial. Elle essaiera de le faire tout en marchant, mais sa priorité est de parvenir au trou d’eau géant vers lequel elle se dirigeait hier, avant que cet endroit l’incite à faire halte. Elle a entendu parler du point d’eau par une gazelle-girafe qui prétendit avoir vu des excréments frais d’elles-là aux alentours. Cette nouvelle tira des larmes à Lit de Dattes. En vingt-cinq jours, vingt-six maintenant, elle n’est pas une seule fois tombée sur des déjections de ses semblables. Leurs os, voilà ce sur quoi elle tombe, leurs carcasses. Même s’il est peu probable que les elles-là soient encore au trou d’eau (la gazelle-girafe dénigra le fourrage avoisinant et dit que le trou lui-même, alors qu’il donnait de l’eau douce, était sinistrement désert), elle ferait dix fois le voyage juste pour les excréments. Pour avoir la preuve qu’elle n’est pas la dernière de sa race.

Le paysage qu’elle traverse n’est qu’une seule et grande brûlure. Sol noir, aubépines noircies par le feu, rochers noirs, cendre noire qu’elle se jette sur le dos et entre les pattes. Sans ralentir le pas, elle envoie la lumière de la Chose dans le ciel où, comme elle s’y attendait, celle-ci attire les oiseaux. Pas un aigle, malheureusement, mais des milans qui descendent en piqué, crient “Qu’est-ce que c’est que ça ?” et remontent en chandelle avant qu’elle puisse répondre. Des vautours mantelés se laissent tomber des arbres en sifflant, sautillent devant elle et secouent leur tête obscène.

* Se dit quand on atteint ou quitte un lieu sacré.

Elle suit un chemin dont elle se souvient à l'époque où tout n'était qu'herbe nouvelle, quand Elle-Subodore conduisait la famille à un lac de natron. Bourbe et elle étaient alors des éléphanteaux. Elles étaient si attachées l'une à l'autre qu'elle marchait accrochée à la queue de Bourbe, et qu'elles disaient "nous" au lieu de "je" – "nous sommes fatiguées", "nous voulons", "nous ne pouvons pas" – comme si elles n'étaient qu'un seul et même éléphanteau. Quand Elle-S'égosille giflait Bourbe, c'était Lit de Dattes qui glapissait.

La brûlure se termine au lac, devenu un bassin desséché. Lit de Dattes pose la Chose, détache d'un coup de pied un gros morceau de sel, et le réduit en granulés qu'elle saisit du bout de sa trompe. Tandis qu'elle les laisse tomber dans sa bouche, elle bascule dans un souvenir net du miroitement de l'eau qui était ici, et des milliers de flamants roses, de sa première rencontre avec eux. Parce qu'elle tenait pour certain qu'aucune grosse créature ne pouvait être de cette couleur du spectre, elle prit la tache floue des oiseaux pour un lit de roseaux exotiques et pensa que leur cri nasillard devait être une sorte de déploiement de l'air.

Comment se fait-il, se demande-t-elle maintenant en sortant de son souvenir, qu'elle se rappelle certaines choses à la perfection tandis que d'autres sont brouillées ou complètement perdues ? Selon quels critères la sélection se fait-elle ? Revivre un moment datant d'il y a sept ans, si charmant fût-il, est un luxe quand il faudrait qu'elle se souvienne des voyages qui lui révéleraient où elle se trouve aux environs du Marécage du Sang. Pourtant, dès qu'elle essaie de relier ces voyages entre eux, son esprit file à toute vitesse jusqu'à ce qu'il dérape et s'arrête dans un néant.

Elle envie les oiseaux, leurs yeux perçants et leurs panoramas. Elle voudrait bien pousser l'un d'eux à repérer le terrain pour elle, mais elle a déjà assez de mal à en trouver un qui lui parle. Même les engoulevents, habituellement amicaux, gardent leurs distances. Elle met ça sur le compte de la sécheresse. Il y a une tristesse dans la lumière, et peu de charité parmi les créatures. Elle s'est résignée à être une présence importune pour toutes celles qui ne la voient pas comme de la nourriture.

Elle *s'était* résignée.

Elle ramasse la Chose et la porte à ses yeux. Elle est noire de la cendre qu'elle s'est jetée dessus. Cerclé de suie, son œil est effrayant. Elle tourne la Chose et un disque blanc file sur la plaine. Elle poursuit son chemin, en projetant de la lumière dans le ciel.

Elle sent l'odeur de l'eau douce, mais pas celle des excréments frais ni d'aucune espèce de créature. Elle entend, loin à l'ouest, le cri des oies, rien d'autre. La gazelle-girafe l'avait pourtant prévenue, mais elle ne l'avait pas vraiment crue, pensant qu'elle avait peut-être simplement regretté de lui avoir dévoilé l'existence d'une pareille trouvaille.

C'est le même jour, en plein midi, quand même les plus infects trous d'eau grouillent d'oiseaux et d'herbivores. Seuls les humains peuvent faire le vide absolu quelque part, et pourtant leur odeur ne flotte pas ici. Lit de Dattes pose la Chose par terre et flaire le sol, qui est étrangement vide d'excréments, même de fientes de vautours. La terre dégage une odeur de dattier. Comment est-ce possible quand il n'y a pas de dattier dans les environs ? Elle ramasse la Chose et consulte son œil. La pensée qu'elle y voit semble être que si elle a fait tout ce chemin, autant qu'elle mène l'enquête.

Elle avance lentement. A sa gauche, une boule d'arbustes secs passe en roulant. Un bon signe. Lit de Dattes accélère. Le point d'eau se trouve derrière un chaos d'aubépines renversées, et tandis qu'elle approche la faible odeur de vieux excréments flotte vers elle. Des excréments d'autruches et de singes pleureurs. Des excréments d'elles-là !

Elle se précipite vers la source de l'odeur tant désirée. Ici ! Et ici ! Des tas de crottes sombres, desséchées, piétinées entre les rondins. Lâchant la Chose, elle flaire avidement. Ce sont des excréments d'Elle-B-Et-B. Elle-Baratine, Elle-Bluffe, Elle-Braille, encore Elle-Bluffe. Une excellente famille, les Elle-B-Et-B, la famille de naissance de Grand Temps. Les crottes ont été polluées par les mouches et razziées par les scarabées, mais elle en mange quand même plusieurs, elle veut sentir leur odeur au fond de sa gorge.

Elle-Broiedunoir, Elle-Bonifie... rien que des excréments d'Elle-B-Et-B. Chaque crotte évoque des souvenirs de sa femelle, et, malgré l'étrangeté menaçante de cet endroit, Lit de Dattes s'abandonne, défaillante, aux souvenirs, certains fantomatiques d'autres nets. Elle zigzague entre les rondins. Elle est à l'autre bout quand elle tombe sur les déjections de Grand Temps.

Elle lève la tête, de nouveau sur le qui-vive. Il était donc ici. Elle aperçoit le miroitement du trou d'eau et pense que si le Mâle Lien a brouté ici, il ne peut y avoir de mauvais présages, ou du moins n'y en avait-il pas il y a quatre ou cinq jours. Son arôme, son arôme ordinaire de mâle, a une qualité qu'elle associe à une totale sécurité. Elle mange une des crottes, et il lui vient un souvenir précis et heureux de la première fois où elle l'a rencontré. Elle émerge de ce souvenir en pleurant, avec le timbre de la voix de Grand Temps au fond de ses oreilles, et puis à l'idée de la Chose elle sursaute, retourne la chercher en toute hâte, revient de l'autre côté des rondins et reste là.

La surface sombre du point d'eau dénote une profondeur qui peut expliquer son existence par temps de sécheresse : une source loin sous terre venant constamment réapprovisionner les niveaux supérieurs qui migrent. Lit de Dattes passe la Chose sous son menton et avance en humant l'air, les oreilles aux aguets. Ici aussi le sol est vide d'excréments, et même de brindilles et de fissures, et il dégage une odeur fruitée qui ne s'accorde pas avec le paysage. L'eau est pareille à une hallucination. Lit de Dattes n'a pas bu depuis le matin. Elle n'a pas senti une eau si douce depuis des centaines de jours. A la lisière du trou, elle s'entretient avec elle-même dans la Chose, mais son œil a une expression perdue, du style ne-me-demande-rien. Elle pose la Chose par terre, boit, d'abord à petites gorgées, puis à pleine trompe. Elle se douche et se couvre de poussière, après quoi elle jette un coup d'œil autour d'elle et aspire les odeurs incongrues. Devrait-elle rester ici pour manger et dormir, ou bien s'en aller ? Si elle s'en va, où ira-t-elle ?

Elle ramasse la Chose, la pointe vers le cratère blanc du soleil et, presque aussitôt, une demi-douzaine de pique-bœufs arrivent et volettent au-dessus d'elle, en jacassant dans le langage embryonnaire de leur espèce : "Ça ! Là ! Quoi ! Vois ! Où !"

"Ouste !" barrit-elle, et ils filent. A quoi peuvent lui servir ces idiots ? Un aigle serait un coup de chance, mais jusqu'ici elle n'a pas réussi à en attirer un, et maintenant elle veut simplement parler à une créature raisonnable. Savoir si elle est en sécurité ici, et pourquoi il n'y a pas de preuve que Grand Temps ni aucune des Elle-B-Et-B a bu.

Son ventre gronde. Même si elle décide de s'en aller, il faudra qu'elle mange. Elle va vers les rondins, coince la Chose dans la fourche d'une branche et arrache un paquet de racines. Les racines d'aubépines, elle les mange par devoir : leur petit côté salé calme son estomac mais elle ne fait aucun cas de leur arrière-goût. Elle en mange uniquement jusqu'à ce que son ventre se calme, puis elle arrache une bande d'écorce, la roule dans sa bouche… et entend mâcher. Il y a tant de choses détraquées ici, que sa première idée est que le son de ce qu'elle est en train de faire a dû prendre de l'avance sur elle, que pendant qu'elle mâche elle entendra avaler, et pendant qu'elle avalera elle s'entendra arracher un autre morceau d'écorce et ainsi de suite. Un instant plus tard, pourtant, l'odeur d'un rhinocéros noir lui parvient, elle jette un coup d'œil sous le vent et aperçoit une masse sombre.

Lit de Dattes a un faible pour les rhinocéros à cause de leur mauvaise vue, de leur formidable laideur, et parce qu'ils sont si rares. Quand elle était petite, il y avait toujours au moins une mère rhinocéros noire et un jeune au Marécage du Sang. Ces cinq dernières années, pas un n'y est venu, il y en a eu tant de massacrés par les humains, et en fait il est très étrange qu'il y en ait un ici, aux abords d'un trou d'eau mais pas *au* trou d'eau, et surtout pas près d'une mare de boue. La mastication devient invraisemblablement sonore. Pour une raison que personne ne comprend, on peut entendre les rhinocéros manger à une centaine de mètres, et parfois, comme à présent, le bruit paraît sortir de votre propre gorge. Tout en commençant à avancer, Lit de Dattes réfléchit à sa théorie selon laquelle le son est transmis depuis les "défenses" du rhinocéros par quelque chose en rapport avec leur position sur le mufle. "Bonjour, mâle sans pareil, pense-t-elle, avec vigueur pour être entendue par-dessus la mastication. Quel honneur et quelle surprise de croiser un sans pareil dans ce désert."

En soufflant, le rhinocéros s'avance vers elle d'un air affairé. Il est déjà tout près quand Lit de Dattes sent que ce n'est pas un mâle. Voici une autre bizarrerie : une femelle solitaire. Comme elle. "Pardonnez-moi, pense-t-elle. Femelle sans pareille."

Le rhinocéros femelle se tourne sur le côté et, comme si elle s'adressait à quelqu'un à l'ouest, glapit :

— Va-t'en ! File ! Es-tu folle ? Es-tu une pauvre folle demeurée ?

— Certainement pas...

— Alors fiche le camp d'ici ! Elle déchire l'air de ses cornes. Pourquoi es-tu venue ? Elle halète et trottine en rond, et quand elle est face à Lit de Dattes, glapit : Tu dois être une stupide pauvre nigaude !

"Pardonnez-moi d'avoir pénétré sur votre terrain, pense Lit de Dattes, qui aplatit les oreilles et se voûte pour paraître moins menaçante. Je suis venue pour l'eau, et parce qu'on m'avait dit que ma race s'était trouvée ici récemment."

Le rhinocéros se tait. Ses oreilles de cochon remuent.

"Je suis séparée de mon espèce, pense Lit de Dattes. De ma famille."

Le rhinocéros s'avance jusqu'aux antérieurs de Lit de Dattes. Celle-ci baisse la trompe et flaire le souffle de pure souffrance. Elle ne saurait dire ce qui l'envahit – la compassion, la solitude, ou peut-être la curiosité la rend-elle simplement téméraire – mais elle touche le dos du rhinocéros, la peau striée, la ride d'une blessure ancienne, et le rhinocéros reste sans bouger et se laisse tapoter, ce qui est plus étrange encore que ce qu'est en train de faire Lit de Dattes. Au beau milieu de cet improbable moment, le rhinocéros grogne :

— Pauvres stupides ignares. Ils ont été tués.

Lit de Dattes relève la trompe.

— Qui a été tué ?

— Ton espèce. Le rhinocéros recule et penche la tête sur le côté. Ils étaient ici. Oui, oui, ici. Un pauvre petit troupeau de dix ou quinze, et ils ont été tués.

— Tous.

— Tous ? Oui, oui, je crois bien. Enfin, peut-être pas tous. Je ne sais pas, je ne sais pas. Mais c'est ce qui arrive ici. Des pauvres imbéciles insensés sans cervelle viennent boire, et de brutaux et cruels patt'arrière viennent les massacrer. Pourquoi crois-tu qu'il y a un énorme trou d'eau gigantesque en plein désert ? A ton avis, qui l'a creusé ?

Lit de Dattes vacille, au bord de l'évanouissement.

— Il n'y a pas de sang, pas d'odeur de…

— Ils recouvrent leurs traces. Le rhinocéros femelle souffle par terre, à nouveau brusquement affolée. Va-t'en ! glapit-elle. Elle s'accroupit et de l'urine se déploie en éventail derrière elle. Ne sois pas une délirante pauvre gourde !

L'odeur âcre de l'urine dissipe le vertige de Lit de Dattes. "Quand ?" pense-t-elle, pour demander quand sa race a été massacrée.

— Immédiatement ! Tout de suite ! A l'instant !

— Mais vous êtes ici.

— Je ne peux pas m'en aller !

— Et pourquoi pas ? Lit de Dattes pleure.

Le rhinocéros femelle se tait de nouveau.

— Ils ont tué mon petit.

— Non.

— Si, si, ils l'ont tué, l'ont massacré, l'ont égorgé et l'ont emporté.

— Oh, quelle horreur.

— J'attends son souffle.

Lit de Dattes en a entendu parler : les rhinocéros croient qu'après un intervalle, qui peut aller de dix à trente jours, le souffle quitte l'endroit où l'esprit s'en est allé. Pendant une petite heure il revient planer au-dessus du lieu où la mort est arrivée, et si un rhinocéros femelle l'inhale, elle donnera un jour naissance à un petit dans lequel une part de l'esprit du défunt est préservée.

Lit de Dattes pense : "N'avez-vous pas peur que les patt'arrière *vous* tuent ?" mais assez loin dans sa tête pour que le rhinocéros ne l'entende pas. Il ne lui appartient pas de remettre en question les rituels et les transactions grâce auxquels on traverse tant bien que mal une période d'effroyable deuil. "Merci du renseignement", pense-t-elle à une distance audible. Avec un petit hochement de tête, elle retourne au trou d'eau.

— Pas par là ! lui crie le rhinocéros. Pauvre crétine balourde cinglée !

Au trou d'eau, Lit de Dattes boit, se douche et ramasse la Chose. Elle se regarde dedans. Œil rouge, stupide. Œil de pauvre crétine balourde cinglée. Contre qui, contre quelle ampleur d'expérience, peut-elle se mesurer ici ? Elle se jette de la poussière dessus et démarre avec en tête "Va-t'en d'ici" pour seule directive.

Il se peut qu'elle ait déjà parcouru ce paysage mais elle ne s'en souvient pas. Elle prie, tout fort et sans modération. Tous ces massacres ont été conçus et sont à présent remémorés par l'Elle, qui n'est ni vindicative ni folle – à moins qu'Elle ne le soit, auquel cas il serait peut-être possible de négocier avec Elle, mais Lit de Dattes ne le croit pas. Si Celle à l'image de laquelle tous les elles-là ont été créés est folle, alors ils sont eux-mêmes de la folie en vrac. Or ils ne le sont pas, pas encore. Lit de Dattes refuse d'admettre que les vivants, quel que soit leur nombre (les milliers ou la dizaine d'entre eux), sont fous. Mais les souffrances pourraient les rendre fous, et si cela advient, si toutes Ses meilleures créations deviennent folles, Elle sera refaçonnée. *Elle* sera rendue folle. Ce qu'Elle sait, bien sûr. En priant : "Par pitié, faites que Grand Temps soit vivant", Lit de Dattes n'a que le plus mince espoir de pouvoir influer sur ce qui a déjà eu lieu.

Elle aime Grand Temps, elle peut le dire à présent. Elle peut s'avouer qu'elle voulait qu'il fore son tunnel à éléphanteau inaugural, et qu'elle a toujours été un peu jalouse de l'adoration qu'il porte à Bourbe, bien qu'elle l'ait tout de suite comprise. C'est très lié à la raison pour laquelle elle l'aime. Au Grand Rassemblement des Longues Pluies, quand il dit à Bourbe : "Nous sommes pareils", elle pensa : "Non, *nous* sommes pareils, toi et moi", et se demanda, totalement déconcertée, comment quelqu'un d'aussi observateur que lui pouvait ne pas reconnaître à qui il ressemblait. Comme elle, il est curieux, tatillon et maigre. Tous deux classent les informations, collectent des faits dont personne d'autre ne se soucie. Ils ont tous deux une tendresse pour l'ancien langage... elle pour ses inflexions, lui pour ses tournures de phrases. Tous deux aiment de façon anormale. L'idée qu'il soit mort est terrifiante, parce qu'elle l'aime mais aussi parce que ce qu'il sait aurait dû le protéger. Si le Mâle Lien peut être pris au dépourvu, qui est en sécurité ?

Un grand vent embrase la poussière. Elle marche droit dedans, les paupières closes contre le sable, se dirigeant au flair et à l'oreille, ce qui ne mène nulle part. Là où il y a de quoi brouter, elle mange. Racines, petites branches, elle leur trouve un goût de terre. Elle barrit des prières, marmonne dans sa barbe et se sent très vieille et folle. Elle chante des hymnes :

L'incrédulité aveugle toujours s'égare
Et scrute Son œuvre vainement ;
Elle est sa propre interprète et sans fard
Elle le rendra évident.

Et :

Un Petit de l'espoir va naître,
Une Fille bientôt il nous viendra.
Les patt'arrière elle détruira,
Et à leur perte les enverra.

Qu'elle porte la Chose, elle l'oublie jusqu'à ce qu'elle la pose pour manger, et alors elle pense avec agitation : "Je ne dois pas partir sans elle", et cela n'arrive jamais bien que chaque fois qu'elle la pose par terre elle ne se souvienne pas de l'avoir d'abord ramassée. Elle traverse des hallucinations d'un pas tranquille : l'intérieur d'une grotte, des parois verticales et blanches, un sol de pierre verte aussi étincelant et lisse qu'une mare sans ride, des soleils miniatures au plafond de la grotte dispensant une lumière blanche et fraîche. Une autre paroi, deux fois plus haute qu'elle et trois fois plus large, qui se dresse toute seule sur un réseau de bâtons argentés, et la vie s'y étale en sursauts et en plans rapides comme si c'était la scène changeante de la mémoire de quelqu'un d'autre. Et ceci : un humain mâle tenant des bouquets de fruits jaunes odorants avec ses antérieurs, et les lui offrant tout en disant quelque chose qu'elle ne peut traduire dans sa tête. Mais le son de sa voix – un roucoulement rauque pareil à celui d'une tourterelle – est apaisant.

Quatre jours plus tard, elle se retrouve sous l'ombrage d'un énorme acacia, près de la rive de ce qui était autrefois une rivière. Aucun autre arbre ne se dresse plus là, seul ce géant solitaire avec son tronc fendu revêtu de la plus grande partie de son écorce et soutenant une miraculeuse couronne de feuillage, flétrie tout de même, crépitant dans le vent, et de toute façon trop haute pour qu'elle l'atteigne. De chaque branche ou presque pendent des nids de tisserins abandonnés, telle une récolte moribonde, et plus haut repose l'immense plat d'un nid de vautour, mais lui aussi semble vide et les éclaboussures de fientes blanches sur le sol juste dessous ont une odeur ancienne.

Elle a dégagé un suintement dans le lit de la rivière et mangé trois rubans d'écorce. A présent, elle est allongée sur le flanc et se contemple dans la Chose. "Ne t'en fais pas, jumelle spirituelle, dit-elle plusieurs fois. Je suis là." Au bout d'un moment, du cercle sombre de son œil elle se sent poussée à rappeler sa brillante idée. "Je n'ai pas oublié", dit-elle, mais, au fur et à mesure qu'elle y réfléchit, elle commence à la remanier.

L'idée est la suivante : elle va attirer un aigle et dès qu'il (ou elle) planera assez près pour entendre ses pensées, elle lui dira que son jumeau spirituel, son gardien, repose dans "cette oasis d'eau impénétrable" et se languit de l'entrapercevoir. Il sera assez curieux pour descendre plus bas, il se peut même qu'il se pose sur un buisson ou une termitière, et alors elle lui montrera non seulement l'image de lui-même la plus nette qu'il ait jamais vue, mais très probablement la *seule* image qu'il ait vue depuis bien des jours. Il sera fasciné.

Elle tentera de le soudoyer.

En échange de rapides coups d'œil à son gardien, il devra patrouiller la contrée en quête de l'os blanc. Elle lui signalera de concentrer ses recherches à l'ouest des chaînes de collines, et de prêter une attention particulière aux rochers et aux termitières qui forment un cercle.

Au départ, Lit de Dattes comptait aussi le lancer à la recherche d'autres membres de son espèce, et elle s'informera quand même de ce qu'il aura vu, mais si c'est à plus de deux jours de marche et que les femelles ne sont pas des Elle-S, elle n'insistera pas. Pendant une sécheresse personne ne reste au même endroit très longtemps, à moins que cet endroit ne soit une masse d'eau et, à part le Marécage du Sang et l'eau maléfique, la plupart des masses d'eau semblent avoir disparu. Elle a décidé de ne pas s'exposer au danger en retournant au Marécage du Sang, même si c'est son devoir sacré de pleurer sur les ossements. Sa famille, ceux de ses membres qui sont retournés au marécage, n'y seront probablement plus de toute façon. Ils seront en route, comme elle, à la recherche d'un os blanc, à sa recherche. Si sa mère n'est pas morte, elle sera la nouvelle matriarche et c'est elle qui dirigera les recherches.

A la pensée d'Elle-Segausse essayant de la repérer, humant l'air de sa trompe délicate, les yeux de Lit de Dattes s'emplissent de larmes. Dans la Chose elle regarde son image se voiler, et une partie de son esprit se demande si les larmes montent de sous la paupière inférieure ou s'écoulent de trous minuscules dans le globe oculaire. Pour la première fois, il lui vient à l'idée que pour aider sa mère la meilleure chose serait de rester un certain temps au même endroit.

Cet endroit n'est pas plus mal qu'un autre. Près du lit d'une rivière, plein d'écorce sur cet arbre, des buissons d'aubépines. Elle inspire à fond et regarde de tous côtés. Dans le ciel, elle aperçoit un oiseau. Probablement un vautour, mais quelques secondes plus tard elle est envahie par une vive conscience d'elle-même et comprend qu'elle vit un moment dont une visionnaire a déjà fait l'expérience, ce qui signifie que c'est un moment capital. Avec la sensation d'être gouvernée par une nécessité plus douloureuse encore que la sienne, elle pointe la Chose vers le soleil.

XI

Une profonde torpeur frappe le cœur de Bourbe. Elle scrute l'obscurité en flairant l'air. A part Tordu, qui est à présent couché sous sa mère, tout le monde gratte le sol pour y trouver des racines.

Elle-S'égosille se tient près de Marécage et ne paraît pas bouleversée. Il ne s'est donc rien passé pendant que Bourbe était perdue dans sa vision. Elle-Segausse a dû se taire. Pourquoi ? Pourquoi aurait-elle jugé, à l'exemple d'Elle-S'égosille, que Lit de Dattes était une cause perdue ? Il y avait toutes ces inhalations de sous-senteurs apaisantes, mais Bourbe ne peut croire qu'elles seules aient pu empêcher Elle-Segausse de réagir à la sortie la plus impardonnable qu'Elle-S'égosille ait jamais pu faire.

Bourbe s'approche de la matriarche et lui effleure la croupe. Comme si Bourbe n'était pas là, Elle-Segausse continue à tirer sur une longue racine, et Bourbe ne se résout pas à parler. Elle s'en va près d'Elle-S'égosille et se met à piquer la terre de ses défenses, tout en pleurant en silence sur l'image d'Elle-S'égosille morte – son crâne défoncé, son torse boursouflé. Elle-S'égosille, sentant son chagrin (et le jugeant sans nul doute, quelle que soit son origine, moins justifié que le sien), laisse échapper des soupirs irrités, et Bourbe trouve ça cruellement pathétique – qu'Elle-S'égosille, dans l'ignorance de son sort, se comporte exactement comme à son habitude.

Au bout de plusieurs heures, sans un mot à personne, Elle-Segausse piétine le sol pour y préparer un lit. Au début de leur voyage tous dormaient en tas, comme ils l'avaient toujours fait. Maintenant, seize jours plus tard, leur habitude est de dormir à la queue leu leu – Elle-S'égosille à un bout, à côté de Marécage, puis Grêlons, Elle-Segausse, Tordu et Elle-Soulage. Bourbe est à l'autre bout, à côté d'Elle-Soulage, et l'espace qu'elle laisse entre elles deux n'est pas, comme elle soupçonne tout le monde de le croire, une preuve de plus de son attitude distante, ni même de sa répulsion pour le tampon oculaire nauséabond de la femelle soignante. Cet espace est celui où Lit de Dattes dormirait si elle était là. Où elle dormira quand elle sera revenue.

Les grandes femelles ronflent rarement. Cette nuit, pourtant, c'est le cas – en un pauvre chœur qui a pour vedette Elle-S'égosille. Démarrant sur une note excessivement haute, l'exhalation d'Elle-S'égosille chevrote vers les graves comme si elle tombait d'une falaise, et Bourbe pense : "Chaque respiration lui est désormais précieuse." Elle ne peut imaginer parler à Elle-S'égosille de la vision ("… des cous-trompes festoyaient dans ton crâne"). Elle ne peut imaginer le dire à qui que ce soit. Si Elle-Segausse savait, elle trouverait peut-être plus facile d'accepter Elle-S'égosille sans sourciller, mais Bourbe ne peut affronter la perspective qu'Elle-Segausse soit soulagée. Non, ce n'est pas là toute la vérité. Elle ne peut affronter la perspective de constater le soulagement chez la matriarche, et de le découvrir alors au fond d'elle-même.

Il n'y a rien pour la guider. C'est sa première vision d'un membre d'une famille mort, et quand

Elle-Subodore avait ce genre de visions on n'en discutait pas, pas devant les éléphanteaux. Ce n'est pas comme si le dire à quelqu'un allait empêcher que l'événement ne se produise. De cela Bourbe est sûre, et elle se demande, dans ce cas, pourquoi l'avenir se laisse ainsi entrevoir. S'agit-il simplement pour les parties concernées de rassembler leurs forces ? Dans ce cas, elle *devrait* en parler à Elle-S'égosille.

Mais elle ne le fera pas, elle sait qu'elle ne le fera pas. Et elle ne dormira pas. Elle est couchée là à se poser des questions. Dans quels délais Elle-S'égosille va-t-elle mourir ? (A en juger par sa mine – ses défenses, son amaigrissement –, ça ne saurait tarder.) Elle se demande pourquoi Elle-Segausse n'a pas grondé Elle-S'égosille d'avoir soutenu que Lit de Dattes ne pouvait être vivante, et si au-delà des limites de la vision il y avait d'autres carcasses. De temps à autre, en un rituel aussi régulier et inconscient que celui qui consiste à scruter l'horizon, elle rassemble ses pensées jusqu'à ce qu'elles prennent la forme et l'odeur de Lit de Dattes ; non pas un souvenir d'elle précis, mais une image parfaite qu'elle fait ensuite surgir de sa tête comme une inspiration qui pourrait donner du courage à Lit de Dattes.

En fait, elle dort d'un trait jusqu'à l'aube. Quand elle se réveille, les autres sont déjà debout.

Il flotte une odeur d'angoisse, aussi épaisse qu'une fumée.

— Je ne la sens pas, dit Elle-Segausse. Tournant le dos à tout le groupe, elle secoue la terre d'un paquet de racines.

— Quelle sottise ! trille Elle-S'égosille.

— Je ne l'entends pas, dit Elle-Segausse.

Un rire contraint venant d'Elle-Soulage.

— Comment peux-tu ne pas entendre la femelle ?

— Ses mots sont du vent. Elle-Segausse regarde par-dessus son épaule, droit dans les yeux d'Elle-S'égosille. *Elle* est celle qui est morte.

Bourbe pense : "Elle a entendu mes pensées, elle sait qu'Elle-S'égosille est condamnée." Mais, avant même que la pensée prenne forme, elle comprend que c'est impossible. Si Elle-Segausse entend les pensées, alors Lit de Dattes est morte, et si Lit de Dattes était morte, Elle-Segausse serait à genoux en train de gémir.

— Blasphème ! hurle Elle-S'égosille.

Elle-Segausse mâche, secoue la queue.

— Est-ce que tu la bannis ? mugit Elle-Soulage.

— Je bannis qui ? demande Elle-Segausse sans curiosité.

— Elle-S'égosille !

— Il n'y a pas d'Elle-S'égosille.

La femelle soignante lance à Elle-S'égosille un regard perplexe.

— Mais si, dit Tordu d'une voix préoccupée. Il effleure la patte d'Elle-S'égosille. Elle est ici même.

Elle-Segausse souffle avec mépris.

— Ça, dit-elle, c'est un souvenir.

Marécage grogne, une sorte de rire, et sa mère lui donne une tape sur la tête.

— Ça te plairait, piaille-t-elle, si j'étais un souvenir ! Du coup, toi et ton chéri là-bas – un coup de trompe vers Grêlons – pourriez partir sans avoir à vous soucier de moi, former votre joyeux petit troupeau de célibataires. Elle se met à pleurer. Eh bien, je ne suis *pas* un souvenir ! Je ne serai *pas* bannie ! Elle se tourne vers Bourbe. C'est ta faute !

— Ma faute ?

— C'est toi qui m'as poussée à le dire. Elle prend une voix basse plutôt cruche – son imitation de Bourbe : “Elle est quoi ? Quoi ? Qu'allais-tu dire au sujet de Lit de Dattes ?”

Marécage soupire.

— N'exagère pas, maman.

— Tu es une intruse ! barrit Elle-S'égosille à l'adresse de Bourbe.

— Non, non ! beugle Elle-Soulage. Ça suffit ! Elle enroule sa trompe autour de celle d'Elle-S'égosille.

Elle-S'égosille se dégage violemment.

— Si quelqu'un devait être banni, c'est bien elle. Elle regarde au-dessus de la tête de Bourbe. Il n'y a pas d'Elle-Snobe ! annonce-t-elle.

— Assez d'imbécillités ! rugit la femelle soignante.

Son regard passe d'Elle-Segausse, qui pique tranquillement le sol de sa défense, à Elle-S'égosille, puis Bourbe.

— Il n'y a pas d'Elle-Snobe, répète Elle-S'égosille d'un ton officiel, et en ondulant des hanches elle contourne le taillis de crotons.

— Ça va passer ! rugit Elle-Soulage. Nous allons nous en sortir ! Elle caresse la tête de Bourbe. Elle-Soulage a faim ! Pas toi ?

Bourbe regarde la femelle soignante – sa face bienveillante dans l'expectative, son orbite avec sa farce puante, son œil qui voit... grand ouvert, loyal – et elle secoue la tête. Oui, elle a faim, mais non, ça ne va pas passer. Ils ne s'en sortiront pas, pas tous.

— *Moi* j'ai faim, dit Tordu en pleurnichant.

— Allez, debout, dit Elle-Soulage, qui le hisse à genoux et étire un antérieur pour qu'il puisse téter.

La lumière de ce matin est brumeuse, trompeuse. A l'est il y a des lacs de lumière dont Bourbe jurerait que c'est de l'eau. Ce sont des signes favorables, ces lacs. Se sentant invulnérable, elle s'éloigne vers une banquette rocheuse et envoie un grondement infrasonore à Lit de Dattes. Elle attend un moment, puis décide de mettre à l'essai la théorie de Lit de Dattes selon laquelle les grandes sécheresses vident la terre d'une trop grande quantité d'humidité pour que les grondements infrasonores passent, et elle envoie un grondement à Elle-Segausse. La matriarche ne réagit pas, mais Bourbe soupçonne que l'échec est peut-être dû à la courte distance de transmission.

Elle reste là un moment à regarder sa famille. Ses membres ont l'air de simples connaissances, qu'elle ne connaîtrait pas plus que Grêlons. Tandis qu'eux (Grêlons est exclu de cette impression) se sentent complets, et semblables d'une façon qui lui ôte tout espoir de s'y infiltrer.

"Je *suis* une intruse", pense-t-elle, tout juste étonnée que ce soit Elle-S'égosille, entre toutes, qui l'ait éclairée. Elle-S'égosille, qui est bannie de la vie. Comme tout un chacun un jour ou l'autre, Bourbe n'a pas besoin qu'on le lui rappelle, mais elle n'a pas eu de vision d'autres morts et elle est incapable de les imaginer. Il n'y a qu'à Elle-S'égosille qu'elle accorde le genre de perspective sans masque qu'elle suppose être, aussi, quelquefois, l'apanage des idiots et des inconscients parmi ceux qui seront bientôt sans vie.

Les lois du bannissement ne s'avèrent pas inflexibles. En des temps plus fastes il se peut bien qu'elles le soient, qui sait (Elle-Soulage dit que c'est la première expérience de bannissement de cette famille). Mais quand le pays lui-même est si dur, tout et chacun sacrifie un peu de sa rigueur.

Si Elle-S'égosille crie "Stop !" parce que les mâles traînent trop loin en arrière, Elle-Segausse commande halte. Si, toutefois, Elle-S'égosille crie "Stop !" parce qu'elle a une de ses crises, la matriarche, quand elle a établi la raison du cri, continue d'avancer, et puisqu'elle *est* la matriarche les autres la suivent. Quand Elle-S'égosille parle, naturellement tout le monde l'entend, mais seul Tordu, dans son innocence, semble écouter, et personne ne répond à ses questions. "Nous devons tous respecter la matriarche !" braille Elle-Soulage. "Ce que disent les grandes femelles, les plus petites y obéissent !" Quelque chose dans ce goût-là, pour faire savoir à Elle-S'égosille qu'elle la reconnaîtrait si elle le pouvait. Elle-S'égosille crie : "Sottises !" Elle accuse tout le monde, y compris la femelle soignante, d'être trop content d'avoir une excuse pour l'ignorer. "Oh, voyons !" laisse échapper Elle-Soulage, puis elle se donne une gifle, confuse d'avoir répondu directement. Et pourtant elle continue d'examiner la peau craquelée d'Elle-S'égosille, et à grommeler, comme pour elle-même, que les peaux craquelées devraient être frottées avec la chair des gales d'acacia, que la fiente de vautour endurcit la plante des pieds.

Bourbe, ayant été bannie par Elle-S'égosille, n'a jamais droit à un mot de cette dernière, n'est pas supposée parler, et dans le cas contraire n'obtiendrait pas de remerciement de son aînée. Ce qui est vraiment dommage. Depuis qu'elle a vu Elle-S'égosille morte, Bourbe est plus disposée à comprendre ses récriminations et son cinéma ridicule, et à vouloir prendre son parti. Pour la première fois de sa vie elle admire presque Elle-S'égosille, la plaint et l'admire, et ces sentiments n'ont pas grand-chose à voir avec le fait que les jours de son aînée sont comptés. C'est la place inconfortable d'Elle-S'égosille dans la famille qui l'émeut, et son refus d'accepter cette place, bien que ce refus implique d'avoir constamment à exécuter une danse disgracieuse qui ne lui vaut même pas d'être ridicule. Elle-S'égosille regarde par-ci et tombe sur Bourbe qui, prétend-elle, n'existe pas. Elle regarde par-là et tombe sur la matriarche, qui prétend la même chose à son égard. Elle attrape la trompe de son fils, qui ne prend même pas la peine de se dégager tant elle est désincarnée. Elle ordonne à Grêlons, qui comme jeune mâle et hôte de la famille lui doit le respect, de répondre à sa question, et il baisse la tête en un geste d'excuse. Elle lui arrose la face de poussière. Marécage souffle dessus pour la disperser. Elle pleure et supplie Grêlons de lui pardonner. Elle frétille des oreilles pour Tordu. Il rit et elle hurle : "Mon petit adoré !" ce qui l'effraie. Elle s'éloigne sans se presser, la tête haute, la trompe haute, feignant la nonchalance et le mépris, puis revient à toute allure quand on découvre de l'eau. "Après c'est à moi !" braille-t-elle. Et c'est à elle. S'il n'y a que ce trou-là, la matriarche boit d'abord, puis la deuxième plus grande femelle, sans qu'on se soucie (semblerait-il) si elle existe ou pas. Elle s'allonge, la trompe tendue vers son fils, murmurant dans l'obscurité : "Je suis là, Marécage. Maman est là tout près."

Ce qui n'arrange rien pour elle, c'est qu'elle est la seule à reconnaître son bannissement de Bourbe. "Ne lui parlez pas !" ordonne-t-elle à Marécage, Tordu et Grêlons. "Ne la touchez pas !" Mais ils passent outre. Elle-S'égosille n'est pas celle qui établit les règles. Elle devient hystérique. "Regarde Grêlons, crie-t-elle, en train de parler à personne !" Elle s'avance dans l'ombre de Bourbe et dit : "N'est-ce pas étrange ! L'ombre d'une femelle là où il n'y en a pas !" Elle hurle de rire. Dans le ciel tournoient les vautours. Les lapins détalent dans la plaine.

Au trente-sixième jour de la marche, après trois jours passés à suivre à la trace la plus ténue des odeurs, Elle-Segausse découvre une boulette d'excréments pas plus grosse qu'un scarabée. Une crotte de Lit de Dattes. Elle a trente-cinq jours.

"Il faut fêter ça !" rugit Elle-Soulage, et elle régurgite un ragoût pestilentiel qui commence à cuire sur le sol durci et brûlant et qu'elle entreprend de resucer par la trompe, invitant tout le monde à se joindre "au banquet". Leur nourriture a été si peu abondante ces derniers jours que Marécage grommelle : "Ça ne peut pas être aussi écœurant que les fruits de sécheresse", et qu'il en prend une bouchée.

Les excréments ne méritent pas que l'on fête ça. Il est vrai, c'est la première preuve tangible en trente jours de l'existence de Lit de Dattes, mais c'est aussi, apparemment, le bout de cette piste-là. Après avoir flairé l'air et le sol dans un périmètre d'au moins cinq cents mètres, Elle-Segausse dit : "Je l'ai perdue", et ramasse la crotte qu'elle met dans sa bouche. De la temporine suinte sur sa face et attire les mouches. Son odeur est pur excrément.

— Est-ce que tu pleures, matriarche ? demande Tordu.

— Ne sois pas insolent ! rugit Elle-Soulage.

Tordu se met à pleurnicher. Elle-Soulage se place au-dessus de lui et il tire sur sa mamelle gauche, sur la droite, et encore sur la gauche, puis il tombe à genoux et piaille :

— Où est mon lait ?

Bourbe pleure, elle aussi, non pas en son for intérieur mais en produisant des larmes, bien qu'il soit idiot de gâcher des fluides. Son bébé est en effervescence. Cela ressemble à la digestion, et à regret elle ressent de la gratitude qu'au moins *quelque chose* remue dans son ventre. Elle-Segausse ne parle plus de son état et Bourbe se demande si c'est parce qu'elle craint le pire. La matriarche a déjà mis bas deux mort-nés, un il y a huit ans et l'autre trois ans plus tard. "Faites que le mien meure à la place du sien", pense Bourbe, un peu choquée par ce qu'elle pense. "S'il était nécessaire de faire un choix", ajoute-t-elle, et comme pour la châtier de cette prière impie son oreille gauche est transpercée par Elle-S'égosille qui crie :

— Qu'est-ce qu'on fait maintenant ?

Silence, à part les jérémiades de Tordu.

— Alors ? crie Elle-S'égosille, dont le regard passe d'Elle-Segausse à Elle-Soulage au point qu'on pourrait croire qu'une réponse lui est due, indiscutablement. On trouve de l'eau, je suppose, finit-elle par marmonner. Mais où ?

Regardez-moi tous ces trous inutiles, et elle désigne la longue rangée de trous qui ont probablement été creusés par Lit de Dattes.

La famille se trouve dans le lit d'une rivière disparue – la Rivière des Bûches-Mâchoires, ainsi nommée à cause des crocodiles qui autrefois grouillaient en rangs serrés à fleur d'eau. Tout ce qui reste d'eux ce sont des rouleaux de côtes et des râteliers de dents jetés en tas. En haut, sur les berges, parmi les arbres abattus, des os blanchis hérissent le sol telle une pitoyable variété de fourrés.

Les arbres sont des ébéniers géants et des palmiers phœnix. La plupart ont été renversés et dépouillés de leur écorce. Le peu d'écorce qui reste est la seule nourriture convenable dans les environs. A l'ouest s'étend un paysage de rochers noirs, qu'on appelle La Jonchée, à l'autre bout duquel se trouve le Marécage à Pâture. S'y rendre prend cinq jours au dire de Torrent, qui est le seul elle-là connu à avoir entrepris le voyage. L'eau ayant quitté la Rivière des Bûches-Mâchoires, personne n'a de raison de venir ici.

Et pourtant Lit de Dattes est venue.

— Pourquoi ? demande Elle-S'égosille. Pendant que tout le monde creuse pour trouver de l'eau, Elle-S'égosille poursuit une amère conversation avec elle-même : Moi, je vais vous dire pourquoi. Un lunatique lui a dit de le faire ! (La confiance qu'a Lit de Dattes dans les autres créatures pour la guider vers la nourriture et l'eau est considérée comme allant de soi.) Un lunatique a dit : "Il y a encore plein d'eau dans la Rivière des Bûches-Mâchoires !" et Lit de Dattes l'a cru ! Soit ça, soit elle était... bon... Elle agite sa trompe. Ça ne fait rien, marmonne-t-elle.

Soit ça, soit Lit de Dattes était en proie au “sommeil de chaleur”. Qui n’a pas considéré l’atroce éventualité de Lit de Dattes errant en état de stupeur ?

— Sentez-moi ça, gronde Elle-Segausse en aval de la rivière, ou ce qui était l’aval avant que la rivière s’en aille.

— De l’eau ! crie Elle-S’égosille, poussant pour se trouver en tête.

Oui, de l’eau qui sort du sable à gros bouillons. Ce que désigne la matriarche, pourtant, c’est un bouchon de broussailles, de terre et d’excréments tassés.

— C’était là-dedans, dit-elle, en brandissant le bouchon.

— Lit de Dattes ! s’écrie Bourbe.

Les excréments sont ceux de Lit de Dattes.

— Qu’est-ce que ça fait dans le trou ? demande Tordu.

— Lit de Dattes l’a fourré dedans ! beugle sa mère. Que disait donc Elle-Soulage tout du long ! L’esprit de Lit de Dattes est aussi aigu qu’une épine. Tu creuses un trou d’eau, tu le bouches pour que l’eau soit toujours là quand tu reviens !

— Mais pourquoi reviendrait-elle ? demande Bourbe.

— Pourquoi ? Pourquoi ? Parce que…

La confusion passe sur la face de la femelle soignante.

— Parce qu’elle a creusé le trou ? C’est Tordu.

— Parce qu’elle a creusé ce sacré trou ! rugit Elle-Soulage.

La matriarche regarde d’un air pensif Elle-S’égosille, qui profite des préoccupations concernant le bouchon pour boire avant son tour. (Ou qui profite de son bannissement – si elle n'existe pas, comment peut-elle se faire gronder ?)

— Lit de Dattes savait peut-être que nous viendrions ici, finit par gronder Elle-Segausse.

— Comment pouvait-elle le savoir ? dit Bourbe.

— Je n'en ai pas la moindre idée. Mais elle aurait pu confectionner un bouchon seulement avec de la salive et de la terre. Et pourtant elle a roulé dedans un peu de ses excréments.

— Pour le préserver des charognards ! beugle Elle-Soulage.

— Pour nous faire savoir qu'elle était ici, dit Bourbe. Sa gorge se noue.

— Le désir de laisser une piste est à la base de toute invention, déclare Marécage d'une voix languide.

— Matriarche, puis-je parler ? C'est Grêlons, faisant usage, comme toujours quand il s'adresse à Elle-Segausse, du timbre protocolaire.

— Bien sûr.

— Je voudrais simplement suggérer qu'elle pourrait être sur la piste du prix blanc.

— L'os blanc ? crie Elle-S'égosille, de l'eau giclant de sa trompe.

— Elle a dit l'os blanc ! piaille Tordu. On n'est pas censé le dire !

— Dans la mesure où il n'y a pas d'autre raison pour qu'elle soit venue ici, reprend Grêlons, il se pourrait qu'elle ait appris d'une créature quelconque qu'elle pourrait trouver le prix blanc dans La Jonchée.

Elle-Segausse tourne son regard vers les rochers noirs, et tout le monde l'imite sauf Elle-S'égosille. Dans la lumière du milieu de l'après-midi, chaque rocher a la taille exacte de son ombre. Çà et là, sur les plus hauts, sont perchés des vautours, le dos voûté contre le vent.

— Comme j'aimerais penser qu'elle est partie pour Le Lieu Sûr, dit Elle-Segausse.

Elle-S'égosille s'asperge d'eau.

— Si c'est le cas, je m'attendrais qu'elle fasse aussitôt demi-tour et se mette à nous chercher, pour changer. Quand je pense à tout ce que nous avons souffert pour *son* bien.

— J'ai soif, murmure Tordu. Elle-Soulage le pousse un petit peu, il tombe à genoux et boit à petites gorgées par la bouche.

— Matriarche, dit Grêlons, puis-je supposer qu'il est dans votre intention de traverser La Jonchée ?

Il sait, comme tout le monde l'a appris par Torrent, qu'au nord s'étendent une plaine aride puis un désert, et qu'au sud il y a une puissante clôture métallique derrière laquelle se trouve un important agglomérat d'humains.

Elle-Segausse le regarde.

— Au moins, dit-il, vous pourriez découvrir que toute l'eau n'a pas migré du Marécage à Pâture.

— Bois maintenant, dit-elle.

— Avant la matriarche ? barrit Elle-S'égosille.

— Je ne demande pas mieux que d'attendre, dit Grêlons.

— Vas-y, dit Elle-Segausse. Bois.

Il s'exécute.

Elle-S'égosille expulse son souffle en déflagrations exaspérées.

Pour sa part, Bourbe s'éloigne. Elle gronde sa litanie d'appels infrasonores et, en attendant les réponses qui ne viennent jamais, tire sur un paquet enchevêtré d'arbustes morts qu'elle fourre dans sa bouche. Comment survivront-ils à une marche de cinq jours à travers ces rochers ? se demande-t-elle. Comment sa patte tiendra-t-elle ?

Et que mangeront-ils là-bas ? Elle-Soulage ne produit pas assez de lait, et Grêlons… sa blessure a cicatrisé mais il boite bas et il est tellement amaigri que se coucher lui fait mal. Quand il dort il reste debout et s'appuie sur Marécage qui, pour l'amour de son ami, dort debout lui aussi.

La nuit trouve les Elle-S toujours dans le lit de la rivière. Ils ont dégagé un endroit pour se coucher, les os qui gênaient sont à présent déposés en pile contre la berge. Parfois, la pile grince ou craque… les os se mettent en place, suppose Bourbe, mais un peu plus tard elle décide qu'un serpent ou un lézard est entré dans la pile et se demande quelle monstruosité a autrefois prétendu à pareil squelette – le fouillis de cages thoraciques, les multiples mâchoires.

Le sommeil, pour Bourbe, est devenu l'orée d'un piège. Dès qu'il commence à la gagner, elle se réveille en sursaut avec le sentiment que quelque chose d'affreux va arriver, elle y voit alors un signe et tente de garder les yeux ouverts. Le petit qui gigote en elle semble avoir des écailles. Et si elle portait un crocodile ? Un poisson ? Les temps sont durs, et funestes. Tout semble avoir fui pour de bon : l'eau, la nourriture, la raison. Pourquoi les lois de la procréation seraient-elles exclues de cet exode ?

"S'il vous plaît", pense-t-elle. Face à tant de choses qui valent de prier, ses prières se sont réduites à ces quelques mots. L'obscurité s'épaissit mais pas de beaucoup. C'est une nuit claire et froide. Trois quarts de lune dans le ciel au nord, au sud une gaze d'étoiles. "Aucun de ces ternes miroitements n'appartient à quelqu'un du massacre", pense Bourbe, lugubre. Elle-Subodore, Elle-Sèmelapeur, Elle-Demande et toutes les autres, au lieu de vivre dans la béatitude parmi les femelles célestes, flottent inconscientes et dépouillées de leurs défenses sur L'Eau Eternelle Sans Rivage.

A présent sur cette eau bénie
Nos morts bienheureux demeurent.
Du massacre toute odeur s'est enfuie,
Du sommeil pas un bruit ne trouble la douceur.

Et pas une crainte non plus, pense Bourbe après que le dernier vers lui a passé par la tête, du sommeil pas une crainte ne trouble la douceur. C'est une perspective si paisible qu'elle ferme les paupières. Quand elle les ouvre, l'aube approche. Elle lève la tête, alarmée d'avoir baissé sa garde. Elle entend un piétinement assourdi et pivote sur elle-même.

Marécage et Grêlons. Ils s'en vont.

Elle se hisse à genoux. Ils ont atteint la berge. Grêlons passe le premier pendant que Marécage le pousse en haut de la pente. Au sommet Marécage passe en tête, Grêlons commence par le suivre puis s'arrête et regarde autour de lui.

Bourbe lève la trompe. Grêlons fait de même et, dans ce court instant avant qu'il se retourne encore, elle sait qu'il imagine la même chose qu'elle : leur accouplement. L'image est si précise qu'elle a presque l'impression de basculer dans un souvenir, et il lui vient la pensée que ce qui aurait pu arriver un jour – mais qui maintenant n'arrivera pas (étrangement, elle en est convaincue) – était en quelque sorte assez important pour produire un souvenir.

Elle baisse la trompe, brusquement timide. Marécage laisse échapper un grondement sourd et Grêlons se retourne. Puis ils s'en vont vers l'est, en repartant par la plaine.

Quand enfin Bourbe ne perçoit plus leur odeur, Elle-Segausse se met debout. Bourbe l'imite, la matriarche l'entend et lance sa trompe en arrière puis s'en va vers la berge, en marchant sur les os aussi silencieusement que les mâles.

Bourbe la rejoint.

— T'ont-ils prévenue qu'ils s'en allaient, matriarche ? murmure-t-elle.

Elle-Segausse ne répond pas. Elle hume l'air, elle perçoit toujours leur odeur. Finalement elle laisse retomber sa trompe et gronde :

— Non, mais je le savais. Grêlons n'aurait pu tenir ne fût-ce qu'une demi-journée dans La Jonchée.

— Où penses-tu qu'ils aillent ?

— Dans une des chaînes de collines, peut-être. Elle baisse la tête.

Elle pleure, suppose Bourbe. Elle ne pleure pas à cause de Marécage, auquel elle est liée par le sang, mais à cause de Grêlons. Bourbe se met elle aussi à pleurer, sans larmes et en silence.

— Grêlons a de la trompe, dit la matriarche.

Oui, pense Bourbe. C'est vrai. Quel autre jeune mâle a jamais pleuré la mort de sa matriarche avec tant de gravité et de respect ? Ou marché plus de mille kilomètres sans se plaindre – sans sourciller ! – avec un pied infecté ? Grêlons a de la trompe. Il est attendrissant et valeureux. Tandis que Marécage n'est rien de tout ça. Pourtant il sait reconnaître cette qualité et il la recherche, contrairement à bon nombre qui se sentent menacés par les mâles à peu près de leur âge et de leur taille qui ont de la trompe.

— As-tu eu la vision de la mort de l'un ou l'autre ? demande Elle-Segausse.

— Non, dit Bourbe, saisie. Ses pensées vont vers Elle-S'égosille, qui dort dans l'ignorance de son propre sort et du départ de son fils. Elle dit : Elle-S'égosille sera folle quand elle se réveillera et découvrira… Elle s'arrête, en se rendant compte qu'elle a prononcé le nom de la femelle bannie.

Elle-Segausse semble ne pas écouter. Elle hume l'air en direction de La Jonchée. Bourbe lève la trompe. Fientes de vautour, charogne… Bourbe ne perçoit rien qui vaille la peine de s'y attarder.

— Il y a un corpslong là-bas, dit Elle-Segausse.

Bourbe n'arrive toujours pas à le détecter.

— Ça fait deux jours qu'il nous suit, en restant juste assez loin pour qu'on ne le sente pas. Elle se félicite d'un brusque éclat de rire. Qu'il croit.

— C'est vraiment bizarre, remarque Bourbe. Les guépards ont un rayon d'action limité, jamais plus grand que deux jours de marche.

— Je le soupçonne d'être Moâ-Moâ, dit Elle-Segausse.

Aussitôt les pensées de Bourbe reviennent au Marécage du Sang, le jour du massacre… Elle-Demande racontant que Moâ-Moâ sait peut-être où se trouve Le Lieu Sûr.

— Qu'est-ce qui te le fait croire ? demande-t-elle.

— Les corpslongs ne pourchassent pas les elles-là.

— Que veut Moâ-Moâ ? demande Bourbe.

La matriarche secoue la tête.

— Elle sait où se trouve Le Lieu Sûr, dit Bourbe.

— Elle le sait *peut-être*.

— Ou peut-être pas, reconnaît Bourbe. Ce qu'elle est lasse des ambiguïtés. Elle dit : Je me demande si elle était ici en même temps que Lit de Dattes. Lit de Dattes aurait pu parler en pensée avec elle.

— Ça m'est venu à l'idée.

— Crois-tu que Grêlons avait raison ? Que Lit de Dattes est venue ici à la recherche du prix blanc ?

— C'est possible. C'est possible qu'elle soit venue ici sans but précis. Grêlons est un brave mâle. Il dit ce qui réconforte.

— Il va me manquer, dit Bourbe, et l'image – le souvenir ? – de leur accouplement lui revient, alors elle secoue les oreilles, confuse.

Elle-Segausse se tait. Finalement, elle dit :

— J'ai été montée par tous les mâles Elle-D vivants et quatre qui sont morts à présent, et excepté Torrent il n'y a pas un mâle dans aucune autre famille qui les vaille. Je sais ce que Grêlons aurait pu être s'il n'avait été estropié.

— Il ne perdra pas sa boiterie ? Bourbe n'y avait pas songé.

— Elle-Soulage dit que c'est sans espoir.

— Il sera comme moi, dit Bourbe avec compassion, mais quelque part tout au fond d'elle-même ça la réconforte.

— Heureusement, il a Marécage pour prendre soin de lui.

— Marécage, dit Bourbe sans grande conviction.

— Marécage est en bonne santé, et plus débrouillard qu'il n'y paraît.

Bourbe essaie d'imaginer le somnolent Marécage abattant des arbres, flairant le danger. Elle suppose que pour ce qui est de l'eau les deux profiteront des trous qu'a creusés Elle-Segausse.

Elle-Segausse laisse échapper un petit rire chagrin.

— Marécage, le bourreau des cœurs, dit-elle, à nouveau moqueuse, indifférent à mes charmes.

Depuis le massacre, jamais Elle-Segausse n'a parlé aussi calmement et longuement avec aucune d'entre elles. Bourbe la regarde. Dans la transparence qui précède l'aube, sa peau est lustrée et ses défenses sont d'un blanc éclatant, contrairement à celles de Bourbe. Les défenses de Bourbe et de tous les autres sont ternies et tachées, mais celles de la matriarche gardent leur blancheur. La pointe onduleuse de sa tête et la large base de sa trompe sont égales à ce qu'elles ont toujours été. Elle est maigre, ils le sont tous, et pourtant elle ne paraît pas diminuée par sa maigreur. Bourbe y voit une démonstration de courage, comme si avoir conservé sa beauté était une prouesse. Prise d'une sorte de béguin, elle se surprend à se laisser aller contre son aînée. Elle-Segausse autorise cette intimité et dès que Bourbe le comprend elle est embarrassée, le sentiment d'être une étrangère dans la famille, d'être honorée par cette intimité plutôt que d'y avoir droit, reparaît. Elle ne s'écarte pas. Ce serait une impertinence. Il lui vient à l'idée que dans l'esprit d'Elle-Segausse et en ce fragile instant elle pourrait être Lit de Dattes, alors elle respire plus vite, à la façon de Lit de Dattes, et baisse les yeux, qui n'ont pas l'éclat vert de ceux de Lit de Dattes. Elles restent debout ainsi pendant que l'obscurité finit de se dissiper. Un oiseau lance un chant strident, elles s'écartent alors l'une de l'autre pour se préparer au cri qui s'élève l'instant d'après.

Bourbe pivote sur elle-même. Elle-Segausse, non.

Elle-S'égosille charge de part et d'autre dans le lit de la rivière, pulvérisant des os.

Elle-Soulage et Tordu se hissent péniblement sur leurs pattes.

— Où sont-ils partis ? beugle Elle-Soulage en direction de Bourbe.

— En sens inverse dans la plaine.

— Marécage ! Elle-S'égosille remonte la berge à toute vitesse. Ils sont partis par là !

Personne ne bouge.

Elle-S'égosille virevolte.

— Ce ne sont que des éléphanteaux !

Silence.

— Allez-vous les abandonner ?

Elle-Segausse flaire le sol. Tordu se tapit sous Elle-Soulage, dont le regard ébahi va de la matriarche à Elle-S'égosille, et qui balance un antérieur d'un air indécis. Là-haut sur la berge Elle-S'égosille secoue la tête. Bourbe brûle de lui raconter qu'Elle-Segausse a dit que Marécage est plus débrouillard qu'il n'y paraît, mais Elle-S'égosille feindrait de ne pas l'entendre. Et, de toute façon, ne le croirait pas.

— Lâches ! hurle Elle-S'égosille. Derrière elle le ciel flamboie, orange et or. Elle se profile au-dessus des autres. Menaçante, splendide même. Traîtres ! hurle-t-elle.

Elle fait volte-face et la voilà partie.

— Elle-Soulage ira-t-elle la chercher ? rugit la femelle soignante.

Elle-Segausse s'avance d'un pas tranquille vers le trou d'eau et ôte le bouchon. Elle le tient délicatement au bout de sa trompe et semble l'examiner.

— Elle va les suivre à la trace ! rugit Elle-Soulage finalement. Si elle s'arrête pour envoyer un terrasson, ils sauront qu'elle arrive. Elle hoche la tête, se persuadant elle-même. Elle ne tardera pas à les rattraper.

“Elle n’y arrivera pas”, pense Bourbe. Il lui apparaît que si Elle-S’égosille était seule dans la vision, c’est parce qu’elle sera seule quand elle mourra. Elle s’avance vers la berge, la gravit et lève la trompe.

Il n’y a pas de vent. Il y a des empreintes de pieds… trois séries, et au-dessus une crête de poussière quasiment immobile s’étirant jusqu’à l’horizon. Au-delà de la poussière, Elle-S’égosille n’est pas visible mais son odeur est encore forte. Tout comme une autre odeur, maléfique et écœurante, qui par bouffées arrive de La Jonchée.

XII

Grand Temps chemine vers le nord-ouest. Juste avant l'aube il a repéré une autruche courant dans cette direction, et à présent plus il s'éloigne dans cette direction plus il rencontre de traces et d'excréments. Chacal, hyène, oryx, girafe, lionne.

Il semblerait qu'il va vers l'eau.

Quoique ce ne soit pas forcé. Le crissement sonore des sauterelles, qui harcèle son oreille droite, signale de l'eau non pas au nord-ouest mais au nord-est. Si l'on prête attention à ce genre de choses. Grand Temps prétend les ignorer. Il n'est plus poussé à l'action, voilà la différence. Pour lui les liens sont devenus comme une très vieille matriarche dans ses derniers jours fumeux – le premier mouvement est de lui obéir, et il vaut parfois la peine de l'écouter. La plupart du temps, non.

La dernière fois qu'il a bu c'était hier matin, prenant un risque fou à un trou d'eau proche d'un cercle d'habitations humaines. Avant, il était resté sans boire pendant deux jours. Depuis qu'il s'est engagé dans le désert, il n'a mangé que les côtes des feuilles de palmiers. Comment (ne cesse-t-il de se demander) Torrent a-t-il survécu sur ce terrain ? Grand Temps ne peut imaginer le vieux mâle survivant ici à présent, dans son mauvais état de santé. Du coup, Grand Temps se demande s'il n'est pas ridicule de se fier aux indications de Torrent.

Il n'a rien prévu en cas d'échec. Il se rappelle que lorsque Torrent a expliqué pour la première fois comment trouver les Egarés sa mémoire n'était pas encore en ruine, et il avait signalé alors – ainsi qu'il l'avait fait de nouveau au Marécage du Sang – un désert au nord qui prenait quatre jours à traverser. Bon, ceci est un désert, le *seul* désert au nord autant que Grand Temps sache. Et cela fait maintenant trois jours et demi qu'il le traverse.

Déjà, si tôt dans la matinée, la plante de ses pieds est en feu. S'asperger avec un sable aussi chaud n'apporte aucun soulagement. Des mouches bourdonnent autour de son anus, dans ses oreilles, devant ses yeux, des tiques colossales fouillent les estafilades de sa peau. Pour chasser la soif, il suce un caillou. Il fredonne des chansons sans queue ni tête, des hymnes, c'est du pareil au même pour lui. Il garde les yeux fixés sur la piste de l'autruche, qui semble le tirer dans son sillage. Quand elle s'interrompt brusquement, il bronche comme si le sol lui-même se dérobait.

Une bagarre s'est déroulée ici entre l'autruche et une lionne. Les traces de la lionne approchent par le nord. Le sang a l'odeur des deux créatures et commence tout juste à coaguler. Quelles que soient les blessures de la lionne, elles ne peuvent être bien graves parce qu'elle a traîné l'autruche derrière elle, et ce faisant dessiné un large sentier qui masque ses empreintes. Au creux du sentier, la traînée de sang forme un ruban rose.

Le sentier mène vers le nord-ouest, et Grand Temps le suit. Le paysage ondule. Au sommet de chaque crête, Grand Temps s'attend à voir, dans la ravine en dessous, la lionne et peut-être plusieurs membres de sa famille dévorant le grand oiseau. Mais, chose incroyable, le sentier continue. Pour n'importe quelle lionne, et d'autant plus une lionne blessée, une autruche adulte ne serait pas un mince fardeau à traîner dans ces collines.

Ce qu'il finit par voir est tellement inattendu qu'il gronde.

L'autruche se retourne pour le regarder. Elle est vivante et debout. C'est la lionne qui est morte, affalée devant l'autruche qui… pleure sur le cadavre ? Cette explication insensée semble être la seule à disposition de Grand Temps, jusqu'à ce qu'il se trouve à quelques mètres de ces deux-là et voie que la patte gauche de l'autruche est enchâssée dans la poitrine de la lionne, et puis il comprend que l'autruche a dû envoyer à son attaquante un coup qui a ouvert la cage thoracique et probablement provoqué une mort instantanée. Mais la patte est restée prise au piège.

— Tu l'as tirée jusqu'ici, dit Grand Temps, époustouflé par une telle démonstration de force.

L'autruche, qui bien sûr ne comprend pas, lève des yeux aux lourdes paupières, apparemment trop épuisée pour avoir peur.

— Je pourrais peut-être aider, dit Grand Temps.

L'autruche ouvre son bec et laisse échapper un sifflement lugubre.

— Je n'essaierai pas de te faire du mal, dit Grand Temps. Il évite des éclaboussures de sang. Quand il est assez près, il entortille sa trompe autour de la bande rose sous le genou de l'autruche. La peau à cet endroit-là est lâche et annelée, la patte une brindille. Le miracle à présent est que l'autruche laisse faire. On y va, murmure Grand Temps et il tire.

Avec le craquement éclate un rugissement de lion. Grand Temps libère la patte et regarde le cadavre, bouche bée, mais c'est l'autruche qui a rugi. Et qui recommence, tout en donnant des coups de bec désespérés dans le tibia de Grand Temps.

— Excuse-moi ! dit Grand Temps, atterré. Le pied est toujours coincé, mais à présent la patte est cassée.

L'autruche mugit et agite ses ailes inutiles.

Grand Temps fait demi-tour et s'enfuit… vers le nord-est, là où les sauterelles lui conseillaient d'aller. Bien qu'il soit à peine conscient d'une direction autre que celle-là, il a dû partir dans le mauvais sens pour que cela mène à une telle calamité. "Je l'ai tuée" est son unique pensée, et c'est vrai, c'est ce qu'il a fait. Même si l'autruche dégage sa patte, ainsi estropiée elle ne vivra pas un jour de plus. En pleurant, Grand Temps gravit pesamment les collines sablonneuses, redescend sur son derrière et perçoit dans cette entreprise l'essentiel de l'existence : l'effort intense, le répit, l'effort intense. Ce qu'elle a d'impitoyable. La fin… à midi, le soleil qui fore à la verticale, et sa patte qui l'élance là où il a reçu des coups de bec, son corps pareil à un rocher qui ne roulera pas plus loin, sa gorge un cratère carbonisé, et son esprit qui bascule dans des souvenirs, passant de l'un à l'autre, au fil de sa vie, par des trous qui à l'époque étaient des pauses, des mystères, des méprises.

Il suppose qu'il subit la chute dans le "sommeil de chaleur", et il est résigné, mais quand il arrive au souvenir de sa première rencontre avec Bourbe, il se bat contre lui-même pour revenir au présent et se mettre debout.

Quand il avait quitté le Marécage du Sang, vingt-huit jours plus tôt, il avait l'intuition que les Elle-S étaient parties vers l'un des quelques lointains trous d'eau connus de leur famille élargie. La piste d'excréments était si sèche et si réduite qu'il fut incapable de détecter une seule odeur individuelle. Il n'y avait que l'odeur douce amère des Elle-S, qui s'interrompit au bout de quatre-vingts bons kilomètres, mais il pensait savoir où elle menait. Il se trompait. Et se trompa encore et encore. Où qu'il se rendît, non seulement les Elle-S n'y étaient pas, il n'y avait personne, mais les signes de vie d'elles-là qu'il rencontrait – arbres écorcés et abattus, fourrés piétinés – n'étaient jamais récents. Il envoyait des appels infrasonores au minimum toutes les heures. Aucun ne recevait de réponse.

Où sont-ils tous ? Morts, oui, des centaines sont morts, d'après Grand Temps autant à cause de la sécheresse que des massacres. On peut distinguer les victimes de la sécheresse par l'absence d'impacts de balles dans la peau, ou par la présence des pieds et des défenses, ou (puisque les humains sont des charognards) par l'absence de balles parmi les ossements. Pourtant, le nombre de cadavres n'égale pas l'anéantissement. Soit toutes les familles restantes ont trouvé le chemin du Lieu Sûr – et il n'y a pas de preuve d'un tel exode de masse dans la moindre direction –, soit elles se sont dispersées pour attendre, aux confins du monde, le terme de cette ère d'obscurité.

On dirait que parmi ses semblables il est le seul à avoir choisi cet itinéraire précis. Ce qui n'est pas une surprise. Seuls les fous tentent de traverser les déserts pendant une sécheresse. S'il parvient de l'autre côté et repère une famille d'Egarés, il n'est même pas certain de ce qu'il leur veut. Naturellement, il s'informera de l'os blanc, mais seront-ils capables de lui en dire plus que ce que lui a déjà raconté Torrent ? Du moins sauront-ils où *ne pas* chercher. Et peut-être le conseilleront-ils sur la façon de trouver les Elle-S. Une race entière de maîtres pisteurs devrait connaître quelques trucs dont il n'a jamais entendu parler. Il est possible, et même probable, qu'ils lui échappent. Il est possible qu'ils aient trouvé l'os blanc, qu'ils soient partis dans Le Lieu Sûr et que des humains extasiés les contemplent. Dans un cas comme dans l'autre, il pourra se nourrir de leur forêt pendant qu'il réfléchira à ce qu'il fera ensuite.

L'idée de la nourriture le met en marche. Non pas vers le nord-est, qui est un trop grand changement par rapport à sa destination première, ni vers le nord-ouest, il ne repartira pas dans cette direction. Il s'en va plein nord. En prêtant attention à l'endroit où le soleil tape sur sa peau, il maintient son cap. Finalement, il se rend compte que son ombre s'écoule par ses pieds vers la droite. Que le monde grandit. Il rêve, il a des hallucinations, et la cruelle tache de chaleur rampe sur son dos. Quand l'air fraîchit et qu'une brise se lève, il pense qu'il imagine ces bien-être. Quand le paysage se met à changer, il l'ignore pendant des kilomètres. Il voit les cailloux, les paquets de broussailles, il entend dans les broussailles le bruissement de créatures minuscules. De quel souvenir s'agit-il ? Il doit caresser le tronc brun et rugueux d'un acacia avant d'admettre qu'il se trouve dans le présent. Intimidé et soupçonneux, il détache un morceau d'écorce, le met dans sa bouche puis le crache parce que sa bouche est trop sèche pour avaler.

Il se trouve dans un bosquet d'acacias. Fantomatiques, pour la plupart, l'écorce arrachée. Aucun n'est spécialement grand... ce n'est pas ici qu'on trouvera l'os blanc. Mais de l'eau, oui. Il la sent. Ce miroitement argenté à travers les arbres est donc le lit d'une mare, et cette obscurité au-delà n'est pas l'horizon. C'est une colline boisée si haute qu'il n'en voit pas le sommet.

Il se hâte vers le lit et, au centre, dans la dépression, il creuse. Pas très profond il y a de l'eau, et tandis que le suintement monte en gargouillant il sanglote et remercie l'autruche condamnée, parce que si l'autruche n'avait pas frappé la lionne et s'il n'avait pas cassé la patte de l'autruche, il aurait poursuivi sa route vers le nord-ouest.

Au cœur du bosquet d'acacias s'aligne une rangée de termitières. Elles ne sont plus visibles de là où il se trouve, mais il les a vues en arrivant : quatre monticules s'échelonnant par taille croissante du sud au nord. "Hâte-toi vers la colline", voilà leur occulte message, et bien qu'il veuille se nourrir de l'écorce des acacias et que le message l'agace par son insistance arrogante – après avoir bu jusqu'à se rendre légèrement nauséeux, puis s'être aspergé la peau d'eau et de poussière – il se hâte vers la colline.

Pourquoi ? Il ne saurait le dire. Obscurément, il a le sentiment que tenir compte d'un message qu'il ne respecte plus c'est se soumettre à la même chance capricieuse qui a condamné l'autruche, et que c'est donc là une pénitence pour son intervention maladroite. Tandis qu'il marche, l'eau ballotte dans son ventre. Il passe la trompe sur les arbres mais résiste à l'envie de s'arrêter pour manger.

Les bois s'épaississent, le vent devient irrégulier. C'est le calme plat puis vient une courte bourrasque, et dans une de ces bourrasques l'odeur de petits d'elles-là lui parvient. Il s'arrête et fait tourner sa trompe, déploie ses oreilles. L'odeur a disparu. Le cœur battant, il continue à marcher. Une autre rafale apporte l'odeur plus lourde d'une femelle adulte, cette fois-ci l'odeur reste assez longtemps pour qu'il la situe, et il se met à courir, en contournant d'énormes termitières hérissées de saillies et des rochers rouges, une végétation sèche crépitant sous ses pieds.

Ils sont sur la colline, environ à un tiers de la pente. Un petit éléphanteau mâle, un éléphanteau femelle plus petit encore, un nouveau-né. Et une femelle, gisant sur le flanc la tête en bas, avec derrière elle le sentier qu'elle a ouvert en tombant – arbres renversés et longue voie de terre aux teintes roses, lissée, lustrée, pareille à du muscle dénudé. Les jeunes regardent Grand Temps avec les yeux verts étincelants des visionnaires.

— Bonjour, grommelle Grand Temps. Malgré l'évidente tragédie, il est euphorique de parler à des Egarés. Je suis Grand Temps, le Mâle Lien des Elle-B-Et-B.

Les trois restent silencieux.

— Je suis un ami de Torrent, Torrent le Mâle Trompe. Vous avez peut-être entendu parler de lui.

— Nous savons qui tu es, dit le jeune mâle, le timbre bourru de sa voix ajoutant trois bonnes années aux huit ans que Grand Temps lui avait donnés.

— Grâce à une vision, sans doute.

Silence.

— Etes-vous des Nous-F ?

— Baisse le ton, dit le jeune mâle.

Cette insolence surprend Grand Temps. Et puis, alarmé, il ouvre les oreilles et grommelle à mi-voix :

— Y a-t-il des patt'arrière pas loin ?

— Plus maintenant.

— La femelle est-elle votre mère ?

— Oui. Le jeune mâle la regarde. Je n'arrive pas à la remettre debout.

Etant donné l'improbable torsion du cou de la femelle, Grand Temps soupçonne qu'elle est morte, et pourtant, étrangement, il n'y a pas de fétidité mortelle.

— Je vais venir t'aider, dit-il.

Il scrute la colline. Elle est dangereusement abrupte.

Le jeune mâle désigne la gauche de Grand Temps.

— Va par là.

Grand Temps longe la ravine au pied de la colline, vers la crevasse d'une chute d'eau disparue dont le lit fournit une série de marches qu'il peut gravir sans trop de difficultés. Quand il arrive à hauteur des jeunes, il avance vers eux avec précaution sur un étroit rebord. Le rebord s'élargit jusqu'à devenir la saillie où la femelle s'est arrêtée dans sa chute.

Ses yeux verts sont fixes et éteints. Ici, Grand Temps sent la fétidité, mais elle est remarquablement faible. Il regarde le jeune mâle, et celui-ci le fixe un instant puis baisse la tête et dit avec une férocité tranquille :

— Je pensais qu'elle n'était peut-être qu'assommée.

Le nouveau-né femelle gémit. Elle a essayé de téter le cadavre et, frustrée, fouette à présent l'air de sa trompe. Elle fouette les pattes de la jeune éléphante, qui semble être en proie à un souvenir paralysant – ses paupières battent, de la temporine suinte à ses tempes –, pourtant il n'y a pas de raison de l'éveiller à l'horreur du présent, aussi Grand Temps examine-t-il la mère. Un instant plus tard, la jeune femelle dit :

— J'entends ses pensées ! et, les oreilles déployées, elle lorgne Grand Temps comme si ses pensées étaient révoltantes, alors qu'il se demandait simplement comment l'accident avait bien pu survenir.

— Tu es devenue la parleuse en pensée, gronde le jeune mâle.

La jeune femelle tourne sa face affligée vers lui.

Grand Temps comprend maintenant. La jeune femelle a hérité du don de la femelle de parler en pensée, et c'est cela – la preuve irrévocable que sa mère est morte – qui l'a bouleversée. Que la mère est petite ! Pourtant, à en juger par la fabuleuse longueur de ses défenses, et si l'on pense que les défenses des Egarés ont la réputation d'être d'une longueur trompeuse, il évalue son âge à trente ans.

— Comment est-elle tombée ? demande-t-il au jeune mâle.

Pas de réponse. Il pleure, pense Grand Temps, qui pleure à son tour. Il touche une des défenses de la femelle.

— Elle a trébuché, dit la jeune femelle.

— Trébuché ?

Les Egarés sont censés avoir le pied aussi sûr que les antilopes des montagnes.

— Elle a marché dans un trou de grogne. Nous courions. Nous avions senti la petite fumée des patt'arrière.

Grand Temps hume l'air.

— Pas ici, dit le jeune mâle avec dédain.

— Là-haut sur la crête, dit la femelle.

Ses oreilles sont déployées, ses yeux vifs et noyés de chagrin transpercent le crâne de Grand Temps. Il lui faudra encore un peu de temps pour apprendre l'art d'écouter les pensées sans en avoir l'air.

— Comment vous appelez-vous ? lui demande-t-il.

— Notre mère est Je-Frémis… (Ce *sont* donc bien des Nous-F !) Moi c'est Pluie, et lui Siphon.

— Et le nouveau-né ?

— Peine.

— Peine, dit-il. La petite lève les yeux avec l'air d'attendre quelque chose. Grand Temps lui touche l'oreille… lisse et fraîche comme une jeune feuille. A Pluie, il dit : Où est le reste de votre famille ?

— Là-bas dans la grotte.

— Pourquoi votre mère vous a-t-elle emmenés ici ?

— Elle avait peur du noir.

— Elle n'avait pas peur, dit Siphon, furieux. Il tape sur les mouches qui envahissent les coins des yeux de sa mère. Elle n'arrivait pas à respirer dans cette grotte. Si elle y était restée une journée de plus elle aurait perdu la raison.

— Votre famille se cache-t-elle ?

— Des patt'arrière, dit Pluie d'une voix effarée.

Elle se remet à pleurer et tombe à genoux, Peine se laisse tomber avec elle, dangereusement près du bord de la saillie. Grand Temps prend tout juste conscience du danger quand Siphon enroule sa trompe autour du ventre du nouveau-né, le soulève, le fait pivoter en l'air et le pose entre le cadavre et lui.

C'est une manœuvre fluide, plus rapide que la pensée et nécessitant une force gigantesque.

— Sur mon âme ! dit Grand Temps. Il laisse échapper plusieurs grognements étonnés. Sur mon âme !

Siphon le regarde.

— Laisse-nous à présent.

Grand Temps est interloqué.

— Non, non, je ne vous laisserai pas tout seuls. Je vais vous accompagner, m'assurer que vous arrivez sains et saufs. Je suppose que vous comptez retourner à la grotte.

— Nous n'avons pas encore pleuré notre défunte, dit Siphon.

— Oh, vous voulez que je parte pendant que vous la *pleurez*. Très bien.

Il essaie de faire demi-tour. La saillie est trop étroite. Il part à reculons.

— On se retrouvera en haut, dit Siphon.

Grand Temps lève les yeux.

— Il pense qu'il risque de tomber, dit Pluie à son frère.

— Retourne à la crevasse, dit Siphon. Quand elle commencera à devenir plus raide, tu parviendras à une autre saillie. Suis-la vers l'ouest. Les collines s'aplanissent.

Son ton n'est plus bourru mais profondément fatigué.

En effet la colline s'aplanit, un peu. L'ascension est quand même périlleuse (comment Peine y arrivera-t-elle ?), et ce n'est qu'en attrapant des troncs d'arbres et des cordons de racines que Grand Temps réussit à gagner le sommet, une étendue plate d'herbe rare et de badaniers épars. L'estomac de Grand Temps se soulève tant il a faim, mais plutôt que de se mettre à manger il jette un coup d'œil au bas de la colline. Il est embarrassé de ne pas avoir correctement rendu hommage au cadavre. Il s'éclaircit la gorge et chante dans un doux grondement :

Monte ! Monte ! vers le foyer
Où les heureuses femelles
Dont le séjour dans l'Ile est fini vont vagabonder
Dans une pâture fraîche et belle.

Il s'arrête. Il y a deux cent soixante-treize couplets à cet hymne, et il est en train de penser qu'il devrait en sauter la majorité quand il entend une retentissante mélopée funèbre. On dirait un grand vent, venant... d'où ? De partout, et pourtant l'air est immobile. Il regarde les éléphanteaux. Leur trompe est levée, leur bouche ouverte. Cela ne peut pas être eux. Mais si ! C'*est* eux, il entend une mélodie à présent, désolée et tortueuse. Mais belle, se rend-il compte au bout de quelques instants. Et curieusement insinuante, comme si, en l'absence de mots, les longs coulés et les envolées de la mélodie elle-même parlaient une langue.

Quand enfin les éléphanteaux le rejoignent au sommet, il fait sombre et glacial et il est allongé sur un lit de paillis. Il n'a pas aussi bien mangé depuis le début de la sécheresse, et pendant la première heure environ où il était allongé ici, ses entrailles ont gémi et grogné un accompagnement étrangement rythmique au chant funèbre. Et puis il a somnolé... à demi, pensait-il, et pourtant il n'a pas senti l'approche des éléphanteaux. Soudain ils sont à côté de lui, leurs yeux verts, des trous jumeaux dans l'obscurité.

Il se met debout.

— Avez-vous faim ? demande-t-il.

— Non, dit Siphon. Allons-nous-en.

Il fait volte-face et ses sœurs lui emboîtent aussitôt le pas, Pluie le saisissant par la queue, Peine saisissant celle de Pluie.

Leur allure est soutenue. Grand Temps s'attend à tout moment à entendre les protestations de Peine, ou à la voir lâcher la queue de Pluie, mais non. Elle est comme un phacochère, ils le sont tous, petits et robustes, miraculeusement agiles. Même quand ils descendent des pentes abruptes dans une totale obscurité, leur pied est sûr, leur vue pénétrante. Tous les visionnaires ont des yeux perçants mais ces trois-là pourraient être des chats. A un moment Siphon s'arrête et dit :

— Je n'aime pas leur apparence, et Grand Temps hume l'air, scrute devant lui et dit :

— Quoi donc ?

— Ces deux bosses, dit Pluie. Là-bas.

Grand Temps ne distingue rien d'autre que des tons d'obscurité si imperceptibles qu'il pourrait bien les imaginer.

— Pourquoi ? demande-t-il, tandis que Siphon fait un détour dans les épaisses broussailles de sauge.

— Deux bosses à une seule pointe proches l'une de l'autre portent malheur, dit Pluie. Tu ne le sais donc pas ?

— J'imagine que non. Il vient à l'idée de Grand Temps qu'il doit y avoir, chez les Egarés, une foule de signes et de superstitions connus d'eux seuls, et que c'était ce dont parlait Torrent quand il soulignait que les liens pourraient bien être infinis. Et s'ils ne sont pas infinis, pense à présent Grand Temps, ils sont tellement abondants qu'ils en finissent par être ambigus. Dans sa doctrine des liens, deux termitières à une seule pointe révèlent la présence d'os d'anciens elles-là dans les environs.

— Oui, il y en a, dit Pluie. Enfouis juste sous nos pieds.

Elle ne se contente pas d'écouter les pensées de Grand Temps, elle se permet de répondre à tout ce qu'elle entend. A l'encontre des parleuses en pensée de chez lui, elle n'a pas besoin de lui faire face pour pénétrer son crâne, et il se surprend à essayer de supprimer les idées qu'il aimerait mieux qu'elle ne connaisse pas. Il répond à ses questions à haute voix pour que Siphon ne se sente pas exclu, mais à part quelques grognements railleurs, Siphon reste silencieux. Un de ces grognements se fait entendre quand Pluie dit qu'elle a eu sa première vision de Grand Temps plus tôt dans la journée – "Tirant d'un coup sec sur la patte d'une grosse mouche" – et puis, pressentant qu'il lui a cassé la patte, elle ajoute :

— Siphon, il a tué la grosse mouche.

Elle lui raconte qu'ils le connaissaient parce qu'il a été vu dans les visions de leur matriarche, Je-Flotte.

"Les visions ? pense-t-il. Plus d'une ?"

— Cinq.

— Qu'est-ce que je faisais ?

— Personne ne raconte les visions de la matriarche.

Elle semble épouvantée.

— Je m'excuse.

— Elle seule peut raconter ses visions.

— Alors parle-moi de la grotte.

Elle dit que la famille s'y cache depuis cent quarante-sept jours et, au cours de cette période, n'a eu ni contact ni communication avec aucun autre Egaré, bien qu'à un moment ou à un autre tout le monde ait eu la vision d'un lointain membre de la famille. (Mâles, femelles, jeunes, tous les Egarés sont des visionnaires effrénés.) Comme les Nous-F, la plupart des autres familles se sont mises à vivre dans des grottes. Dans leur grotte, les Nous-F se cachent d'avant le lever du soleil jusqu'après son coucher, où ils sortent pour manger mais pas avant que Je-Flirte, le nez le plus fin, ait donné le feu vert. Dedans, ils parlent doucement. Dedans et dehors, ils chantent, projetant leurs voix pour que les humains ne puissent en identifier la source, et, de toute manière, confiants que lorsqu'ils chantent on dirait des oiseaux. ("On dirait le vent !" dit Grand Temps. "Non", dit Pluie, et il considère l'éventualité qu'il y ait ici des vents et des oiseaux qui lui soient inconnus.) Près de l'entrée de la grotte se trouve une saline, et un ruisseau dégringole le long du mur du fond. Il reste trois femelles et un jeune. La famille comptait huit membres avant que Je-Frémis et eux trois soient partis malgré les craintes de la matriarche, Je-Flotte, qui avait eu la vision de la mort de Je-Frémis.

— Et ta mère est partie quand même, dit Grand Temps.

— Elle pensait que c'était une fausse vision.

— Cela existe ?

— Bien sûr. Tout le monde en a. Pas toi ?

— Je n'ai pas de visions du tout. Mon espèce compte très peu de visionnaires. Les mâles ne le sont jamais.

— Oh. Elle semble trouver cette information déplaisante. Au bout d'un moment, elle dit : Cela t'évite d'avoir de fausses visions. Le seul moment où tu peux être certain de ne pas avoir de fausse vision, c'est si tu en as une de l'os-comme-ça, mais personne n'a jamais de vision de l'os-comme-ça.

Siphon s'arrête si brusquement que Pluie lui rentre dedans et Peine se cogne contre elle et tombe.

— Mais il connaît déjà son existence, dit Pluie, devinant la raison de cet arrêt. Elle se retourne et aide Peine à se relever.

Siphon se retourne et ses yeux, dont l'éclat est d'un vert plus profond qu'un peu plus tôt, montent jusqu'à Grand Temps.

— Ce n'est pas à nous d'en parler, dit-il d'un air sombre, et il se met en marche.

— Très juste, dit Grand Temps.

Il en parlera avec la matriarche.

Cela fait déjà plusieurs heures qu'ils marchent et ils se sont enfoncés dans les collines. Les sous-senteurs sont enivrantes ; elles plongent Grand Temps dans un état de tranquille prudence dont il est peu coutumier. Prudent, il l'est toujours. Tranquille, presque jamais. L'atmosphère résonne de forces étranges et de son propre silence. Il sent des quantités de créatures : singes, antilopes, girafes, phacochères… et des lions quelque part au-dessus d'eux, ces exotiques lions arboricoles des chants anciens. Et pourtant il n'y a pas de cris, pas de grognements. Des mouvements furtifs, rien d'autre, le feuillage sec qui craque. Il pense à Torrent disant que le genre de généreux massacre pratiqué par les humains est une horreur nouvelle ici, et il suppose que c'est la raison de ces déplacements silencieux.

Vers minuit, ils entrent dans le lit aride d'une rivière par une fente entre deux énormes rochers. Le vent souffle du haut des falaises et, dans une bourrasque particulièrement violente, Grand Temps perçoit des lambeaux de la mélodie que chantaient en mélopée les éléphanteaux sur le cadavre de leur mère.

— Elles savent, dit Siphon.

— Qui ça ? demande Grand Temps.

— Les grandes femelles, répond Pluie. Elles savent que notre mère est morte.

Comme avant, Grand Temps est incapable de situer la source du chant – le son rebondit à la fois sur le rocher et sonne à l'intérieur.

— Sommes-nous presque arrivés à la grotte ? demande-t-il.

— Elle est là-haut, dit Pluie. Elle désigne un point devant eux et vers la droite. De l'autre côté de La Haute Colline.

— Ce sommet ?

— De l'autre côté. Il faut le gravir.

Cela paraît impossible.

— Tu as peur, dit-elle.

— Je suis préoccupé.

— Personne ne t'oblige à nous suivre, dit Siphon.

D'une plate-forme à l'entrée de la grotte, les femelles Nous-F et les jeunes les regardent descendre. Les yeux des trois femelles sont si brillants qu'ils produisent des coulées de lumière, projetant sur la pente vertigineuse une luminescence palustre sans laquelle Grand Temps ne sait vraiment pas comment il aurait réussi à descendre. Il était monté en s'accrochant à des racines et à des arbres, mais il avait glissé et s'était écorché le tibia que l'autruche avait piqué de son bec.

Pluie, Siphon et Peine descendent au petit trot. "La terre penche à la rencontre de leurs pas", pense Grand Temps, rêveur. Soudain il a perdu ses petits guides. Non, ils l'ont perdu, c'est comme s'il n'était pas là. La famille les entoure tous les trois dans ce qui de toute évidence est une cérémonie de retrouvailles, assourdie et astreignante, ne ressemblant en rien à ce que connaît Grand Temps. A ce qu'il peut voir, les éléphanteaux introduisent tour à tour leur trompe dans la bouche des femelles, puis dans la bouche de l'autre éléphanteau. Pendant ce temps les femelles ondulent des hanches en chœur, un musc doucereux émane de leur peau. Deux d'entre elles ont des défenses étonnamment longues et droites. La troisième n'a qu'une défense, qui a la longueur d'une de celles de Grand Temps, bien qu'elle soit plus fine.

Quand les ondulations de hanches s'arrêtent, la matriarche se met à hurler un chant de deuil – celui-ci avec des paroles – sur le courage, les épreuves, la mort et le mystère sans bornes. Il y a un chœur, tout le monde s'y joint, et au bout de quelque trois cents strophes, Grand Temps s'y joint aussi.

— N'aie point de crainte ! mugit-il. L'Elle l'a conçu ainsi ! Oh, ne sois point consternée !

Aussitôt et sans se consulter les unes les autres ni faire attention à lui, les femelles se taisent et sortent du cercle. Il a gâché quelque chose, ou transgressé un quelconque protocole.

— Je vous demande pardon, grommelle-t-il, mortifié.

La matriarche s'avance vers lui d'un pas vif. Elle est petite comme un éléphanteau adolescent, mais c'est la plus grande des trois femelles et ses défenses ont presque la même longueur que sa trompe. Les rayons verts qui lui sortent des yeux passent sur le corps de Grand Temps et remontent vers sa face, l'obligeant à plisser les paupières.

— Bonjour, Grand Temps le Mâle Lien, dit-elle, laconique. Je suis Je-Flotte.

— Bonjour, matriarche, dit-il dans le timbre protocolaire. Je tiens à m'excuser.

— Inutile. C'est notre coutume de chanter jusqu'à ce que nous soyons dérangées par un bruit ou une odeur désagréables. Je-Frémis était ma sœur, et si tu ne nous avais pas interrompues j'aurais chanté jusqu'à l'aube.

Si elle pleure en son for intérieur, il ne saurait le dire. Il ne peut imaginer qu'une créature aussi réservée et directe puisse jamais flotter dans ses décisions. Il est anéanti qu'elle parle de sa façon de chanter comme de quelque chose de désagréable.

Le reste de la famille se tient à présent derrière elle. Elle fait un bref signe de tête et les deux femelles se présentent. Ce sont Je-Flirte (qui allaite Peine à l'une de ses mamelles et son nouveau-né à une autre) et la femelle soignante à l'unique défense, Je-Fixe.

— Tu saignes, grommelle Je-Fixe.

Pour une raison ou une autre, elle paraît indignée.

— Il ne reste pas beaucoup d'obscurité, dit Je-Flotte. Nous allons rentrer dans la grotte et Je-Fixe s'occupera de toi.

La grotte est vaste et haute. Sous l'œil d'une femelle, des étendues de rocher s'illuminent et Grand Temps peut entrevoir ce qu'il sent – les petits tas de damans qui dorment dans les replis entre le sol et la paroi. Les chauves-souris frugivores. Il s'appuie à la paroi ouest pendant que

Je-Fixe lui applique avec adresse un cataplasme au lobélia sur la patte. Il est évident qu'elle n'apprécie pas cette tâche. "Je le gardais", enrage-t-elle, en parlant du lobélia. Dès qu'elle a terminé elle s'écarte de lui précipitamment, et il va au fond de la grotte pour boire au ruisseau.

Il se sent énorme et maladroit parmi ces femelles minuscules. Avoir été accueilli si fraîchement le rend perplexe, et il se demande comment il devrait s'y prendre quand il se rend compte, à la couronne de lumière qui cerne son ombre, que les Nous-F le regardent.

— Nous t'attendons, dit Je-Flotte.

Il se hâte vers l'endroit où ils sont rassemblés le long de la paroi est. Près de la saline, suppose-t-il.

— Cela fait maintenant deux jours, dit Je-Flotte, que je t'aperçois dans mes visions. Mais avant que je te voie en compagnie de nos éléphanteaux, j'ignorais que nous nous rencontrerions. Avant de rencontrer Torrent le Mâle Trompe, aucun Egaré n'avait eu la vision de quelqu'un de votre espèce. On nous avait raconté des histoires de géants ternes et laids, mais nous avions pensé qu'ils ne vivaient plus dans Le Domaine – pour peu qu'ils aient vraiment vécu. Les visions qu'a eues Je-Fixe de Torrent ont précédé sa visite de quelques heures à peine.

— Tous ceux de mon espèce ne sont pas ternes et laids, grommelle Grand Temps avec calme. Il est plus vexé qu'il ne veut bien le laisser paraître.

Je-Flotte fait un geste dédaigneux de la trompe.

— Nous avons quelque chose que nous devons te montrer, dit-elle.

Devons te montrer. Au moins lui accorde-t-on un certain poids. Il flaire d'une femelle à l'autre, s'attendant qu'on lui présente un fragment de quelque chose de particulier à cette région du monde, un genre de noix peut-être, ou le squelette d'un petit animal auquel ils attachent de l'importance.

Mais, poussés par un signal qu'il ne perçoit pas, ils se retournent tous et font face à la paroi, qu'ils éclairent.

— Regarde là, dit Je-Flotte. Ces marques.

Il effleure l'étendue striée, illuminée de vert. Les marques ont manifestement été faites par des défenses. Il porte sa trompe à sa bouche et s'attend à lui trouver un goût de sel. Et comme ce n'est pas le cas, il grogne, étonné.

— Vois-tu l'image ? demande Je-Flotte.

— Quelle image ?

— Une femelle d'Egarés. Voici sa tête, sa croupe, sa trompe et ses défenses. Elle désigne les marques. Voici ses pattes. Derrière elle il y a un patt'arrière mâle. Sa tête, ses antérieurs. Il tient une pioche, là, entre ses pattes de devant. Tu vois ?

Grand Temps hoche la tête avec lenteur. Il voit un court instant, puis il ne voit plus, puis il voit encore. Cela demande un tour d'esprit, comme lorsqu'on distingue une image dans le profil d'un terrain.

— Pense à des silhouettes. Imagine que c'est bientôt le crépuscule ou juste après l'aube et que tu regardes vers l'œil-de-l'Elle.

Il essaie, et aussitôt les formes jaillissent du rocher.

— C'est vous qui les avez faites ? demande-t-il, stupéfait.

— Non.

— Qui alors ?

— Un de ton espèce.

— Certainement plus d'un, dit-il, à cause des diverses hauteurs des marques. Mais d'abord pourquoi sont-elles ici ?

Il porte d'autres particules de terre à sa bouche. Il n'y a rien qu'il vaille la peine d'extraire de ce rocher, rien dont il puisse sentir le goût.

— Elles n'ont pas été produites à la légère, dit Je-Flotte. Une vague nuance d'émotion se fait jour dans sa voix. C'est la création voulue d'une seule femelle tenant à conserver ses visions.

— Non, dit-il.

Qu'une femelle sculpte volontairement des images dans le rocher, qu'elle conçoive pareille entreprise, et par-dessus le marché possède la dextérité pour l'exécuter, lui paraît appartenir davantage au domaine de l'incroyable que l'idée que des éraflures faites au hasard puissent ressembler de si près à de vraies créatures.

Je-Flotte se détourne.

— Il y en a encore trois, dit-elle. Elle et les autres se déplacent le long du mur et s'arrêtent devant un nouvel éparpillement de marques.

Il se dit qu'il regarde des formes à l'horizon, et la scène se révèle à lui. Deux femelles d'Egarés et un éléphanteau sont couchés sur le flanc. Les femelles ont des creux là où devraient se trouver leur face. Personne n'a de défenses, de pieds ni de queue.

— Un massacre, dit-il. Il effleure le contour de l'éléphanteau, il pourrait caresser un cadavre. Il se met à pleurer, mais sans larmes. Comment est-ce possible ? demande-t-il.

— Les marques sont très sacrées, dit Je-Flotte. Et très anciennes. Regarde ici à présent, la troisième.

Elle longe la paroi, et sa famille et Grand Temps la suivent.

Cette image est celle d'un grand oiseau qui vole.

— Un plongeur du ciel ? demande Grand Temps.

Je-Flotte acquiesce.

Dans son bec, l'aigle tient ce qui paraît être une brindille courbe. Grand Temps passe le bout de sa trompe sur le contour de l'aigle.

— C'est ça, dit Je-Flotte. Continue.

Les marques semblent aspirer sa trompe sur toute leur longueur, une étrange sensation. Il se sent sombrer dans un souvenir et essaie de s'en extraire, mais ce souvenir l'a déjà entouré et pourtant ne lui est pas familier, il en conclut qu'il s'est endormi. Sauf qu'il n'y a rien qui ressemble à un rêve dans la perfection et la clarté du ciel bleu, ni dans la façon dont il ne se pervertit pas en autre chose quand il le regarde. Un aigle martial fend tout ce bleu et s'attarde à quelques centimètres de ses yeux. En vacillant, il parcourt le sol du regard. Quand il plonge, le regard de Grand Temps plonge aussi. Il ne peut sentir l'odeur de l'oiseau. Son odorat est absent mais sa vision est d'une clarté fantastique. Il voit l'éclatante petite côte blanche dans le creux entre deux rochers. Il regarde l'aigle attraper la côte dans ses serres et partir à tire-d'aile.

— L'os blanc ! crie Grand Temps qui se retrouve en train de regarder la paroi de la grotte. Il se tourne face aux femelles. J'ai rêvé… grommelle-t-il.

— Ce n'était pas un rêve, dit Je-Flotte. C'était une vision.

— Les mâles de mon espèce n'ont pas de visions.

— Quand même. Si tu la compares à tous les rêves que tu as pu faire, tu verras qu'il y a bien peu de ressemblance.

Elle est infaillible, et sa supérieure. Si elle lui dit que malgré tout ce qu'il sait il a eu une vision, il doit la croire.

— Mais je suis incapable d'avoir des visions, proteste-t-il mollement.

— L'image a inspiré ta vision. Loin de ces images, il est douteux que tu en aies jamais une autre.

Il est reconnaissant qu'elle ne l'ait pas poussé à avoir une vision du massacre.

— J'ai eu une vision, grommelle-t-il, en se laissant aller à l'étonnement. J'ai vu l'os blanc.

— L'os-comme-ça, dit Je-Flotte d'un ton acerbe.

— L'os-comme-ça. Tout à fait.

— Il perd de son pouvoir quand on en parle ouvertement

— Oui, bien sûr. Pardonne-moi. Je dois avouer que je suis préoccupé par la quantité de pouvoir qu'il a déjà perdue. Dans ma région du Domaine seulement, j'ai dans l'idée qu'un bon nombre de familles connaissent son existence.

— Toute ton espèce est-elle aussi écervelée que toi ?

— Ceux de mon espèce pensent que je suis d'une prudence maladive, dit-il sur un ton d'excuse.

Elle est silencieuse, puis ses yeux étincellent et tous les Nous-F baissent la tête. Devinant qu'une célébration est en cours, il baisse la tête lui aussi. Au fond de la grotte, le ruisseau marque le temps d'un tic-tac nerveux. Le son est celui de deux os qui s'entrechoquent, et il se surprend à penser à la délicatesse avec laquelle Torrent caressait les os des éléphanteaux Elle-S au Marécage du Sang. Il jette un coup d'œil à Je-Flotte.

Ses yeux sont des centres brûlants.

— Pardonne ma distraction, Grand Temps. Moi aussi j'ai eu une vision.

Elle le dit gentiment. On croirait véritablement quelqu'un d'autre.

— De quoi ? demande-t-il.

Le regard de Je-Flotte pivote vers la paroi.

— Il y a encore une image.

— De moi ? La façon d'être de Je-Flotte lui a donné l'idée qu'elle l'a vu en danger.

— Les visions de la matriarche sont confidentielles, dit-elle, ayant retrouvé sa vivacité de ton, à moins qu'elle ne choisisse elle-même de les révéler.

Il regarde Pluie, qui considère Je-Flotte et manifestement entend ses pensées. Dans la pénombre, l'expression de la jeune éléphante est indéchiffrable. Il hume l'air pour capter une émotion dominante, mais le musc des femelles étouffe leurs odeurs plus subtiles.

— Dans cette image il y a quelqu'un de ton espèce, dit Je-Flotte. Un éléphanteau femelle.

— Comment cela ?

Il pivote sur lui-même pour faire face à la paroi.

— Les défenses sont rabougries. Elle désigne les marques. Les oreilles sont démesurées.

La peur de Grand Temps s'apaise et tourne à l'étonnement.

— Comme c'est étrange.

— Plus étrange encore, c'est que l'image ne livre rien. Quand nous la touchons, nous ne réussissons pas à entrer dans une vision. Comme tu peux le voir, l'éléphanteau tient l'os-comme-ça de la troisième image.

Il passe le bout de sa trompe le long de la marque qui représente la croupe de l'éléphanteau. Entrer dans une vision de cette scène reviendrait à découvrir l'endroit où elle se déroule. Et découvrir l'endroit serait, avec un peu de chance, le trouver. Mais l'éléphanteau et l'os blanc y seront-ils encore, attendant qu'on les trouve ? C'est apparemment l'avis des Nous-F. Apparemment, ils espéraient que l'image se livrerait à quelqu'un de la même espèce que l'éléphanteau. Jusqu'ici il n'a pas la sensation d'aspiration qu'il a ressentie avec la troisième image. Il avance la trompe vers l'énorme acacia sous lequel se tient l'éléphanteau.

— Il est sans aucun doute très gros, dit-il.

— Nous nous demandions s'il était commun dans ta région du Domaine, dit Je-Flotte.

— Je n'en ai jamais vu de cette taille-là.

— Il est monstrueux, lance Je-Fixe avec une passion qui surprend.

— Je ne trouve pas, dit Je-Flirte, en regardant Grand Temps. J'ai un penchant pour ce qui est grand.

Je-Flotte dit :

— Chaque jour nous touchons cette image avec l'espoir qu'elle se livrera. Chercher l'os-comme-ça au petit bonheur semble ridicule quand la réponse est ici même. Je suppose que l'éléphanteau est en train de lancer l'os-comme-ça. Si, dans une vision, on remarque de quelle façon il atterrit, alors on peut trouver la route du Second Lieu Sûr.

— Oui, je comprends, dit Grand Temps, car à présent il comprend. Les Nous-F ne comptent pas sur le fait de trouver l'éléphanteau ni l'os blanc. Il leur suffit de déterminer où se trouve cet acacia et dans quelle direction atterrit l'os blanc quand l'éléphanteau le lance. Ils sont les maîtres des maîtres pisteurs. Grâce à une seule indication, ils seront capables de trouver Le Lieu

Sûr, ou Le Second Lieu Sûr, ainsi qu'ils le nomment. Pourvu que l'éléphanteau soit *vraiment* en train de lancer l'os blanc et qu'il existe *vraiment* un Lieu Sûr. Il leur parle des doutes de Torrent.

— Torrent le Mâle Trompe, dit Siphon avec mépris.

Je-Flotte donne une grande tape sur la croupe de l'éléphanteau.

— Il n'y a qu'un Torrent le Mâle Trompe, dit-elle. Ce qui surprend Grand Temps, cette façon de défendre un membre de son espèce. En se tournant vers lui, elle dit : Chez nous personne n'a eu de vision du Second Lieu Sûr. A notre connaissance, aucun Egaré n'en a eu. Et chez vous ?

— Pas que je sache.

Elle hoche la tête et il soupçonne que cet échec de son espèce la soulage.

— Pourtant, dit-elle, nous avons eu la vision de la création de ces images par la dernière femelle blanche du Domaine. Nous l'avons entendue chanter qu'à l'époque où les patt'arrière anéantirent puis écrasèrent les os de tous ceux de sa race, excepté elle-même et son nouveau-né, elle offrit le nouveau-né à un corpslong afin de conserver la côte qui, dans les temps de ténèbres à venir, mènerait les elles-là vers un…

Et elle lève la trompe et rugit :

Refuge où
Pas un souffle de carnage
Ne souille le vent, et où
Les bienfaits sur l'eau sage
Pleuvent partout.

— Torrent le Mâle Trompe, conclut-elle, n'a pas entendu cela.

— Je suppose que non, grommelle Grand Temps.

Elle désigne la paroi.

— Continue à toucher les marques.

Grand Temps entend sa voix crispée derrière un jacassement cacophonique. Une autre voix – familière celle-ci – dit : "L'os blanc." Il dérive dans une vision et veut prévenir Je-Flotte, mais il ne peut pas parler. Il contemple le feuillage desséché de l'énorme acacia de la quatrième image. Celui-ci grouille de nids de tisserins délabrés qui se balancent au vent. Grand Temps est incapable de porter son regard vers le bas. Il sent, contrairement à la première fois, qu'il voit par un œil au milieu de son front. Avec une torturante lenteur, l'œil se déplace vers l'horizon – une chaîne de collines bleues et basses – puis revient vers le pied de l'arbre et un tas d'excréments d'elle-là. Au-delà de l'arbre, il y a une mangouste bondissante, d'autres mangoustes qui toutes bondissent et jacassent. Et maintenant un pied d'elle-là, un tibia suppurant. Son regard recule. C'est Lit de Dattes. C'est à peine s'il la reconnaît tant elle est amaigrie. Où sont les autres Elle-S ? Où est Bourbe ? "Bourbe !" hurle-t-il dans sa tête, et on croirait que Lit de Dattes entend. Elle tourne sa face vers lui, il voit son crâne pitoyablement étroit, et la blessure violette au-dessus de son œil. Elle vacille. Dans sa trompe, elle serre quelque chose. L'os blanc ! Elle l'a ! Elle enroule sa trompe sous son menton, pivote comme pour regarder par-dessus son épaule, puis se jette brusquement en avant, ouvre la trompe et lâche l'os. A l'endroit où il touche terre de la poussière jaillit, décrit un arc de cercle, et le troisième œil de Grand Temps s'approche d'un seul et unique grain. Le grain vole, son troisième œil le chevauche pendant des kilomètres, pendant des jours, au-dessus des collines bleues, puis le long du lit d'une rivière jusqu'à une plaine, au-delà de la plaine vers un escarpement, au-delà de l'escarpement, en bas de l'autre côté jusqu'à un marécage, et autour du marécage le paysage est entièrement vert. Herbe, papyrus. Un délire de vert...

Les yeux des Nous-F sont pointés vers le bas pour le protéger de l'éclat aveuglant. Il dit qu'il est parti longtemps et Je-Flotte lui dit : Non, quelques instants seulement. L'éléphanteau a-t-il lancé l'os-comme-ça ? demande-t-elle. Oui, répond-il. A-t-il noté comment il avait atterri ? Non. Non ? Mais – écoutez-le – il a vu Le Lieu Sûr, il y a été emmené de l'endroit où l'os-comme-ça a atterri ! En est-il sûr ? Aussi sûr que possible, si c'était bien une vision et non un rêve. Tu as eu une vision, dit Je-Flotte. Très bien alors, dit-il, il a vu Le Lieu Sûr. Comment est-il ? Vert, vert. A-t-il reconnu l'endroit d'où l'os-comme-ça a été lancé, où se trouve l'éléphanteau ? Il pense que oui. Il est un pisteur inférieur, non ? Pas un maître, il est vrai, mais non, pas inférieur. Est-il loin, cet endroit ? A dix jours de là. De l'autre côté du désert.

Silence.

— Ah, les nouveau-nés, dit-il quand il lui vient à l'esprit combien il serait traître pour les jeunes, si vaillants soient-ils mais après tout habitants des forêts, d'essayer de traverser le désert, sans parler de la plaine.

Je-Flotte dit :

— Si nous nous mettons en route et trouvons que le voyage s'avère trop pénible, nous ferons demi-tour et attendrons les pluies. Le Lieu Sûr ne disparaîtra pas avant. Elle jette un bref regard derrière elle sur l'entrée blanche de la grotte. Nous partirons demain soir. A présent, buvons et versons des larmes pour ma sœur. Ensuite nous nous reposerons pendant que tu nous décriras la vision dans ses moindres détails, afin de nous permettre de nous représenter l'itinéraire.

Il y a des lits de paillis au fond de la grotte. Celui de Grand Temps est vaste et frais… de toute évidence, il l'attendait. Les éléphanteaux et Je-Fixe se couchent en rang au bout de sa queue, Siphon et Je-Fixe plaqués contre la paroi comme pour garder autant de distance que possible entre eux et lui. Le lit de Je-Flirte est à côté du sien, et quand il est installé elle se baisse, soupire, grogne, remue et enfin s'immobilise, la croupe contre son dos, une position des plus provocantes et des plus mal choisies, mais il craint de l'offenser et ne s'écarte pas.

Sur son autre flanc, Je-Flotte est couchée face à lui. Pendant qu'il raconte la vision, elle l'interrompt souvent pour s'informer sur les cris d'oiseaux, la forme de l'horizon, l'emplacement exact des buissons, des pierres, la texture et la pente du terrain, la lumière. Elle fait de même lorsqu'il décrit la façon de se rendre d'ici aux collines bleues. Il dit qu'à un moment de leur voyage, si des excréments ou tout autre signe concret indiquent que Bourbe et les Elle-S se trouvent dans une autre direction, il se pourrait qu'il leur fausse compagnie. Il avoue qu'il est très inquiet d'avoir trouvé Lit de Dattes seule dans la vision, et Je-Fixe lance d'un ton dur :

— Ta Bourbe n'est pas morte.

Il est incapable de parler, tant il est saisi. Pourquoi n'a-t-il pas pensé à demander si l'un d'entre eux avait eu une vision des Elle-S ? Il trouvait tout naturel qu'ils n'aient eu que la vision de Torrent et de lui-même.

— Les grandes femelles l'appellent Elle-Snobe, dit Je-Fixe, comme s'il n'y avait pas de nom plus odieux.

— Se porte-t-elle bien ? demande-t-il.

— Elle est estropiée. Elle est décharnée.

Son ton laisse entendre que Bourbe s'est imposé à elle-même ces misères, mais il est trop ému pour reculer devant la déconcertante hostilité de Je-Fixe, et il demande :

— Où est-elle ?

— Elle *était* dans une région de rochers noirs. A huit cents kilomètres au sud d'ici, à en juger par les ombres et la lumière.

— La Jonchée, dit-il. Quand penses-tu que c'était ?

— J'ai eu la vision il y a cinq jours. Je voyais l'avenir proche. Je ne peux pas être plus précise.

— Combien de femelles y avait-il avec elle ?

— Trois. Et rien qu'un petit, le nouveau-né. Il y avait un corpslong qui s'étirait et miaulait pas loin. C'était excessivement étrange.

— Moâ-Moâ, dit-il, alarmé. Ce doit être elle. Elle est abominable. Un corpslong qui a un goût maladif pour la chair des nouveau-nés elles-là.

Une pensée saisissante lui vient à l'esprit. "Je me demande si elle descend du corpslong qui a dévoré le nouveau-né blanc ?"

— Nous ne savons rien de ce corpslong, dit Je-Flotte. L'éclat de ses yeux se fait plus profond. Comptes-tu te rendre tout droit à La Jonchée ? demande-t-elle.

— Oui, matriarche.

— Je te le déconseille. Je te conseille d'aller d'abord au Lieu Sûr.

— Pourquoi ?

— Quand tu seras là-bas et que tu auras recouvré tes forces, tu seras plus apte à reprendre tes recherches.

— Je suis déjà fort, dit-il, mais il comprend que la réponse de Je-Flotte est une dérobade. Il est de nouveau ébranlé par l'idée qu'elle a eu une vision de lui courant un danger... mort, peut-être. S'il en est ainsi, peu importe où il va ; son destin l'emportera quand même. Pourquoi, alors, l'avertit-elle ? Est-elle capable d'avoir la vision de ce qui *pourrait* être ? Ou a-t-elle vu non pas une vision mais quelque puissant augure des Egarés ? Dans un cas comme dans l'autre, il découvre qu'il n'est pas assez courageux – ou assez fou – pour s'opposer à elle.

— Très bien, finit-il par dire.

Elle ferme les yeux. En l'espace de quelques secondes, tous l'imitent. La grotte, plongée dans l'obscurité, se dilate.

XIII

Le guépard femelle doit bien voir qu'elles la surveillent – elle ne peut certainement pas douter qu'elles ont perçu son odeur – et pourtant elle se glisse entre les rochers, ramassée sur elle-même, comme si elle les traquait.

— Cette sacrée bestiole est dingue, beugle Elle-Soulage.

Le guépard femelle se fige, une patte en l'air. Quand elle repart, Bourbe dit :

— Matriarche, jusqu'où la laisserons-nous approcher ?

— Aussi près qu'elle osera, dit Elle-Segausse.

Elles se tiennent sur la berge de la Rivière des Bûches-Mâchoires où, il y a quelques instants encore, Elle-S'égosille se trouvait aussi et les traitait de lâches, de traîtres. C'est l'aube. Froide, sans un souffle. Plus par habitude que par prudence (un guépard est loin d'être un danger pour trois femelles), elles ont adopté une formation en V tronqué : Elle-Segausse à la pointe, Elle-Soulage sur son flanc gauche, Bourbe sur son flanc droit. Tordu est couché au centre.

— Elle-Soulage veut charger, barrit la femelle soignante.

Le guépard est maintenant si près que son odeur doucereuse, écœurante, les contraint à pincer le bout de leur trompe.

— Non, grommelle Elle-Segausse.

Le guépard femelle s'assoit. Elle lève la patte droite et semble l'examiner. Elle l'étend dans leur direction, et tous font pivoter leur trompe pour humer l'air derrière elles. Bourbe regarde aussi par-dessus son épaule. Rien, il n'y a rien par là. Le guépard cesse de pointer la patte, lèche son autre patte et frotte les lignes noires de sa "fausse bave de tête*" qui partent de chacun de ses yeux.

Elle-Segausse dit d'un ton suffisant :

— Elle n'est pas aussi calme qu'elle veut le laisser croire.

Le guépard laisse retomber sa patte et se met à piauler.

— Elle lance un appel à notre parleuse en pensée, dit Elle-Segausse.

— Lit de Dattes n'est pas là ! mugit Elle-Soulage.

Le guépard cesse de piauler.

— C'est ça ! barrit Elle-Soulage. Ferme ta gueule puante !

— Comment savoir si c'est Moâ-Moâ ? demande Bourbe.

— Moâ-Moâ ? braille Elle-Soulage.

— Qui d'autre pourrait-elle être ? dit la matriarche.

— Eh bien, mugit Elle-Soulage, si c'est Moâ-Moâ, Elle-Soulage va vous dire ce qu'elle montre ! Elle montre Le Lieu Sûr !

Elle-Segausse secoue la tête.

— Non, je ne crois pas que ce soit ça.

* Quand Rogue était en train de créer les guépards, Il avait prévu qu'ils aient des orifices d'où s'échapperait la temporine, mais, négligent comme Il l'était, Il opta pour la solution de facilité : des rayures permanentes.

Comme si son attention avait été attirée par quelque chose là-bas dans La Jonchée, Moâ-Moâ regarde vers l'ouest. Elle commence à s'approcher de Bourbe en décrivant des cercles, toujours le dos tourné, et les trois femelles se déplacent vers la droite pour que la pointe de leur V reste dirigée sur elle. Elle s'arrête. Quand elle reprend son approche, elle ne cache pas son ambition. Les épaules voûtées, elle se tord le cou pour entrevoir Tordu.

— File ! barrit Elle-Soulage.

Moâ-Moâ s'immobilise mais ne lâche pas pied.

Elle-Soulage se rue sur elle, et Moâ-Moâ vire tranquillement sur elle-même et part en bondissant entre les rochers. Quand Elle-Soulage s'arrête, Moâ-Moâ se retourne et s'assoit. Elle examine de nouveau sa patte droite. La pointe encore dans leur direction. Dans la mesure où elles sont à présent face au nord-ouest (la première fois qu'elle a tendu la patte, elles regardaient droit vers l'ouest), elle ne peut indiquer la route du Lieu Sûr.

— C'est comme si elle disait "Vous", grommelle Bourbe. "C'est vous."

— C'est vous qui quoi ? braille Elle-Soulage, revenant au petit trot.

Elle-Segausse dit :

— Il y a une deuxième odeur. Ses yeux sont clos, elle sent avec une grande concentration. Très insistante mais faible. Quelque chose contre quoi elle s'est frottée, je dirais. Je n'arrive pas tout à fait à la discerner. Elle est trop altérée par *son* odeur.

— Elle-Soulage pourrait la chasser assez loin pour qu'on ne la sente plus ! rugit la femelle soignante.

— Elle n'en reviendrait pas moins, dit Elle-Segausse.

— Que veut-elle à Tordu, en tout cas ? gronde Elle-Soulage. Les corpslongs ne dévorent pas les elles-là.

— D'habitude, non, dit Elle-Segausse. Elle ouvre les yeux. Nous allons garder nos trompes sur elle tout en broutant.

Dans quelques heures, la chaleur dans La Jonchée sera effroyable, impossible que Tordu y marche, le plan est donc d'attendre le crépuscule avant de se mettre en route pour le Marécage à Pâture. Bourbe demande :

— Et les sous-senteurs, alors ? (Si elles voyagent de nuit, elles courent le risque que les sous-senteurs masquent toute odeur menant à Lit de Dattes.) Mais Elle-Segausse ne pense pas qu'elles seront très fortes là-bas, c'est trop désertique.

— Et Moâ-Moâ ? rugit Elle-Soulage.

— Elle va nous suivre, dit Elle-Segausse.

— Nous suivre !

— C'est ce que j'imagine.

— Nous *suivre* ! rugit de nouveau la femelle soignante. Elle ramasse un rondin et le jette avec violence.

— Elle-Mesure nous a conseillé de la laisser faire, grommelle Elle-Segausse. Et nous la laisserons faire. Pour l'instant.

Elle paraît soudain épuisée. Et même vaincue. Bourbe pense : "Pourquoi ne le serait-elle pas ? En l'espace de quelques heures à peine la famille est passée de sept (en comptant Grêlons) à quatre, un de ses membres étant un petit sans énergie aux genoux bancals. Il a fallu cinq jours à Torrent pour traverser La Jonchée. Combien de temps leur faudra-t-il, à tous les quatre, qui sont à demi morts de faim ? Comment est-il possible que Lit de Dattes ait fait ce voyage ? Elle ne l'a probablement pas fait. Mais puisque, d'une façon ou d'une autre, elle est passée par là, et puisqu'il n'y a de trace d'elle nulle part à l'est, et puisque au nord c'est un désert et au sud une longue clôture métallique et une énorme réunion d'humains, quelle autre solution leur reste-t-il sinon d'aller vers l'ouest ?"

Elles se mettent à manger, en surveillant Moâ-Moâ qui est assise face à elles. Elles grattent les ébéniers et les palmiers phœnix dévastés pour leur arracher des bandes d'écorce. Elles fouillent la rive à coups de défense pour déterrer des racines. Il vient à Bourbe la pensée coupable que ce n'est pas plus mal que Grêlons, Marécage et Elle-S'égosille soient partis, il n'y a déjà pas grand-chose à manger ici. Et pourtant Grêlons lui manque déjà : intrus et estropié tout comme elle, futur soupirant tant attendu. Elle se ronge les sangs pour lui, et pour Marécage aussi. Pas pour Elle-S'égosille, qui pourrait bien être déjà morte et de toute façon impossible à sauver. "Pauvre Elle-S'égosille", pense-t-elle, pour battre le rappel de sa compassion, mais le silence qui suit l'absence de la grande femelle est un tel soulagement qu'elle ne peut feindre qu'elle lui manque. Elle regarde vers l'est, s'attendant à demi à voir le tourbillon de poussière signalant que l'un des leurs revient. De temps en temps, Elle-Soulage et Elle-Segausse hument l'air de ce côté-là. Personne ne parle de ceux qui sont partis. Pendant une bonne heure, Elle-Soulage marmonne des choses sur les dangers des désaccords familiaux, mais finit par mugir : "Ce qui est fait est fait !" et regarde Bourbe et Elle-Segausse d'un air radieux comme si cette conclusion, sa conclusion habituelle, était une grande révélation et un grand soulagement.

Un peu plus tard, le trou d'eau qu'a creusé Lit de Dattes s'assèche et Elle-Segausse en creuse un autre, dont le maigre suintement les contraint à s'agenouiller et à boire avec la bouche à la manière de Tordu. Tordu reste près de sa mère et lance des regards fous à Moâ-Moâ. A un moment donné, il se tourne vers elle, déploie ses oreilles et bêle un faible : "Va-t'en !" et Moâ-Moâ répond par un piaulement curieusement tendre qui le terrifie. Il plonge sous Elle-Soulage et tire sur ses mamelles, mais cela fait maintenant trois jours qu'elle n'a pas de lait, alors elle s'écarte et s'apprête à le nourrir du contenu de son estomac. Ce n'est pas une scène à laquelle qui que ce soit voudrait assister. Tandis que sa peau flétrie vient se plaquer à sa cage thoracique, elle tire la trompe de Tordu vers le haut et place sa bouche aussi près que possible de celle de son petit, mais la plus grande partie du vomi atterrit sur la face de celui-ci. Aujourd'hui il refuse d'avaler. Haletant dans la chaleur atroce, Elle-Soulage ne le gronde pas. Elle l'asperge de poussière. S'asperge à son tour. Les mouches s'envolent à mesure que tombe la poussière. Les mouches reviennent, en couche aussi épaisse que la poussière.

De là où ils sont, contre la berge méridionale relativement plus fraîche de la rivière, Moâ-Moâ est en vue. Supportant bien mieux la chaleur, elle se prélasse et s'étire. En milieu d'après-midi, elle part vers le nord et revient en tirant un phacochère encore vivant. Elle le dévore langoureusement et avec espièglerie, feignant de l'attraper à nouveau, se jetant sur lui, projetant ses pieds en l'air et les rabattant d'un coup vers le sol, tout cela en se servant à peine de sa patte droite. Elle-Segausse se demande si cette patte n'est pas blessée.

Comme si elle l'entendait, Moâ-Moâ pointe la patte dans leur direction, et Elle-Soulage braille : "Du diable si elle ne veut pas qu'Elle-Soulage s'en occupe", et Elle-Segausse grommelle : "J'ai encore senti cette deuxième odeur, qu'est-ce que c'est ?" et elle souffle, frustrée.

Le coucher du soleil, ce jour-là, est particulièrement éclatant et symétrique. Trois bandes rectilignes d'une largeur et d'une luminosité égales – pourpre en haut, puis rouge, puis orange – barrant tout l'horizon à l'ouest.

"Elle-Soulage se demande qui elle était", beugle Elle-Soulage. (On a un tel coucher de soleil uniquement quand une matriarche a été massacrée.)

"Elle-Mesure", pense Bourbe, à cause de la symétrie, mais elle n'en dit rien. Elle ne veut pas que sa pensée trouve confirmation.

Ils se sont déjà mis en route. Normalement Bourbe se placerait de front avec Elle-Soulage, mais voyager en file est plus facile dans ce labyrinthe de rochers et elle marche derrière la grande femelle. A leur gauche, la petite tête de Moâ-Moâ, éclairée par le soleil bas, flotte entre les rochers, pareille à une lune. Dès qu'elle vire pour se rapprocher, Elle-Soulage barrit et elle repart prendre sa place.

Malgré l'impossibilité de s'en tenir à un itinéraire en ligne droite, ils réussissent à marcher d'un bon pas, Elle-Soulage poussant Tordu devant elle. Les odeurs sont rares. Il y a l'odeur de cendre des rochers, l'odeur doucereuse de sang de Moâ-Moâ, la puanteur des vautours et les senteurs piquantes de plus petites créatures : chacals, barbus, lézards. Chacune de ces odeurs flotte en discrets rubans au-dessus des sous-senteurs qui, comme l'avait prédit Elle-Segausse, émergent à peine.

La lune n'émerge pas du tout. A part le clignotement des lucioles, la nuit est noire. Bourbe cherche quand même l'os blanc parce qu'il est possible que l'éclat légendaire de l'os défie l'obscurité, et puis qui peut dire quels rochers, parmi tant d'autres, font partie d'un cercle plus grand ? Elle est attentive à la forme de ce sur quoi elle marche. Un bâton n'est pas une côte. Elle avance en silence. Comme tout le monde, Moâ-Moâ y compris. Tous les cinq sont une pensée macabre traversant un cerveau immense – imagine Bourbe. Ou encore elle imagine qu'elle est seule, l'odeur des autres étant simplement ce qui subsiste d'eux. Elle-même, dans toute sa bruyante souffrance, se sent voyante. Sa patte atrophiée l'élance. Elle ne se bloque pas, pourtant... c'est une chance. C'est son ventre qui se bloque, de faim ou à cause du petit, alors elle se frotte les côtes et se demande s'il le sent. Elle sent le cœur du bébé battre deux fois plus vite que le sien. Elle compte les battements de cœur, ses pas – elle est capable de compter jusqu'à trois choses à la fois. Au bout de quelques dix mille pas Elle-Segausse dit : “Stop.”

Elles sont arrivées devant un taillis de teclea, et comme il serait insensé d'ignorer quoi que ce soit de digeste dans ce désert, elles commencent à manger. Au sud, Moâ-Moâ fait les cent pas et jappe.

— Ferme ta gueule puante ! barrit Elle-Soulage, et Moâ-Moâ s'exécute, mais pas pour longtemps.

Par deux fois, d'un bond elle s'approche et Elle-Soulage la charge.

Les deux fois Elle-Segausse sent cette odeur insaisissable mais ne réussit pas à l'identifier. Elle dit à Elle-Soulage :

— La prochaine fois, ne la chasse pas. Je veux la flairer un bon coup.

Avant de reprendre la marche, pendant qu'Elle-Soulage se nourrit d'excréments de gazelle (une variété de ses prétendus fruits de sécheresse), Elle-Segausse et Bourbe s'avancent vers une petite éminence et de là transmettent une série de grondements infrasonores, à Lit de Dattes, Torrent, Grand Temps, puis à Grêlons et Marécage. Ne recevant aucune réponse, Bourbe dit :

— J'espérais qu'au moins Grêlons ou Marécage répondraient.

— Ils sont harcelés par les terrassons de quelqu'un d'autre, dit Elle-Segausse.

Par Elle-S'égosille, en d'autres termes.

— J'ai eu une vision d'Elle-S'égosille morte, dit Bourbe.

Elle-Segausse souffle lentement.

— Elle était seule. Déjà Bourbe sait qu'elle a fait une grosse erreur en mentionnant la femelle bannie. Elle était au pied d'une colline, dit-elle aussitôt, en espérant que d'une certaine façon les détails l'absoudront. Dans son angoisse, elle emploie le timbre protocolaire. Près d'une flaque de boue. Rien n'était familier dans cet endroit-là.

Silence.

— Sa peau était impeccable. Elle pleure à présent. Il n'y avait pas de piqûre. On aurait dit qu'il y avait plusieurs jours qu'elle était couchée là.

Silence.

— Je crois que c'était l'avenir proche, ajoute-t-elle dans un dernier sursaut d'angoisse.

— Avait-elle ses défenses ? demande Elle-Segausse. Sa voix est sans inflexions.

— Oui ! Oui, elle avait ses défenses !

Elle-Segausse pivote sur elle-même et retourne à pas lents vers le taillis.

Il y a environ une heure qu'ils marchent quand une grande meute d'hyènes tachetées déboule et gambade tout près derrière eux. Bourbe vient se placer à côté d'Elle-Soulage et se bat vaillamment pour ne pas basculer dans son souvenir de l'hyène qui l'a traquée la nuit de sa naissance. "Ignore-les", dit Elle-Segausse à Elle-Soulage, dont les mugissements, les "Filez !", ne font que provoquer des ricanements hystériques. Sommes-nous tellement diminuées qu'elles pensent pouvoir s'en prendre à Tordu ? se demande Bourbe. A moins qu'elles ne veuillent Moâ-Moâ. Bourbe n'a jamais entendu parler d'hyènes sautant sur un guépard adulte, mais dans cette contrée écartée aucun comportement ne paraît invraisemblable. Quand les hyènes ricanent, Moâ-Moâ siffle et dégage une odeur acide, comme des balles. Vers le matin elle s'enfuit vers le sud, et les hyènes abandonnent leur poursuite et se retirent assez loin pour qu'on ne les sente plus.

— Elle reviendra, dit Elle-Segausse.

Le soleil se lève. Il n'y a pas une goutte d'eau à proximité, alors ils poursuivent leur marche et après plusieurs heures arrivent à un terrain à sel. Un peu au-delà, Elle-Segausse trouve une cavité qu'il lui suffit d'enfoncer du pied pour qu'une petite fontaine jaillisse. "Jubilation !" barrit-elle.

Elles enlacent leurs trompes et défèquent, puis boivent et s'aspergent les unes les autres, euphoriques parce que le trou a pu être creusé par Lit de Dattes (bien qu'il n'y ait pas trace d'elle), mais aussi parce que leurs espoirs de trouver de l'eau claire dans La Jonchée avaient été si minces.

Elles mangent les broussailles desséchées et des lambeaux d'herbe entourant le terrain à sel, et quand il n'y en a plus elles fouillent le sol à coups de défense pour y trouver des racines. Quand il n'y a plus de racines, elles mangent du sel et de la terre, et enfin s'étendent à l'ombre de termitières géantes. Pendant que les autres dorment, Bourbe s'inquiète d'avoir divulgué sa vision… et pourtant comment aurait-elle pu deviner que même *ça* n'aurait pas percé le bannissement ? Elle lance sa brève prière – "S'il vous plaît" – et modèle ses pensées dans un esprit à la Lit de Dattes. (Elle en est venue à croire que pourvu qu'il soit imaginé à la perfection – tant qu'il est *susceptible* d'être imaginé à la perfection – l'esprit ne fait pas que soutenir Lit de Dattes, il est la preuve qu'elle est en vie.) Elle garde les yeux ouverts, observe l'ombre se retirant petit à petit du corps des autres, et bascule dans des souvenirs d'ombre qui reflue, de cadavres brûlés par le soleil. De temps en temps, elle dit : "On ferait mieux de se mettre à l'abri de l'œil-de-l'Elle", et tout le monde se lève, boit, s'asperge d'eau, de terre, et se gratte contre les termitières avant de se recoucher. Toutes les deux ou trois heures, Elle-Segausse envoie des appels infrasonores, et Bourbe scrute attentivement l'horizon, surtout vers le nord, qui est droit contre le vent et où des trombes de poussière montent pareilles à la fumée d'une rangée de feux. Des formes vacillantes qui pourraient être Moâ-Moâ s'avèrent être des autruches, des oryx. Aucune forme de la taille d'un elle-là ne se matérialise, et rien, certainement pas un os, n'est d'un blanc aveuglant.

En milieu d'après-midi, Elle-Soulage part ramasser des excréments d'hyènes pour son pansement oculaire, et Bourbe dit à Elle-Segausse :

— Je suis désolée, matriarche.

Elle-Segausse lui jette un bref regard.

— Il est moins grave d'avoir parlé d'une femelle bannie, Elle-Snobe, que d'avoir parlé de ta vision. Une vision de mort est le fardeau de la visionnaire, et d'elle seule. Ne me parle plus jamais d'une vision de ce genre.

— Plus jamais, jure Bourbe dans le timbre protocolaire.

— A moins, dit Elle-Segausse, qu'il ne s'agisse de Lit de Dattes.

Ils voyagent pendant une autre nuit noire, celle-ci sans incidents et silencieuse. Juste après l'aube, ils arrivent dans le lit d'un ruisseau desséché où les femelles creusent six trous avant de tomber sur un suintement d'eau boueuse. Il faudra s'en contenter. De longs chaumes secs crépitent en rangs étroits le long des berges. Tant de nourriture intacte, si c'est une aubaine, n'est pas de bon augure – personne n'est venu ici depuis le début de la sécheresse.

— Il y a plus d'une façon d'écorcer un arbre ! lance Elle-Soulage. En d'autres termes, Lit de Dattes a pu prendre plus au nord ou plus au sud par rapport à cet endroit, et se rendre quand même au Marécage à Pâture.

Elle-Segausse respire par courtes bouffées qui chassent la poussière de l'herbe.

— Je suis si fatiguée, finit-elle par dire, et son odeur tourne au découragement.

— Sens-moi toute cette herbe à brouter ! mugit Elle-Soulage, comme si elles venaient tout juste d'arriver.

Elle-Segausse lève brusquement la trompe. Elle la pointe derrière elle. Bourbe, Elle-Soulage et Tordu font de même.

— Quoi ? mugit Elle-Soulage.

Tous se retournent. Pointent les oreilles.

— S'agit-il de ce corpslong puant ? mugit Elle-Soulage.

Pas de réponse. Finalement Bourbe aperçoit l'immense perturbation de poussière sur l'horizon à l'est. Un elle-là, cela ne peut être autre chose.

— Je vous le donne en mille, murmure Elle-Segausse, en laissant retomber sa trompe.

A son ton – méprisant, déçu – Bourbe devine de qui il s'agit. Un instant plus tard, elle perçoit l'odeur.

— Jubilation ! barrit Elle-Soulage.

Soufflant et pleurant, elle s'élance vers Elle-S'égosille, et les deux grandes femelles enlacent leurs trompes, choquent leurs défenses, puis Elle-S'égosille essaie de courir après Tordu, mais celui-ci recule sous le ventre d'Elle-Soulage. Bourbe est totalement ignorée, bien qu'elle lève la trompe vers Elle-S'égosille en un salut hésitant.

— Elle-Soulage savait que tu reviendrais ! braille Elle-Soulage. Matriarche…

Elle regarde par-dessus son épaule et paraît soudain comprendre que la matriarche ne prend pas part à cet accueil. Elle s'écarte alors d'Elle-S'égosille et secoue la tête, démontée, ou protestant contre le comportement de la matriarche, probablement les deux.

Elle-S'égosille, pendant ce temps, les a laissées en plan pour se précipiter vers le trou d'eau. Elle s'agenouille et boit. Boit jusqu'à ce que le suintement s'assèche. "Je vais en creuser un autre !" crie-t-elle, en se hissant debout. "Non, non !" crie-t-elle, comme si l'une d'elles avait élevé une objection. "Je vais le creuser. Tous mes sens sont plus aiguisés. J'ai eu la chance que mon esprit profite d'un sensationnel gonflement. Je suppose que personne n'a remarqué à quel point mon crâne a grossi."

Elles la regardent, même Elle-Segausse lui jette un coup d'œil. Sa tête semble en effet un peu plus grosse, mais c'est peut-être parce que son corps, à l'image des leurs, a rétréci à cause de la faim. Folle d'elle-même comme à son habitude, les paupières battantes, la croupe ondulante, elle asperge de boue sa peau craquelée, après quoi elle retourne à la berge et arrache par les racines un écheveau d'herbe qu'elle se fourre dans la bouche, avec la terre et le reste, et dit : "Vous n'allez pas croire ce que j'ai souffert depuis... est-ce seulement hier que je suis partie ? Il m'est arrivé tant de choses. Je suppose que personne ne tient à savoir quoi."

Mais elle leur raconte quand même.

En fin de matinée, elle perdit la trace des mâles qui, à une quinzaine de kilomètres à l'est de la Rivière des Bûches-Mâchoires, partirent vers le sud-ouest dans un terrain de pierres plates dont elle soupçonne que c'était autrefois un passage d'Elle-D, bien connu de Grêlons. Elle soupçonne aussi qu'arrivés là les mâles commencèrent à manger leurs excréments et à enfouir leur urine pour vaincre leur odeur ("Une idée de Grêlons, j'en suis sûre"). Elle décida de virer à l'ouest, mais il n'y avait pas trace d'eux par là non plus, alors elle erra sans but un moment, en entrant et sortant de La Jonchée. Une clôture métallique la contraignit à repartir vers le nord, et elle faillit finir dans un groupe d'habitations humaines abandonnées. Elle fila vers le nord-ouest et, juste au moment où elle se sentait relativement en sécurité, tomba sur une scène de dévastation : les squelettes dépouillés de leurs défenses des Elle-A-Et-A, neuf corps, par conséquent les derniers de la lignée. Elle pleure tout fort en décrivant son deuil solitaire de cette famille notoirement ingénieuse, douée pour la résolution des énigmes et la philosophie, en racontant comment elle a chanté les soixante-quinze couplets de *L'Elle est la matriarche*, les trois cents d'*Oubli ! Oubli !* et ce faisant attira les vautours, "des quantités, qui étaient très silencieux, je voyais qu'ils étaient profondément touchés par la force et la gravité que je donnais à un hymne". (Bourbe se demande : "Est-elle tout à fait dupe ?" et pourtant Bourbe pleure à chaudes larmes, elle aussi, tout comme Elle-Soulage, en dépit du fait que si Elle-S'égosille est bannie elles ne sont pas censées avoir entendu les tragiques nouvelles.)

Il faisait nuit quand Elle-S'égosille eut fini de pleurer les Elle-A-Et-A, et elle se trouvait dans un tel état de fatigue et d'agitation qu'elle commença à avoir une série de ses crises. "J'étais à dix battements de cœur de la mort", assure-t-elle. Quand les crises passèrent, elle chercha de l'eau en vain puis revint sur la scène du carnage, où elle somnola debout. De temps à autre, elle se réveillait pour envoyer à Marécage des grondements infrasonores, qui restèrent sans réponse. Toute la nuit elle demeura là, et quand la lumière vint, vint aussi la conviction que pendant tout ce temps son crâne avait grossi pour abriter une intelligence développée. Pourquoi était-ce arrivé ? Parce que (la réponse sauta immédiatement dans sa grosse tête), en récompense de sa longue et courageuse veillée parmi les Elle-A-Et-A, l'Elle lui avait légué une dose de l'ingéniosité de cette famille. La pensée suivante fut que même si elle trouvait les mâles – et avec sa nouvelle grosse tête, c'était couru – ils s'enfuiraient encore. Et dans quelle situation se retrouverait-elle, une femelle toute seule, une femelle qui, malgré ses plus grandes facultés intellectuelles, était presque une infirme ? Elle devait abandonner la poursuite.

Elle partit de nouveau en quête d'eau et repéra vite un suintement sous une rigole. Après avoir bu et s'être douchée, elle s'engagea dans La Jonchée, vers l'ouest. Tout le long du chemin, elle envoya des grondements infrasonores à la fois à Elle-Soulage et Elle-Segausse.

— Pourquoi n'avez-vous pas répondu ? demande-t-elle.

A voir la mine d'Elle-Soulage, il est clair qu'elle meurt d'envie de raconter une foule de choses, entre autres qu'elles n'ont jamais entendu les grondements. Dans son dos Elle-Segausse a cessé de manger, et Bourbe tord la trompe vers la matriarche (pour bien marquer qu'elle n'est pas en train de répondre à Elle-S'égosille) et signale la supposition de Lit de Dattes que la terre durcie bloque les messages infrasonores.

Elle-Segausse lève la tête, elle paraît réfléchir au problème, mais avant qu'elle puisse prendre la parole, Elle-S'égosille dit :

— Bon, me voilà. Cela va être très dur pour moi, maintenant que Marécage est parti. Vous ne pouvez imaginer combien j'ai souffert.

Elle virevolte vers Elle-Segausse, qui, remarque à présent Bourbe, hume l'air de façon pressante, la trompe droite, les oreilles déployées.

— C'est Marécage ? hurle Elle-S'égosille, levant la trompe à son tour.

Bourbe épie la bosse de poussière à l'horizon.

— Ça a l'odeur d'un corpslong ! s'écrie Elle-S'égosille.

Moâ-Moâ, alors. Bourbe n'a pas encore détecté l'odeur du guépard. Qu'Elle-S'égosille y soit parvenue la stupéfie. Elle jette un coup d'œil à la tête d'Elle-S'égosille, qui cette fois semble nettement plus grosse.

— Moâ-Moâ ! barrit Elle-Soulage quand l'odeur lui parvient. Elle pousse Tordu sous son ventre. Pour quelle raison cette saloperie revient-elle ?

— Moâ-Moâ ? hurle Elle-S'égosille. A présent Moâ-Moâ est facile à voir, trottant entre les rochers. Elle-S'égosille crie : Vous a-t-elle dit où se trouve Le Lieu Sûr ? Elle répond elle-même à la question. Comment aurait-elle pu le faire, alors qu'il n'y a pas de parleuse en pensée ? Restons calmes. Que tout le monde reste calme. Un regard sévère à la femelle soignante. Si nous chassons cette Moâ-Moâ, nous n'apprendrons jamais rien.

— Comment communiquons-nous avec elle ? dit Bourbe, désespérée, ce qui lui vaut un grognement d'avertissement de la matriarche. Mais la grosse tête intelligente d'Elle-S'égosille est trop extraordinaire pour qu'on l'ignore. Bourbe a envie de dire : “Matriarche, ce n'est pas la femelle que tu as bannie.”

— Oh, regardez ! crie Elle-S'égosille. Elle s'est assise. Elle pointe la patte ! Que pointe-t-elle ?

Elle-S'égosille hume l'air derrière elle. Elle se met debout ! La voilà !

Elle-Soulage gronde.

— Non, murmure Elle-Segausse, et elle s'appuie contre la femelle soignante pour stopper sa charge.

Le guépard avance maintenant avec prudence. Ses taches ondulent avec le mouvement de ses épaules. Sa tête se balance lentement d'avant en arrière.

— La voilà, murmure Elle-Segausse, cette autre odeur.

— Je la sens ! s'écrie Elle-S'égosille. Qu'est-ce que c'est ?

Moâ-Moâ s'assoit, tend la patte droite et se met à piauler.

— Ferme ta gueule puante ! rugit Elle-Soulage.

— Laisse-la tranquille, dit Elle-Segausse.

Pendant quelques instants tout le monde se tait, Moâ-Moâ aussi. Et puis cette observation impatiente d'Elle-S'égosille :

— Elle veut qu'on sente sa patte. Rien n'est plus évident. Cette odeur est sur sa patte.

— Qu'elle sente donc le trou du cul d'Elle-Soulage ! braille celle-ci, qui exécute quelques pas nerveux à l'idée d'avoir répondu à Elle-S'égosille. Mais Elle-Segausse, par le tournoiement agité de sa trompe, répond elle aussi à la femelle bannie. Bourbe aussi… Bourbe souffle :

— Bien sûr.

— Eloignez-vous un peu, ordonne Elle-Segausse à Elle-Soulage. Toi et Tordu. La femelle soignante hésite. Allez ! lance Elle-Segausse d'un ton brusque. Elle-Soulage passe sa trompe sous Tordu et le tire à cinq six pas de là. Par de petites secousses de la tête Moâ-Moâ suit son repli, mais autrement ne bouge pas.

— Que tout le monde reste à sa place, grommelle Elle-Soulage.

Par tout le monde, elle veut dire Elle-S'égosille, qui a fait un pas en avant. Les oreilles aplaties, la trompe baissée, Elle-Segausse s'avance d'un pas nonchalant vers le guépard.

— D'accord, Moâ-Moâ, crie-t-elle, en retrouvant le séduisant grondement qu'elle employait avec Grêlons. Je ne te ferai pas de mal. Ne bouge pas.

La queue de Moâ-Moâ bat le sol.

Quand Elle-Segausse n'est plus qu'à quelques pas, Moâ-Moâ lui tend la patte. La matriarche la flaire et aussitôt ramène vivement sa trompe sous son menton.

— C'est Lit de Dattes, dit-elle d'un ton très neutre. L'odeur de ses excréments.

— Laisse-moi flairer ! crie Elle-S'égosille, et, passant à toute allure devant Elle-Segausse, elle se précipite vers Moâ-Moâ qui se redresse, sur ses gardes. Ta patte, ta patte droite ! Elle la désigne avec sa trompe. Moâ-Moâ tend la patte. Elle-S'égosille la flaire. C'est bien Lit de Dattes ! s'écrie-t-elle.

— Mais qu'est-ce que ça signifie ? demande Bourbe.

Elle a la tête qui tourne.

— Elle a marché dans la merde de Lit de Dattes ! barrit Elle-Soulage, et le guépard recule furtivement de quelques mètres. A la Rivière des Bûches-Mâchoires !

— Non, elle avait cette odeur avant, grommelle Elle-Segausse.

— Comment savait-elle que c'était Lit de Dattes ? demande Bourbe, qui s'acharne. Et pourquoi voulait-elle que nous le sachions ? Comment savait-elle que nous voudrions le savoir ?

— Lit de Dattes a l'odeur des Elle-S ! fait remarquer Elle-Soulage.

— Evidemment, dit Elle-S'égosille. *Lit de Dattes* est une Elle-S. (Contrairement à Bourbe, semble-t-elle souligner, qui n'en est pas une.) Dès que Moâ-Moâ a senti notre odeur, elle a compris que Lit de Dattes était un membre de notre famille qui s'était trouvé séparé du groupe.

— Mais, d'abord, comment l'idée lui viendrait-elle de conserver l'odeur de Lit de Dattes ? demande Bourbe. Comment pouvait-elle savoir qu'elle finirait par tomber sur nous ?

Elle-S'égosille refuse de répondre. Elle regarde Elle-Soulage, comme pour lui souffler : "*Toi*, dis-lui", mais la femelle soignante se contente de rugir :

— Bonne question !

— Quelle est donc la question ? demande Elle-S'égosille poliment.

Elle-Soulage ne peut pas la répéter, pas devant la matriarche. C'est Tordu qui les sort de l'impasse en suggérant :

— Peut-être qu'elle est maligne.

— Elle *ne* savait *pas* ! crie Elle-S'égosille. C'est impossible ! De la crotte de Lit de Dattes s'est coincée entre ses coussinets, et peu après il s'est trouvé qu'elle a senti notre odeur !

— Elle veut dévorer Tordu, signale Bourbe, au cas où Elle-S'égosille ne l'aurait pas encore compris, parce que les offenses de la femelle condamnée n'ont pas le pouvoir de la blesser, et parce que les multiples bannissements et rancunes exigent une agilité d'esprit dont elle n'a pas la capacité à l'instant même.

Moâ-Moâ est debout. Elle considère Tordu un moment puis regarde vers la gauche. Tous hument l'air de ce côté. Il n'y a rien par là. Le guépard femelle commence à avancer furtivement, muscle après muscle, par petites étapes entrecoupées rappelant plus l'immobilité que le mouvement. Elles la laissent passer devant Elle-S'égosille, arriver face à Elle-Segausse. Mais quand elle dépasse Elle-Segausse, Tordu piaille, Elle-Soulage charge, et Moâ-Moâ virevolte et s'écarte en bondissant d'une quarantaine de mètres, puis se retourne et s'assoit, le soleil bas du matin la dessinant en silhouette dans une brume dorée.

— Ça ne se justifiait pas ! hurle Elle-S'égosille tandis que la femelle soignante revient d'un pas tranquille. Crois-tu vraiment qu'elle allait essayer d'abattre Tordu devant nous toutes en train de la regarder bouche bée ?

Elle-Soulage lance des regards inquiets à Elle-Segausse, qui regarde Moâ-Moâ sans rien laisser paraître.

— Moâ-Moâ sait peut-être où se trouve Le Lieu Sûr, les chapitre Elle-S'égosille, condescendante (elle doit se prendre pour une sermonneuse à présent, avec sa nouvelle tête qui en a la taille). Pour des malheureuses telles que nous, *peut-être* est déjà pas mal. Elle a sans aucun doute bavardé avec suffisamment de parleuses en pensée pour savoir à quel point nous voulons aller là-bas. Eh bien, le voilà, le fameux guide. Qui, naturellement, a son prix. C'était tout ce qu'elle essayait de nous dire à l'instant : qu'elle a son prix. Un grondement aurait suffi à la dissuader d'avancer davantage.

La femelle soignante grogne.

— Mais nous sommes différentes des autres familles, poursuit Elle-S'égosille. Nous avons été séparées d'une petite femelle, et la trouver nous importe plus que de trouver Le Lieu Sûr. Sa voix se fait stridente et sarcastique. Nous faisons très grand cas de nos jeunes *femelles*, ce n'est un secret pour personne !

Un groupe de vautours part en se dandinant, les ailes déployées, vers des rochers plus éloignés, et Elle-S'égosille se tait pour se ressaisir – ce qu'elle fait, comme jamais elle n'aurait pu le faire avant que sa tête se développe, presque instantanément.

— Moâ-Moâ, poursuit-elle, a marché dans les excréments de notre précieuse petite femelle. Elle peut nous y mener. Ou du moins à l'endroit où ils se trouvaient. Ce qu'elle demande en contrepartie, c'est que nous lui *cédions*. Nous la tolérons parmi nous. Et puis nous relâchons notre vigilance un instant pour qu'elle puisse tuer Tordu.

— Quoi ? rugit Elle-Soulage.

— *Me* tuer ? piaille Tordu.

— Evidemment, elle pourrait attendre simplement qu'il s'effondre, dit Elle-S'égosille. C'est l'autre possibilité. Dans un cas comme dans l'autre, elle a l'avantage d'être en forme. Tandis que nous nous ratatinons.

— Tuer Tordu ? beugle Elle-Soulage, qui de toute évidence a carrément oublié qu'elle ne devrait pas répondre.

Elle-S'égosille soupire.

— Je ne propose pas que nous laissions la chose arriver. Nous cédons à Moâ-Moâ, comme nous l'a recommandé Elle-Mesure. Nous lui cédons, mais pas seulement jusqu'à ce que nous trouvions Lit de Dattes, jusqu'à ce que nous trouvions comment parvenir au Lieu Sûr.

Un grondement révolté s'élève. C'est Elle-Segausse, dont la trompe et les yeux restent fixés sur Moâ-Moâ.

— Nous ne pouvons pas lui laisser croire que nous lui donnerons Tordu, dit-elle avec calme. C'est trop dangereux.

— Pour quelle autre raison nous aiderait-elle ? hurle Elle-S'égosille.

— Quand je laisserai tomber mon nouveau-né – son regard se tourne vers Elle-Soulage, comme si c'était elle qui avait posé la question – elle pourra le prendre.

— Non ! rugit la femelle soignante.

— *Ça*, c'est une idée, dit Elle-S'égosille, qui de toute évidence ne paraît surprise ni par l'atroce proposition, ni par le fait que la matriarche semble avoir une conversation avec elle, même de façon aussi détournée. Reste le problème de le lui *proposer*.

— Nous lui laissons *croire* qu'elle peut avoir le nouveau-né ! beugle Elle-Soulage. Nous lui laissons simplement *croire*. C'est ça, Elle-Snobe ? Elle pousse gentiment Bourbe, Bourbe hoche la tête, sans trop savoir, et la femelle soignante s'épanouit. Nous lançons une gousse vide* au corpslong ! braille-t-elle. C'est ça ?

Elle-S'égosille arrache une touffe d'herbe.

— Tout ce travail mental m'épuise, dit-elle. Si je dois être la seule à réfléchir, il me faudra au moins deux fois plus de nourriture que ce à quoi j'ai eu droit jusqu'à maintenant.

Après une bonne heure à brouter, Elle-S'égosille dit : "C'est le moment d'en savoir plus", et elle s'avance d'un air important vers Moâ-Moâ. Le guépard s'enfuit.

* Une expression proche d'"en laisser accroire à quelqu'un", tromper.

— Reste où tu es ! ordonne Elle-S'égosille. Moâ-Moâ s'arrête, jette un coup d'œil par-dessus son épaule. Reste ! Reste ! Reste ! braille Elle-S'égosille.

Moâ-Moâ s'assoit. Quand Elle-S'égosille est suffisamment près, Moâ-Moâ tend la patte. Juste au-dessus de cette scène, sur fond de nervures de soleil tarabiscotées, tournoient des vautours, dans l'attente de la catastrophe.

— Non, pas de ça ! Elle-S'égosille repousse la patte. Maintenant fais attention !

Et elle se lance dans une série de gestes et de bruits si explicites et endiablés que Tordu bêle : "Qui c'est ?" Qui, en effet ? Elle se touche le ventre, grogne, désigne Elle-Segausse, s'accroupit, grogne, pousse des cris perçants d'éléphanteau, tapote la patte droite du guépard, montre les quatre horizons, tape du pied, désigne de nouveau Elle-Segausse, puis répète la séquence. Si elles ont jamais douté qu'elle ait hérité du don des Elle-A-Et-A, comme elle le leur a raconté, maintenant le doute est levé, car c'est avec ce genre de numéro que certains membres non télépathes de cette famille-là établissaient une communication rudimentaire avec d'autres créatures. Dans une démonstration virtuose à sa manière, Moâ-Moâ suit aussitôt les mouvements. Quand ils cessent elle se lève, secoue la patte trois fois, émet une vibration saccadée et commence à s'éloigner au petit trot.

— Stop ! hurle Elle-S'égosille.

Moâ-Moâ s'arrête.

Elle-S'égosille se retourne.

— Elle accepte le marché ! lance-t-elle. L'endroit où elle veut nous emmener est un bassin, à trois jours d'ici. Quand dois-je lui dire que nous partirons ?

Et même maintenant, puisant à quelle réserve d'acharnement ou de colère, Bourbe ne peut l'imaginer, la matriarche refuse de répondre.

— Alors ? demande Elle-S'égosille.

La matriarche jette un bref regard vers l'ouest.

— Au crépuscule, lance Elle-S'égosille, aussi formelle que si Elle-Segausse avait grommelé les mots. Ça *me* va. La plaine est en feu, là-bas !

Moâ-Moâ se dirige nord-nord-est. Si on peut lui faire confiance (et il est probable que l'on puisse, au moins pour ce qui est de savoir où elle a marché dans les excréments de Lit de Dattes), elle leur a épargné un voyage inutile jusqu'à l'autre bout de La Jonchée. Cela suffit à rendre sa compagnie supportable – même pour Elle-Soulage, qui, chaque fois qu'elles s'arrêtent pour permettre à Tordu de se reposer, tolère qu'elle revienne au petit trot comme pour établir la raison de ce retard. Mais l'appétit de Moâ-Moâ pour la chair d'éléphanteau n'est pas moins perceptible que sa puanteur, et elles ne sont pas dupes. Le bébé de Bourbe ne l'est pas non plus. Quand Moâ-Moâ s'approche, le ventre de Bourbe proteste violemment, et il vient à l'idée de celle-ci que c'est *son* bébé, et non celui de la matriarche, qui a été offert comme monnaie d'échange, et cette pensée l'affole à cause de sa prière : Faites que ce soit le mien qui périsse à la place du sien.

Quand elles circulent, Moâ-Moâ se place à une vingtaine de mètres en avant. Parfois, son torse apparaît flottant entre les rochers, mais c'est sa puanteur qui les guide, et c'est une expérience étrange et épuisante d'être menées par une odeur qui vous fait frémir. Bourbe marche derrière Elle-Soulage et Tordu, qui suivent Elle-Segausse. Elle-S'égosille marche comme avant, de front avec la matriarche et à une vingtaine de mètres à sa gauche. Mais alors qu'auparavant elle geignait et avançait pesamment, maintenant elle se déplace en silence, la trompe haute. Elle jette de fréquents coups d'œil autour d'elle... à l'affût de quoi que ce soit de blanc, suppose Bourbe, qui se demande si elle a l'intention de continuer à prétendre que la côte de rhinocéros qu'elle a trouvée était l'os blanc. Elle se demande, jalouse, à quel point l'œil d'Elle-S'égosille est devenu plus exercé. Aperçoit-elle, aussi nettement que Bourbe, le spectacle au-dessus de leurs têtes ? D'un horizon à l'autre brillent les milliers d'étoiles qui font de cette nuit une "nuit de mémoire".

Au sol règne une atmosphère qui pourrait être une réponse respectueuse, tout est tellement silencieux. Bourbe a l'impression de traverser la nuit en toute innocence : Tordu, les femelles et elle étant les premières créatures qui, avec leurs soupirs, le grondement de leur ventre et leurs doux grommellements, sont en train de composer un répertoire de bruits nocturnes, des bruits qui finalement s'échapperont de créatures non encore créées. En chemin, elles ne trouvent pas de nourriture et, excepté ces courtes pauses pour le bien de Tordu, marchent d'un pas régulier jusqu'un peu avant le lever du soleil, quand Elle-S'égosille déclare qu'elle a besoin de se fortifier. Elle convoque Moâ-Moâ et se lance dans une nouvelle suite de gesticulations et de grognements, au bout de laquelle Moâ-Moâ bat le sol de sa queue et désigne plusieurs directions,

Elle-S'égosille se tourne alors vers eux et signale qu'il y a de quoi manger au nord, un bosquet d'acacias, et qu'il y a de l'eau aussi, sous une rigole.

Cette traduction, tout comme la première, paraît à Bourbe incroyablement détaillée. Elle demande à la femelle soignante d'interroger Elle-S'égosille pour savoir si elle entend les pensées du guépard. Un peu plus tard, pendant un de leurs temps de repos, alors que la matriarche s'éloigne pour se gratter contre une termitière, Elle-Soulage pose la question à Elle-S'égosille. Et s'entend répondre brutalement : "Imbécile ! Ne crois-tu pas que je vous le dirais dans ce cas ? Crois-tu que je me mettrais à la torture pour chercher une trace quelconque d'un éléphanteau qui n'est même plus en vie !"

Ce n'est pas un *bosquet* d'acacias, mais quatre arbres rabougris dans une clairière formée lorsque quelqu'un, certainement un humain, a poussé une bonne douzaine de rochers en tas. Tout de même, les arbres *sont* des acacias, pas entièrement dépouillés de leur écorce, au pied desquels pousse une variété d'herbe sèche inconnue dont Elle-Soulage goûte un brin avant de la déclarer sans danger et délicieuse.

— Comment sais-tu, *toi*, ce qui est délicieux ? dit Elle-S'égosille, qui en replie une touffe dans sa bouche. Elle n'est pas comestible, reconnaît-elle après l'avoir avalée. Elle en attrape une seconde touffe qu'elle se met à mâcher, lorsqu'elle aperçoit la matriarche flairant la rigole qui traverse la clairière. En criant : C'est *moi* qui vais trouver de l'eau ! elle se précipite vers la rigole et se met à forer. Elle creuse cinq trous avant de repérer un suintement. La matriarche d'abord ! crie-t-elle joyeusement quand le creux s'est rempli.

Elle-Segausse vacille un peu, ses hanches maigres craquent comme des arbres. Elle s'avance vers une petite éminence pour transmettre ses appels infrasonores à Lit de Dattes… du moins c'est ce que suppose Bourbe. Mais, tout comme Bourbe, la matriarche semble avoir abandonné cette corvée. Quel intérêt si les appels lancés par Elle-S'égosille – qui n'était même pas tellement loin – n'ont pas réussi à passer ? La tête et la trompe baissées, Elle-Segausse reste simplement là jusqu'à ce que tous aient bu, et puis elle revient et boit à son tour. Au moins elle *admet* l'existence du trou d'eau, ce qui n'était pas certain vu qu'une femelle qui n'est pas censée exister l'a repéré.

En fin de matinée, il n'y a plus de nourriture. Herbe, racines, écorce, branches, elles ont tout mangé. Elles se retirent, toujours affamées, vers la bordure d'ombre du côté ouest du tas de rochers. Moâ-Moâ se prélasse par terre comme si la chaleur terrifiante, les mouches et le sable noir qui vole étaient exactement son élément. Elle n'a pas besoin d'eau, pense Bourbe, abasourdie, mais dès que tout le monde est couché, le guépard femelle se glisse vers le trou et boit à longs traits. Puis elle s'assoit et commence à se lécher la patte gauche, avec l'air de vouloir s'installer là.

— Trop près ! barrit Elle-Soulage.

Moâ-Moâ piaule d'une voix suppliante.

Elle-S'égosille se lève. Sans changer de place, elle tourne en rond, dresse et agite les oreilles, et Moâ-Moâ assiste à tout cela la tête penchée, puis s'éloigne pour aller se jucher sur un rocher et scruter l'horizon en quête d'une proie. Au cours de l'après-midi, elle attrape un lézard et deux pintades. L'odeur qui s'échappe des entrailles béantes révèle la nature de la victime, bien que Bourbe puisse voir aussi les cadavres. Tout comme Elle-S'égosille. D'un ton amusé, celle-ci rend compte de la capture…

— Elle a détaché la tête d'un coup de dents, elle jette le torse en l'air. Là ! Voilà le torse !

Quand approche le crépuscule, au moment où ils se mettent en route, un phacochère furieux charge dans leur direction. Il trotte juste à côté de Moâ-Moâ, assez près pour qu'elle le touche. Elle l'observe du coin de l'œil, avec une attitude de vague curiosité. En poussant des cris stridents d'une hystérie insensée, le phacochère passe d'un bond entre Elle-S'égosille et Elle-Segausse et poursuit son chemin. Il a l'esprit si évidemment dérangé que personne n'en parle. Personne ne parle non plus de l'autre fait évident. Tous connaissent le dicton : "Les trois choses les plus néfastes sur lesquelles on peut tomber : une elle-il à trois pattes, un lunatique borgne, un grogne fou."

Après moins d'une heure de marche, La Jonchée commence à laisser place à des broussailles habitées, à des bruits nocturnes – hululements, caquètements, aboiements – et à l'odeur de massacre et de carcasses pourrissantes. Moâ-Moâ essaie d'accélérer le pas, mais avec Tordu tout juste capable de se tenir debout, la vitesse est hors de question. Aussi revient-elle en courant pour marcher entre Elle-Segausse et Elle-S'égosille, à quelques mètres en avant seulement, et Elle-Segausse l'y autorise. De si près son odeur terrifie le bébé de Bourbe, qui se met à lui donner des coups de pied pour sortir, voilà ce qu'il ressent.

Ce soir, la destination est une paire de baobabs. Moâ-Moâ a communiqué à Elle-S'égosille que les arbres étaient encore debout il y a quinze jours, et qu'il y avait de l'eau dans une mare voisine. A cause du phacochère fou, Bourbe s'attend à ne rien trouver de tout ça et s'étonne quand, estampillés sur fond de soleil levant, elle distingue les formes des arbres bien-aimés. Que la mare s'avère complètement à sec est la mauvaise fortune du phacochère, assure Elle-Soulage à tous, son début et sa fin.

L'un des arbres est entièrement évidé, mais l'autre seulement en partie. Elles remettent à plus tard le moment de chercher de l'eau et plantent leurs défenses dans la pulpe, la matriarche et Elle-S'égosille passant en premier, Bourbe et Elle-Soulage attrapant tout ce qui tombe et prenant leur tour brièvement chaque fois que les deux plus grandes femelles s'arrêtent pour mâcher. Il reste encore un peu de pulpe dans la cavité quand Elle-Segausse se met à chercher l'odeur de l'eau au creux de la mare. Au bout d'un quart d'heure, elle déclare qu'elle est desséchée. Elle-S'égosille se met à flairer et ne réussit pas davantage. Elle confère alors avec Moâ-Moâ et annonce qu'elles risquent de ne pas boire avant l'aube du lendemain, quand elles devraient avoir atteint un petit bassin d'eau douce. "Je ne sais pas comment je vais tenir jusque-là", geint-elle.

Comment Tordu tiendra-t-il ? Sans eau dans le ventre, Elle-Soulage est incapable de régurgiter quoi que ce soit. Son lait s'est tari mais Tordu continue à tirer sur ses mamelles flétries. Elle le nourrit de pulpe de baobab mâchée. Il la recrache en toussant. Il ne supporte que les liquides. Elle fait tomber goutte à goutte de la salive dans sa bouche, et quand sa bouche est sèche, Bourbe donne ce qu'elle peut de sa salive et s'aperçoit que les lèvres de Tordu écument. Pour retrouver du lait, il faut à Elle-Soulage du papyrus ou de la sansevière. Tout au long de l'après-midi elle lance d'incohérents mugissements à travers la plaine, comme si elle pouvait rappeler les marécages et les rivières, et Moâ-Moâ, assise sur la carcasse d'un crocodile, semble comprendre que cette rage ne lui est pas destinée et demeure où elle est.

La marche, cette nuit-là, leur fait emprunter une des pistes de gravier appréciées des véhicules. Ils la suivent parce que c'est un parcours facile, plat et sans rochers, mais quand Elle-S'égosille entend un rugissement au loin, ils bifurquent vers l'ouest et continuent dans cette direction pendant plus d'un kilomètre avant de reprendre leur route vers le nord-est. Ils croisent un petit troupeau de buffles, trop apathiques pour faire davantage que s'écarter de quelques pas nonchalants. En croisant un vieux mâle, Bourbe est égratignée de l'épaule à la croupe par la pointe de sa corne. Elle ne se sent pas violée, mais prise en compte : elle a une certaine forme et une certaine longueur, elle bouge. Elle vit.

Elle est somnambule et rêve. Ou ce ne sont pas des rêves, ce sont des visions que l'épuisement distend en rêves. Tous parlent de débâcle. Carcasses, squelettes. Coups de feu, et les femelles qui ont été touchées tombant avec cette soudaineté presque comique. Elle bascule dans un souvenir du massacre au Marécage du Sang. Ses barrissements stoppent la marche. Elle-Soulage la convainc de manger de la cendre d'herbe froide, et l'effet est immédiat, la retenant pour plusieurs heures dans le triste temps présent.

Cette nuit-là, ils font autant de bruit que n'importe quelles créatures. Tordu pleurniche, et Elle-S'égosille est revenue à sa vieille habitude de doléances geignardes. Elle prétend souffrir de ses crises, mais elle avance d'un pas alerte, la tête et la trompe hautes. Par deux fois, elle file inspecter des formations de rochers circulaires à peine visibles aux yeux de Bourbe, et des kilomètres avant même que la matriarche semble en percevoir l'odeur, elle annonce la proximité de lions et d'hyènes. Les lions, elle les sent presque en même temps que Moâ-Moâ, qui les craint plus que tous les autres carnivores. "Nous te protégerons !" crie Elle-S'égosille, comme si Moâ-Moâ était leur compagne plutôt qu'un exploiteur meurtrier. Elle prévient que la lenteur de leur allure risque d'inciter Moâ-Moâ à les abandonner, mais quand Elle-Soulage commence à trébucher d'épuisement, c'est Bourbe qui propose de continuer à pousser Tordu. Elle doit rouler sa trompe entre les postérieurs de l'éléphanteau et mi-pousser, mi-soulever. Elle n'a jamais rien fait qui demande autant d'énergie. Elle ne peut imaginer comment la pourtant gaillarde Elle-Soulage y est parvenue pendant tant de kilomètres. C'est ça l'amour, pense-t-elle, la marque de sagesse d'Elle-Soulage : être féroce quand c'est nécessaire, abandonner dès l'instant où ça ne sert plus à rien. Au fil des heures, tandis que Tordu et elle continuent à aller de pair, elle commence à croire que le choix entre un attachement féroce et l'abandon est le choix indispensable. On traîne l'éléphanteau ou on l'abandonne. On reste avec le nouveau-né de sa défunte sœur sous le baobab évidé, ou on l'allaite une dernière fois avant de filer.

Il lui vient à l'idée que c'est de la folie, pour quatre femelles et un petit, de s'aventurer dans une quête presque sans espoir d'un seul éléphanteau. Cette pensée ne fait que lui traverser l'esprit. Mais elle le traverse.

Juste avant l'aube, Elle-Soulage la décharge de Tordu. Bourbe a perdu toute sensation dans sa trompe, qui reste roulée quelques instants puis s'élève toute seule comme si elle avait des ailes. Sa patte folle ne sent plus rien, est impossible à étirer. "Nous sommes presque arrivés", se dit-elle. C'est faux. Ils continuent à marcher, poursuivant leur route à partir du bassin miniature où ils étaient censés boire. Ce n'est pas que Moâ-Moâ les a trompés. Il y avait de l'eau il y a quelques jours encore, ils en sentent les vestiges et la voient dans le ruché de jeunes herbes flétri ourlant le bord du bassin. Et pourtant les trous que creusent les femelles restent secs.

Le soleil monte dans le ciel. Des aigrettes apparaissent et se posent sur la peau à vif de leur échine. Chaque mouvement de ces petites pattes-là font comme des épines s'enfonçant dans leur chair. Le vent se réveille et aspire la poussière en tourbillons qui s'écrasent contre leurs pattes, avec malveillance, dirait-on. Là où la chaleur a fendu la terre, au fond de plusieurs des plus larges fissures, s'entassent des os. Elle-Segausse s'arrête, fouille dans une de ces fissures et en sort un minuscule crâne de singe dont l'odeur, comme celle de Lit de Dattes, est délicate, agréable et incertaine. Elle-Segausse caresse le crâne. Elle le suspend au bout d'une de ses défenses et l'examine de cet angle. Puis elle le fracasse contre un rocher.

Le soleil est presque au zénith quand elles arrivent à l'endroit où Moâ-Moâ a marché dans les excréments de Lit de Dattes – un petit bassin entouré de rondins blanchis. Au centre du bassin se tiennent cinq gazelles de Grant qui viennent souffler à leurs pieds. D'ordinaire un guépard ne les effraierait pas, mais elles sont à peine plus que le squelette de ce qu'elles sont d'habitude, et quand Moâ-Moâ se ramasse sur elle-même dans sa posture de chasse, elles font volte-face et s'éloignent en bondissant. A présent, à l'endroit où elles étaient, on aperçoit le cadavre couvert de mouches d'un faon nouveau-né.

— Je sens de l'eau ! s'écrie Elle-S'égosille.

Elle passe à toute vitesse devant le cadavre que Moâ-Moâ entreprend déjà de tirer vers les rondins.

En passant devant le guépard et le faon, Elle-Segausse gronde mais ne s'arrête pas. Elle flaire avec concentration. Elle va à l'autre extrémité du bassin et s'avance dans la plaine. Bourbe, Elle-Soulage et Tordu la suivent. Devant d'anciennes traces de grattage d'une autruche, elle s'arrête et ramasse quelque chose.

Un bout de crotte, dure et noircie.

— De quand est-elle ? demande Bourbe.

— Trente-cinq jours, murmure Elle-Segausse. Peut-être plus.

Elles flairent le morceau, muettes d'émerveillement. Il est si précieux et si dérisoire. Elle-S'égosille, qui a déjà foré un suintement, arrive et fourre sa trompe au milieu de celles des autres.

— Trente-sept jours exactement, juge-t-elle, agacée.

Elle-Segausse élève le morceau devant son œil. Le met dans sa bouche. Elle refuse de boire et se met à flairer alentour pour trouver un indice signalant où Lit de Dattes s'en est allée.

— Je ferai ça plus tard ! hurle Elle-S'égosille. Je peux le faire !

C'est Moâ-Moâ qui se retourne.

— Ce n'est pas à toi que je parle ! hurle Elle-S'égosille, d'une voix presque affectueuse.

Un brusque mouvement de tête, et Moâ-Moâ fixe son attention sur Tordu.

— Qu'est-ce que tu regardes comme ça ! rugit Elle-Soulage.

Moâ-Moâ se remet à déchirer le faon à belles dents. Là-bas dans la plaine, les gazelles l'observent.

— Trente-sept jours ! crie Elle-S'égosille, tandis que tous sauf Elle-Segausse reviennent vers le centre du bassin. J'aimerais bien que quelqu'un m'explique à quoi nous servirons à Lit de Dattes si nous ne sommes plus que des cadavres quand nous la trouverons ! Elle jette un bref regard à la matriarche et baisse la voix. *Si* nous la trouvons. Cela fait quarante-deux jours que nous cherchons. Vous vous rendez compte ? Quarante-deux jours, à errer comme des nouveau-nés égarés. Au trou, elle boit à longs traits puis dit : Je ne sais pas pourquoi tu supportes ça, Elle-Soulage. De voir Tordu souffrir ainsi.

— Lit de Dattes est perdue, marmonne la femelle soignante.

Elle et Bourbe ont creusé chacune leur trou et attendent qu'ils se remplissent.

— Oh ! Elle-S'égosille laisse échapper un rire aigu, dément. Et nous, non ? Elle boit encore et se douche. Quand mon crâne a grossi, dit-elle en faisant gicler de l'eau entre ses pattes, ma peau s'est fendue. Elle penche la tête pour montrer le sommet de son crâne à la femelle soignante. Tu vois, là ? J'ai besoin d'un de tes cataplasmes de belle-d'eau, mais quel espoir y a-t-il d'en avoir un ? A mon avis, la voie la plus sage – elle a pris son ton de sermonneuse –, la seule voie, comme notre matriarche finira par le comprendre pourvu qu'elle ne soit pas morte avant, c'est d'arrêter les recherches tout de suite et de nous faire conduire par Moâ-Moâ dans Le Lieu Sûr.

— Et si Moâ-Moâ ne sait pas où se trouve Le Lieu Sûr ? demande Bourbe.

— Dans Le Lieu Sûr, poursuit Elle-S'égosille, comme si Bourbe n'avait pas parlé, nous pouvons retrouver nos forces et puis partir et chercher encore s'il le faut. Autant qu'on le sache, Lit de Dattes y est peut-être déjà.

— Et si Moâ-Moâ ne sait pas où se trouve Le Lieu Sûr ? grommelle Elle-Soulage sans révéler, par son ton, que la question a déjà été posée.

— Elle le sait, répond froidement Elle-S'égosille, et une étrange et âpre odeur s'exhale de sa peau.

Elle-Segausse ne trouve qu'une seule piste. Soit elle arrive du nord-est, soit elle s'en va par là.

— Elle a dû laisser plus qu'une piste, dit Elle-S'égosille, mais après une brève recherche elle se plaint qu'elle n'a jamais vu un éléphanteau dégager une odeur aussi faible. Et de toute façon, que faisait-elle ici ? Il n'y a pas de nourriture. Pas un poil d'ombre. Elle se tourne vers la matriarche : Quels sont nos projets ? J'espère que ce n'est pas de continuer vers le nord-est. Citant Torrent, elle dit : Ce n'est qu'une plaine vide puis encore une plaine vide et au bout de tout ça il y a un désert. Elle se met à tapoter les verrues de sa face. Nous ne savons même pas si c'est par là qu'est partie Lit de Dattes. Ce pourrait être aussi bien par là qu'elle est arrivée.

Elle-Segausse continue à boire. Elle est si maigre que dans le fonctionnement de sa gorge et de son ventre on peut suivre le trajet de l'eau.

Son ventre est ballonné, par la faim ou le nouveau-né, Bourbe ne saurait le dire. Elle est rouge. Ils le sont tous. Ils se sont enduits du sable rouge du bassin. Ils sont d'une autre race, pense Bourbe – cuits, hérissés d'épines, fragiles comme des insectes.

— Allons-nous au nord-est ? insiste Elle-S'égosille.

Pas de réponse.

Elle-S'égosille hoche la tête. Ils vont au nord-est, a-t-elle conclu. Elle se tourne vers Elle-Soulage.

— C'est la pire sécheresse de mémoire de vivant, dit-elle. Son ton mesuré laisse entendre que la femelle soignante et elle voient les choses du même œil. Et le projet c'est de partir vers un désert.

Elle-Soulage regarde Elle-Segausse.

— Y a-t-il de l'herbe à piquants dans ce désert ? beugle-t-elle.

L'huile d'herbe à piquants stimule la lactation.

— Je ne me rendrai pas dans Le Lieu Sûr, dit Elle-Segausse, en sachant que Lit de Dattes risque d'être vivante et perdue.

— Moi non plus, dit Bourbe. Dans sa honte, elle pleure. La fidélité de la matriarche à Lit de Dattes est inébranlable tandis que la sienne a vacillé.

Elle-S'égosille virevolte vers Elle-Soulage.

— Et toi, qu'as-tu à dire ? crie-t-elle.

— Y a-t-il de l'herbe à piquants dans ce désert ? grommelle la femelle soignante.

Dans leur dos, au sud-ouest, la terre se consume sous le soleil rouge et bas. Devant c'est une clarté gaspillée sur tant de vide. On ne voit pas de buissons au nord-est, pas d'arbres sinon deux euphorbes arborescentes vénéneuses. Est-ce la bonne direction ? Comme si elle n'en croyait pas ses yeux, Moâ-Moâ ne cesse de jeter de brefs regards autour d'elle. Elle se perche sur des termitières pour les attendre, le regard posé sur Tordu. Ce n'est plus elle qui mène, et pourtant elle marche devant.

Elles ne l'ont pas chassée parce que Elle-S'égosille les a convaincues qu'elle est leur meilleur espoir d'atteindre Le Lieu Sûr, qu'elles se servent d'elle maintenant ou attendent d'avoir trouvé Lit de Dattes. Avant de quitter le bassin, Elle-S'égosille a tournoyé au cours d'un nouvel entretien avec le guépard, et leur raconta ensuite qu'elle avait amené Moâ-Moâ à croire que le marché (le nouveau-né d'Elle-Segausse en échange de l'emplacement des excréments de Lit de Dattes) serait honoré.

— Mais, dit-elle, pour qu'elle nous mène dans Le Lieu Sûr, j'ai dû passer un autre marché, et j'ai promis le nouveau-né d'Elle-Snobe.

La matriarche, qui n'avait pas laissé voir qu'elle écoutait, se tourna alors vers Bourbe.

— Il se peut que nos nouveau-nés tombent avant que nous atteignions Le Lieu Sûr, fut tout ce que répondit Bourbe.

Il fallait signaler la possibilité, pensait-elle, qu'elles puissent être réellement contraintes d'honorer leurs marchés ou sinon perdent Moâ-Moâ et presque tout espoir de trouver Le Lieu Sûr. En entendant sa voix paisible, dans laquelle aucune objection aux marchés n'était perceptible, Bourbe comprit qu'elle avait pris parti – entre Lit de Dattes et son nouveau-né, elle choisissait Lit de Dattes – et elle se sentit justifiée et méritante, et elle se sentit infiniment ignoble.

— On ne marchande pas avec Tordu ! avertit Elle-Soulage.

— Ne t'en fais pas, grommela Elle-S'égosille.

Pendant ce qui restait de l'après-midi, ils se reposèrent.

Elle-Soulage, Tordu et Elle-Segausse dormirent. Bourbe s'allongea sur le flanc droit et surveilla Moâ-Moâ. Ayant dévoré le faon, celle-ci aspergeait certains rondins de son urine. Choisir un rondin et un point sur le rondin paraissait exiger de réfléchir longuement et de le flairer avec inquiétude. Ici ? *Ici ?* Dans la plaine brûlante, la famille du faon attendait… une occasion de pleurer les os, supposait Bourbe.

Elle-S'égosille, qui était elle aussi couchée face au guépard, geignait sans arrêt mais en sourdine. De temps en temps, elle jetait un coup d'œil à Bourbe, et chaque fois paraissait exaspérée de la trouver éveillée, comme si Bourbe écoutait ses tourments d'une oreille indiscrète. Elle se plaignait d'être affamée, dédaignée, mal en point, méprisée, accablée, et plus intelligente que les autres. Elle disait qu'elle était lasse de ce combat. "Combien de temps encore ?" demanda-t-elle à un moment, et imaginant qu'elle se demandait quand elle serait soulagée de cette vie, Bourbe lui répondit en silence : "Bientôt."

En fin d'après-midi, avec dans le ventre seulement de l'eau et de la terre, ils quittèrent le bassin. La matriarche partit sur un rythme lent par égard pour Tordu et Elle-Soulage. Par égard pour tout le monde. Pour garder l'esprit occupé, Bourbe comptait ses pas. Maintenant que la lumière s'en va, elle se surprend à s'endormir. Au moindre bruit inattendu, elle se réveille en sursaut, étonnée de ne pas avoir changé de cap en somnolant. Il y a des lions tout près, et des chiens sauvages. Lorsqu'une troupe de lions passe sur leur gauche, Moâ-Moâ revient se placer entre Elle-Segausse et Elle-S'égosille. Les chiens s'approchent et regardent autour d'eux de leurs yeux étincelants. Les chiens entretiennent un feu qui couve dans leur crâne.

Il y a des feux au sol, allumés par des lucioles (soupçonne Elle-Segausse) parce que ni elle ni Elle-S'égosille ne perçoivent l'odeur des humains, bien qu'il soit difficile de sentir des odeurs à travers la fumée. Pareilles à mille fleurs tombées, les flammes éparpillées voltigent là où le chaume de quelque misérable végétation a survécu. Entre les flammes filent des bandes de calaos. "Ils me rendent folle !" braille Elle-S'égosille, on ne sait trop pourquoi. Les calaos poursuivent les insectes roussis dont l'odeur (seule Elle-S'égosille est capable de la distinguer de l'odeur générale de fumée) la rend folle, elle aussi. La chaleur la rend folle. Elle geint que c'est plus qu'elle n'en peut supporter. Plus tard, quand les feux sont derrière eux, le froid est plus qu'elle n'en peut supporter. "Mes pieds !" gémit-elle. On pourrait croire que les temps de repos la réjouiraient mais quand on fait halte, elle crie : "Encore ? Déjà ?"

Après le septième arrêt, au beau milieu de la nuit, Bourbe propose de porter Tordu un moment. Elle est en train de le hisser sur ses pieds quand Elle-S'égosille barrit qu'elle a senti une odeur de tubercules. Tout le monde attend pendant qu'elle cherche. Bourbe s'endort. Et se réveille pour découvrir Tordu qui cherche à la téter. Elle le repousse et, ce faisant, sent le lait. Elle touche la tétine et porte l'humidité à ses lèvres. "J'ai du lait !" barrit-elle. Tordu prend possession de l'autre tétine.

Elle-Soulage et Elle-Segausse se précipitent vers elle. Elles reniflent ses mamelles.

— Le premier lait ! rugit la femelle soignante.

Elle-S'égosille, qui mâche des tubercules, s'approche mais ne touche pas Bourbe et ne parle pas.

— Comment est-ce possible ? dit la matriarche.

Elle pince une mamelle, du lait gicle.

— C'est le premier lait ! barrit la femelle soignante. Le premier lait ! Tu as entendu Elle-Traite en parler. Elle se dresse sur ses postérieurs (et Moâ-Moâ qui s'est approchée furtivement s'enfuit ventre à terre). Le premier lait ! Elle tourne en rond. Elle ne se possède plus. Le premier lait !

— Oui, mais pendant une sécheresse, dit Elle-Segausse.

— L'Elle nous a bénis ! barrit Elle-Soulage. L'Elle est bonne. L'Elle est grande. Jubilation ! Elle-Snobe est notre sauveur !

— Je n'irais pas jusque-là, dit la matriarche avec un peu de son ancienne drôlerie. Elle laisse tomber sa trompe sur la tête de Bourbe. Mais il est vrai que tu l'as sauvé, lui.

— Petit Tordu, dit Bourbe. L'impression d'aspiration, qui s'étend loin dans sa poitrine, n'est pas désagréable mais ne paraît pas non plus totalement inoffensive. On la vide, après tout. Ce n'est que du lait, se dit-elle. Ce n'est pas du sang. Ce n'est pas de la mémoire.

Le soleil et la lune sont en guerre, bien que cela ne se sache pas encore. Lorsqu'un grand bienfait et une grande tragédie surviennent à quelques heures d'intervalle, alors on le sait. Dans les combats entre la sainte Mère et Son fils dissolu, ces événements extrêmes sont les conséquences accessoires, les résidus.

Pour le moment, cette nuit il n'y a eu que des bienfaits. Le lait. Les tubercules, en quantité suffisante pour calmer leurs crampes d'estomac. Plus tard, quand elles ont encore avancé de cinq mille pas (Elle-Soulage traînant Tordu parce que dès que Bourbe prend le relais il essaie de téter), le sol s'ameublit et dans une rigole sablonneuse elles creusent des trous d'eau. Pendant que Bourbe attend que le sien se remplisse, Tordu tète. Déjà, à la façon qu'il a de tirer sur la mamelle, elle sent qu'il est plus vigoureux.

Des touffes d'herbe de feu amère mais comestible poussent aux alentours, et la matriarche met fin plus tôt à la marche nocturne afin qu'elles puissent se nourrir et fêter ça. Elles chantent tout en mangeant. *La Chanson de la mamelle gonflée* et un hymne d'action de grâces : "Viens, Fontaine de tous les bienfaits ! Emplis ma trompe pour faire retentir Ta Grâce..." Etrangement, Elle-S'égosille, dont le cri perçant et faux domine n'importe quel chœur, ne se joint pas à elles. Elle se nourrit à l'écart, de buissons d'aubépines, et parle toute seule d'une voix plaintive et inintelligible. Non loin d'elle, Moâ-Moâ est assise et de sa gorge sort un bruit de brindilles que l'on casse.

L'herbe de feu est un calmant puissant pour des femelles affaiblies comme elles le sont, et Bourbe, Elle-Soulage et Elle-Segausse sont obligées de s'allonger alors qu'il fait encore nuit et qu'elles sont toujours affamées. Tordu se couche entre les pattes de Bourbe, la trompe posée sur sa mamelle droite. Elle-S'égosille continue à brouter les buissons d'aubépines. Elle tiendra Moâ-Moâ à l'œil, pense Bourbe, et pourtant elle n'est pas tranquille et grommelle à Elle-Segausse :

— Matriarche, je vais essayer de rester réveillée.

— J'ai cette étrange sensation derrière les yeux, murmure Elle-Segausse.

Bourbe se souvient de Grêlons leur disant – quelques heures à peine avant le massacre – qu'Elle-Demande avait une sensation derrière les yeux.

— Cette sensation d'avertissement ? demande-t-elle.

— Oui.

— Qu'est-ce que ça veut dire ?

Mais la matriarche ronfle déjà.

Alarmée, Bourbe se relève tant bien que mal, à présent bien décidée à combattre le sommeil. Elle y succombe quand même. Elle rêve de Lit de Dattes : toutes deux pataugent dans les laitues d'eau d'un marécage qui se transforme en un pré de graminées, et Lit de Dattes dit avec son sérieux habituel : "Il faut que tu comprennes que nous ne sommes pas où nous croyons être", et quand elle se retourne Bourbe voit qu'elle n'a pas de trompe, par le trou où devrait se trouver la trompe le vent souffle, et un nouveau-né crie : "Maman !"

Elle se réveille. Tordu est parti. Un vent vagabond souffle, il éparpille ses cris, qui viennent du nord, puis de l'ouest, puis du nord-est.

— Tordu ! barrit-elle.

Elle-Soulage et Elle-Segausse se réveillent.

— Tordu ! rugit la femelle soignante.

— Où est Elle-S'égosille ? demande Elle-Segausse.

Bourbe est tellement étonnée que la matriarche prononce le nom de la femelle bannie, qu'il lui faut un moment pour se rendre compte qu'Elle-S'égosille n'est pas là. Elle scrute l'obscurité.

— Où est Moâ-Moâ ?

Elle-Soulage s'élance vers le nord. Elles se précipitent derrière elle en évitant une pintade levée par ses beuglements. L'odeur de Tordu et ses appels arrivent maintenant de toutes parts. Le vent gémit. Comment Elle-Soulage peut-elle savoir où aller ? Par une quelconque grâce accordée aux mères terrorisées, elle sait. Elle va droit sur lui.

Il est assis sur son derrière près du bord d'un escarpement.

— Elle-S'égosille est là en bas ! crie-t-il, en repoussant leurs trompes d'un coup d'épaule.

— Quoi ? rugit la femelle soignante.

Bourbe s'avance et regarde par-dessus bord. Le fond, tout enténébré, est loin. Sa vision d'Elle-S'égosille lui revient. “Elle est *tombée*”, pense-t-elle, comprenant enfin la raison du crâne défoncé.

— Elle est passée par-dessus bord ! crie Tordu.

— Par-dessus bord ? rugit la femelle soignante.

— Elle est peut-être encore vivante, dit Bourbe. Que sa vision ait pu se réaliser l'horrifie, comme si elle l'avait souhaité. La nouvelle grosse tête d'Elle-S'égosille… fracassée. Y a-t-il un chemin pour descendre ? se demande-t-elle tout haut.

— Tordu, comment ça : “passée par-dessus bord” ? demande Elle-Segausse.

Le précipice est à pic, la paroi de l'escarpement un seul gros bloc, à ce que peut voir Bourbe.

— Elle l'a fait exprès ! pleurniche Tordu, qui se met à sangloter. Le vent tourne et fait remonter une bouffée de l'odeur d'Elle-S'égosille dans laquelle on perçoit la fétidité mortelle.

— Ah, elle n'est plus, dit Bourbe.

XIV

Au vingt-troisième jour de Lit de Dattes aux abords de l'énorme acacia, elle a gravé cinquante-trois marques sur ses défenses (quarante sur la gauche, treize sur la droite), et passé des marchés avec trois aigles martiaux, trois mâles. Deux des aigles se sont manifestés pour la première fois le même jour – le dix-neuvième jour. Le troisième n'est arrivé que ce matin et il est déjà revenu deux fois.

Ils sont captivés par la Chose, beaucoup plus que Lit de Dattes n'aurait pu le souhaiter. Tous trois ont essayé de négocier des consultations quotidiennes illimitées, mais cela aurait rétréci le champ de leur investigation et elle a tenu bon pour une seule consultation tous les deux jours. Ils lui disent qu'il n'y a pas d'humains, de véhicules ni d'autres elles-là dans leurs territoires, et elle répond : "Allez au-delà de vos territoires." Si des humains se dirigent vers elle, elle veut le savoir. Pour une chose vue, pourvu qu'ils en rapportent la preuve (excrément, "peau*" ou bric-à-brac pour les humains ; pour les elles-là, excréments ou message), ils auront droit à des consultations quotidiennes. La récompense, s'ils trouvent et lui rapportent l'os blanc, c'est la Chose elle-même.

* Vêtements.

Ils se perchent sur un gros rocher ou sur une termitière abandonnée, et pendant qu'ils examinent leur reflet elle tient la Chose et les examine à son tour. D'aussi près, elle peut voir comment leurs pupilles se contractent avec certains sons – d'autres oiseaux, et n'importe quel bruit produit par les mangoustes naines dont la tanière se trouve dans la termitière. Ils ont des yeux jaunes aux lourdes paupières, vides d'expression, et aucune émotion n'émane de leurs corps, mais ce qu'ils ressentent se devine aisément à leur attitude. L'un d'eux ne cesse de jeter de brefs regards autour de lui, et ses ailes ne sont jamais en repos. Un autre tangue un petit peu, il paraît se pâmer devant ce qu'il voit. Le troisième est cloué sur place, sauf sa langue qui s'agite dans son bec ouvert. Celui qui est nerveux n'a presque pas de taches, et sa patte droite rentre un peu en dedans.

A quelques centimètres de distance, ce sont des individus. A plus d'un mètre, ses faibles yeux ne les différencient pas. C'est par leur odeur qu'au début elle les identifie. Celui qui est figé sur place, celui qu'elle a attiré ce matin, dégage l'odeur la plus répugnante. Dans son for intérieur, elle l'appelle Puanteur. Celui qui s'évanouit sent le marécage croupissant. Elle ne peut quand même pas l'appeler Marécage (encore que, comme Marécage, il se déplace lentement, s'envole d'un coup d'ailes paresseuses), alors c'est Pâmoison. Celui qui est nerveux, c'est Aigre.

Elle pourrait probablement en attirer plus de trois, mais une bande qui conspirerait pour lui voler la Chose l'inquiète. Cinq ou six aigles martiaux contre un éléphanteau mal en point – elle sait qui gagnerait. Et trop de spectateurs risqueraient de diminuer la netteté des images. Si appeler l'os blanc par son nom affaiblit ses pouvoirs, qui peut prétendre que regarder dans la Chose n'aura pas le même effet ? Elle-même n'y regarde pas plus de deux fois par jour, et seulement si elle est particulièrement effrayée ou découragée. Elle l'élève devant son œil gauche, le meilleur des deux, et s'adresse à l'œil dans le timbre protocolaire, en disant : "Qu'en pensestu ?" et "A l'aide", en disant : "Es-tu là ?"

Elle prend soin de fourrer la Chose sous son ventre dès qu'elle se couche. Quand elle vacille pendant ses crises de vertige, elle essaie de la garder derrière la barricade de ses pattes, et elle la coince dans un tronc de l'acacia avant de s'éloigner pour boire, pour manger ou envoyer des grondements infrasonores. Elle a conclu que la terre bloque de façon presque certaine les grondements infrasonores, et pourtant elle continue à en envoyer, deux ou trois par jour. La plupart du temps, pendant la journée, elle reste dans l'ombre épaisse de l'acacia.

Elle travaille à récupérer sa mémoire. Sa méthode consiste à choisir un souvenir fantôme et à en extirper tous les détails dont elle est sûre – l'odeur des excréments de bovidés et des lis écrasés, une brise sèche et fraîche du sud-ouest, et ainsi de suite. Puis, tour à tour, elle s'appesantit sur ces parties et s'autorise à basculer dans d'autres souvenirs que ces parties évoquent. Parfois, au beau milieu de l'un de ces autres souvenirs – même si lui aussi est incomplet –, elle se souvient d'un fragment perdu du souvenir fantôme original.

C'est une entreprise laborieuse, et qui ne la sauvera pas. Pendant qu'elle retrouve un seul fragment, des milliers d'autres lui échappent. Pour que l'effort vaille davantage la peine, elle se dit qu'une bribe de souvenir retrouvé est égale à une heure de vie. Elle se dit (et cela ne semble pas arbitraire ; cela, lui semble-t-il, va de soi) qu'on n'oublie jamais les choses qu'on est seul à avoir vues. Elle entend par là les choses en dehors de soi. Mais pas une ombre, ni un arbre, ni un caillou, car même si vous avez fait l'expérience des uns ou des autres depuis un contexte qui vous est propre, ils ont aussi été perçus par d'autres... différentes idées d'eux existent en dehors de vous. Pas un cri, non plus, ni un coup de tonnerre, ni aucun son que d'innombrables autres créatures auront remarqué. Pas même une fourmi gravissant un caillou, puisque la fourmi elle-même aura enregistré une version de ce petit événement. La palpitation d'une jeune feuille est le genre de phénomène auquel elle pense. Le craquement sourd d'une brindille mouillée dans laquelle ne demeure pas de ver. A la fin d'une longue vie vous oubliez tout, sauf qui vous êtes. Mais qui est-ce ? Que reste-t-il de vous ? Quand elle avait une mémoire parfaite et la perspective d'une longue vie, elle aurait peut-être dit que vous êtes la mesure de ce que votre nom de femelle en est venu à signifier. Elle peut imaginer (mais pas se rappeler) avoir pensé quelque chose dans ce goût-là. A présent, elle a l'intuition que vous êtes la somme des seuls événements dont vous pouvez témoigner, dont l'existence, sans vous, n'aurait pas de reconnaissance terrestre.

Elle a cessé de supplier l'Elle, mais elle rend grâce et chante des hymnes pour le plaisir d'y arriver. Aucune parole ne l'a encore abandonnée. Ses chants attirent les mangoustes. Elles lui grimpent dessus si elle est allongée. Si elle est debout, elles se rassemblent autour de ses chevilles, cavalent et bondissent, toutes sauf la plus grosse des femelles, qui s'assoit au sommet de la termitière et cherche du regard les prédateurs. Elles lui disent que la vibration de sa voix chantée soulage pendant un moment leurs démangeaisons cutanées, mais elles apprécient également les paroles. Chose incroyable, elles comprennent les paroles. Comme les autres créatures avec lesquelles Lit de Dattes parle en pensée, elles trouvent ses pensées intelligibles et son discours du charabia. Pourquoi comprendraient-elles les mots *chantés*, elle n'en a pas la moindre idée. Leur explication, qui les satisfait, c'est que les mots sont chantés. Communiquant n'importe quel type d'informations générales, elles ont tendance à chanter en chœur à pleine voix, tout le monde lançant grosso modo la même phrase et commençant et s'arrêtant grosso modo au même moment. Leur discours est un gazouillement dans lequel les mots sont répétés deux ou trois fois : "Chante, chante, chante le chant, chant sur, le chant sur le violent, violent, violent combat, combat, combat." (*Si violent soit le combat* est un hymne à la gloire de la foi face aux épreuves intolérables, mais elles pensent qu'il célèbre les batailles territoriales.)

Les mangoustes et les aigles martiaux ne pourraient s'exprimer de façon plus dissemblable. Quand ils pensent et parlent, les aigles emploient aussi peu de mots que possible. "Là." "Longtemps ?" Ils préfèrent les gestes aux paroles. "Mal, mal, mal", commencèrent par gronder les mangoustes, parce qu'elle avait volontairement attiré un aigle (elles ont l'impression que les trois aigles ne font qu'un), mais au bout de quelques jours elles s'agrippaient à ses pattes et gazouillaient : "Pardon, pardon." Les aigles sont tellement avides de se voir dans la Chose qu'ils ignorent les mangoustes, ainsi que Lit de Dattes l'avait promis. Et ils s'envolent dès que la Chose leur est retirée. Si quelque autre grand oiseau arrive dans le but de chasser, Lit de Dattes barrit, secoue sa trompe, et il s'envole aussi.

Les mangoustes lui sont précieuses. Elles sont ce qu'elle n'est pas : rapides, florissantes de santé, farouches, membres d'une famille. Bien après le lever du soleil, elles émergent de leur tanière. "Gros, Gros, Gros, Gros", démarre le gazouillement. "Gros" est le nom qu'elles donnent à son espèce, et lui donnent aussi individuellement. D'ordinaire, elle est couchée et elles lui grimpent dessus et mangent ses tiques. Elles prennent d'infinies précautions, se déplacent aussi légèrement que des mouches et évitent ses brûlures infectées. Devant les pires brûlures, elles ont un bref regard de compassion ou poussent des cris effarouchés. Elles aiment racler des pieds le long des entailles de ses défenses, là où elle marque les jours. Au creux de sa trompe est assis un mâle âgé, qui fait sa toilette et lui raconte l'histoire de sa vie, une longue succession de violentes batailles territoriales et d'exubérantes séances d'accouplement. Il n'a pas de nom, chez eux personne n'en a. Le nom qu'elles se donnent en tant qu'espèce est "sans défaut". "Ce sans défaut-ci" veut dire je ou moi, "ce sans défaut-là" veut dire toute autre mangouste. Les pronoms sont utilisés avec modération. "Ce sans défaut-ci, ce sans défaut-ci, gazouille le vieux mâle, a monté, monté, monté cette sans défaut-là, défaut-là, défaut-là, cent, cent dix-neuf, dix-neuf fois, fois, fois…"

Finalement quelqu'un saute à terre pour creuser à la recherche de larves d'insectes, et il semble à Lit de Dattes que chaque matin toute la colonie oublie pourquoi elle est sortie de sa tanière, jusqu'à ce que l'un de ses membres s'en souvienne et se mette à la tâche, alors tous les autres bondissent à terre et se lancent dans une quête effrénée comme pour rattraper le temps perdu.

Le vrai moment de son repas commence au crépuscule, quand les mangoustes sont parties. Dès que la dernière est rentrée dans la termitière, elle détache une étroite bande d'écorce de l'acacia, ayant calculé que, en s'en tenant à une seule et mince bande par jour, elle pourra manger de la bonne écorce pendant quarante jours en tout. Le reste de la nuit, elle s'en remet à des broussailles insipides et difformes.

Les nuits sont calmes, et froides. Mais certaines nuits ne sont pas si froides, et les lucioles quittent alors le sol, par milliers, dansant en parfait synchronisme, nébuleuse et verte lueur dans laquelle l'espace d'un instant la silhouette de l'acacia surgit, puis revient l'obscurité. Et puis la lumière. De lentes pulsations alternées de lumière, noir, lumière – comme si les jours passaient en l'affaire de quelques secondes.

D'autres nuits elle a des hallucinations.

Ses fabuleuses hallucinations, elle les accueille avec joie. Les merveilles qu'elle a vues ! Des couloirs flanqués de blocs de rochers s'élevant à la verticale et sur la paroi lisse desquels, de la terre au ciel, des rangées de carrés identiques sont alignés, les carrés rayonnant d'une lumière blanche comme si le rocher renfermait un feu sublime. Un arbre vert conique hérissé de courtes épines et chargé de ce qui semble être des fruits ou des fleurs étincelants, de toutes les formes et de toutes les teintes, mais qui sont en réalité des antilopes miniatures, des humains miniatures (pas vivants, et pourtant pas encore décomposés ni ravagés), et le ciel autour s'obscurcit tout à coup et l'arbre grouille de minuscules flammes bleues sans fumée qui ne s'étendent pas au-delà d'elles-mêmes.

Y a-t-il quelqu'un qui ait jamais assisté à ces spectacles, ou les ait même rêvés ? Elle a commencé à penser qu'ils doivent avoir un rapport avec la fuite de sa mémoire. Les souvenirs perdus d'une créature venue d'un lieu inconnu et non imaginé ont été emportés par-delà la plaine et ont trouvé un refuge temporaire dans les cavités créées par sa déperdition. Ses propres souvenirs… sont censés flotter autour d'elle jusqu'à temps qu'ils s'évaporent, mais s'il est vrai qu'elle abrite les souvenirs d'un exotique, alors peut-être que *ses* souvenirs sont entrés dans le corps de quelque étrange créature condamnée qui, comme elle, est captivée par les scènes qui se déroulent dans sa tête.

Non pas que la créature fût sans cesse captivée. Elle serait effrayée par certaines de ses hallucinations, c'est forcé. Terrifiée. Beaucoup de ce que Lit de Dattes a oublié n'est rien dont elle tiendrait à se souvenir.

Arrivé le vingt-cinquième jour sous l'acacia, l'odeur de Lit de Dattes devient plus forte et plus musquée. Pendant le reste de la matinée et le début de l'après-midi, elle rêve tout éveillée que Grand Temps la monte. Debout, elle a tendance à onduler de la croupe.

En milieu d'après-midi, Aigre descend en piqué et laisse tomber à ses pieds une boule d'excréments frais appartenant à Elle-Salit des Elle-S-Et-S.

Les Elle-S-Et-S sont ses parents les plus proches en dehors de sa famille immédiate. Elle ramasse la boule et les morceaux qui en sont tombés, et l'aigle se perche sur la termitière et dit : "Montre-moi."

"Dans un instant", pense-t-elle. En pleurant, elle fourre les excréments dans une fissure de la termitière.

Il se balance d'une patte sur l'autre, un œil sur la Chose.

"Combien dans la famille ?" pense-t-elle.

"Quatre."

"Combien de petits ?"

"Quatre femelles."

"Ah", dit-elle, le souffle coupé par le chagrin. Pas un petit qui reste. Sa blessure bourdonne et elle appuie dessus avec le bout de sa trompe. "Comment t'ont semblé les femelles ? Y en avait-il de mal en point ?"

"Maigres." Il penche la tête pour la regarder.

"As-tu parlé avec la parleuse en pensée ?" Avant la sécheresse, cela aurait été Elle-Semoque.

Un soubresaut de la tête sur le côté.

"Pourquoi pas ?"

"Elles n'ont pas de parleuse en pensée."

Pas de parleuse en pensée. Comme c'est bizarre… encore une famille qui a été séparée de sa parleuse en pensée. "Où sont-elles ?"

Il regarde vers le sud-ouest.

"Combien de temps t'a-t-il fallu pour arriver là-bas ?"

Il étire une aile vers le ciel, indiquant le mouvement du soleil du milieu de la matinée à l'instant présent.

"As-tu volé rapidement ?"

Il bat des ailes, comme pour une démonstration. “Montre-moi”, dit-il.

Elle l’oblige à attendre un peu plus. Elle veut savoir précisément où sont les Elle-S-Et-S, dans quel genre d’endroit. Dans le lit d’une rivière, dit-il, parmi des arbres. Des arbres debout ? Un hochement de tête. Quelle variété ? Ecorce jaune. Combien ? Beaucoup.

Elle décide d’entreprendre le voyage. Elle ne peut imaginer qui que ce soit quittant précipitamment le fourrage d’arbres à fièvre. Une distance qui a pris à l’oiseau cinq heures de vol, avec le vent dans le dos, lui prendra trois bonnes nuits de marche, au moins. Elle se mettra en route au crépuscule. Aller tout droit ne sera pas aussi facile pour elle que pour lui, et elle demande des repères géographiques, bien qu’elle risque de les oublier ou de ne pas les voir. Un nouveau marché est passé : en échange de deux autres coups d’œil quotidiens à son image, il la suivra et corrigera tout écart. Demain, pendant qu’elle se reposera, si jamais les Elle-S-Et-S décidaient de s’en aller il la devancera pour confirmer leur situation.

Pareille tâche promise lui vaut un long regard à son image. Quand finalement il s’envole, Puanteur arrive pour se regarder, et quand il s’en va il ne reste plus que quelques heures avant le crépuscule. Elle se couvre d’eau et de terre et commence à manger. Apparemment, il y a un baobab à un tiers du chemin entre ici et le lit de la rivière. Si elle maintient une bonne allure, elle devrait se nourrir de cet arbre au lever du soleil. Il y a, en outre, une chaîne de collines à l’est d’ici, assez proche pour qu’Aigre ait témoigné sa surprise quand elle a reconnu ne pas l’apercevoir. Tout ce temps, donc, elle l’a passé dans un endroit où il se peut que l'os blanc soit lâché, même si Aigre a dit que de ce côté-ci des collines il n'a rencontré aucune formation circulaire de termitières ou de rochers. Elle restera pourtant aux aguets tout en marchant.

Les mangoustes reviennent et elle leur annonce qu'elle part pour six jours au moins, peut-être plus, peut-être pour toujours, et elles s'agrippent à ses pattes, se cramponnent les unes aux autres et hurlent : "Danger ! Danger ! Danger ! Péril ! Péril ! Danger ! Danger !" Par-dessus le vacarme, elle tente de les rassurer : les aigles ont signalé qu'il n'y a par là presque pas de carnivores et, de toute façon, la rumeur court qu'elle n'est pas comestible, qu'elle est venimeuse. Elle brandit la Chose, effleure le sol d'un rayon de lumière et leur raconte comment le rayon a fait fuir les lionnes. Les mangoustes sifflent et se hérissent. Elles-mêmes ont peur de la Chose. "Chante, chante, chante, chante", gazouillent-elles, et elle leur offre quelques couplets de *Maintes fois en danger, maintes fois dans le malheur*. Calmées, elles commencent à disparaître dans leur tanière, la dernière, une femelle musclée, s'attardant assez longtemps pour gazouiller : "L'odeur de, l'odeur de, l'odeur de Gros, Gros, est, est, est différente, est différente, différente."

C'est donc vrai. Toute la journée elle s'est répété que ses symptômes ne sont pas véritablement là, que son esprit ingouvernable a pris sur lui de l'induire en erreur. Elle est trop mal en point pour connaître son œstrus inaugural. Trop petite, trop squelettique. Elle ramasse la Chose et regarde son œil gauche, le bon. "Mais Grand Temps est parti", dit-elle, et les larmes déforment son reflet. Elle admet que si elle est vraiment en œstrus, alors regarder sa jumelle spirituelle explique comment son corps a rassemblé suffisamment de force pour déclencher l'œstrus. Mais pourquoi ? Pourquoi entrer en œstrus ? Grand Temps est mort au grand trou d'eau, et même si elle désirait les attentions d'un autre mâle, il n'y en a aucun assez près pour la sentir, encore moins pour entendre ses appels. En pensant à Grand Temps tel qu'il était quand il monta Bourbe, elle commence à grommeler en "zèle", ce babillage lascif dont elle croyait jusqu'à maintenant qu'il était voulu.

Elle tourne en rond, en grommelant, dans de tels transports qu'elle perd tout sentiment de l'endroit où elle se trouve jusqu'à ce qu'une lumière lui frappe la face. Elle s'arrête, scrute autour d'elle, et aperçoit un grand oiseau volant bas sur la plaine, alourdi par ce qu'il emporte.

L'odeur qui flotte encore est celle d'Aigre. "Tu t'es toi-même maudit !" pense-t-elle à l'adresse de sa masse indistincte qui s'évanouit. Il continue à voler. Elle barrit et les mangoustes ressortent. En apprenant ce qui s'est passé, elles sifflent : "Ces sans défaut, ces sans défaut vont, vont déchirer, déchirer les ailes, les ailes, les ailes de ce dégueulasse, dégueulasse, arracher, arracher les boyaux, boyaux, boyaux de ce dégueulasse, dégueulasse, dégueulasse." Emue, elle feint de croire qu'elles mettront leurs menaces à exécution et leur fait promettre d'éviter toute imprudence.

Quand elles sont retournées dans leur tanière, Lit de Dattes boit longuement. Elle ne peut pas ne pas s'en aller. Après des heures passées à imaginer ce que serait toucher et sentir les femelles Elle-S-Et-S, l'idée de rester est intolérable. Elle établit avec précision où se trouve le sud-ouest et se met en route, en psalmodiant les indications en cadence, les transformant ensuite en vers, y ajoutant une mélodie.

Sud-ouest.
A ma gauche une brûlure.
Une mare à sec, puis c'est
Une franchissable cassure.

Toile de Rogue.
Sur mon flanc droit.
Des arbres miteux, un lit de ruisseau vogue,
Des cailloux sur sa berge qui louvoie.

Jusque-là l'astuce a fonctionné. Voici le lit du ruisseau, voici la berge caillouteuse, la voici, elle, vivante et indemne. Mais sentant l'absence de la Chose plus cruellement au fil des heures. La Chose la calmait. Sans elle, elle est angoissée. La puanteur des lionnes colle à ces pierres. Saurait-elle se défendre ? Elle est bien plus faible qu'elle ne le croyait : elle a perdu l'habitude de marcher et, quand ses humeurs voluptueuses la prennent, elle est poussée à se pavaner et à regarder de façon aguichante par-dessus son épaule.

Elle creuse trois trous qui s'avèrent à sec. Ne voulant pas perdre plus de temps, elle vise au sud-ouest (en vérifiant sa position grâce à la lune et au vent d'ouest dominant, qui n'est plus maintenant qu'une légère brise) et se met à marcher.

Chemin pierreux.
Une brûlure droite et ténue.
Terre brune et craquelée
Devant un arbre qui pue abattu…

Elle atteint le baobab après le lever du soleil. Il est si bien évidé qu'elle se demande comment il tient encore debout – c'est sa dernière pensée avant de s'endormir debout. Quand elle ouvre les yeux, le soleil a dépassé son zénith. Elle brise d'un coup de pied un monticule de terre, en jette sur son dos. A part l'odeur de l'arbre, les senteurs ici sont faibles : des chacals, et un cobra, mais ce sont d'anciennes odeurs. Elle flaire à la recherche d'une source d'eau, et finalement déterre assez de tubercules pour étancher sa soif et être en mesure de manger la petite quantité de pulpe qu'elle réussit à arracher à la cavité du baobab. Elle trouve une pierre pointue et cisèle une marque sur sa défense. Cinquante-sixième jour.

Elle s'endort de nouveau et s'éveille dans l'obscurité. Combien d'heures a-t-elle perdues ? Au moins cinq. Angoissée, chancelante, elle part en hâte. "Aubépine, chante-t-elle, toute piétinée et abîmée, un sentier en hauteur, un bassin, en forme d'œuf..."

Et après ? Quelque chose qui rime avec "abîmée". Rien ne rime. Mais ici, sous ses pieds, ce sont les broussailles d'aubépines, piétinées et abîmées. "Un bassin, en forme d'œuf..."

Inutile. La suite de ce couplet est perdue. "Sud-ouest", se dit-elle. C'est tout ce qu'elle a besoin de savoir. Sud-ouest.

Les autres vers sont pareillement tronqués. Elle chante ce dont elle se souvient et fredonne ce qui ne lui revient pas. Elle lutte pour ne pas s'abandonner aux hallucinations et aux souvenirs. La vigilance est essentielle. Quelque part par là, il y a des habitations humaines : "... nids de patt'arrière sur une crête circulaire..."

Vers le milieu de la nuit, son postérieur droit se met à vaciller. C'est peut-être l'effort dû à toutes ces sensuelles ondulations de hanches, mais c'est possible qu'elle ait été mordue par un serpent et, si c'est le cas, il lui faut des fruits de l'arbre à saucisses ou du palmier, les antidotes. Un peu plus loin, tandis qu'elle passe entre une colonie de termitières, elle entend un grognement. Terrifiée, elle s'arrête et hume l'air. C'est une girafe. Deux girafes, une femelle et un petit. "Maîtresses !" pense-t-elle gaiement. Elles lui diront où elle est, où il y a de l'eau ! A l'aveuglette, elle s'avance vers elles. Elles s'enfuient au galop. Dans le voile du crépuscule, elle sent les cœurs de palmiers. Mais c'est un souvenir d'odeur.

La folie commence ici. Les trois jours suivants, elle est perdue dans ses souvenirs. Ce ne sont même pas des souvenirs fantômes, c'est un mélange de fragments qui subsistent, une redistribution pervertie. Elle patauge dans une mare et c'est sûrement Bourbe qui devrait être avec elle, pas Marécage, et Marécage dit quelque chose qui fut prononcé, oui, mais jamais par lui. Une partie désarmée d'elle le *sait*.

Quand elle émerge dans le présent – et cela lui arrive, brièvement, toutes les deux trois heures – elle découvre que pour le reste elle se comporte de façon rationnelle. S'allonge à l'ombre. Boit. Pendant que son esprit tournoyait dans sa pagaille, elle a dû flairer de l'eau et creuser un trou ! Elle se demande si son esprit pratique fonctionne plus astucieusement quand elle n'en est pas consciente. Elle a manifestement décidé qu'elle devrait retourner à l'acacia. Chaque fois qu'elle découvre qu'elle est en route, elle peine (elle ne se pavane plus, son œstrus est passé) vers le nord-est.

La deuxième nuit, la voilà qui entretient une conversation apparemment cordiale avec cinq chiens sauvages.

“Ou ce n’est que toi ?” est en train de demander un grand mâle.

Elle le regarde en clignant des yeux, cherchant à imaginer la question et finit par répondre : “Pas que moi”, à cause de la sécurité qu’il y a dans le nombre.

Il recule. “L’odeur est malfaisante”, gronde-t-il, et elle devine qu’il parle de sa patte et que sa question concernait la rumeur selon laquelle elle-même est venimeuse.

Sur son tibia droit s’étale une plaie putride. Si, après tout, elle a été mordue par un serpent, aucun serpent de sa connaissance ne laisserait une marque pareille ni ne provoquerait le genre de dérèglement dont elle souffre. Elle se dit qu’une fois de retour à l’arbre la guérison viendra. Elle n’est pas sans espérer qu’Aigre se sentira maudit par son larcin, rapportera la Chose et qu’elle pourra de nouveau regarder dans son œil et y trouver sa santé mentale.

Elle est couchée sous l’acacia, respirant son antique et complexe odeur, et les mangoustes montent et descendent sur elle à toute allure et gazouillent : “Ça, ça, ça, pue, pue, pue.”

Elle effleure de sa trompe celles qu’elle peut atteindre, leur petit corps frémissant, et dans sa béatitude d’être de nouveau parmi elles urine et dégouline de temporine, les mangoustes proches de son crâne tamponnent l’exsudation et gazouillent : “Collant, collant.”

“Morsure de bâton ondulant”, pense-t-elle pour expliquer l’odeur nauséabonde, et elles grondent et crachent et disent comment, si elles avaient été là, elles auraient "mâché, mâché la, tête, tête, tête, du dégueulasse, dégueulasse, dégueulasse", et battu le dégueulasse contre un caillou et ainsi de suite.

"Combien de temps me suis-je absentée ?" demande-t-elle.

"Quatre, quatre, quatre jours, jours, quatre jours."

"Descendez maintenant", pense-t-elle, brusquement consciente de sa gigantesque soif.

Dans le lit de la rivière, elle creuse un trou d'eau là où elles le lui conseillent. Pendant qu'elle attend que le trou se remplisse, et puis pendant qu'elle boit, elles sont bizarrement silencieuses. Lorsqu'elle commence à se doucher, et pas avant, elles lancent en chœur qu'hier un guépard femelle solitaire est arrivé et a dévoré deux de leurs petits ("ce nouveau sans défaut-là et ce nouveau sans défaut-là"). Lit de Dattes chancelle et elles s'enfuient loin de ses pieds. Elle n'arrive pas à croire dans quel épouvantable état elle se sent, comme si les petits appartenaient à sa propre famille. Elle se met à pleurer. Les mangoustes, non. Ce souvenir les rend folles furieuses. Elles se donnent des coups de hanche et décrivent de quelle façon elles se sont jetées sur le guépard pour essayer de le mordre. Elles rejouent la scène, en finissant par un chœur de "Tués ! Tués ! Tués !" et puis se calment brusquement et lui recommandent de se nourrir. Toujours en pleurant, elle détache un ruban d'écorce de l'acacia. Pendant qu'elle mange, elles lui racontent que le matin de son départ l'aigle martial (elles continuent à croire qu'il n'y en a qu'un) est revenu de nombreuses fois se percher sur la termitière. "Avait-il la Chose ?" demande-t-elle. "Non, non, non, non !" piaillent-elles, alarmées à cause de la peur qu'elles en ont, mais ensuite elles jurent que si elles l'avaient vue elles l'auraient récupérée pour elle en "mordant, mordant, mordant les, les, les ailes, ailes, du dégueulasse, dégueulasse" et grâce à d'autres tactiques variées.

Elle bascule dans des souvenirs.

Quand elle refait surface, le soleil est au zénith. Elle est debout et les mangoustes mangent non loin de là. Du coin de l'œil, elle les aperçoit filant à toute allure sous les broussailles. Tout miroite dans la chaleur. Pas de vent, les insectes lancent leurs longs traits sonores. Elle mâche de l'écorce. Elle a la tête qui tourne, mais la puanteur de sa blessure au tibia s'est atténuée et elle en attribue le mérite à l'écorce. Elle chante un hymne d'action de grâces : "Que soient bénis les arbres que nous déracinons à volonté", et les mangoustes reviennent au petit trot et sont en train de se rassembler autour de ses chevilles quand l'une d'elles, la guetteuse, crie : "Ailes !" et toutes s'enfuient vers la termitière.

Lit de Dattes incline la tête vers le ciel. L'oiseau doit encore être très haut. Ou peut-être est-ce un avion, elle entend le vrombissement d'un avion. Elle ferme les yeux pour humer l'air avec concentration, et quelque chose tombe par terre dans son dos.

Elle se retourne. Même à cette distance, même si la poussière l'enveloppe, elle aperçoit l'éclat, et ce n'est pas une lumière. Ce n'est pas la Chose.

Les mangoustes sont déjà là, à gazouiller : "Blanc ! Blanc ! Blanc !"

Elle le ramasse. Il sent vaguement l'odeur d'Aigre et rien d'autre. Elle le tient devant son œil.

"A qui, qui, est, est, est cet os, cet os, os, os ?"

Elle le caresse et le goûte. Elle pleure. Les mangoustes hurlent et sautent en l'air et contre ses pattes. "A qui, qui est, est cet, cet, cet os, os ?"

"L'os blanc", dit-elle tout fort. Elles ne comprennent pas et continuent à hurler. "C'est la côte d'un nouveau-né, pense-t-elle, enfin. De l'un de mon espèce. Il est magique." Elle le ramène sous son menton, tourne la tête, puis se jette en avant en ouvrant la trompe.

L'atterrissage est caché par la poussière. Elle se précipite vers l'os et, soudain épuisée, tombe à genoux. Le bout effilé désigne le sud-est. "Par là !" dit-elle, ébahie, mais n'importe quelle direction l'aurait ébahie. Les mangoustes bondissent et gazouillent, voulant savoir ce qu'elle fait. Elle se relève et les mangoustes s'écartent d'un bond tandis qu'elle vacille, prise d'une de ses crises de vertige. Quand son esprit retrouve sa clarté, elle ramasse l'os, le lance une deuxième fois et s'avance en titubant vers le champignon de poussière. Sud-est.

Elle chérit l'os qu'elle serre contre sa gorge. "Adieu", pense-t-elle, avec ravissement, à l'adresse des mangoustes, et elle se met en route. "Danger ! Danger ! Péril ! Péril ! Péril !" hurlent celles-ci. Leurs voix, la chaleur, sa difficulté à respirer et tous les points douloureux de son corps vont se perdre dans le paysage qui défile, ne sont plus son affaire. Même quand elle tombe, elle croit qu'elle marche, et de part et d'autre de ses flancs glisse la plaine cruelle.

Elle est couchée sous un arbre. Dans la forte brise les nids de tisserins se balancent, se défont, et des petits bouts d'herbe jaune tombent par paquets. Derrière elle les mangoustes mangent. Elle ne peut remuer ni ses pattes ni son torse, mais en même temps chaque partie d'elle-même se convulse de douleur. Elle agite sa trompe au sol. Lève la tête et regarde furtivement autour d'elle, laisse retomber sa tête. Si l'os blanc se trouve quelque part tout près, elle ne le voit pas.

Elle pense : "Je suis en train de mourir."

L'odeur de l'acacia est exceptionnellement forte. "Arbre", pense-t-elle, dressant une sorte d'ultime inventaire. "Crottes, pense-t-elle, blessure, poison", chacune de ces odeurs semblant exploser pour s'offrir comme un phénomène non moins sublime et ardemment désiré que l'os blanc lui-même. Elle tend le cou et louche vers la plaine. "Poussière, pense-t-elle, savane", et sa vision se referme sur elle… "pierre, terre, moi, Lit de Dattes".

Elle ne peut se souvenir (peut-être ne l'a-t-elle jamais su), mais elle soupçonne que l'on ne devient pas une femelle céleste à moins d'avoir été élevée au rang d'Elle. Tordant le cou pour voir le soleil, elle dit : "Dorénavant et pour toujours, Lit de Dattes sera Elle-Soulage-Et-Soulage."

Il ne se passe rien. La brise ne forcit pas, pas une branche ne tombe de l'arbre. Les grandes femelles diraient maintenant : "L'Elle approuve."

Lit de Dattes dit : "Ainsi soit-il", et ferme les paupières.

XV

Quelques heures seulement après avoir promis à Je-Flotte qu'il saura mener les Nous-F là où l'os blanc a été lancé, Grand Temps est contraint d'avouer qu'il n'est jamais allé dans cette région. A présent, il a basculé dans un souvenir des collines bleues qu'il a vues, une seule fois, dix ans plus tôt ; il a examiné leur silhouette et l'a comparée à celle des collines de sa vision, et même en tenant compte de la perspective et de la distance, on ne peut prétendre que ce sont les mêmes.

— Nous les trouverons, telle est la réponse de Je-Flotte.

— Comment ?

— D'après tes descriptions du paysage, nous avons su aussitôt où elles étaient.

Il est ahuri. Humilié.

— Où ?

— Tu ne saurais comprendre notre méthode d'évaluation des positions.

— Ça m'intéresserait quand même qu'on me l'expose.

— Tu as honte, dit-elle d'un ton acerbe. N'y pense plus. Tu n'es pas supposé savoir ce qui te dépasse.

Une fois que la marche a démarré, sa honte n'est plus si écrasante. Les Egarés le surpassent quand il s'agit de flairer l'eau, les dangers, et d'avancer rapidement dans l'obscurité, ce qu'ils font en se tenant par la queue et en chantant à tue-tête, des faisceaux de lumière verte leur sortant des yeux telles des antennes célestes. Mais tous, excepté le mélancolique Siphon, sont nerveux, trop facilement effarouchés. Une odeur de lion les met en fuite. Le bruit d'un avion les fige sur place. Ils n'ont pas non plus son endurance, ni sa tolérance à la chaleur. Le plus clair de la journée, sous une couche de sable, il dort. Pas eux. Presque enterrés dans le sable, ils halètent, brûlent et passent de vision en vision, sans jamais les révéler. A la fin du deuxième jour, la peau des éléphanteaux est si gravement cloquée que Je-Flotte prend la décision de retourner à la grotte et d'attendre les pluies. Sans le consulter, il est décidé que Siphon, dont la peau demeure relativement indemne, lui sera confié et lui servira de guide. Quand tous deux arriveront aux collines bleues, Grand Temps refera le trajet qui lui a été révélé dans sa vision et Siphon "corrigera toutes bévues".

— Parmi vous deux, dit Je-Flotte, il n'y a qu'un pisteur.

Un pisteur qui s'avère tout aussi magistral que Je-Flotte en personne. Il détourne leur chemin des odeurs et des bruits de mauvais augure, s'il y a de quoi brouter il le trouve. Davantage que ne semblait le faire Je-Flotte, il prend en compte les présages et les signes. Si Grand Temps signale ce qu'une caractéristique du terrain signifie selon *ses* augures – et par un besoin désespéré d'enseigner, il le fait souvent – Siphon pousse un grognement moqueur et l'ignore, ce qui ne blesse Grand Temps qu'un petit peu. Siphon peut bien se moquer des vieilles coutumes, c'est aussi arrivé à Grand Temps. Il faut noter (et Grand Temps ne peut s'en empêcher) que les deux genres de signes ont jusque-là été exacts. Preuve de rien. Preuve de coïncidence.

Ils voyagent de conserve, Siphon en tête, silencieux, ne chantant pas. Rien ne dit que Grand Temps devrait tenir la queue du jeune mâle. Dès qu'ils furent seuls, Grand Temps attendit le frémissement qui dirait : "Attrape." Il se sentit obligé, dans ces premiers instants, de faire la conversation : "Rien que toi et moi, un troupeau de deux célibataires." "La première fois que je suis parti tout seul, j'avais à peine dix ans, ce qui est plus jeune que tu ne l'es, je te le garantis." Siphon s'éloigna encore davantage de lui. A présent, quand ils se déplacent, Grand Temps parle à mi-voix. Quelquefois, il chante… des hymnes, des prières pour la sécurité de Bourbe, et des chansons sur son ébahissement… *Eh bien, ça alors !* ou *Incroyable, immangeable.* Le voilà trottant aveuglément derrière un éléphanteau qu'il connaît à peine, qui lui-même obéit aveuglément à ce qui peut à peine être connu puisque les présages sont infinis et contradictoires. L'éléphanteau tourne, Grand Temps tourne. L'éléphanteau s'arrête, Grand Temps s'arrête.

Les arrêts sont fréquents car Siphon a besoin de reprendre son souffle. Les femelles des Egarés elles aussi se reposaient souvent. A la suggestion de Grand Temps de marcher plus lentement, Je-Flotte répondit : "Il n'y a qu'une allure." C'était dans le désert. Ici, dans la plaine – dans laquelle Siphon et lui pénétrèrent le deuxième jour où ils étaient ensemble –, il peut se nourrir pendant les haltes. Il déterre des racines d'herbe d'un coup de défense et dévore les arbustes amers.

Siphon, qui mange remarquablement peu, halète et l'observe, et sous le regard de ces yeux ardents Grand Temps passe brutalement à son rôle d'instructeur et fend la terre comme il croit qu'on doit le faire, avec de nombreux et brusques coups plutôt qu'en faisant levier au risque de se briser le bout de la défense.

Ils vont vers le sud-est en terrain plat et rocailleux. Il est inutile de demander à Siphon où ils vont, ni même quand ils s'arrêteront pour la journée, de telles questions étant invariablement reçues avec une odeur de désapprobation si puissante qu'elle brûle l'intérieur de la trompe de Grand Temps. Quand ils font une halte pour se reposer, Siphon se couche à trois bons mètres de Grand Temps, et refuse de boire aux suintements qu'il fore. Il creuse les siens… une tâche longue et fatigante pour quelqu'un d'aussi petit. Grand Temps, pendant qu'il se remplit la trompe et s'asperge le dos, observe cette vaine entreprise avec commisération, irritation et trouble.

Plusieurs heures avant le crépuscule, le quatrième jour où ils sont ensemble, ils s'arrêtent dans un bosquet de sébestiers morts. Un troupeau d'impalas s'attarde non loin, probablement parce que l'odeur de l'eau émane d'une rigole voisine. Il faut pourtant à Grand Temps presque une heure à creuser à coups de défense à travers des couches de schiste argileux avant d'atteindre la couche aquifère. Siphon continue à creuser encore un bon quart d'heure, puis abandonne et s'en va vers les arbres.

— Tu dois boire, dit Grand Temps.

Siphon se couche.

— Je continuerai à creuser après avoir dormi.

Grand Temps lance la trompe vers les impalas.

— Si tu n'assèches pas ce trou, ils le feront.

— Libre à eux, dit Siphon, qui ferme les yeux.

Grand Temps s'avance entre les deux plus grands arbres et se met à gratter les couches supérieures de terre, puis décide de somnoler debout. Pendant qu'il attend le sommeil, il flaire en direction de Siphon et se demande comment quelqu'un de si jeune peut être si orgueilleux et impoli. Bon, ce n'est pas que Siphon soit une bizarrerie parmi les Nous-F, Grand Temps doit l'accorder à l'éléphanteau. Je-Flotte est à peine un exemple de courtoisie. Quant à Je-Fixe... son hostilité frôle la démence.

Il se souvient de Torrent racontant que les Egarés sont vaniteux, et que c'est la raison pour laquelle ils mettent "Je" en préfixe à leur nom individuel, et "Nous" en préfixe à leur nom de famille. Mais tandis que Grand Temps commence à s'endormir, il se demande si ce n'est pas le contraire : ils sont vaniteux *à cause* de leur nom. Il lui vient à l'idée qu'il se peut que des femelles qui s'entendent toujours appeler Je, dans des familles qui se connaissent sous le nom de Nous, risquent de finir par croire qu'au-delà de leur propre peau la valeur du monde diminue.

Il se réveille à l'aube. Siphon dort toujours. Comme bientôt le soleil sera chaud, Grand Temps s'approche du mâle et l'asperge de terre. Siphon ouvre les yeux. Leur éclat vert est si puissant que Grand Temps recule d'un pas.

— J'ai eu une vision de ta famille de naissance, dit Siphon.

— A l'instant ?

— Avant que tu arrives à La Haute Colline.

— Oui ?

— Elle se trouvait au bord d'un grand trou d'eau. Tu y étais plus tôt dans la journée et leur avais dit de quitter cet endroit.

Le cœur de Grand Temps se met à battre à tout rompre.

— C'est vrai, dit-il.

— Les grandes femelles débattaient pour savoir si elles allaient ou non suivre ton conseil. La matriarche voulait partir, mais une autre femelle, ta mère, voulait rester.

— Ma mère adoptive, dit Grand Temps gentiment.

Siphon se met debout.

— Elles parlaient de ce corpslong, Moâ-Moâ.

C'est seulement maintenant que Grand Temps se rend compte à quel point la voix de Siphon est bizarre. Lointaine, n'exprimant rien, presque semblable, en fait, à un grondement infrasonore.

— Elle leur avait parlé de vertes pâtures au nord, dit Siphon.

— Qu'ont décidé les femelles ?

Siphon le regarde, détourne les yeux.

— Dès qu'elles se sont mises à parler du corpslong, dit-il, j'ai eu un pressentiment, et l'instant d'après j'ai entendu les coups de feu. Trois, très rapidement. La matriarche est tombée. Ensuite il y a eu de nombreux coups de feu. Je n'ai pas vu les patt'arrière. Mon troisième œil est resté avec la famille. J'ai vu tout le monde tomber. Ils sont tous tombés.

Grand Temps regarde par-delà la plaine. La crête de chaque buisson, de chaque termitière, est bordée d'orange. Une myriade d'horizons. Une myriade d'infinités. Il dit :

— Pourquoi me dis-tu cela maintenant ?

— On m'en a chargé en rêve.

— Qui ça ?

— Tu n'as pas à le demander.

Grand Temps retourne sous les deux grands arbres.

— Va-t'en, dit-il.

— On m'a ordonné de rester avec toi.

— Va-t'en. Laisse-moi seul.

Il se couche, la croupe tournée vers l'éléphanteau. Il aurait dû prévenir Elle-Baratine. Il l'*a* prévenue ! Mais il aurait dû être plus énergique, plus effrayé. Il aurait dû savoir ce qui se préparait. Il bascule dans un souvenir.

Il ne s'attendait pas que l'éléphanteau fasse ce qu'il lui avait dit ! L'éléphanteau ne faisait jamais ce qu'il lui disait.

Non, soyons sincères. Il savait que Siphon s'en irait. Savait qu'il s'en allait, l'a entendu – à la lisière du souvenir – partir au trot, cette odeur aigre s'amenuisant jusqu'à ne plus être qu'un mince filet.

Des empreintes et une odeur partent vers le nord. Grand Temps les suit. Les empreintes sont si petites. Quelle chance aura Siphon contre les hyènes qui sont partout ? Il les évitera, comme il l'a fait jusqu'ici. Mais le peut-il ? Eviter toutes les bandes, et aussi les lionnes ? Les humains ? "Parmi vous deux, il n'y a qu'un pisteur", dit Grand Temps tout fort, pour se rassurer. Pour se punir.

Un maître pisteur, s'il ne veut pas être poursuivi par sa propre espèce, ne le sera pas, et au bout de quelques centaines de mètres les pistes virent vers l'est, puis vers le sud, puis disparaissent, à croire que Siphon est monté au ciel.

C'est le début de l'après-midi. Des cônes de poussière font la course comme pour suggérer la bousculade désespérée dont Grand Temps ressent la panique mais dont il n'a pas l'énergie. Où Siphon a-t-il pu aller ? Grand Temps ne peut imaginer un éléphanteau aussi orgueilleux et indépendant que Siphon retournant dans sa famille, mais peut-être chez les Egarés n'y a-t-il pas de honte, pour un jeune mâle, à filer retrouver le troupeau. Grand Temps devrait-il le suivre, traverser le désert une troisième fois pour s'assurer qu'il ne court pas de danger ? Et s'il va là-bas et apprend qu'il n'est jamais arrivé ? Qu'aura à en dire la virulente Je-Flotte ?

Il décide que Siphon est parti vers les collines bleues. Il lui vient alors à l'esprit que sans Siphon il n'a pas d'espoir de trouver les collines bleues ni Le Lieu Sûr, et il pense qu'après tout il devra retourner à La Haute Colline et implorer l'aide des femelles des Egarés. Cette perspective est si décourageante qu'il se surprend à scruter les alentours pour y chercher conseil.

Non loin sur sa gauche, un marabout se racle le bec contre un rondin. Grand Temps barrit et l'oiseau s'envole, tournoyant vers l'est dès qu'il a pris de la hauteur. A l'est, donc. Il devrait aller à l'est, comme il l'a fait depuis le début, vers le Marécage du Sang. C'est ce que dit le signe du marabout. Qui n'est pas digne de confiance. Donc il ne devrait pas aller à l'est.

Mais c'est ce qu'il fait.

Les arbres à fièvre sont déracinés, écorcés et couverts de vautours mantelés, qui perchés en rangs serrés surveillent la rive. La rive est tout aussi surpeuplée. Gnous, bubales, topis, zèbres, gazelles, impalas, babouins, crocodiles, et encore plus de créatures, bien plus que lorsque Grand Temps était là la dernière fois. Tous étrangement immobiles et silencieux, tels des spectateurs fascinés devant l'épouvantable spectacle que donne Torrent.

Au milieu du marécage, ou de ce qui *était* le marécage, le vieux mâle lance des mottes de boue et mugit une version démente du *Chant de la monte*... "Saute sur les gentils œufs, ne fais pas coin-coin" au lieu de "Hop sur les postérieurs, ne tombe point". Il est le seul elle-là en ces lieux.

— Le Mâle Trompe ! barrit Grand Temps. Le mugissement ne diminue pas, mais les vautours auprès desquels se trouve Grand Temps s'écartent un peu plus sur leur rondin. Il leur envoie un coup de pied et ils s'en vont à contrecœur en clopinant.

Il descend la berge et passe bruyamment sur le chaos d'ossements. Comme la multitude s'écarte devant lui, il voit les carcasses – plus rien que des peaux anonymes tendues sur des os, à présent. A un trou d'eau gardé par un babouin, il baisse la trompe. Le babouin bondit de côté, en grognant et en giflant le sol. Grand Temps ôte la natte de peau d'elle-là qui couvre le trou et boit. Il observe Torrent, qui ne l'a toujours pas remarqué.

"... Quand tu fais ce bruit ! Et qu'elle est mince et épanouie..."

Où trouve-t-il la force de rugir ainsi ? Il ne reste pas de tendre pâture, il est probable qu'il ne mange pas du tout. D'ici, Grand Temps aperçoit l'échine pointant sous la peau. Il pénètre dans un souvenir de Torrent quand ils étaient ensemble la dernière fois, et en sort en pleurant devant la perte de tant de chair et de connaissance en l'espace de quarante jours seulement.

— Le Mâle Trompe ! barrit-il de nouveau.

Cette fois-ci, le rugissement s'interrompt. Tandis qu'il s'avance dans le bassin, ses pieds brisent la croûte jusqu'au limon, et puis il n'y a plus que du limon, des poissons-chats décomposés, et des crocodiles submergés dont les mâchoires raides aux dents saillantes jaillissent de nulle part. A côté de Torrent, un crocodile exécute de lentes roulades. A l'instant où Grand Temps avance la trompe en guise de salut, l'attention de Torrent est attirée par cette agitation à hauteur de ses genoux.

— Ils font ça, grommelle-t-il, et puis ils meurent.

— Comme c'est étrange, dit Grand Temps, un peu rasséréné. Le vieux patriarche n'a pas complètement perdu la tête.

Torrent se tourne vers lui.

— Que veux-tu ?

— Torrent, c'est Grand Temps. Il touche la bouche du mâle. Grand Temps le Mâle Lien.

Torrent fourre sa trompe au fond de la bouche de Grand Temps et lui attrape les molaires. En la retirant, il marmonne :

— Reconnais pas l'odeur. Sa propre odeur est douceâtre.

— Nous sommes amis, dit Grand Temps.

Les yeux de Torrent perdent leur éclat dans la fumée de ses rêves. Il paraît très vieux, la boue craquelée sur sa peau exagérant l'exubérant réseau de rides en dessous. Conscient à présent que sa peau à lui n'est pas protégée, Grand Temps s'agenouille, se couche sur le flanc et se roule d'avant en arrière jusqu'à ce qu'il soit couvert de boue. De nouveau sur pied, il lance une giclée de boue fraîche sur Torrent, qui le fixe d'un œil furieux et rugit :

— Où est la pâture ?

— Disparue, répond Grand Temps prudemment, dans le timbre protocolaire. Il faut remonter sur la berge, mais ce qui reste est ligneux, j'en ai peur. Difficile à mâcher.

— Difficile à mâcher ! rugit Torrent. Il secoue la tête, et Grand Temps s'écarte en titubant. Difficile à cracher, marmonne Torrent. Il suspend sa trompe à sa défense gauche. Une fleur de chaleur.

— Je suis Grand Temps, essaie encore Grand Temps. Fils d'Elle-Beugle-Et-Beugle des Elle-B-Et-B. Grand Temps le Mâle Lien.

— Ils font ça, dit Torrent, et puis ils meurent.

Il n'y a pas de vent, pas ici en bas, et les odeurs de pourriture et de boue flottent en couches séparées et immobiles. Grand Temps tourne en rond. Des centaines de jours à chercher pour finir dans cet endroit maudit et familier. Non pas que ça change quoi que ce soit pour lui, mais les signes ne sont ni menaçants ni prometteurs. Il ne se passera rien, disent les signes, rien qui ne se passe déjà. Il est aussi sûr de rester que de partir.

Partir où ?

— Les Elle-S sont-ils venus ici ? demande-t-il. Depuis que je suis parti ?

Torrent regarde vers la rive.

— Les Elle-S. Sont-ils revenus ?

De minces filets d'une odeur de tristesse toute neuve émanent de la peau de Torrent, et Grand Temps remarque qu'à l'endroit où se roulait le crocodile la boue est devenue lisse. Il cherche du pied, trouve le cadavre et le pousse de côté pour pouvoir se mettre à cet endroit et offrir son ombre à Torrent. Il meurt de faim mais ne veut pas quitter le vieux mâle, pas tout de suite. Plus tard, vers le crépuscule, Torrent pourrait volontiers consentir à remonter la berge et même accepter du fourrage mâché, bien que ce soit peu probable parce que se rabaisser et une montagne de fourrage ne sauveront personne si dépossédé de sa mémoire. Que lui reste-t-il ? se demande Grand Temps. Quelles pensées et quelles odeurs, quels noms ? Ou n'y a-t-il que des sensations et un fouillis de mots inconciliables ?

— Elle-Segausse, dit-il, en faisant une tentative.

Torrent baisse les yeux vers la boue.

— J'ai rencontré les Egarés. Une autre tentative, mais c'est qu'il lui tarde aussi de la répandre – sa grande nouvelle.

Torrent ferme les yeux.

— J'ai eu une vision, dit Grand Temps. Une véritable vision. J'ai vu l'os-comme-ça. Il attend. L'os blanc, dit-il bien fort.

— Grosse, pan ! marmonne Torrent.

— J'ai rencontré les Egarés, répète Grand Temps, et il raconte toute l'histoire, sa rencontre avec les éléphanteaux Nous-F, l'image qu'il a vue sur la paroi de la grotte des Egarés, le départ avec les Nous-F et finalement la séparation d'avec Siphon. Les yeux de Torrent restent fermés. Ce n'est pas tout à fait comme parler tout seul. Même si Torrent est endormi, il entend... les mots flottent dans son crâne, parcourent la cavité décapée de son corps, et il semblerait à Grand Temps que certains doivent y adhérer. “Il n'y a qu'un Torrent le Mâle Trompe”, dit-il quand il n'y a rien d'autre à ajouter, répétant cette déclaration de Je-Flotte parce que si “qui vous êtes” est tout ce qu'on emporte dans la mort, alors peut-être des mots qui flattent ont-ils une chance d'être compris.

Torrent ouvre les yeux.

— Ces collines bleues, dit-il. Je sais où elles sont.

— Pardon ?

Torrent lui jette un bref regard, parfaitement lucide.

— Il y a un arbre à festin géant à l'ouest de ces collines.

Grand Temps hoche la tête.

Torrent pointe la trompe au sud-ouest.

— Là, exactement. Une marche de cinq jours.

Grand Temps continue à hocher la tête.

— Tu ne me crois pas ?

— Si, si.

En secouant la tête à présent.

Torrent montre encore.

— Tu m'accompagneras, dit Grand Temps.

Torrent détourne les yeux.

— Je t'aiderai, dit Grand Temps, sans savoir comment, mais prêt à faire ce qu'il faudra. De toute évidence, Torrent contient plus de mémoire que Grand Temps ne l'avait d'abord cru. Il scrute les flancs du vieux mâle et son optimisme disparaît. Torrent ne survivrait même pas à la marche vers les collines bleues, encore moins vers Le Lieu Sûr ; il serait cruel de le convaincre de partir. Bien sûr, murmure-t-il, c'est à toi de décider.

Torrent louche vers lui.

— D'où es-tu venu ?

— En dernier ? demande Grand Temps, troublé.

Le vieux mâle jette un regard furieux de côté, en montrant le blanc de ses yeux.

— En dernier, de La Haute Colline. La grotte des Nous-F. Sans mentir, Torrent, j'ai traversé le désert…

— Lunatique ! rugit Torrent. De la temporine roule le long de sa face. Son pénis dégouline d'urine. Il semble tout à coup être entré en musth. Défense-brindille !

Grand Temps commence à reculer, pas assez loin. Torrent le charge. Il le poursuit jusqu'à la berge puis revient à pas lents au milieu du marécage en ondulant de la croupe, en donnant des coups de défense, et commence à lancer des mottes de boue et à mugir sa folle interprétation du *Chant de la monte*… “quand on se râpe la guibolle, qu'on rosit et qu'on pue d'la gueule”… et Grand Temps se surprend à rire tant il est miraculeux que le vieux mâle puisse encore avoir tant de puissance et de désir. Mais au fur et à mesure que le chant se poursuit, même mélodie, paroles grotesques, ce n'est pas drôle. Ce n'est même pas tragique. C'est un miracle d'une autre sorte – un vieux mâle mourant comme sont censés mourir les vieux mâles, comme ils mouraient avant la sécheresse et les massacres.

Il a décidé de partir. Tout en cherchant des racines sur la berge à coups de défense, hors de vue du patriarche, il sent l'urgence de partir pour les collines bleues. Lit de Dattes n'y sera plus, évidemment (il l'imagine engraissant dans Le Lieu Sûr), mais il n'est pas improbable que les Elle-S aient suivi sa trace, dans les collines ou plus loin. S'il n'en découvre aucune trace, il continuera jusqu'au bout avec l'espoir de découvrir qu'ils ont atteint Le Lieu Sûr avant lui. Au moins Lit de Dattes saura-t-elle peut-être quelque chose du sort de Bourbe. Et un jour, quand cette sombre période sera passée, il reviendra et pleurera convenablement les os de Torrent.

Il mange suffisamment pour tenir jusqu'au matin, puis descend boire au pied de la berge. Le mugissement a décru jusqu'à n'être plus qu'une fervente plainte, mais Torrent lui-même, au clair de lune, ressemble à l'éléphant gigantesque et menaçant qu'il était autrefois. Grand Temps est reconnaissant que ceci – plutôt que le cadavre déblatérant – soit sa dernière vision du vieux mâle. "Au revoir !" barrit-il, sans être gratifié d'une réponse.

Il gravit la berge et s'engage dans la plaine, où le surprend un sentiment d'euphorie lié à sa force et à sa fuite. Plus il s'éloigne, plus le sentiment s'amplifie. Le monde est devant lui, l'infini diminue dans son dos. Bien qu'il suive les indications d'un mâle au cerveau dérangé, il ne doute pas d'aller exactement là où il faut. Pas une fois, en trente ans où l'ont guidé les messages silencieux du paysage environnant, il n'en a été aussi convaincu. Une membrane de clair de lune s'étire sur le sol, des chauves-souris fusent, épouvantables présages qu'il traverse à grands pas comme en défi à une loi naturelle.

Il entend l'hélicoptère mais continue à marcher jusqu'à ce qu'un cône de lumière blanche tombe du ventre de l'engin. Il s'arrête. La lumière le trouve. Il court, la lumière ne le lâche pas. Des coups de feu trouent le sol à ses pieds et il tournoie dans le brouillard de la poussière qu'il soulève.

Les coups qui cinglent sa peau sont légers comme la pluie. Il est ahurissant d'être abattu sous leur poids minuscule.

XVI

D'après ce que leur raconte Tordu, et d'après ce qu'elles en concluent, il semble que lorsqu'il ouvrit les yeux Elle-S'égosille était au-dessus de lui, murmurant qu'elle pensait avoir repéré l'os blanc mais n'en était pas sûre. Elle ne voulait pas déranger les femelles avant d'en être sûre. Voudrait-il venir jeter un coup d'œil ?

Elle le hissa sur ses pieds et glissa sa trompe entre ses postérieurs tandis qu'ils s'éloignaient en toute hâte. Il avait fait un rêve où Elle-Segausse disait que l'os blanc était un oiseau, alors il demanda : "A-t-il des ailes ?" Pas de réponse. Il sentit l'odeur de Moâ-Moâ et signala que le guépard les suivait. Elle-S'égosille dit : "Tu ne devrais pas être obligé de mourir lentement. Je ne te laisserai pas mourir lentement." Il en fut effrayé. Tout autant que par les effluves de nervosité d'Elle-S'égosille et l'odeur de Moâ-Moâ, et il lui dit qu'il voulait retourner auprès de sa mère. "Ta mère ne peut pas t'aider", déclara-t-elle. Tandis qu'elle, si, crut-il comprendre à son ton. Ils avaient atteint le bord de l'escarpement. "Il est là en bas ?" demanda-t-il, en regardant par-dessus le bord. "Ne bouge pas", ordonna-t-elle et elle partit à toute vitesse. Il supposa qu'elle s'occupait de Moâ-Moâ. Mais l'odeur du guépard devint plus forte et non pas plus légère, et quand il regarda autour de lui Moâ-Moâ était derrière lui. Il se mit à courir. Moâ-Moâ l'attrapa et le saisit par le cou. Il était incapable de crier. Elle lui lécha l'oreille. Et tout de suite après, Elle-S'égosille fut là. Elle rua et Moâ-Moâ bondit et s'enfuit en poussant des cris plaintifs. Elle-S'égosille passa devant lui. “Où vas-tu ?” cria-t-il. Au bord de l'escarpement, elle ne s'arrêta même pas.

— Pourquoi a-t-elle fait ça ? demande-t-il maintenant tandis qu'Elle-Soulage, Bourbe et Elle-Segausse inspectent sa peau à la recherche de blessures. Elles ne répondent pas, révélant ainsi les unes aux autres qu'elles ont le même soupçon : Elle-S'égosille l'a attiré vers Moâ-Moâ, puis a été prise d'un désastreux accès de remords.

— Pas une estafilade, dit Elle-Soulage, surprise.

— Et pourquoi l'a-t-elle *fait* ? insiste Tordu.

— Parce que… Elle-Soulage soupire et Bourbe pense qu'elle est sur le point de lui dire la vérité, mais si elle soupire c'est parce qu'elle est sur le point de lui mentir. Elle souffrait du sommeil de chaleur, dit-elle. Elle pensait qu'elle pouvait flotter. Les femelles atteintes du sommeil de chaleur tombent souvent du haut des falaises. Ce n'est pas une mauvaise façon de mourir.

Il est trop jeune pour percevoir la nuance de sournoiserie dans son odeur.

— Elle a donné des coups de pied à Moâ-Moâ, dit-il, plein d'effroi et de respect.

— Oui, elle t'a sauvé.

— Et le prix… Et le prix blanc ? dit-il, à nouveau inquiet.

— Elle ne l'a pas réellement vu. Le sommeil de chaleur joue ce genre de tours à la vision.

Elle pousse gentiment Bourbe pour que celle-ci lève la patte et qu'il puisse téter.

Elles restent au bord de l'escarpement, et pendant que Tordu dort elles se nourrissent des racines qui sortent du sol en s'incurvant telles les côtes à demi enterrées de petites créatures. Bien qu'elles soient épuisées d'avoir mangé l'herbe de feu, il n'est pas question qu'elles ferment les paupières. Parfois, le vent envoie une bouffée de l'odeur de femelle d'Elle-S'égosille mêlée à sa fétidité mortelle. L'odeur de Moâ-Moâ a disparu. C'est une nuit glaciale et Bourbe aperçoit un anneau orange autour de la lune. Quand elle le signale aux autres, Elle-Segausse remarque que l'Elle et Rogue doivent s'être battus.

— Tu avais cette sensation derrière les yeux, dit Bourbe, avant de t'endormir.

— Quelle sensation ? veut savoir Elle-Soulage.

— La sensation que quelque chose d'affreux allait se produire, répond Elle-Segausse.

— Et ce fut le cas, dit Elle-Soulage.

— Mais j'ai toujours cette sensation, dit Elle-Segausse.

— Elle concerne Tordu ? rugit Elle-Soulage.

— Non, dit faiblement Elle-Segausse. Je ne sais pas. Ne le réveille pas.

— Bon, grommelle Elle-Soulage. Un peu plus tard, elle marmonne : Elle a dit à Elle-Soulage de ne pas s'inquiéter, en faisant allusion à l'assurance que lui a donnée Elle-S'égosille, tout juste la veille, que Tordu ne servirait pas de monnaie d'échange.

Le vent s'apaise. Dans la lumière grise de l'aube, Bourbe regarde au bas de l'escarpement. De la brume, et l'à-pic mauve de la falaise. La matriarche et elle cherchent un chemin pour descendre et se décident finalement pour une brèche en zigzag à une trentaine de mètres le long de la crête. Un vol d'oies sauvages arrive à tire-d'aile en cacardant au-dessus de la gorge, et Tordu se réveille. Bourbe l'allaite, puis tous les quatre se mettent en marche. C'est une descente à petite vitesse, étant donné les pauvres genoux de Tordu et la patte folle de Bourbe. A mi-chemin, une bande de babouins dévale la pente, et survient alors un moment de panique avant de comprendre que ces babouins ne sont pas des rochers.

En bas, il y a une rigole et les débris des acacias tombés que Bourbe a aperçus dans sa vision. Le corps est visible d'ici, et tandis qu'elles s'en approchent Bourbe est saisie par la tristesse. La nuit dernière il n'y avait que l'incompréhension, l'horreur et une sensation de soulagement plus ancienne, à laquelle elle se sentait finalement autorisée. Le crâne est bien plus petit, pas seulement parce qu'il est fracassé, et elles devinent que les facultés qu'Elle-S'égosille avait héritées des Elle-A-Et-A ont dû s'échapper par les fractures.

— Cette fichue tête a été sa perte, gronde Elle-Soulage. Elle n'était pas en état de traîner avec elle une si grosse tête.

Il n'y a pas de charognards, pas encore, et pas trace de Moâ-Moâ. Comment trouveront-ils Le Lieu Sûr sans le guépard ? Bourbe ne se sent pas prête à le demander, que ce soit aux autres ou à elle-même. Elle passe un postérieur sur le corps et incite toutes ses pensées à libérer l'esprit. Seul Tordu pleure ouvertement, mais quand Elle-Segausse entonne l'hymne (*Tant de joie*, un choix étrange en pareille circonstance), Elle-Soulage se met à pleurer à chaudes larmes. Bourbe et Elle-Segausse, toutes les deux, la regardent ébahies – on l'aurait crue la moins indulgente – et elle secoue la tête, désarmée par son chagrin jusqu'à la fin de l'hymne. Puis elle bat des paupières, hume l'air et grommelle : "Elle-Soulage est desséchée."

Ils boivent aux trous d'eau que Bourbe a aperçus dans sa vision. Tandis qu'ils entrent dans la mare de boue, le crocodile qui y habite file à toutes pattes sur la rive opposée et s'installe de biais, de la vapeur montant en volutes de son dos à damiers. Une herbe épineuse pousse dans la rigole, et après leur bain de boue les femelles s'en nourrissent. Elle-Soulage mange aussi des excréments d'impala et boit l'urine de Tordu, qu'elle déclare beaucoup plus savoureuse depuis que Bourbe l'allaite. Quand ils repartent dans la plaine, la poussière tourbillonne déjà.

Pendant trois jours, ils cheminent vers le nord-est avec le maigre espoir que Lit de Dattes ait quitté le bassin dans cette direction. En début d'après-midi, ce premier jour, ils arrivent au pied d'une chaîne de collines bleues s'étirant du nord au sud à quelques kilomètres à leur gauche.

La matriarche s'arrête.

— Nous sommes du mauvais côté de ces collines ! mugit la femelle soignante.

Pour trouver l'os blanc, il faudrait qu'ils soient à l'ouest de n'importe quelles collines qu'ils rencontreront sur leur route, mais ce n'est pas un éclair blanc qui a arrêté Elle-Segausse, c'est une odeur. Elle lève la trompe, la pointe vers les collines et ferme les yeux pour flairer avec insistance, et Bourbe et Elle-Soulage lèvent la trompe de la même façon mais ne sentent rien. Finalement, Elle-Segausse laisse retomber sa trompe et reprend sa marche.

— Qu'est-ce que c'était ? rugit la femelle soignante.

— Je ne sais pas au juste, murmure Elle-Segausse.

— As-tu toujours cette sensation derrière les yeux ? lui demande Bourbe.

— Oui.

— La chose affreuse n'est pas arrivée, lui souffle Bourbe.

— Pas encore.

— Que penses-tu que cela puisse être ?

Elle-Segausse secoue la tête. Elle ne sait pas.

Tordu a repris des forces et peut marcher tout seul pourvu qu'il tète toutes les deux ou trois heures et que l'allure soit modérée. Les femelles s'attendent que le terrain devienne plus sablonneux – elles sont supposées se diriger vers un désert – mais il demeure très semblable à ce qu'il a été depuis l'escarpement : plat, rocailleux, la différence étant la profusion de clôtures métalliques. De toutes les clôtures qui leur barrent la route, elles ne réussissent à en piétiner que deux. Les autres sont trop puissantes, ou elles brûlent, et pour passer de l'autre côté il faut les longer jusqu'à temps de trouver une brèche ou que la clôture prenne une autre direction. Une fois passé l'obstacle, le petit groupe coupe selon un angle qui finit par le ramener sur sa trajectoire, à plus vive allure qu'il ne le voudrait parce que des traces d'humains et de véhicules sont habituellement quelque part aux alentours. En entendant le tintement métallique des “caroncules” du bétail masai, le second jour, vers midi, tous se mettent à courir. Bien que les humains noirs herbivores soient tenus pour inoffensifs, il fut un temps, il y a quelques générations de cela, où ils ne l'étaient pas.

Le lendemain matin, peu après s'être mis en marche, ils arrivent à la carcasse d'un avion. Museau fracassé, ailes brisées, yeux fendus, entrailles brillantes et impénétrables éparpillées partout, et, rassemblés dans le torse et tout autour, une bande de chiens sauvages. Tandis qu'Elle-Segausse leur fait traverser les lieux, deux des chiens, un mâle et une femelle, urinent juste sous leur nez, le mâle carrément sur ses propres pattes de devant. Elle-Segausse charge mais le mal est fait. Plus loin, la patte de Bourbe commence à s'ankyloser. Encore un mauvais présage.

La fin de l'après-midi les trouve sur une route que zèbrent les ombres de cycas dénudés. Ils sentent l'odeur des lions et des hyènes, et quelques instants plus tard entendent le fracas d'une lutte. A une dizaine de mètres en avant sur la route, une grosse hyène mâle sort en titubant des arbres. Elle-Segausse hésite. Elle-Soulage vient se placer à côté d'elle. Bourbe recule. Du sang gicle du ventre de l'hyène tandis qu'elle tourne en rond, cherchant à se mordre, et quand elle finit par s'arrêter c'est pour se mettre, d'une secousse, à sortir ses propres intestins et à les dévorer.

En passant, ils détournent la trompe. L'hyène grogne comme s'ils voulaient lui dérober son festin. Elle n'est pas un mauvais présage, ou alors bien obscur, mais c'est loin d'être un spectacle encourageant – surtout à la lumière des crises de Bourbe et après que le chien s'est uriné sur les pattes avant – et ils continuent en silence. En mettant ses pas dans les pas de la matriarche, Bourbe ressent un effroi presque excitant tant il est insurmontable. Ils avancent à longues foulées, en transe, vers un quelconque destin, telle est son impression, et quand ils s'arrêtent pour la journée et qu'Elle-Segausse grommelle d'un ton morne : "Il n'est pas là", sa première pensée est que le destin les a évités.

Ils sont au bord du lit d'un ruisseau, parmi des aubépines noires qui sortent du sol en s'évasant tel un jet pétrifié. Un affleurement s'avance à une quinzaine de mètres à l'ouest, et dans son ombre ils se regroupent.

— Avant, dit Elle-Segausse, même quand il n'y avait pas trace d'elle, je ne désespérais jamais tout à fait parce qu'il y avait toujours quelque chose dans l'air, un frémissement…

— Une odeur ! tonne la femelle soignante.

— Pas une odeur. Une exhortation à continuer.

La femelle soignante hoche la tête, sans comprendre.

— Si Elle-Soulage connaît Lit de Dattes…

— Non. Tu ne peux pas, plus maintenant. Aucune de nous n'est ce qu'elle était.

Ceci, Elle-Soulage semble le comprendre et s'en affliger. Elle laisse échapper un violent soupir.

— Alors où allons-nous après ? demande-t-elle.

— Je ne sais pas.

"Ne sais pas !" La femelle soignante laisse éclater son angoisse, sa perplexité, et reste ainsi un moment avant de se tortiller à chercher une lueur d'espoir. Bourbe pense : Elle-Soulage n'est plus celle qu'elle était. Dans la mesure où elle avait un œil là où un puant bouchon de crotte d'hyène loge à présent, dans la mesure où elle était robuste et n'était pas du genre à soupirer, non, elle n'est pas celle qu'elle était. Autrement, elle paraît la même. Quant à la matriarche, elle était autrefois grasse et nonchalante, et elle est à présent cadavérique et grave, quoique encore intelligente, dotée d'un bon flair, et même drôle de temps en temps. L'éventualité effleure Bourbe qu'étant une étrangère elle a pu, au départ, ne jamais connaître l'une ou l'autre femelle. Ce qui chez elles a pu changer d'essentiel ne serait donc pas évident à ses yeux.

Auquel cas elle n'a jamais connu Lit de Dattes non plus.

Elle s'offre comme une échappatoire, cette perspective. Sa délivrance. Si Lit de Dattes est quelqu'un qu'elle n'a jamais vraiment connu, alors Lit de Dattes peut être perdue et cette perte ne sera pas plus douloureuse que ne l'ont été toutes les autres.

Sa pensée suivante la fait sursauter, parce qu'elle n'est pas à elle. Mais elle suppose qu'elle l'est, elle la prend pour un souvenir inopiné de la matriarche disant : "Tu ne sens pas avec assez d'insistance, tu es trop distraite, et là-bas alors ?" Et pourtant les mots ne lui rappellent rien et leur sonorité est étrange. Alors qu'ils continuent d'arriver – "… nous devrions peut-être retourner au bassin…" – et sont reflétés sur la face de la matriarche et dans le mouvement de sa trompe, Bourbe sent la vérité lui tomber dessus et elle dit, à peine surprise : "J'entends tes pensées."

Elle ne ressent rien de l'accablante douleur à laquelle elle s'attendait. Une fois la surprise passée, c'est d'anxiété qu'elle frémit. Tout ce temps à chercher un éléphanteau condamné quand elles auraient pu chercher l'os blanc.

C'est le milieu de la nuit, la femelle soignante et elle broutent les aubépines. Pendant une bonne heure, Elle-Soulage a sangloté à genoux et jeté avec violence chaque pierre des alentours. A présent elle semble s'être tout à fait ressaisie, bien qu'elle s'inquiète pour la matriarche qui n'a ni bougé ni parlé depuis la révélation de Bourbe. L'odeur qui s'exhale par à-coups d'Elle-Segausse n'est pas seulement le chagrin, c'est la honte et quelque chose de poreux. La capitulation ? Il est plus probable qu'elle se morfonde dans ses souvenirs. Elle semble assommée. Deux fois elle a permis à Elle-Soulage de lui verser une giclée d'eau dans la bouche, et il y a quelques instants, quand Elle-Soulage a braillé : "Tu fais peur à Elle-Soulage", sa seule réaction a été de penser : "Elle-Soulage."

Cette pensée, elle a filtré en quelque sorte. Les deux femelles bloquent leurs pensées comme le font les femelles lorsqu'elles sont particulièrement affligées. Tout ce que perçoit Bourbe, de l'une et de l'autre, c'est une sourde plainte. Sous elle Tordu dort entre les tétées, et *ses* pensées sont aussi claires que si elle avait l'oreille collée à sa gorge. Lait, Bourbe, mal, morte, là, Elle-S'égosille, froid, démange, sable… il pense en mots uniques et haletants sauf quand il se souvient. "Moâ-Moâ a léché l'oreille de Tordu", pense-t-il une fois en parlant de lui-même – à la façon dont sa mère parle d'elle-même – comme s'il était quelqu'un d'autre.

La matriarche n'émerge pas de son hébétude avant le milieu de la matinée. "Peut-être boire", grommelle-t-elle sur un ton aimable, et elle se met à forer un trou. Un peu plus tard, un petit groupe d'impalas arrive pour profiter de l'eau, et Elle-Soulage veut les chasser parce que le lit du ruisseau est court et peu profond. Mais Elle-Segausse l'en empêche. "Sois gentille", dit-elle, une surprenante consigne venant de sa part, et injuste quand on pense qu'Elle-Soulage a depuis toujours été la plus gentille.

Le jour devient la nuit qui devient le jour suivant.

— Que faisons-nous encore ici ? se plaint Bourbe à Elle-Soulage.

— Elle-Soulage va lui parler, dit la femelle soignante, qui s'en va, s'appuie contre la matriarche et rugit : Il est temps de penser à s'en aller !

— Où ça ? demande Elle-Segausse avec une inflexion de curiosité.

— Nous devons trouver Lit de Dattes ! Nous devons pleurer ses os !

— Comment la trouver ?

— En cherchant !

— Dans quelle direction ?

Elle-Soulage bat des paupières. Qu'on ne le *lui* demande pas, s'exclame sa face. Ce n'est pas *elle* qui a le nez fin.

Au fur et à mesure que se vident leurs trous d'eau, elles descendent le lit du ruisseau, en creusent d'autres, et mangent les aubépines noires qui le bordent. D'autres impalas viennent boire, et aussi des girafes et des oryx. Aujourd'hui, dès qu'ils la regardent, Bourbe entend leurs pensées. Ils sont craintifs et assoiffés, fatigués, ils souffrent… et sont reconnaissants, du moins les oryx et les impalas. Les girafes sont hautaines. “Nous avons tous les droits”, pensent-elles. Elles appellent Bourbe et son espèce les groins, tandis que les impalas et les oryx les appellent les gras. Le nom qu'ils se donnent, Bourbe ne le sait pas, elle n'a jamais pris la peine de le demander à Lit de Dattes, et ne le sachant pas elle ne peut songer à s'adresser à eux. D'ailleurs, pourquoi le ferait-elle ?

Elle se pose cette question parce qu'ils fascinent la matriarche, qui renifle souvent dans leur direction, tourne plusieurs fois autour d'eux et les examine sous divers angles. Si Elle-Segausse n'est pas celle qu'elle était avant le massacre, elle n'est pas non plus celle qu'elle était avant la journée d'hier. Elle regarde les insectes et les cailloux d'un air dubitatif, comme le faisait autrefois Lit de Dattes. Sans cajoleries, elle se joint à Elle-Soulage pour manger des excréments d'oryx. Elle mange de la terre. Elle n'a pas de plans.

Pour lui montrer l'exemple, ou du fond d'un impérissable optimisme, Elle-Soulage continue à essayer de capter la fétidité de Lit de Dattes. Et en même temps elle cherche l'os blanc. Même s'il n'y a ni termitières ni rochers aux alentours, Bourbe cherche aussi et peut déterminer d'un simple coup d'œil si la blancheur qui a attiré l'œil d'Elle-Soulage vaut la peine qu'on l'examine. Ce n'est jamais le cas, et pourtant Elle-Soulage va sans se presser ramasser quand même le bâton ou le caillou. "Pas si mal !" rugit-elle, apparemment encouragée par ce qui n'est même pas quelque chose d'approchant.

L'aube du lendemain point. Au lieu de brouter, Elle-Segausse s'occupe à dégager un lit impeccable sur le côté nord-ouest de l'affleurement. Elle ôte chaque brindille et chaque petit caillou, et dame la terre avec ses pieds. La tâche semble à Bourbe tenir de la folie. Il est interdit d'écouter les pensées de la matriarche, mais Bourbe essaie quand même et n'entend que la sourde plainte. Finalement, elle demande :

— Matriarche, combien de temps encore…

Elle-Segausse bat des paupières et lui jette un regard intéressé.

— … avant que nous partions ? termine Bourbe, ébranlée. Ce regard est celui de Lit de

Dattes. Ne devrions-nous pas être en train de chercher le prix blanc ? insiste-t-elle. Il y a toujours la possibilité que tout en cherchant nous tombions sur… sur la…

— Carcasse de Lit de Dattes, souffle Elle-Segausse.

— Oui.

Elle se sent réprimandée et le prend mal. Elle n'a pas pleuré, même pas en son for intérieur, elle n'a pas exprimé de chagrin et elle sait qu'elle doit paraître insensible. Bon, et si c'était vrai ? Autant que l'une d'elles le soit. Elles meurent de faim. Il existe un endroit où elles ne mourront pas de faim et ne seront pas massacrées, alors soit elles trouvent cet endroit et vivent, soit elles meurent. En quoi se désoler et s'attarder ainsi, en quoi se montrer gentilles envers les impalas, les aidera-t-il ? Elle se sent des centaines d'années de plus que ces deux femelles, l'une perpétuellement déroutée, l'autre s'enfonçant dans une sorte de folle chimère.

— Elle-Snobe, dit la matriarche, de sa nouvelle voix affectueuse, même si je consentais volontiers à errer sans but, nous ne pouvons pas encore partir.

— Pourquoi ?

Son urine commence à dégouliner. En se tournant pour la sentir, elle dit :

— Parce que je suis sur le point de lâcher mon nouveau-né.

En deux jours Bourbe n'a pas pensé une seule fois à son nouveau-né, encore moins à celui de la matriarche. L'agitation dans son ventre, qui lui rappelait sans cesse sa présence, a disparu, et allaiter Tordu exige si peu d'elle qu'elle a arrêté de penser à la raison pour laquelle elle fabrique du lait. Elle flaire l'urine de la matriarche, sent l'arôme de la naissance et l'idée que la quête de l'os blanc soit gênée par un nouveau-né la remplit d'horreur.

Le travail traîne en longueur. Elle-Segausse s'accroupit, se redresse, broute et lance des cailloux jusqu'à ce qu'une nouvelle douleur l'assaille, s'accroupit encore, et roule parfois sur son flanc. Pendant ce temps Elle-Soulage grommelle des encouragements, et quand Elle-Segausse est debout la conduit à l'ombre et s'appuie contre elle pour soutenir son poids. Elle goûte l'urine mais ne dit rien. Si l'urine était claire, elle mugirait cette nouvelle : une urine claire indiquant l'absence de complications.

En milieu de matinée, sans être annoncé par une douleur, le nouveau-né jaillit et atterrit la croupe la première dans le lit qu'Elle-Segausse a préparé. D'un coup de défense, Elle-Soulage ouvre sans attendre le sac fœtal et tire sur le cordon roulé autour de la poitrine du nouveau-né. Bourbe s'approche. C'est un mâle, comme l'avait prédit Elle-Sèmelapeur. Il ne bouge pas. Bourbe déglutit pour faire passer une douleur dans sa gorge. "Debout", gronde Elle-Soulage avec férocité, et du pied elle pousse le petit corps brun.

Elle-Segausse lui flaire le crâne, retire sa trompe, pivote avec grâce et s'en va de l'autre côté de l'affleurement. Elle-Soulage secoue la tête avec violence. Le claquement de ses oreilles réveille Tordu, qui piaille : "Il est là ?" et manœuvre à genoux vers le cadavre, mais avant qu'il l'ait atteint Elle-Soulage l'attrape par la queue et le tire en arrière. Elle-Segausse apparaît de l'autre côté de l'affleurement. “Il sera Aride”, dit-elle comme si elle était simplement partie pour penser à un nom. En détournant les yeux, elle l'asperge de terre. Elle-Soulage et Bourbe rajoutent de la terre, des brindilles aussi, et quand il est recouvert, Elle-Segausse se tient au-dessus de lui. Des vautours tombent en masse du ciel vide. Heure après heure, Elle-Soulage les charge. Finalement, Elle-Segausse dit avec une rêveuse indifférence : “Laisse-les tranquilles.” La femelle soignante semble alors brusquement percevoir son propre épuisement et, avec un regard perplexe, s'effondre à terre. Les vautours prennent position sur une seule aubépine dont les branches ploient à la façon d'une fleur qui s'épanouit.

Bourbe se tient à l'écart des deux femelles, contre le vent pour qu'on ne puisse la sentir. Tordu ne compte pas, il ne reconnaîtrait pas le soulagement qui émane d'elle. S'abandonner à la peine serait facile, mais se réjouir – pour le bien d'Aride tout autant que pour celui des autres – requiert un durcissement de l'esprit, du souffle et du sang. Quand Tordu se hisse sur ses genoux et tète, elle a peine à croire que quoi que ce soit s'écoule encore d'elle. Elle se nourrit de racines et surveille les vautours. Si l'un d'eux jette un regard dans sa direction, en lorgnant Tordu, elle arrive à entendre des lambeaux de ses hideuses pensées, et contre celles-ci elle met à l'épreuve son invincibilité. Finalement, ils commencent à l'écœurer et elle s'apprête à leur tourner le dos quand l'un des deux qui louchent sur Tordu pense : “Sent pareil que la carcasse de l'autre côté des collines bleues”, et son voisin pense : “En plus doux.”

Pendant un vertigineux instant, Bourbe perçoit cette carcasse de la même façon qu'eux, la première fois : au coucher du soleil, d'en haut. Le nuage pourpre odorant, la précision particulaire, le corps dans sa pose de mort tendue, la tête rejetée en arrière. L'éclat des défenses. Que les défenses soient là transperce son cœur durci. Elle s'approche des femelles pour leur raconter.

— C'est Lit de Dattes, annonce-t-elle, et Elle-Segausse dit avec calme :

— J'ai *cru* sentir quelque chose dans ces collines.

— Elle est sous un très gros arbre à festin. Je n'arrive pas à imaginer que nous n'arrivions pas à la trouver.

— Je suppose que nous pourrions partir au crépuscule, dit Elle-Segausse.

— Pourquoi pas maintenant ? demande Bourbe.

Elle-Segausse penche la tête.

— Plus vite nous arriverons auprès d'elle, dit Bourbe sans ménagements, plus il restera de quoi la pleurer.

Elle n'ajoute pas, bien que ce soit sa principale pensée, que plus vite elles arriveront à l'ouest de ces collines, plus elles auront de chances de trouver l'os blanc.

— Et celui-ci, alors ? mugit Elle-Soulage. Elle pose sa trompe sur Aride.

La matriarche baisse les yeux, les détourne.

— Pour toujours dans l'oubli, chante-t-elle à mi-voix, c'est l'immortalité, et toutes les trois entourent le cadavre, dans la position du deuil orientée vers l'extérieur, et chantent un à un les cent trois couplets, puis boivent une dernière fois et s'en vont. Derrière elles, les vautours lancent des cris perçants. Pour Bourbe ce son est indignation et reprise de possession, comme si ce qui n'aurait jamais dû s'échapper dans le monde était rattrapé d'un brusque coup de patte. Seul Tordu se retourne pour regarder.

Ils ne filent pas précisément tout droit. Tout ce qui retient l'attention de la matriarche – un nid d'autruche, une boule de fourrure emportée par le vent – elle s'en va le renifler. Elle s'arrête devant un buisson de teclea, casse une petite branche, la porte devant ses yeux.

— Toutes ces lignes minuscules, murmure-t-elle, et Elle-Soulage attrape un bâton et le porte devant *ses* yeux et rugit :

— Regardez-moi ça !

Quand ils repartent, Bourbe vient se mettre à la hauteur de la femelle soignante et marmonne :

— Tu ferais mieux de prendre la tête.

Elle-Soulage a un mouvement de recul.

— Nous n'avons pas fait deux kilomètres, dit Bourbe.

— Elle cherche le… l'os…

— Rien de ce qu'elle a ramassé n'est blanc, rétorque Bourbe sèchement.

— On ne sait jamais, grommelle Elle-Soulage d'un air malheureux.

— Moi si, dit Bourbe. Je sais.

Elle-Soulage la regarde.

— Ta tête a-t-elle grossi ? demande-t-elle.

La question fait s'arrêter Bourbe.

— Quelle idiotie, dit-elle quand elle comprend enfin l'insinuation. Elle s'éloigne à pas lourds… et voilà la matriarche qui s'en va examiner le squelette d'un gnou, alors à son tour elle la dépasse pesamment.

Sa surprise, quand elle entend les deux femelles lui emboîter le pas, se mue bientôt en animosité. Elle n'a aucune illusion d'être la nouvelle matriarche. Mener n'est qu'un fardeau supplémentaire sur ses épaules, et un danger, qui plus est. Elle ouvre l'œil, à l'affût des hyènes, et aussi des termitières et des rochers, bien qu'il y ait peu de probabilité de trouver l'os blanc de ce côté-ci des collines. Elle recommande d'adopter une allure rapide, qui doit quand même être d'une torturante lenteur pour s'adapter à Tordu. En milieu d'après-midi le vent se lève, la poussière s'abat sur la plaine en colonnes tourbillonnantes, et Tordu tombe à genoux, en criant qu'il ne peut pas, il ne peut pas. Elle-Soulage se précipite, mais Bourbe a déjà passé sa trompe entre les postérieurs de l'éléphanteau.

— Je le tiens, dit-elle.

— Tu n'es pas assez forte ! rugit la femelle soignante.

— Non ? s'emporte Bourbe, et elle se met à pousser l'éléphanteau gémissant en avant. *Je* ne suis pas assez forte ?

Elle sait confusément que c'est vrai. Sa patte atrophiée s'ankylose, chaque respiration la brûle. Elle abandonnerait son corps, si elle le pouvait. De même que cette famille en ruine et le petit entre ses côtes, son corps est ce qu'elle traîne sans l'avoir choisi. Le martèlement dans ses tempes, c'est son esprit clamant qu'on le libère. Elle réfléchit à la possibilité qu'elle ait véritablement hérité de l'intelligence échappée d'Elle-S'égosille. Elle se touche la tête pour sentir si elle est plus grosse. Difficile à dire.

Au coucher du soleil, le vent s'étant apaisé, Tordu peut marcher tout seul. Depuis que la matriarche n'essaie plus de découvrir les excréments de Lit de Dattes, les sous-senteurs ne sont plus un souci et Bourbe décide qu'elles devraient continuer leur route jusqu'à l'aube. Au milieu de la nuit, une bande d'hyènes les encercle et les accompagne, et ni Elle-Soulage ni Elle-Segausse ne s'en préoccupent. Mais Bourbe, agacée par l'audace des hyènes et enivrée de ne pas avoir peur, les chasse.

— Ce ne sont pas dix d'entre elles qui abattront un elle-là, se vante-t-elle auprès de Tordu.

— Je sais, dit-il.

— Ah, fait-elle, avec brusquerie. Bien sûr qu'il savait, même Tordu le savait. *Moi*, non.

L'aube arrive, le soleil monte dans le ciel. Bourbe veut continuer au moins jusqu'à midi, mais la matriarche commence à tituber et elle-même boite bas et lutte contre la chute traîtresse dans des souvenirs de Lit de Dattes, traîtresse en ce qu'elle risque de provoquer en elle un relâchement, et elle fait halte sur la rive d'un bassin. Le fait que sa tête est réellement plus grosse semble confirmé quand, la première, elle fore un trou d'eau. Après avoir bu et s'être douchée, elle s'allonge à l'écart des femelles dont elle trouve le chagrin étouffant. Derrière elle, deux pluviers poussent des cris de cette façon bruyante et irritante qu'ils ont, comme deux cailloux que l'on frapperait l'un contre l'autre, et elle est sur le point de se lever et de les charger quand elle sent s'ouvrir son troisième œil.

C'est une vision de l'avenir proche. L'aube. Une lumière jaune fumeuse. Des sentes d'hippopotames qui se croisent, boueuses, de minuscules feuilles vertes sur les buissons d'aubépines. Cinq hippopotames marchent à la queue leu leu. Leurs dos sont hérissés de pique-bœufs. Les cris perçant des queleas, par milliers… et les voici, qui s'envolent d'un marécage, comme aspirés dans un entonnoir de vent. Dans les airs, ils forment un tapis carré qui va de-ci de-là.

Les hippopotames atteignent le marécage. En soupirant, ils se glissent parmi les papyrus. Les crocodiles s'enfoncent. Les cris distincts des queleas diminuent jusqu'à n'être plus qu'un couinement unique, s'affaiblissant rapidement. Bourbe ne reconnaît pas cet endroit. Elle ne reconnaît pas la voix. "J'ai eu la vision des lis", dit celle-ci, qui ressemble à la voix d'un jeune mâle, mais cela ne se peut pas, les mâles n'ont pas de visions. Et pourtant c'en est un. Un éléphanteau. Des défenses étrangement longues, de petites oreilles. Avec la certitude que donnent les visions, elle sait que c'est un Egaré. Derrière lui se tiennent deux grandes femelles de la même espèce qu'elle, et derrière, un nouveau-né dont la queue est retenue par la trompe de sa mère. Les femelles sont des inconnues pour Bourbe. Son œil monte et passe sur d'autres encore – femelles, éléphanteaux, nouveau-nés. De cette hauteur, on dirait des pierres de gué. La plaine brille du vert de l'herbe nouvelle. L'œil de Bourbe continue, le long d'une route criblée de flaques d'eau, sort de la route jusqu'à un véhicule au repos. Juché dans la cavité arrière du véhicule, il y a un humain. Il regarde fixement le marécage. Si les humains éprouvent des émotions, elle dirait que celui-ci est amusé. Quand sa tête se tourne vers elle, son troisième œil se ferme.

Elle se met debout.

— Partons, dit-elle.

— Où ? demande Tordu.

Vers Le Lieu Sûr... mais les mots n'atteignent pas sa bouche. "Où ?" pense-t-elle.

— Qu'est-ce qu'il y a ? demande Tordu.

— Tais-toi. Ça va. J'ai eu une vision.

— Oh.

Le voilà silencieux et respectueux.

— Je ne connais pas le chemin, dit-elle, pitoyable.

— Etait-ce une mauvaise vision ?

Elle baisse les yeux. Quelle petite créature sans avenir il paraît.

— Non, dit-elle. Il avait plu.

— Ici ?

— Là-bas.

— Où ?

— Je ne sais pas. Je ne sais pas.

Elle dort debout. Quand elle s'éveille, c'est la fin de l'après-midi. Elle-Segausse s'est avancée dans le bassin et hume l'air vers le sud. Bourbe voit la silhouette qui approche et l'ombre filant vers l'est.

— Moâ-Moâ ! s'écrie-t-elle.

La matriarche commence à revenir sur ses pas.

— Je rêvais d'elle, dit-elle ébahie, un peu perplexe.

— Tordu ! La femelle soignante se hisse sur ses pattes. Tordu se précipite vers elle. Va-t'en ! barrit-elle dans la plaine.

— Tu es folle ? crie Bourbe.

— Elle-Soulage veut charger ! rugit la femelle soignante.

Bourbe gifle la femelle plus grosse qu'elle, qui recule, abasourdie.

— Toi, écoute-moi, lance Bourbe, furieuse. J'ai eu une vision du Lieu Sûr, et elle va nous y conduire.

Elle-Soulage la regarde bouche bée.

— Je vais l'avertir de ne pas s'approcher de Tordu, dit Bourbe.

— Elle est éclopée, remarque la matriarche avec douceur.

Bourbe virevolte pour voir. Et oui : une déformation de l'antérieur droit, le résultat, nul doute, du coup de pied d'Elle-S'égosille. A une quinzaine de mètres, le guépard s'arrête et s'assoit. Bourbe lance un regard d'avertissement à la femelle soignante et commence à avancer. Le guépard se met debout. "Je ne te ferai pas de mal", pense Bourbe.

Moâ-Moâ laisse pendre son antérieur d'un air de reproche.

"Oui, pense Bourbe. C'est dommage."

"Où est celle avec les verrues ?" Bien qu'elle gazouille, dans l'esprit de Bourbe sa voix est une grincheuse mélopée.

"Elle est morte", pense Bourbe.

"L'éléphanteau est à Moâ-Moâ." Elle tourne sa petite tête, à la recherche de Tordu.

"Non. Il ne l'a jamais été. Celle avec les verrues n'avait aucun droit de le donner."

"Celle-ci a accouché." Les yeux fixés à présent sur Elle-Segausse.

"Hier. Un mort-né."

La queue du guépard femelle frappe le sol. Elle se tourne vers les postérieurs de Bourbe. "Tu n'as pas accouché."

"Pas encore."

"Il est à Moâ-Moâ."

Le ventre de Bourbe se contracte. "C'est ce qui est entendu", dit-elle.

Moâ-Moâ regarde vers l'ouest. Dans ses yeux orange brillent des soleils. "Moâ-Moâ sait où aller", dit-elle, avec exultation mais sans mentir. Pour la première fois, Bourbe se rend compte qu'une déclaration faite en pensée ne peut être fausse. La seule ruse qu'elle détecte, c'est que jusqu'à la naissance du petit l'itinéraire sera indirect pour les empêcher de le deviner.

"Tu nous conduiras là-bas, pense Bourbe, que mon petit tombe avant ou après que nous serons arrivés."

“Par là”, dit le guépard, en se tournant vers l’est.

“Non, par là”, pense Bourbe à contrecœur. De la tête, elle désigne le sud-ouest. “Nous devons d’abord pleurer un de nos morts.”

“Ce qui est fait est fait”, pense Bourbe.

Elles entourent et caressent la carcasse, si puante et privée d’yeux, barbouillée d’excréments de vautours, couverte de mouches et grouillante d’asticots qu’elle soit. Derrière elle, Moâ-Moâ sommeille à côté de la termitière dans laquelle, quand elles sont arrivées, a fui une horde de mangoustes.

Les défenses sont presque tombées de leur cavité. Le crâne étroit est méconnaissable sous son lambeau de chair. “Flottant au-dessus de L’Eau Eternelle sans Rivage”, a dit la femelle soignante quand elles sont arrivées, et la gorge de Bourbe s’est nouée. Pauvre Lit de Dattes, morte trop jeune pour s’élever vers la famille de l’Elle. Bourbe aurait pleuré si Elle-Soulage ne s’était écriée : “Ce qui est fait est fait !” et en dépit de toutes les fois où elle l’a braillé, et bien que, fatalement, elle le braille maintenant, Bourbe a été frappée comme par une vérité transcendante, autorisée. “C’est ainsi”, a-t-elle dit, en voyant la femelle soignante dans une sublime lumière.

“Ce qui est fait est fait. Ce qui est fait est fait.” En psalmodiant ces mots dans sa tête, Bourbe évite le souvenir et par là le chagrin. C’est si simple. La matriarche tourne le dos au cadavre et entonne un hymne. Bourbe se retourne et plante son regard et sa trompe sur Moâ-Moâ, qui représente leur salut. Et dont elle envie soudain la facile cruauté. Par quelle malencontreuse disposition les elles-là furent-ils créés bouffis de mémoire plutôt que luisants d'appétit ?

Le crépuscule est là quand elles finissent de pleurer Lit de Dattes. Elles broutent et s'allongent assez près de celle-ci pour protéger ce qu'il en reste des prédateurs. Maintenant que Moâ-Moâ est de retour, Tordu a recommencé à dormir près de sa mère, et Elle-Soulage lui a donné l'ordre de la réveiller s'il veut aller auprès de Bourbe pour téter. Quant à Moâ-Moâ, elle n'a pas quitté la termitière. Que les mangoustes y sont piégées est la dernière pensée de Bourbe avant de sombrer dans son premier sommeil depuis deux jours.

Une violente contraction au ventre la réveille quelques heures plus tard. Elle se met debout – ne dérangeant que Moâ-Moâ, qui regarde autour d'elle avec des yeux étincelants – et vient auprès du buisson d'aubépines le plus proche. Les pierres conservent encore la chaleur de la journée. Les grillons circonscrivent l'obscurité. Elle se doute que le travail a commencé, mais rien n'est sûr tant qu'elle n'a pas uriné. Ce n'est pas seulement l'odeur qu'on ne peut pas ne pas reconnaître qui le lui révèle, c'est la quantité. Moâ-Moâ s'avance à pas furtifs.

“N'approche pas”, pense Bourbe.

“Il est à Moâ-Moâ.”

“Je souffre. Je pourrais te faire mal sans le vouloir.”

“Tu pourrais donner un coup de pied à Moâ-Moâ.” En s'apitoyant sur son sort.

“Allez !” Elle secoue la tête et Moâ-Moâ file vers la termitière. La contraction s'apaise. Bourbe se couche sur le flanc mais une autre contraction lui vrille l'abdomen, elle se hisse à croupetons et commence à uriner goutte à goutte.

— Je pensais que ce serait cette nuit, dit la voix de la matriarche. Elle réveille la femelle soignante, toutes les deux et Tordu se rapprochent.

Elle-Soulage goûte l'urine.

— Claire ! annonce-t-elle gaiement.

— Claire, répète en écho la matriarche, mélancolique.

Bourbe se redresse. Chancelle. Elle se souvient comment, dans les instants qui suivirent sa naissance, sa mère chancelait, et elle plonge profondément dans ce souvenir dont elle émerge en sanglotant, à sa vive inquiétude. Les deux femelles fourrent leur trompe dans sa bouche. Elle s'écarte. Que son urine ait un goût clair *n'est pas* une bonne nouvelle. Un nouveau-né vivant sera tellement plus difficile à livrer, pourtant ces deux idiotes espèrent manifestement un petit vivant, et Bourbe se rend compte qu'elles pourraient bien essayer de contrecarrer le marché avec Moâ-Moâ. "Retournez dormir", dit-elle tandis qu'une formidable douleur la fait se dresser sur les orteils, puis elle s'affale contre Elle-Soulage et perd conscience.

En ouvrant les yeux, elle se découvre soutenue de part et d'autre par les deux femelles.

— Pourquoi ne veut-il pas tomber ? gémit-elle.

— Mets-toi à genoux, dit la matriarche, et avec la femelle soignante elle l'aide à se baisser. Force, dit la matriarche. Bourbe force. La matriarche lui caresse la croupe. La femelle soignante lui caresse la vulve.

— Il n'est pas encore temps, grommelle la femelle soignante. Couche-toi, Elle-Snobe.

Bourbe se couche. Les deux femelles la dominent de toute leur hauteur, irrésistible, étouffante. Sous le ventre de la femelle soignante, Tordu est accroupi. Moâ-Moâ va et vient près de la termitière. L'éclat de ses yeux troue la distance jusqu'au ventre de Bourbe, vers le nouveau-né, le transperce. Elle-Segausse fait un pas de côté, et maintenant la distance précise entre ses pattes et les pattes d'Elle-Soulage entraîne Bourbe dans un autre souvenir de sa naissance, quand elle regardait entre ces autres pattes qui, pendant qu'elle était coincée, étaient les repères du monde connu.

De nouveau, elle sanglote. Ça ne fait rien. A la façon d'un éléphanteau, elle tète la trompe de la matriarche. Elle dort. Dort des heures, s'avère-t-il. Quand une contraction la réveille, l'obscurité se dissipe mais les femelles n'ont pas bougé. La contraction la hisse sur ses pieds. Les femelles lui prêtent assistance tandis qu'elle s'écroule. Une autre contraction. Elle-Soulage l'aide à se lever. Son bouchon oculaire tombe. Elle-Segausse marche dessus. La matriarche lève le pied. "Laisse ! braille Elle-Soulage. Elle-Soulage s'en fiche !" Le pied redescend. De l'orbite tombe une puanteur effroyable. Bourbe vomit. Du pied, Elle-Soulage pousse de la terre sur la flaque miroitante. Bourbe force et sent tout son canal de naissance qui dégorge, aperçoit un chatoiement bleu dont elle croit qu'il escorte l'agonie.

— Foudre, dit la matriarche.

— La voilà ! mugit Elle-Soulage.

La force de l'expulsion projette Bourbe sur son derrière. Frénétique, elle se hisse sur ses pieds.

Elle est là. Vivante. Courant au ralenti. Femelle, suivant la prédiction. Bourbe lui flaire la tête, qui est encore enfermée dans le sac fœtal. Elle retire le sac et s'écarte.

— C'était la foudre, dit la matriarche, en détournant les yeux.

— Appelle-la Foudre ! barrit la femelle soignante. Elle pousse la toute petite chose du pied.

— Foudre, murmure Bourbe.

— Elle sera Foudre ! barrit la femelle soignante.

Bourbe prend conscience du guépard qui s'approche à la dérobée, et pourtant d'une certaine façon elle ne peut déterminer le danger, ni qui le représente. Quand Moâ-Moâ arrive trop près, la femelle soignante rugit et le guépard retourne ventre à terre à la termitière. "Ne la regarde pas", se dit Bourbe, comme si ne pas entendre les pensées de Moâ-Moâ était la solution.

De l'esprit de Foudre s'échappent de tout petits cris aigus. Elle essaie de se mettre debout, finit par y arriver et repère la mamelle, puis Bourbe entend un bourdonnement, qui doit être du plaisir, bien qu'elle soupçonne que c'est aussi le son d'un autre genre de satisfaction : celle de voir confirmée une idée pressante. Mais d'où, dans ce corps sans mémoire, une idée pourrait-elle avoir jailli ?

La matriarche désigne l'est.

— Regardez, dit-elle. Sur l'horizon matinal s'étire un rang de nuages roses.

— Jubilation ! barrit la femelle soignante.

— Jubilation, dit la matriarche, rêveuse. Elle-Soulage, Tordu et elle s'avancent d'une vingtaine de mètres dans la plaine. Dans cette lumière brûlée, de l'endroit où se trouve Bourbe leur maigreur ressort, et pourtant ils ne semblent pas diminués mais épurés, et dotés ainsi d'une anatomie plus complexe et fondamentale. Derrière Bourbe, le guépard se rapproche à pas furtifs. Il n'y a aucun bruit, seule son écœurante puanteur augmente. Bourbe fait son possible pour ne pas basculer dans un souvenir de naissance avec l'hyène. "Je pourrais me coucher", pensa-t-elle cette nuit-là, et elle le pense maintenant, l'impossible décision étant, devrait-elle se coucher à côté de son nouveau-né ou dessus ? Elle regarde par-dessus son épaule.

Moâ-Moâ n'est même pas à trois mètres. "Dis-leur qu'il est à Moâ-Moâ", est-elle en train de penser.

Bourbe ne pense rien.

"C'est toi la meneuse."

"Non."

"Moâ-Moâ sait où aller."

"Le Lieu Sûr", pense Bourbe bêtement. L'intelligence héritée d'Elle-S'égosille l'a abandonnée.

"Va là-bas." Moâ-Moâ désigne la termitière.

"Non."

"Il est à Moâ-Moâ. Il est à Moâ-Moâ."

Comme persuadée par une telle conviction, Foudre commence à s'avancer d'un pas hésitant vers le guépard. Elle tombe deux fois mais se remet debout et continue. Elle est fripée, petite, poilue et, aux yeux de Bourbe, étrangère, n'appartenant à personne. Rien ne pourrait être plus inévitable que son triste petit voyage. Moâ-Moâ se rapproche subrepticement. Elle tend une patte à l'instant où le pied de la matriarche la prend sous le menton et la soulève de toute sa longueur sur ses postérieurs. Foudre retourne à toutes jambes près de Bourbe. Le deuxième coup de pied atteint le guépard dans les côtes. Le troisième, sur le côté du crâne, le projette mollement contre l'arbre. Aussitôt les vautours descendent d'un bond sur les branches basses.

— Tu as tué Moâ-Moâ, dit Tordu. Bouche bée, il regarde la matriarche, son pied meurtrier.

— Bon débarras, gronde la femelle soignante, mais elle aussi est abasourdie.

Elle-Segausse s'avance avec nonchalance vers l'arbre, ramasse des brins de paille qui sont tombés du nid de tisserin et les éparpille sur le guépard. Elle rejoint Bourbe et Foudre et introduit sa trompe dans la bouche du nouveau-né. "Tu aurais fait la même chose pour sauver le mien", dit-elle, comme si Bourbe l'avait remerciée. Sa voix est impassible mais de la temporine roule le long de sa face et son odeur de colère s'exhale encore.

Bourbe se met à sangloter. "Lit de Dattes", dit-elle, ce nom bien-aimé tel un requiem pour chaque perte qu'elle a connue dans sa vie, à commencer par sa mère de naissance en passant par son nom de naissance, Lit de Dattes, et la brève et presque irréelle perte d'elle-même. Foudre hurle pour téter et Bourbe la câline puis, brusquement épouvantée, secoue la tête en tous sens à la recherche des dangers qui pourraient se nicher n'importe où.

— Arrête, dit Elle-Segausse avec calme. Elle tire sur la trompe de Bourbe, et au bout d'un moment Bourbe cesse de bouger.

— Lève ta patte, ordonne la femelle soignante.

Bourbe obéit. Presque aussitôt Foudre trouve la tétine, et Tordu se précipite pour prendre possession de son autre mamelle. Les deux éléphanteaux la clouent sur place, et bien qu'elle titube elle ne tombe pas.

Et maintenant de la termitière émergent les mangoustes. Par dizaines. Elles grognent et sifflent. Elles galopent vers le guépard. Certaines lui donnent des coups et d'autres bondissent sur place, des sauts spectaculaires aussi hauts que Tordu. Tout à coup elles s'arrêtent, s'assoient sur leur derrière et observent leur public.

"Gros, Gros, Gros, Gros", entend Bourbe dans leurs pensées. Elle se frotte les yeux du bout de sa trompe. “Qu’est-ce qui est gros ?” pense-t-elle.

Chaque tête pivote dans sa direction. “Gros, Gros, Gros, tué, tué, tué le, le puant, tué le puant”, pépient-elles à haute voix. Leur regard passe de Bourbe à Elle-Soulage puis à Elle-Segausse, pour revenir sur Bourbe.

— Demande-leur si elles ont parlé en pensée avec Lit de Dattes, grommelle la matriarche.

Et voilà les têtes qui se tournent maintenant vers elle. “Chante, chante, chante la chanson, chanson sur, la chanson sur le violent, le violent, violent combat, combat, combat”, pépient-elles.

“Est-ce que l’elle-là morte chantait ?” pense Bourbe, et elles se mettent à pousser des cris stridents et à tomber à la renverse.

— Qu’est-ce qu’elles ont ? beugle la femelle soignante.

— Je ne sais pas, dit Bourbe. Elle n’arrive pas à déchiffrer les cris stridents. Elle se dégage des éléphanteaux et s’approche des mangoustes qui, brusquement, s’assoient sur leur derrière. Elle désigne Lit de Dattes. “Nous sommes venus la pleurer.”

“Morte ! Morte ! Morte !” pépient les mangoustes dans une profonde détresse.

— Savent-elles comment elle est morte ? demande la matriarche. Sa voix ne tremble pas.

“Morsure, morsure venimeuse, morsure, morsure venimeuse”, pépient les mangoustes, comme si elles l’avaient entendue.

— Elle a été piquée par un bâton ondulant, dit Bourbe aux femelles, et elle se remet à pleurer. Sa mère de naissance et Lit de Dattes, toutes deux tuées par des serpents. Pour la troisième fois de la journée, elle bascule dans le souvenir de sa naissance, et quand elle en sort les mangoustes sont rassemblées à ses pieds, pépiant avec insistance au sujet de l'os blanc.

"Par, par là, là !" Elles désignent le sud-est et font des bonds. "Par là ! Par là !"

L'allure est lente et pas seulement à cause des éléphanteaux. Comme cela arrive toujours avant les pluies, des brins d'herbe sont sortis de terre, encore trop fins et trop courts pour être bien broutés, mais pour le bonheur de goûter de la verdure, elles marchent en picorant comme des oiseaux.

Le deuxième jour, la matriarche découvre une motte d'excréments de Grand Temps. Elle est, évalue-t-elle, vieille de quatorze à seize jours.

— Il se peut qu'il ait pris ce même itinéraire ! barrit la femelle soignante.

— Peut-être, dit Elle-Segausse.

Qui retrouveront-elles dans Le Lieu Sûr, c'est ce qui ronge les deux grandes femelles. Torrent, certainement – Elle-Segausse ne doute pas un instant qu'il aura trouvé son chemin. Marécage et Grêlons… s'ils se sont joints à Torrent ou à un autre maître pisteur, il y a une chance qu'ils y soient arrivés. Et Grand Temps. Refusant la catastrophe, elles ne peuvent imaginer pourquoi le Mâle Lien ne serait pas là.

Bourbe ne leur parle pas de sa vision, où elle n'a reconnu personne. Elle n'a vu, après tout, qu'un petit coin du Lieu Sûr, et presque personne de près. Elle ne s'interroge pas non plus. Elle allaite son petit, et Tordu. Arrache l'herbe nouvelle. Elle fait les choses avec délicatesse, par contrition et parce qu'elle est affaiblie par l'amour. Au moins une fois par heure elle bascule dans un souvenir, et parfois, quand elle en sort, elle confond l'odeur de Foudre avec celui ou celle qui figurait dans son souvenir. Foudre est Lit de Dattes, ou Grêlons. Foudre est Grand Temps en musth.

Foudre marche sous elle, Elle-Segausse devant elle, Elle-Soulage et Tordu les suivent. Devant eux se dressent les collines bleues, et juste au-dessus de leur tête des pelotes de nuages blancs filent en sens inverse. Si l'on regarde en arrière, comme ne cesse de le faire Bourbe, on voit la poussière que soulève leur passage tourbillonner jusqu'à l'horizon, et la plaine tout entière baignée de lumière.

REMERCIEMENTS

Nombre de livres se sont avérés utiles au cours de mes recherches. Parmi eux : *The Eye of the Elephant* de Delia et Mark Owens, *The Last Elephant* de Jeremy Gavron, *Les Vertes Collines d'Afrique* d'Ernest Hemingway, *I Dreamed of Africa* de Kuki Gallmann, *In the Presence of Elephants* de Peter Beagle et Pat Derby, *Elephants : Majestic Creatures of the Wild*, sous la direction de Jeheskel Shoshani, *Elephants : The Deciding Decade* sous la direction de Ronald Orenstein, *Elephants* de S. K. Eltringham, *Safari : Experiencing the Wild* de Neil Leifer et Lance Morrow, *Elephants* de Reinhard Künkel, et *The Natural History of the African Elephants* de Sylvia K. Sikes, ce dernier ouvrage ayant de quoi vous glacer les sangs à cause du nombre de fois où l'auteur a abattu d'une balle dans la tête "un beau et florissant spécimen" afin de pouvoir en examiner le cadavre. Divers guides de terrain, en particulier ceux publiés par Collins et la National Audubon Society, n'ont pas quitté ma table de travail, ainsi qu'une mine fascinante et remarquablement exhaustive intitulée *The Behavior Guide to African Mammals* de Richard Despard Estes.

En complément aux ouvrages déjà cités, il y a trois livres dont je n'aurais pu me passer, tous écrits par des gens qui ont passé le plus clair de leur vie adulte en Afrique à étudier les éléphants et à lutter inlassablement pour leur sécurité. Ce combat se livre en amont à cause des pressions exercées par le commerce de l'ivoire, qui encourage le braconnage, et la disparition de l'habitat. Il s'agit de : *Echo of the Elephants* de Cynthia Moss et Martin Colbeck, *Coming of Age with Elephants* de Joyce Poole, et *Among the Elephants* de Iain et Oria Douglas-Hamilton.

Je dois également beaucoup à Christopher Dewdney et Jan Withford qui ont commenté une première version du manuscrit, et suis pour toujours reconnaissante à Beth Kirkwood de ses suggestions en matière d'écriture mais aussi parce qu'elle m'a aidée à me rendre au Masai Mara afin que je puisse voir l'éléphant d'Afrique dans son habitat naturel.

Merci au Canada Council, à l'Ontario Arts Council et au Toronto Arts Council pour leur soutien financier. Et un merci tout particulier à mes directeurs de collection : Iris Tupholme chez HarperCollins, et Sara Bershtel au Metropolitan Books de New York pour sa justesse de vue et son dévouement.

BABEL

Extrait du catalogue

340. GÉRARD GUÉGAN
Technicolor

341. CHARLES BERTIN
La Petite Dame en son jardin de Bruges

342. INTERNATIONALE DE L'IMAGINAIRE N° 9
Deux millénaires et après

343. NINA BERBEROVA
Le Livre du bonheur

344. PÄLDÈN GYATSO
Le Feu sous la neige

345. FÉDOR DOSTOÏEVSKI
Le Double

346. FRÉDÉRIC H. FAJARDIE
Querelleur

347. ANNE SECRET
La Mort à Lubeck

348. RUSSELL BANKS
Trailerpark

349. ZOÉ VALDÉS
La Sous-Développée

350. TORGNY LINDGREN
La Lumière

351. YÔKO OGAWA
La Piscine / Les Abeilles / La Grossesse

352. FRANZ KAFKA
A la colonie disciplinaire et autres récits (vol. II)

353. YING CHEN
Les Lettres chinoises

354. ÉLISE TURCOTTE
Le Bruit des choses vivantes

355. ALBERTO MANGUEL
Dernières nouvelles d'une terre abandonnée

356. MIKA ETCHEBÉHÈRE
Ma guerre d'Espagne à moi

357. *
Les Cyniques grecs : Lettres de Diogène et Cratès

358. BERNARD MANDEVILLE
Recherche sur la nature de la société

359. RENCONTRES D'AVERROÈS
La Méditerranée entre la raison et la foi

360. MICHEL VINAVER
King *suivi de* Les Huissiers

361. ZOÉ VALDÉS
La Douleur du dollar

362. HENRY BAUCHAU
Antigone

363. NANCY HUSTON
Tombeau de Romain Gary

364. THÉODORE MONOD
Terre et ciel

365. FÉDOR DOSTOÏEVSKI
Les Carnets de la maison morte

366. FREDERIC PROKOSCH
Le Manège d'ombres

367. MICHÈLE LESBRE
Que la nuit demeure

368. LEIBNIZ
Réfutation inédite de Spinoza

369. MICHEL TREMBLAY
Le Premier Quartier de la lune

370. JACQUES POULIN
Jimmy

371. DON DELILLO
Bruit de fond

372. GUSTAV REGLER
Le Glaive et le Fourreau

373. INTERNATIONALE DE L'IMAGINAIRE N° 10
Nous et les autres

374. NAGUIB MAHFOUZ
Récits de notre quartier

375. FRANCIS ZAMPONI
Mon colonel

376. THIERRY JONQUET
Comedia

377. GUY DARDEL
Un traître chez les totos

378. HANAN EL-CHEIKH
Histoire de Zahra

379. PAUL AUSTER
Le Diable par la queue *suivi de* Pourquoi écrire ?

380. SIRI HUSTVEDT
L'Envoûtement de Lily Dahl

381. SAND ET MUSSET
Le Roman de Venise

382. CHARLES BERTIN
Les Jardins du désert

383. GEORGES-OLIVIER CHÂTEAUREYNAUD
Le Héros blessé au bras

384. HENRY BAUCHAU
Les Vallées du bonheur profond

385. YVES DELANGE
Fabre, l'homme qui aimait les insectes

386. YING CHEN
L'Ingratitude

387. INTERNATIONALE DE L'IMAGINAIRE N° 11
Les Musiques du monde en question

388. NANCY HUSTON
Trois fois septembre

389. CLAUDE PUJADE-RENAUD
Un si joli petit livre

390. JEAN-PAUL GOUX
Les Jardins de Morgante

391. THÉODORE MONOD
L'Emeraude des Garamantes

392. COLLECTIF
Triomphe de Dionysos

393. B. TRAVEN
Dans l'Etat le plus libre du monde

394. NORBERT ROULAND
Les Lauriers de cendre

395. JEAN-MICHEL RIBES
Palace

396. ZOÉ VALDÉS
Café Nostalgia

397. FRANÇOISE MORVAN
La Douce Vie des fées des eaux

398. BERNARD ASSINIWI
La Saga des Béothuks

399. MICHEL TREMBLAY
Les Vues animées

400. FÉDOR DOSTOÏEVSKI
Le Rêve de l'oncle

401. ANDRÉ THIRION
Révolutionnaires sans Révolution

402. GÉRARD DE CORTANZE
Les enfants s'ennuient le dimanche

403. RENCONTRES D'AVERROÈS
La Méditerranée, frontières et passages

404. RUSSELL BANKS
Affliction

405. HERBJØRG WASSMO
La Véranda aveugle

406. DENIS LACHAUD
J'apprends l'allemand

407. FÉDOR DOSTOÏEVSKI
Nétotchka Nezvanova

408. REZVANI
Le Vol du feu

409. JEAN-JACQUES ROUSSEAU
L'Etat de guerre

410. SERGE QUADRUPPANI
Colchiques dans les prés

411. JEAN-PAUL JODY
Stringer

412. FRANCINE NOËL
Nous avons tous découvert l'Amérique

413. DAVID HOMEL
Il pleut des rats

414. JACQUES POULIN
Chat sauvage

415. MICHEL TREMBLAY
La Nuit des princes charmants

416. ALBERTO MANGUEL
Une histoire de la lecture

417. DANIEL ZIMMERMANN
Les Virginités

418. CAMILO CASTELO BRANCO
Amour de perdition

419. NIKOLAJ FROBENIUS
Le Valet de Sade

420. DON DELILLO
Americana

421. GÉRARD DELTEIL
Dernier tango à Buenos Aires

422. FRANCIS ZAMPONI
In nomine patris

423. INTERNATIONALE DE L'IMAGINAIRE N° 12
Jean Duvignaud

424. INTERNATIONALE DE L'IMAGINAIRE N° 13
Jeux de dieux, jeux de rois

425. CLAUDE PUJADE-RENAUD
Le Sas de l'absence *précédé de* La Ventriloque

426. MICHEL LIS
Le Jardin sur la table

427. MICHEL LIS ET PAUL VINCENT
La Cuisine des bois et des champs

428. FÉDOR DOSTOÏEVSKI
Le Crocodile

429. FÉDOR DOSTOÏEVSKI
Le Petit Héros

430. FÉDOR DOSTOÏEVSKI
Un cœur faible

431. NANCY HUSTON
L'Empreinte de l'ange

432. HELLA S. HAASSE
La Source cachée

433. HERBJØRG WASSMO
La Chambre silencieuse

434. FRANÇOISE LEFÈVRE
La Grosse

435. HUBERT NYSSEN
Le Nom de l'arbre

436. ANTON TCHEKHOV
Ivanov

437. ANTON TCHEKHOV
Pièces en un acte

438. GÉRARD DE CORTANZE
Les Vice-Rois

439. ALICE FERNEY
Grâce et dénuement

440. ANNE-MARIE GARAT
L'Insomniaque

441. FÉDOR DOSTOÏEVSKI
Humiliés et offensés

442. YÔKO OGAWA
L'Annulaire

443. MENYHÉRT LAKATOS
Couleur de fumée

444. ROGER PANNEQUIN
Ami si tu tombes

445. NICOLE VRAY
Monsieur Monod

446. MICHEL VINAVER
Ecritures dramatiques

447. JEAN-CLAUDE GRUMBERG
La nuit tous les chats sont gris

448. VASLAV NIJINSKI
Cahiers

449. PER OLOV ENQUIST
L'Extradition des Baltes

450. ODILE GODARD
La Cuisine d'amour

451. MARTINE BARTOLOMEI / JACQUES KERMOAL
La Mafia se met à table

452. AMADOU HAMPÂTÉ BÂ
Sur les traces d'Amkoullel l'enfant peul

453. HANS-PETER MARTIN / HARALD SCHUMANN
Le Piège de la mondialisation

454. JOSIANE BALASKO *et alii*
Le père Noël est une ordure

455. FÉDOR DOSTOÏEVSKI
Premières miniatures

456. FÉDOR DOSTOÏEVSKI
Dernières miniatures

457. CH'OE YUN
Là-bas, sans bruit, tombe un pétale

458. REINALDO ARENAS
Avant la nuit

459. W. G. SEBALD
Les Emigrants

460. PAUL AUSTER
Tombouctou

461. DON DELILLO
Libra

462. ANNE BRAGANCE
Clichy sur Pacifique

463. NAGUIB MAHFOUZ
Matin de roses

464. FÉDOR DOSTOÏEVSKI
Le Bourg de Stépantchikovo et sa population

465. RUSSELL BANKS
Pourfendeur de nuages

466. MARC de GOUVENAIN
Retour en Ethiopie

467. NICOLAS VANIER
Solitudes blanches

468. JEAN JOUBERT
L'Homme de sable

469. DANIEL DE BRUYCKER
Silex

470. NANCY HUSTON
Journal de la création

471. ALBERTO MANGUEL
Dictionnaire des lieux imaginaires

472. JOYCE CAROL OATES
Reflets en eau trouble

473. ANNIE LECLERC
Parole de femme

474. FÉDOR DOSTOÏEVSKI
Les Annales de Pétersbourg

475. JEAN-PAUL JODY
Parcours santé

476. EDUARD VON KEYSERLING
Versant sud

477. BAHIYYIH NAKHJAVANI
La Sacoche

478. THÉODORE MONOD
Maxence au désert

479. ÉRIC LEGASTELOIS
Adieu Gadjo

480. PAUL LAFARGUE
La Légende de Victor Hugo

481. MACHIAVEL
Le Prince

482. EDUARD VON KEYSERLING
Eté brûlant

483. ANTON TCHEKHOV
Drame de chasse

484. GÖRAN TUNSTRÖM
Le Voleur de Bible

485. HERBJØRG WASSMO
Ciel cruel

486. LIEVE JORIS
Les Portes de Damas

487. DOMINIQUE LEGRAND
Décorum

488. COLLECTIF sous la direction de JEAN-MICHEL RIBES
Merci Bernard

489. INTERNATIONALE DE L'IMAGINAIRE N° 14
Eros & Hippos

490. STEFANO BENNI
Le Bar sous la mer

491. FRANCIS ZAMPONI
Le Don du sang

492. JAMAL MAHJOUB
Le Télescope de Rachid

493. FÉDOR DOSTOÏEVSKI
Les Pauvres Gens

494. GUILLAUME LE TOUZE
Dis-moi quelque chose

495. HEINRICH VON KLEIST
Théâtre complet

496. VIRGINIE LOU
Eloge de la lumière au temps des dinosaures

497. TASSADIT IMACHE
Presque un frère

498. NANCY HUSTON
Désirs et réalités

499. LUC SANTE
L'Effet des faits

500. YI MUNYŎL
Le Poète

501. PATRÍCIA MELO
Eloge du mensonge

502. JULIA VOZNESENSKAYA
Le Décaméron des femmes

503. ILAN DURAN COHEN
Le Fils de la sardine

504. AMINATA DRAMANE TRAORÉ
L'Etau

505. ASSIA DJEBAR
Oran, langue morte

506. V. KHOURY-GHATA
La Maestra

507. ANNA ENQUIST
Le Chef-d'œuvre

508. FÉDOR DOSTOÏEVSKI
Une sale histoire

509. ALAIN GUÉDÉ
Monsieur de Saint-George

510. SELMA LAGERLÖF
Le Banni

511. PER OLOV ENQUIST
Le Cinquième Hiver du magnétiseur

512. DON DELILLO
Mao II

513. MARIA IORDANIDOU
Loxandra

514. PLAUTE
La Marmite *suivi de* Pseudolus

515. NANCY HUSTON
Prodige

516. GÖRAN TUNSTRÖM
Le Buveur de lune

517. LYONEL TROUILLOT
Rue des Pas-Perdus

518. REINALDO ARENAS
Voyage à La Havane

519. JOE BRAINARD
I Remember

520. GERT HOFMANN
Notre philosophe

521. HARRY MULISCH
Deux femmes

522. NAGUIB MAHFOUZ
Le Mendiant

523. ANNE BRAGANCE
Changement de cavalière

524. ARTHUR SCHOPENHAUER
Essai sur les femmes

525. INTERNATIONALE DE L'IMAGINAIRE N° 15
Les Spectacles des autres

526. FÉDOR DOSTOÏEVSKI
Les Frères Karamazov (vol. I)

527. FÉDOR DOSTOÏEVSKI
Les Frères Karamazov (vol. II)

528. ANNE GUGLIELMETTI
Le Domaine

529. STEFANO BENNI
Bar 2000

530. ALAIN GRESH ET TARIQ RAMADAN
L'Islam en questions

531. YÔKO OGAWA
Hôtel Iris

532. WILLIAM KOTZWINKLE
Le Nageur dans la mer secrète

533. YASMINE CHAMI-KETTANI
Cérémonie

534. SÉBASTIEN LAPAQUE
Georges Bernanos, encore une fois

535. HANAN EL-CHEIKH
Le Cimetière des rêves

536. ALAN DUFF
L'Ame des guerriers

537. JEAN-YVES LOUDE
Cap-Vert, notes atlantiques

538. YOURI RYTKHÈOU
L'Etrangère aux yeux bleus

539. GEORGE SAND
Antonia

540. GEORGE SAND
La Marquise, Lavinia, Metella, Mattea

541. RUSSELL BANKS
L'Ange sur le toit

COÉDITION ACTES SUD – LEMÉAC

Ouvrage réalisé
par l'Atelier graphique Actes Sud.
Achevé d'imprimer
en août 2002
par l'imprimerie Hérissey
à Evreux
sur papier des
Papeteries de la Gorge de Domène
pour le compte
d'ACTES SUD
Le Méjan
Place Nina-Berberova
13200 Arles.

N° d'éditeur : 4622
Dépôt légal
1re édition : juin 2002
N° impr. : 93104